有爱的青春陪伴者

天津出版传媒集团
天津人民出版社

图书在版编目（CIP）数据

傅知何 / 萝北二饼著. -- 天津 : 天津人民出版社,
2023.7
ISBN 978-7-201-19526-1

Ⅰ. ①傅… Ⅱ. ①萝… Ⅲ. ①长篇小说–中国–当代
Ⅳ. ①I247.5

中国国家版本馆CIP数据核字(2023)第117404号

傅知何
FU ZHI HE
萝北二饼　著

出　　版　天津人民出版社
出 版 人　刘　庆
地　　址　天津市和平区西康路35号康岳大厦
邮政编码　300051
邮购电话　022-23332459
电子信箱　reader@tjrmcbs.com

责任编辑　玮丽斯
特约编辑　年　年
装帧设计　王扶余　唐卉婷

制版印刷　湖南春黎文化传媒有限公司
经　　销　新华书店
开　　本　880毫米×1230毫米　1/32
印　　张　9
字　　数　321千字
版次印次　2023年7月第1版　2023年7月第1次印刷
定　　价　42.80元

# 目录 CONTENTS

目录
CONTENTS

# 第一章

## /他和她的百年孤独/

“长大之后，我要努力工作。妈妈可高兴了，让我听我最爱听的‘没话聊’电台。”

听到熟悉的暖场开场白，何榆莞尔，俯身将单车锁在教学楼前，又把耳机塞紧一些。

在大学读书的第一年，她已经习惯每周在播客上听没话聊电台的节目。电台常驻的主播叫“纸盒”，每一期会邀请一些身处不同领域的很有趣的人聊聊天。

“已经是六月份，又是一年一度的毕业季……”第一句还没听完，主播的声音戛然而止，一通电话打进何榆的手机。

每周一次的快乐被打断，何榆叹气，从口袋里摸出手机看了一眼。她没急着操作，只快步走到活动楼的阴凉处才接通。

“咕咚，你记得我之前跟你说的，我负责投喂西区草坪上的那几只猫吗？”

静静地等闺蜜商简说完，何榆已经猜到这通电话的“意义”。她故意先留白沉默，几秒后才凉飕飕地接道：“约会之前不知道先把猫喂饱？”

商简丝毫没有认错的觉悟，说：“唉，前两天我们社团一个人和我换了时间，我给忘了。”

椹南大学有一群游走在校园各处的“猫瘾患者”，大多被爱猫社收编，商简就是爱猫社的一员。也不知道她是从哪里收到的消息，大一新生刚开学的“百团大战”当天，她就第一个冲到爱猫社的帐篷前登记，成为

光荣的投喂员之一，隔周排一次班。

“我现在就在社团活动楼，一会儿去拿猫粮，”何榆虽然心里吐槽着商简不靠谱，但还是认命地上楼，“西区的那个楼？”

“嗯，就知道你靠谱。”商简一听就来了精神，又顺嘴提醒一句，“明天晚上椹大的南华据点聚会，你可别忘了。”

南华中学作为椹南市最好的两所中学之一，每年考上当地最高学府椹南大学的学生不少。大家又都是在校读实验班的人，平日里一起生活，也都相熟。已经六月，他们这一届大一生已经读了一年的大学，同级生之间大多没有频繁联系，自然是要聚一聚的。又恰逢毕业季，整个南华中学大家庭一起聚，也正好为毕业那一级的学长学姐庆祝。

“嗯。”何榆手指扒拉着猫粮分装袋的边角，装作不经意地问起，“这次去的人多吗？”

商简思索一下，回道：“基本上都说要来。”

听到这一句模棱两可的话，何榆没再说话，想着是不是要再问得细致一些。她抿唇从活动楼的另一扇门出去，电话那边的声音突然一转，带着些揶揄的笑意，说：“‘预言家’也来。”

活动楼占地面积很广，只有每层两端有直开的窗户，除此之外大多是活动室的门，采光很差。推开门的一瞬间，室外夏日午后的阳光不可避免地刺了一下何榆的眼睛。

她条件反射地眯起眼，视线扫过门口对着的整个西区草坪。

草坪上人不多，有几对铺上餐布野餐的小情侣，还有角落里一个正俯身“吸猫”的背影。

“哎，对了，西区草坪那几只猫里有一只橘猫脾气不好，你喂的时候别手欠……”

电话里的声音早已和室外夏蝉发出的噪声融为一体，看到那个背影时，何榆的心突地跳了一下。

也只是失神片刻，刚刚还表情自然的何榆垂下眼睑，回道：“明天下午五点半，我去你们宿舍楼底下等你，挂了。”

她将手机捏在手心里，呆立在屋檐下半晌，视线却从没有从那个背影上离开。

身材颀长的男生蹲在地上，不知道什么时候身子已经偏过来了一点。他微弯着腰，右手不停地摸着那一团橘色毛茸茸的小脑瓜，动作轻柔。

那隔着一段距离都能感受到的温柔，让何榆甚至都在怀疑，自己看见的，到底是不是那个住在她梦里许久的人。

也许是上课的时间到了，男生低头看了一眼腕表，又浅笑着和不停蹭自己手背的猫咪说几句话，才站起身。

何榆的眼神几乎是同步就追上去，直到他的身影消失在教学楼的拐角处。

椹南大学的占地面积很大，但被穿过校园的几条宽阔马路分割成一块一块的。即便是在同一所大学，何榆也已经很久没有见过傅云实了。一年能碰见六七次的概率，不过都是像刚刚那样远远地看上一眼。

一声猫叫把何榆拉回现实，她低头看过去，才发现自己已经被一众流浪猫包围。它们把她围得严严实实，不停地来回走动，双眼却一直盯着圈中心的她，像是旅游区里晚上围着篝火望向火苗跳舞的大妈。

僵持间，为首的一只猫轻松地跳上她身后的窗台，“体贴”地把不锈钢小碗叼起，放到她面前的地上。

倒是完全不客气。

在那么多双眼睛的注视下，何榆乖乖地蹲下，倒了大半袋猫粮，眼神却又不自觉地飘向刚刚一直看着的那个位置——那只被男生抚摸过小脑瓜的“胖橘”依旧懒洋洋地趴在草坪上晒着太阳，没有半点饥饿的样子，好像对她手中的猫粮并不关心。

服侍好眼前的猫群，何榆才轻手轻脚地走过去，将只剩下一点猫粮的塑料袋打开，放到胖橘面前的草丛上。

听到声响，胖橘不紧不慢地睁开眼，悠悠地瞥一眼面前的猫粮，又看一眼身侧的“两脚兽”，高贵地扬起头颅。那一瞥，带着不同于普通橘猫的高雅。

何榆犹豫片刻，保持蹲着的姿势向后退了两步，离它稍微远一点。

这只橘猫毛色很好，在日光下微微反着光，就连吃相也优雅得很。如果不是提前知道，她都会怀疑这只是不知道谁家偷跑出来的家养猫。

也许是觉得危险散去，橘猫舔舔猫粮，终于决定接受。

午后的热浪随着风卷过草坪，何榆看着它乖乖埋头吃食，鬼使神差地学着刚刚傅云实的样子，向那一坨圆圆的、毛茸茸的小脑瓜伸出“魔爪”。

下一秒，她猛地倒吸一口气，捂住被抓伤的手痛得龇牙咧嘴。

“爱猫社的人没有告诉过你，这只猫不能摸吗？”

眼泪正在眼眶里打转，这一道熟悉的声音，让她头皮猛地发麻。

话音刚落，何榆眼睁睁地看着上一秒还在事不关己舔毛的橘猫，噌的一声蹿到男生的脚边，倚着他的裤管一顿猛蹭，半点没有刚刚凶神恶煞的样子，软糯得就差把肚皮翻出来。

“这是一只母猫吧？”何榆在心里暗骂一句小白眼狼，转身站起，微扬着头毫无畏惧地对上那双她已经很久没有直视过的眼睛。

傅云实手里拿着两根火腿肠，垂下眼睑又抬起，算是回应。

何榆腹诽：以前，你招女生喜欢也就算了，到大学连猫都不放过。

她不是滋味地看着他蹲下，一双修长的手撕开火腿肠，将一小截放在刚刚装猫粮的塑料袋里，再细致地把火腿肠的包装袋团好，摁在手心里。

“猫咪不能吃火腿肠，”话从嘴里冒出来，何榆琢磨着自己有点像“杠精”，又加一句，“盐分太多。”

傅云实伸手摸摸橘猫的脸，说：“这是给它的奖励，就吃一点。它一个月没有咬人，表现不错。”

“那我……”何榆抬着自己的手腕，一时笑得礼貌而又勉强。

“你不算。”傅云实回应得干脆。

就知道他嘴里吐不出象牙，何榆从鼻孔里呼出两团热气。

再起身时，傅云实已经将她罩进他的影子里。

面对何榆吃瘪愤慨的脸，他却没有过多的表情，说：“我陪你去打疫苗。”

提到疫苗，她刚刚因为他的出现而暂时消失的疼痛，又再度出现在手背上。

“校医院能打狂犬疫苗吗？”何榆今天没带身份证，去外面的医院还要回一趟宿舍。

傅云实已经走出去两步，听到这话，半转过身，蓦地笑道：“我有一个兽医专业的室友，你要是信得过，找他打也可以。”

何榆呆住了。

如果可以，她真的很不想听傅云实说话。

何榆和傅云实其实不算太熟，即便他们同班了两年，还做了大半年同桌。

一时间找不到话说，两个人沉默着并肩走在路边，多少有些尴尬。

“你是爱猫社的？”也许是觉得一直沉默太尴尬，傅云实随口抛了个问句。

何榆只觉得上次和他闲聊已经是好久之前的事，摇头说：“不是。”

“计算机学院的人来西区喂猫，这么闲情逸致？”

椹南大学很大，计算机学院的大楼在北区的最边缘，来西区喂猫，几乎是要跨过山海的艰难程度。

总觉得他话里有话，何榆偏过头，意外地对上他玩味的眼神。她嘴角轻抽一下，迅速反应地回道：“我只是去活动楼帮老师跑腿。”

——看见你真是个意外，又刚好脑抽，想顺便感受一下被你摸过的脑瓜。

“哦，”刚刚还并肩走着的人慢悠悠止住脚步，完全没有预兆地落到她后面，“你自己进去吧。”

见何榆在离他几米开外的地方回过头，他勾唇，懒懒散散地摊手，说道：“我晕针。”

闻言，何榆深吸一口气，差点直接骂出声——同班两年里每次体检都没见你抽血晕过去！

虽然他们只同班了两年，却是从小学一直到大学同校。在同班之前，何榆一直都只是对傅云实有所耳闻，从来没将脸和那个被神化的名字对上号过，一直到高一临近期末的某天……

那天，借住在她家的表弟何渠琛在威逼利诱下，终于向被言情小说迷了眼的姐姐妥协，用自己心爱的新单车载她去上学。车骑了多久，她那爱叨叨的弟弟就抱怨了多久。

“别人都是帅气地骑着车载着美丽的女朋友，而我是衣着破烂的车夫，拉着我‘病入膏肓’的姐姐。”何渠琛弯腰将车锁上，叹气，越说声音越缥缈，还不忘半皱着眉，忧愁地看向远方骑车而来的小青梅竹马。

这演技拿捏的技巧，让何榆觉得他辩论场上那辩不过就直接煽情的下流手段，都是拿她当陪练练出来的。

何榆抖掉身上的鸡皮疙瘩，将最后一口包子吞下，无情地说道：“醒醒吧，等你的车生锈了，你都没有漂亮的女朋友。”

这时，旁边传来一道声音：

“你之前不是有一篇文章拿了国家特等奖吗，学文科可以直接走自主招生保送了吧，怎么单子上选的是理科？”

耳尖地听到“国家特等奖”，何榆不能免俗地八卦起来，佯装无意地偏过头，余光瞥到身侧正在锁车的两人。

“是我亲姐吗？”一旁的憨憨弟弟还在叨叨着。

何榆一个不耐烦，说：“表姐。”

这两个字一扔，“对方辩友”终于安静了。

何榆的注意力重新回到那两个路人身上。

一直没开口的另一个男生率先直起身，将滑到手腕处的书包带向上提了提，语气轻松地说道：“文科我自学也可以，理科更有挑战性。”

啧啧啧，自学也可以？

永远在考场上将三百字贫瘠内容艰难扩写成八百字的何榆心里暗骂着，恶狠狠地把酸奶袋咬开。

她用脚背扒拉两下已经锁好车的弟弟，抬抬下巴，扬向已经走远的背影，问：“那人是傅云实吗？”

“嗯。”受到亲情伤害，何渠琛极不情愿地从喉咙里应付一个音节。

闻言，何榆抬起手揽挎过自家弟弟的肩膀，半眯起眼睛，清清嗓子，郑重宣布道：“我要去学理科了。”

空气在一瞬间静止，她偏头，没有如愿接受弟弟的崇拜和讶异，反

而对上一双似笑非笑的眼睛。

“就你这样子还想去学理科？”一句莫名其妙的话硬生生把何渠琛逗笑，他反过来拍拍自家姐姐的肩膀，“你篡改的历史还不多吗？”

自动过滤掉不想听的话，何榆翻个白眼，硬气地把被打断的后半句话说完：“我要让傅云实尝尝年级第二的滋味……唔。”

恶作剧成功的何渠琛松开刚刚挤她酸奶袋的手，抬脚就把被酸奶糊嘴、活在梦里的姐姐扔在身后，没好气地说：“我就不信酸奶滋不醒你。”

酸奶没有“滋”醒何榆，但是疫苗把她“滋”醒了。

一声惨叫后，从回忆里被拉回来的何榆捂着右臂，泪眼汪汪地推开校医院的门。刚刚他们分开的地方，已经没有了傅云实的身影。

应该是把她送到地方，他就回去了。

何榆自嘲地笑了一下，又对着自己涂着碘伏的手背，小心翼翼地呼出几口气。

从校医院走到路口，思绪还没有完全从回忆中走出，何榆迈着步子，脚后跟还没沾到柏油马路，整个人就猛地被身后的一道力量给拉了一把。

前方送外卖的小哥骑着摩托车疾驰而过，车子擦过她的鞋尖，卷起的风带起她及肩的褐色短发。她被身后的力量拉得转过身，一双漂亮的眼睛带着惊吓后的迷茫和愣怔。

不过是脑袋空白了一刻，引擎巨大的轰鸣过后，何榆的嘴也没闲着，一个劲儿地打着哆嗦：“药药药……”

像卡了碟的光盘。

刚刚那股夏日午后惊鸿转身的意境，瞬间被毁得彻底。

“怎么突然开始说唱？”傅云实的眉毛以肉眼可见的速度皱起，带着一言难尽的嫌弃。

何榆疼得一个激灵，想甩开他的手却没甩掉，气到想骂人，说：“药！碘伏！”

顺着她的视线一路向下，正打着电话的傅云实看到自己手指下棕褐色的痕迹，眉心一跳，立刻放开她的手。

他轻轻咳了一声，又抬手仔细查看自己的手上有没有沾上碘伏。

似乎是没沾上，他松了一口气，继续讲电话：“我今天下午三点会去办公室值班，你们可以把活动审批表交过来。”

何榆闭上眼睛，深吸一口气，再缓缓睁开。她真的很想冲回校医院，开一瓶碘伏给他当场画个花臂。

何榆正咬牙切齿着，那只刚刚被检查过干净的手，将一个浅紫色的东西递向她。

何榆下意识地接过，这才看清是糯米糍雪糕。

她以前和商筒在南华时，经常买这种几口一个的小雪糕解馋。

他竟然会记得。

傅云实还在打电话，听上去是学生会的事。他一向这样，从小到大一直能在学生组织里如鱼得水，轻松地处理大大小小的事情。

见他没有要走的意思，何榆一个人站着实在是没趣，撕开糯米糍的包装，咬下一口。舌尖的冰凉冲淡雪糕本身的甜腻，糯米皮也依旧是记忆中的Q弹。没话聊电台只说了一句的开场白，又再度闯入她的耳朵，“又是一年一度的毕业季，回想着少女时代”。

她那美好的少女时代啊……拜傅云实所赐，除了学习，就是学习。

“所以预言家送你回宿舍了？”晚上，商筒打来“视察工作”的电话。在听了何榆今天的遭遇后，她非但没有半点怜惜，还毫不掩饰地狂笑。

“没有，他顺道去学生会，把我扔在了离宿舍直线距离最近的路口，”何榆觉得自己还是要面子的，又补充一句，“还体贴地给我扫了共享单车。”

作为回报，她没锁车。

第二天，下午最后一节的英语课拖堂五分钟。何榆到教学楼外时，共享单车已经都被骑走，太阳依旧炽热。

她算是看明白了，只要和傅云实挂钩的事情，就必定不是好事。

一直到何榆和商筒到达聚餐地点，商筒都没有给她明确“傅云实会不会来”的消息。饭桌上，也没有人主动提起他来不来的事，毕竟之前的几次小范围聚餐，傅云实就因为实在太忙没有来，大家早已习惯。

聚餐一共三桌，在同一个大包厢里。

上菜间，何榆的那一桌一直在聊些没有营养的话题，大多有关以前同学的八卦，还有一些大学里的趣事。

这桌的人何榆不是很熟悉，她习惯性地淡笑着，一杯接一杯地往已经叽里咕噜的肚子里狂灌大麦茶，没有参与闲聊。

“你这条手链好漂亮。”坐在何榆对面的女生也许是想加入讨论，突然夸了一句刚刚一直在主导这桌讨论的女生。

闻言，手肘始终放在桌上的女生笑起来，戴着手链的右手将碎发捋到耳后，说：“这条手链是我男朋友买的，限量款。”末了，又加上一句，“他难得有眼光。”

“你就知足吧。今年情人节，我男朋友送我一支口红，选的那色号，简直把我气死了。”桌上立即有人接话，转身从包里掏出一支口红，熟练地把口红帽拔开，然后慢悠悠地、一圈又一圈地将一整管荧光粉色的

膏体转动出来。

死亡芭比粉，混合着能让再少女的少女心也能被立刻淹死的绝美细闪，缓缓地在金色外壳中升起。从远处看，像极了小时候上电脑课时，用金山画图瞎画出来的巅峰日出调色。

“就这还天天带着啊？”坐在何榆身边的商简“啧啧”地摇摇头，小声揶揄着。

戴着手链的女生托着腮，眼睛仿佛黏在那支口红上，说道：“这个情人节限定的口红壳特别美，我之前想抢都没抢到，但没想到居然是这种逆天的色号。”

两人一唱一和地，把话题直接带到“不能让男朋友自己买东西”上来。

何榆静静地听着，直到有人突然点名：“何榆，你怎么都没说话？”

来了来了，控场小能手又开始“递话筒”了。

知道自己躲不过被那女生拖下水的命运，何榆把手中的瓷杯放下，嘴角比刚刚更弯了一些。她天生嗓音低，低笑声搭着涂了深樱桃红的微笑唇，足够摄人心魂。

“我的故事没有什么特别的。”她眯起眼睛，慵懒地向后靠到椅背上，声音平静得像是在讲别人的故事，“不过就是在新旧年交替时，从喜欢的人那里，收到了一本包装精致的《百年孤独》。”

何榆刚说了几个字，商简就意识到她要讲的是什么事，憋笑到肩膀疯狂抖动。

“马尔克斯的那本《百年孤独》，大概是他给我最美好的新年祝福。”见桌上没人反应，何榆摊手，善良地解释道。

这注释，还不如不加。

刚刚还热闹讨论的一桌人鸦雀无声，完全没有热场子的效果。

半晌才有人委婉地评价：“突然间，我好像又相信爱情了。”

放在以前，何榆也是个相信爱情的小姑娘，可偏偏现实教她做人。

时至今日，她甚至都还能清晰地记起，当年那个叫傅云实的“瓜皮”少年在班级元旦联欢结束之后，走到她桌边，俯身用食指第二个指节轻叩两下桌面。每一声，即便是在嘈杂的教室里，却都仿佛清晰地敲在她的心上。

傅云实的侧脸很好看，而主持过元旦联欢的声音，因为压低成只有他们能听到的大小，更带着一丝沙哑。

“何榆，出来一下。”他说。

突然近距离的接触，让正收拾东西准备放学的何榆一愣，少女的脑内飞速写好两万字的小说情节。等傅云实走出班级，她才磨磨蹭蹭地起身，跟着走到走廊。

教室外，靠墙而站的少年冲她浅笑着，校服西装衬出他优越的身材比例。而她站在他面前，有些恍惚。

这个全校有名的少年，如今却只是看着她，眼底倒映着她一个人的身影。他一笑，她也没有办法克制自己疯狂上扬的嘴角。

在含笑对视中，何榆魔怔般地向他走近，然后看着他从身后拿出一个用薄荷绿包装纸包着的礼物。

“给我的？”她讶异。

天啊，这是什么宝藏男孩，还默默为她准备了新年礼物！

傅云实点头，声音温柔地说道：“拆开看看。”

揣着狂跳的心，何榆接过礼物，尽量文雅地撕开包装。但她实在是太高估自己了，一个使劲，包装纸就被撕开大半。撕痕后露出四个大字——

《百年孤独》。

她也实在是太高估傅云实了。在她的沉默中，对方居然还坦荡荡地送上祝福：“不知道你喜不喜欢《百年孤独》，新年快乐。”

强忍着想要把书甩到他脸上的冲动，何榆盯着那张淡笑着的脸，几乎是从后槽牙里磨出两个字：“喜欢。”

她喜欢，她喜欢《百年孤独》，恨不得自己百年都孤独。

她喜欢，她可真是太喜欢这个祝福了。

她爱学习，学习让她快乐。

“我好想知道这是哪个憨憨。”好不容易止住笑，桌上有人问道。

能考上椹南大学的都是实验班的人，何榆在的这一桌又都是同届，即使是平时交流不多，但都互相认识。这个小插曲只有何榆的几个好朋友知道，估计也没有人能联想到，这是左右逢源的傅主席做出的事。

就在所有人都在等她爆瓜时，包厢的门被推开，一个声音随之传来：“不好意思，来晚了。”

傅云实的声音辨识度很高，他在学校里主持了六年大大小小的活动，在座的人早已熟悉了这个声音。

“预——”正讨论着的人突然出现，商简惊得立刻扯住何榆的胳膊。

老话说得好，不要总是念叨别人，念叨着念叨着就变成召唤。

爆瓜当事人反而比商简要放松得多，何榆的视线只是略过门口的方向，看到昨天才见过的人自然地在另一桌坐下，悄悄松口气。她在桌下狠踹商简一脚，小声说：“你驾马呢，吁什么吁！”

商简幽幽地直起身，看了一眼傅云实的方向，又塌下腰，冲何榆做了个鬼脸。

人到齐，菜也上齐，等刚刚招呼傅云实去那一桌坐下的学长先说两句，大家才终于正式开始动筷。

何榆早就盯上面前的重庆辣子鸡，毫不含糊地伸出筷子。

“你的手怎么了？”坐在何榆另一侧的女生看到她肿起来的手背，也伸出手，体贴地将靠里侧的盘子向外拉，担忧地问。

将油炸鸡丁扔进嘴里，轻轻一咬，酥酥麻麻的感觉混着辣椒炸出的香味，让何榆满足得笑眯起眼睛，回应的话也跟着变得云淡风轻。

“没事，被‘情敌’挠的。”

“预言家”是何榆的朋友们给傅云实起的代号，毕竟当初谁也没有想到，如今的何榆真的让傅云实给预言中了。

二十年人生，一场恋爱没谈过，狗粮倒是吃了不少。

大型聚餐不过只是相熟的一小撮人的快乐，饭吃得差不多时，有些人就开始提议去 KTV 唱歌。何榆还有几篇期末论文没有写完，和商简交换眼神后，一起婉拒邀请。

天已经完全黑下来，人群走出餐厅。何榆身上挎着一个包，手里抱着一个包，等着去旁边卫生间的商简。她透过餐厅一楼巨大的玻璃窗，百无聊赖地看向那群人。

他们在路口停了一会儿，应该是商量要订哪家 KTV。等一大拨人走了，路口就只剩下几个零零散散的不去唱歌的人。

餐厅所在的学校南门离建筑学院宿舍楼很远，和剩下的几个人打了声招呼，傅云实才转身找共享单车，打算骑车回宿舍。隔着大半个餐厅的距离，何榆的视线透过窗子，也不由自主地追随着他。

“狂犬疫苗不是要打五针？下周咱们就去军训基地了，你这怎么办？”商简一边洗手，一边隔着门帘问道。

“我今天跟辅导员开了情况说明，明天还得去校医院一趟，找军训的带队医生交表，在基地打疫苗。”何榆应着，自动屏蔽商简笑她惨的揶揄。

她盯着傅云实掏出手机，在屏幕上点几下，然后毫无意外地，整个人僵住两秒。

达成愿望，何榆暗爽。

她昨天回去后，把单车停在宿舍楼后面的隐蔽处。想着晚上宿管阿姨锁门之前，她出门拿夜宵的时候，再顺道锁车。订完外卖，她就把手机一扔，进入游戏世界驰骋，等着外卖小哥的电话。

然而命运总是多舛的，托宿舍楼那把铁锁的福，她没见到外卖小哥，也没锁成车。唯一值得称赞的是，叉衣架伸出窗拿外卖，真的很好用，好用到等她再想起来锁车时，已经是第二天的中午。

察觉到傅云实有要抬起头的动作，何榆连忙转身面壁，手不自觉地摸向鼻梁。

“走吧。”没给她面壁思过的机会，从卫生间里出来的商简一把拉过她的胳膊，毫无察觉地挽着她向外走。

眼看着离门口越来越近，傅云实却仍旧站在单车旁，正透过玻璃望着她。他杵在路口的共享单车停车点，像尊一动不动的石像，看得何榆背后发凉。

“看什么呢？”商简的视线也自然地扫过餐厅门口，扫到“石像”的身上。

空气仿佛静止两秒，远远地望着那尊“石像”，两人默契地脚下一转。

“上大学一年了，遇到傅云实时咱俩一点长进都没有。”商简装作无事发生地哼着歌，步频却偷偷加快。

“以前在南华的时候，我被傅主席没收的东西和罚过的款还少吗？”何榆一想起这事，就一个头两个大，“傅主席留下的阴影，难道不是全校通病吗？”

南华中学以素质教育和高升学率并行而闻名椹南全市。学校里都是兴趣技能满点、成绩飙高，又有个性的“妖魔鬼怪”，出了名的难管。

但傅云实当任南华中学学生会主席的那几年，是南华少有的、连教导主任和校长都会感慨的、“南华人”最老实的几年。

两人正叽里呱啦着，迎面就撞上刚付完餐款的学长。

学长问：“你们怎么还没走？这么晚了，路上都没什么人，你们两个……”他说着，视线扫过寂静的大街，对上不远处那人的双眼，眼睛一亮，“云实？”

这么亲昵的一声叫喊，让眼前两个小姑娘齐齐倒吸一口气。

这一声召唤，让不远处的那尊“石像”动起来。傅云实慢悠悠地骑着单车逼近，长腿一支，车就停在学长身侧，正好面对着何榆。

傅云实半垂着眼，声音温和地喊道：“学长。”

“太晚了，不太安全。你如果没有急事，可以把她们送到学校吗？”椹南大学平日里聚餐活动的传统，都是男生负责送顺路的女生回宿舍。只不过刚刚商简去卫生间耽搁了，没赶上。

傅云实能送她们回去？

何榆不信。

她偷偷抬眼看向傅云实，发现他正微微挑眉看着自己，没有说话。

傅主席还是当年那个傅主席，不想做事也从来不从自己的嘴里说出来。

何榆心领神会，连忙摆摆手，说道：“不用了，不用了，我们这儿有两个人，没事的。谢谢学长，也谢谢……傅同学。”她顺带还偷偷掐了一下商简。

“我们经常大晚上出去玩的，这边治安很好，”成功配合多年，商简立刻默契地堆上笑容，“真的不用。”

“嗯，今晚我们也打算出去玩，就不麻烦傅同学了。”何榆灵光一动，顺着商简的话说下去。说完，她就看着面前那人的眉毛挑起。

傅云实一只手搭着车把手，一只手插在裤子口袋里，好整以暇地说：“骑车去椹南中心广场看升旗，好玩吗？”

“啊？”何榆一时没反应过来。

只见车上那人指指手机，微歪着头，等她的解释。

逻辑满分，分析满分。

她哑口无言。

理解对方的深意后，何榆深吸一口气，皮笑肉不笑地对上傅云实隐隐带笑的双眼。她嘴角的弧度机械地扩大，挺直身板，说：“是啊，终于圆梦，挺不容易。”

谁小的时候还没有一个去椹南中心广场看升旗的梦？

对于她自然的接话，傅云实缓缓地点头，说：“是挺不容易，毕竟之前一直因为起不来床，翘过不少次看升旗的春游。”

被翻旧账的何榆无语。

见她吃瘪，他才收回视线，淡淡地说：“走吧，我送你们。”

好在一路上三个人都骑车，不需要有什么走夜路的交心谈话。何榆很开心，但是……在僵硬地说过“再见”后，她看着他骑车向另一个方向离开的背影，心里突然有些酸酸的。

她习惯了高中时两人阴阳怪气的相处方式，但保持这样的方式，让她觉得自己和傅云实之间的关系，似乎从来没有发生过变化。

尽管，她喜欢他。

先把商简送到宿舍楼下，何榆干脆锁上车，溜达着回自己的宿舍楼。情绪瞬间上涌，她从包里找出手机，给自家弟弟打去慰问电话。

“琛琛，《王后雄》的难度还可以吗？我听说椹南大学出版社新上市一套《疑难题直通车》，我买一套给你送货到家？”电话接通，开口第一句就承载着她对弟弟炽热的爱。

听着电话那端的人猛吸一口气，刚刚还情绪低落的何榆，心里立刻畅快了许多。

“军训基地在远郊深山，你要是想跑出来，还差点意思。”受到刺激，何渠琛只想赶紧挂电话。

哪壶不开提哪壶，即将面对军训的何榆抿了抿嘴，回道：“那我还是直接叫闪送吧，一小时直达。”

她不是个善于表达自己内心深处情感的人，本来想和弟弟认真聊聊感情问题，但话到嘴边又说不出口。可毕竟一起生活了很久，何渠琛轻易就察觉到她语气里原因不明的低落。

碍于面子，何渠琛也不好随便开口。他把手机放在一边，打开免提，问道：“你买军训用的东西了吗？要是没有发皮带，你记得多带两根。回宿舍就装进箱子里，别到时候忘带挨罚。”

“驱蚊贴、防晒霜……”坐在书桌前的何渠琛看着自己给何榆列好的清单，絮絮叨叨地念下去，又猛地一顿。

“还有什么？牙膏、毛巾、泡面？”从路边的小卖部买了一罐冰镇汽水，何榆歪头夹着手机，打开灌下一口，好笑道，“琛琛，我在你心里是多没有自理能力？”

她也就是寒暑假使唤他做饭扫地拖地而已，不至于，实在是不至于。

何渠琛闭上眼睛再睁开，看着清单上的最后一行字，憋了半天，才语速飞快地说道：“塞在军训鞋里面的卫生巾买了吗？”

“挺懂的啊，小朋友，”何榆愣了一下，瞬间笑开，“有没有好牌子给姐姐推荐推荐？”

电话那边的人又没声儿了，只有水笔在纸张上摩擦发出的声音。

她这个弟弟，消化愤怒最有效的方式是做题。

基本每次真的把何渠琛惹奓毛了，何榆才收起没正形的样子，不再逗他。

她用学生卡刷开宿舍楼大门，推门的同时，半垂着眼，说道：“琛琛，你还记得傅云实吗？”

“高考神话。”他当然记得。

在整个南华，甚至是椹南市的中学里，何渠琛唯一服的就是傅云实。傅云实是他的目标，他后来当选学生会主席，主持大大小小的活动，成为模联主席……这些成长轨迹，都是追着傅云实的脚步，一步一步来的。

察觉到何榆的情绪不对劲，何渠琛也微皱起眉，笔尖一顿，问道：“怎么了，姐？”

“你说他要不要‘鞋垫’呢？”

闻言，何渠琛愣住了。

想着傅云实头号迷弟吃瘪的样子，何榆心情顿时舒畅，哪怕电话已被对方无情挂断了。

“又欺负你弟了？”见何榆嘚嘚瑟瑟地拉开宿舍门，正在桌边看电脑的室友扔了颗话梅给她，抖抖眉毛。

何榆剥开包装直接把话梅扔进嘴里，耸耸肩，说：“我弟跟我说，让我买点卫生巾垫军训鞋里，更舒服吸汗。”

“你知足吧，有个贴心弟弟。”另一个室友酸溜溜地咂咂嘴，“我男朋友他拉不下脸去买，小男生脸皮薄，我索性就帮他们一整个宿舍的人买了，用个黑色的塑料袋蒙上，还按照要求找个月黑风高没路灯的地方‘交易’。”

听到这里，何榆的眼睛突然亮起。她把嘴里的核吐掉，用肩膀轻轻捣了捣室友的后背，眼底露出点点狡黠，问：“姐妹，你这个月花呗还完了吗？”

被“花呗”支配的可怜女大学生立刻堵上耳朵，说：“只要没给我发账单，我就一分没花！我之前兼职的那家奶茶店听说我半个月上不了班，把我辞了。”

椹南大学是在大一结束之后的六月底军训，所有人要被拉去军训基地实行军事化的管理。

见对方上钩，何榆锲而不舍地用肩膀捣鼓捣鼓室友，两只眼睛放着光，说：“我这里有个卑微女大学生再就业的好办法，想不想听？”

何榆的大伯很久之前辞去体制内的工作，四十岁离开舒适圈，从白手创业，到现在小有成就。从何榆小时候起，大伯就告诉她，哪里有需求，哪里就有商机。

何榆很崇拜这个不管做什么都能做出成绩的大伯，始终谨记着他的教诲，自小也有一番闯劲。

如今，何老板重出江湖，一不做二不休，当晚就申请了新的微信账号。一晚过去，椹南大学论坛里，一幢高楼帖子拔地而起——

你还在为军训选用姨妈巾鞋垫而害羞吗？

你还在为选择哪款而感到头痛吗？

你还在害怕网购的纸箱上超大的标志吗？

我们来帮你解决！

现提供椹南大学主校区购买及送货到宿舍楼门口服务。我们承诺用深色或印花塑料袋送至您的手上，免去您的尴尬，还给您舒适的双脚，详情请扫二维码咨询。

本着顾客至上，让顾客有更好的购物体验的原则，何榆第二天刚一下课就直奔离教学楼最近的超市做市场调研。不过，也不知道是不是因为马上就要去军训了，卫生巾货架上，有些品牌的已经卖空。

在心底感叹着“一巾多用”的需求量，何榆顺手从货架上拿下几包扔进小推车，没在那个区域多停留。

绕过货架，她转身投入汽水的怀抱。

自从学校超市引进零糖汽水，何榆每次进超市就仿佛进了天堂。

超市今天刚补完货，口味齐全，她低头纠结到爆炸——

新出的口味在网上似乎风评不错，但尝试新事物，会不会一不小心踩雷？

纠结半天，她才弯下腰，坚定地从底端的货架拿起一瓶。

超市的货架不高，只有四层。何榆穿着带鞋跟的夏日凉鞋，直起身，平视的视线越过货架，自然地落到对面的男生身上。

傅云实正垂眼比对着什么。尽管货架挡住了他的手伸向的商品，但何榆刚从那排货架转过来，自然知道他在买什么。

静止片刻后，傅云实又把手上的商品放回原位。他也是第一次买这种东西,为免购买时碰见熟人尴尬,特意穿过大半个学校来这家无人超市。

傅云实抓上一包在手中，表面上毫无波澜，甚至比对商品的手法还有些熟练，但实际上他心里慌得不行。

他强装镇定地把手里的东西扔进小推车，刚松口气，却在转身的瞬间愣住。

他转身时余光瞥见了什么？

细细品味着刚刚那一眼，傅云实心底一凉。他机械地扭头，那颗货架上“长”出的脑袋，正笑吟吟地看着他。

等了半天的何榆见傅云实终于发现自己，像是嫌不够刺激，还故意提供建议，说：“网面的吸汗，但是棉质的更舒适。”友好的“同学爱”在这一刻爆发，她的下巴又向斜前方抬了抬，“喏，那边还有茶树香气除菌型。”

傅云实刚刚还没有表情的脸上，此时嘴角慢慢弯出弧度。他盯着她，礼貌地点头，平静得看不出一丝慌张，说：“谢谢。我只是帮室友买，他提前告诉过我型号。”

不等何榆回应，他推着车，信步离开。

也不管一包够不够两周的鞋垫量。

哎呀，怎么就害羞了呢？何榆拿着最新味道的汽水，望着傅云实淡定的背影，刚神清气爽地吐出一口气，裤子口袋里的手机就振动了一下。

何榆拿起手机看了一眼，挑了挑眉。

啧，这最新的微信好友申请的头像，看上去还挺眼熟的。这么快就要帮室友网上团购“鞋垫”了？

回到宿舍，傅云实努力通过大量的题目计算，让自己忘却下午的尴尬。

“傅云实，我们去楼下小吃街买点夜宵，要顺道给你带点什么吗？”室友询问的声音传来。

傅云实将电脑合上，回道：“不用了，我一会儿去洗漱，然后就休息了。”

军训在期末考试之后，临近军训也就意味着期末考试的逼近。好在学生会和社团那边的活动都停了，他才有空写论文和复习。

“那我们走了？”宿舍里其他三人都已经换好鞋，其中一个正拿着驱蚊水来回喷。

傅云实虽然坐在靠里的位置，但还是被这味道呛了一下，点点头，回道：“嗯。”

他从小到大都不是很合群的人，至少他自己这么认为。在学生会里所谓的左右逢源也好，处事圆滑也罢，这些言论即便传入他的耳朵，也都是淡笑而过。他没有什么朋友，和人交流也都保持着一定的距离。

傅云实在南华中学的几年，打破过不少传统。其中一条是他从高一被选为学生会主席，超越所有学长学姐，一直连任到高三毕业。临近毕业，接替他的同样是个高一小孩。

投票结果公示后，小孩颠颠地来问他管理经验。那时的傅云实站在升旗台上，从高处低头看着已经不剩几个人的操场，平淡地说：“当你实力足够强大时，你做很多事情就会容易很多。如果避免不了身边的人做事时注重人情，那你就强大到成为他考虑事情的例外。”

那个小孩就是何渠琛，何榆的表弟。

傅云实对何家姐弟有一种天然的好感，也不知道是弟弟带给姐姐的滤镜，还是姐姐给弟弟增加的光环。两个人都是足够努力上进的人，最重要的是，他们都有把他当作目标和对手，可可爱爱的自信。

同桌期间，傅云实每天最大的快乐就是和何榆斗嘴。他每周最大的快乐，则是看何榆悄悄拿自己的周测卷和他的周测卷比对，然后噘起嘴，忍着要气哭的臭脾气，憋着气，用一个晚自习刷完小半本《五年高考三年模拟》。

漫长的理科班两年，何榆没有赢过一次，但是她一直到高考都从来没有放弃。

站起身活动着自己久坐后僵硬的腰，傅云实收起回忆，伸手将写字台上的手机拿起，趿拉着拖鞋走到卫生间，将牙膏挤好。

刷牙的间隙是他为数不多的玩手机的时间。

傅云实打开微信，发现傍晚吃饭时扫码加上的账号，已经通过他的好友申请。

那边服务很专业，没等他询问，就已经将价目表发了过来。就算他一直没回，对方也没有催命似的连环消息轰炸，商品的价格也合理，只是另收一些跑腿费，但比起外卖费不算贵。比起不能送到学校内的外卖，对方还可以直接套好袋子，送到宿舍楼下。

还是无接触配送，免除尴尬。

此外，为了贴合不同人的脚感和脚大小，甚至还推出了好几种不同的套餐。

开这个店的人怕是个商业天才。

傅云实认真地看完购买须知，选好适合自己的套餐，就直接将定金和自己的宿舍楼地址发给对方。为了面子，他没有写自己的真名。

将手机屏幕暗灭，傅云实刚要吐掉嘴里的泡沫，手机就再度亮起。

【爱心闪闪闪送：尊敬的客户，您好，骑手已经安排满单，这边建议亲亲您自取哦！】

【爱心闪闪闪送：傅云实，女生6号公寓，风里雨里，爱的鞋垫乖巧等你。】

看到对方直接打出他的名字，傅云实一愣。

——“你住哪里？”

——“6号公寓，有点远。”

——“那我给你开一辆共享单车吧？”

造孽啊，真是造孽。

前两天那个手背涂着药膏、眼睛瞪大的女生，和今天下午超市里货架上看好戏的脑袋，以及屏幕上这个大红花的妈妈级头像，缓缓地在傅云实的脑海里融为一体。

无意识地吞掉小半口牙膏，辛辣感瞬间涌到鼻尖和眼眶，傅云实赶忙弯腰漱口。打开水龙头扭至最右，他的双手不停捧起冰凉的水，一遍一遍地冲洗脸。脑子里何榆阴魂不散的狡黠笑脸没被洗掉，倒是把他的困意悉数冲跑了。

见微信那边没有了动静，何榆躺在床上，做空中蹬单车的动作又加快了一些。要不是脸上还敷着面膜，她能当场放声大笑。

两年前从不偷订外卖的傅主席是正义的化身，抓拎她这样的小鸡崽一拎一个准。如今付过定金的傅云实，终于不能再独自美丽。苍天饶过谁？

“前天有个人晚上没锁共享单车，一晚上欠款一千万？这骑车有点废房子啊，一晚上就抵椹南市一套房了？”

“这么夸张的吗？我看看……”

“你去微博热搜，有新闻都报了。”

临近睡前，屋内的几个人都已躺在床上玩手机。大家不约而同地刷着微博，就最新的话题讨论着。

刚刚还美滋滋的何榆立刻竖起耳朵，一个鲤鱼打挺，面膜也顺势掉

在胸口上。她掀开床帘一角，小心翼翼地探出头，问道：“一千万？”

“椹南市傅先生用车后忘记上锁，一夜之后竟发现自己的账户欠款一千二百万。对此，单车平台回应系程序内部错误，将对系统进行维护修正。然而傅先生表示，几天以来账户欠款问题并未解决，平时无法使用单车，对他的生活造成极大的困扰……”何榆对床的女生转过头来，拿着手机把新闻读了一遍。

椹南市傅先生？

日子符合，姓氏性别符合，城市也对得上。

何榆一个激灵滚下床，来不及确认消息，换身衣服就冲出宿舍门。

洗漱完，傅云实习惯性地用手机登录邮箱，检查刚刚交出去的论文是否已经投递成功。正准备睡下，屏幕上方弹出的聊天窗口，让他眼皮猛地一跳。

【何榆：下来。】

下来？

何榆最近是不是又在上课时偷看小说了？

这次何榆用的是自己的微信号，见傅云实给自己回了个简洁的问号，立刻又发一条语音：“我在你宿舍楼下，你下来。”

以为是何榆无聊的恶作剧，傅云实没当一回事，但还是掂着手机，走到窗边向下不经意地望一眼。宿舍门口的梧桐树下，一个白色的身影很是显眼。

这个时间临近熄灯锁门，不少在外面喝酒撸串的男生回宿舍，三三两两的，放声笑着。

傅云实喉结微动，又睨过一眼抱着黑袋子一动不动的何榆，转身从衣架上顺走一顶棒球帽，抄起钥匙快步走出宿舍。

他真是欠她的。

“傅云实。”何榆天生招蚊子，见到门口出现那个颀长的身影，几乎是要跳起来，疯狂招手。

顺带轰一轰蚊子。

她穿着简单的白色 T 恤和牛仔中裤，到肩膀的中长发因为炎热而用皮筋绑住，在脑后扎成一个小鬏鬏。不知道是不是自己的错觉，傅云实只觉得她看过来的眼睛里有星星。

他不自然地将手插进口袋，冷着脸走近，问道：“这么晚了一个人来男生宿舍，是嫌自己平时活得太安全了吗？”

劈头盖脸就是一句训斥，让何榆简直梦回高中。

她赶紧把手上的一袋子姨妈巾扔到他胸口，说：“给你送货来的。”

“不是说明天我去拿吗？”他的视线就没离开过，看得何榆背后直发毛。

“我就是想当面问清楚，之前一晚上的共享单车费用是多少？”何榆见他接过袋子，才不好意思地摸着脖颈问道。

傅云实思索一下，答得干脆：“二十。”

顿了下，他又挑起眉，意味深长地拉长语调问：“为了二十来赎罪？”

“二十？”何榆摸着脖颈的手僵住，不确定地又确认一遍，音调也跟着提高，“二十？”

“嗯，”傅云实点头，“二十八。”

“我以为你……”她话还没说完，几步之遥的宿舍楼门口传来几声口哨。

何榆抬头望过去，看到勾肩搭背的几个男生正冲着他们的方向大声说笑。还没等看清人脸，她头皮一紧，视线上方被挡住大半。

棒球帽的头围偏大，几乎是整个扣在何榆的头上。她只感觉自己头顶的大手轻轻移开，声音中带了些愠怒：“还看？”

# 第二章

/ 其实，我喜欢你 /

“他不喜欢我，我从来不觉得有什么问题，毕竟是我心动了。但还好，我也有足够的心理建设，去面对他不喜欢我的事实。”

这是高中毕业后，何榆和商简在日料店喝清酒时说的两句话。那天她平静地把每一个字说完，眼眶却红了。

她早已经做好心理建设，所以在毕业后第一次和傅云实迎面撞上，才会平静地转过身，直视他的眼睛。

那是她曾经不敢去做的事。

只是在面对他此刻的怒意时，何榆才发现自己的心理建设没有想象中的那样强大。她知道傅云实是在保护她，是为了她着想，但心底的那一股倔劲儿仍旧无名地涌起。

何榆压住心底翻上来的情绪，喉咙微动，转身握住来时骑的那辆单车，利落地跨上去，听不出任何情绪地说：“东西你收好，不用给钱了。”

“我送你回去。”傅云实条件反射地伸出手想要拉住她，但在即将拉住她的时候，那只手却骤然在空中停住。

何榆的视线被帽檐半遮挡，只是扫了一眼傅云实伸出的那只手，却让他突然不知所措。

他记忆中的何榆，从来都是笑眯眯的，甚至淘气得像个小孩子。她从来没有这样淡淡一个眼神扫过来，拒人于千里之外过。

见他没动，何榆抿嘴，将眼睑垂下，说：“不用了，谢谢。”

支着水泥地的脚用力一蹬，她再也没有回头。

临近门禁时间，偌大的校园里已经没有几个人影，更何况是何榆这样从学校的一端横穿到另一端的。

椹南大学是百年老校，道路两旁的树木郁郁葱葱，路灯昏黄的光打下来，被遮去了大半，只在柏油路上留下稀疏的光影。

何榆单手扶着车把手，另一只手将耳机戴上。

“说起毕业季，我们没话聊电台这一期请到了几位已经毕业，还有毕业过但仍未毕业的嘉宾，想要聊一聊这个矫情话题。”之前只听了一句的电台节目再度被她打开，她听着主播纸盒的声音，微仰起头。

迎着夏日的微风，整个人也放松下来，是难得的夜晚独处的时间。

“我就不一样了，我的‘毕业季’这三个字，一点都不矫情。”刚介绍完本期节目，其中一位嘉宾笑着接话。

“上学的时候比学习比不过前面的学霸，打游戏甚至也打不过他，可把我气的，憋屈了三年。每次卷子发下来之后，学霸总是唉声叹气地说自己考砸了，说自己明明应该扣 10 分的卷子居然扣了 12 分。”

手上狠狠地一使劲，何榆刚刚还微微上扬的嘴角顿时塌下来。

当年年级大榜刚贴在走廊上，何榆一定是第一个出现在那里瞻仰傅云实雄姿的。之所以说瞻仰，是她没有一次在考试时的自我感觉良好之后，真的让自己的名字骑在傅云实头上过。

瞻仰过后，她通常会老实一阵，酸溜溜地坐在自己的位置上，没什么情绪地问：“猜猜你这次多少分？”

傅云实往往都是在整理打辩论的材料，眼皮都没抬，回道：“这次估计数学和理综加起来扣 34 分。”

刚开始几次听到这种话，何榆还有些目瞪口呆，不可思议地问：“可以算这么准确？”

卷子正好发到他们这一排，傅云实从里面挑出自己和何榆的，又多睨一眼何榆大多是计算错误的卷子，摇摇头，说道：“对于我而言，只有做错和做对两个选项，不存在做不对。”

是啊是啊，您可真是平淡无奇的小天才。

礼貌的笑容都快咧到地平线上，何榆一只手扯过自己的卷子，白眼冲天，没好气地说：“那你还是有 34 分做错了？”

呵，年级霸榜神话不过如此。

似乎是听出何榆语气里的暗怼，傅云实也不恼，嘴角的笑渐渐晕开。

他站起身，将手中的辩论材料磕整齐，骨节分明的手指利落地按下订书机，一沓白色的纸张整整齐齐。

“还有 10 分是故意错的，容错率有助于老师下一次调整卷子难度。”他的声音夹着些笑意，把其中一份材料放在她桌上，“我的一辩啊，别

那么没见过世面。”

就差再怜爱地摸摸她的脑袋。

一口气堵在胸前，何榆顺了半天。

她嘴上骂着，心却因为他说的那句“我的一辩啊”，悄悄地绽放出那天最快乐的花。

他语气里微微的叹气，居然都能让她听成宠溺。

只是这样一个集合她少女时期所有心动的人，却在她最擅长的辩论场上，被所有人认为和另一个女生是天作之合。

正方二辩和反方二辩之间的神仙打架,没有一个看过的人说不尽兴，都觉得台上那两个人是如此登对。

包括她，即便她喜欢他。

“每次学霸那么不合时宜地谦虚时，我都邀他来游戏世界里找找苦头吃，”耳机里的电台节目仍旧聊着嘉宾们的往事，“结果后来发现，在游戏世界里也是我在找苦头吃。去战场 1 对 1，嚣张的我被他用平底锅拍进墙里，抠都抠不下来。”

降噪耳机几乎滤掉了所有杂音，让电台录音室里每一个人的笑声都很清晰。可何榆的脸上，没有任何笑意。

她把单车停在距离宿舍楼不远处的停放点，顺手打开手机，才发现傅云实已经用支付宝给她把姨妈巾钱转了过来，微信里也躺着简短的两个字——

【晚安。】

耳机里的人声依然聒噪，何榆猛吸一口气，才把猛然蹿到鼻尖的酸楚憋回去。

她打开置顶的备忘录，跟着上面的文字又默念一遍——

“要开心。

“还要酷。

“冬天也不要因为天冷而叽叽歪歪。

“不要喜欢任何人。做自己。”

再收起手机的那一刻，她抬头望着深蓝色的天，还有天上那稀疏的几颗星星。甩掉脑子里的矫情，她感觉自己似乎又做回那个谁都不爱的无情学习机何榆。

再度提起嘴角，何榆潇洒地转身，自信地迈开步子，脚上踩着的匡威鞋，似乎在这一刻也变成气场全开的细高跟。

但刚凝聚起来的气场在看到那一条大铁链子的时候，顿时裂得稀碎。

“阿姨，别锁门！阿姨！我是何榆啊，阿姨！”

何榆的矫情通常不超过三十分钟，尤其是当室友分享零食时，调整时间会更加缩短。

倒头就睡，从不瞎想，这一直是何渠琛最羡慕自家姐姐的地方。

只是凌晨四点，何榆被闹钟闹起来时才是真正的魔鬼。

前往军训基地的大巴车停在校门口，发车时间是五点。几乎没有赖床的时间，何榆黑着一张脸飞速地洗漱，换好军训的衣服，和室友一起拉着箱子出门。

从宿舍楼到校门，她全程没说一句话。

计算机系的人多，分了一辆半的车，女生又恰好是单数。何榆乐得自在，一个人挑好中部靠窗的位置，屁股刚一沾座椅，就立刻睡了过去。

半梦半醒间，她隐隐约约听见车内又掀起一阵动静。

“傅云实，这边有空位儿。不过这姑娘应该是睡着了，换不了位置。”

听到是那个名字，何榆刚要睁开眼，便感觉旁边的座位一沉。

“没事，我坐她旁边就行。”傅云实轻手轻脚地整理着自己的东西，小声回着前面的人。

何榆僵住，眼睛更不能睁开了。

自从知道是傅云实坐在自己身边后，她只觉得自己整个头皮都在发麻。也不知道是不是因为没睡醒，她一改往日的大胆，决定闭着眼当作不知道。但喜欢一个人，那种想要靠近他的本能，是再怎么掩饰也掩饰不住的。

更何况是在这个久违的早起后，神志不清的时候。

等拼车的同学都坐稳，大巴车才启动，一列车整齐地排队通过校门。

在经过校门前的缓冲带时，司机即便是降低了速度，整个车身不免还是颠震一下。但力道不大，不足以对车上的人有什么影响。

除了何榆。

除了顺势把脑袋向左靠下去的何榆。

趁机感受一下喜欢的人的肩膀和颈窝，这不过分吧？

女人嘛，面对爱情时谁不是间接性丧气，又间接性地踌躇满志？

把脑袋里所有爱而不得丢掉，又把“我是个没感情的学习机”这样的口号赶走，她理所当然得仿佛昨天的何榆不是本人。

靠到傅云实肩膀上的那一瞬间，何榆整个人几乎都是绷紧的，生怕傅云实会把她的脑袋扒拉下去。不安地等了一会儿，见身侧的人没有反应，她才渐渐放松。

傅云实的身上有一股淡淡的、好闻的男士沐浴液的味道，还带着能让她安神的、莫名的安全感。

悄悄地平稳呼吸，何榆尽力把自己脑子里那些奇奇怪怪的东西甩走。

正打算心安理得地睡过去，她却突然感觉到脑袋枕着的人动了一下。他呼出的微微气流，转而洒在她的头顶，温热，又痒痒的。

这是……要趁她睡着时端详她的脸？

然后再印下一个悄咪咪的吻？

等了一会儿，那个吻终究没有落下来。半晌，她的头顶才响起他含着低笑的声音："何榆，睫毛有些过于抖了，演技不够到位。"

紧接着，一只手指将她的脑袋支起来，就连刚刚温暖的肩膀港湾，也撤走得干净利落。

瞪一眼用食指顶起自己整个脑瓜的人，何榆半歪着脑袋，缩缩脖子，借着翻白眼的动作把头扭到另一边，力争做到最大化地化解尴尬。

"还没摸够吗？"傅云实收回手指，又用指节轻点两下自己胳膊上的她的手，整个人靠在椅背里，笑意正浓地看着背对着自己的女生。

何榆的五指因为他的话而瞬间弹开，她小声嘟囔着，脸却始终朝向另一边的窗外："谁稀罕。"

说完，却还是"口嫌体直"地动动手指。

握了个寂寞。

"那天阴错阳差地陪你去打疫苗，后来想起来，才发现我们有一年没有见到了。"也许是因为刚刚的小插曲搞得没有了困意，又或许是觉得两人都醒着的沉默会显得尴尬，傅云实再度开口。

大巴车已经驶上通往郊外的高速，天也蒙蒙亮了。何榆透过车窗，望向外面飞速倒退的树木，抿了抿嘴，回道："是吗？"

不是一年没有见到，我见过你几面，但都只是远远地看着。

熟悉何榆的人都知道她是个敢于向前冲的人，想到什么就做什么。可是，偏偏好像就栽在了爱情上。

对何榆而言，喜欢一个人是情绪摇摆不定。

盯着她侧过去大半的脸，傅云实沉默一会儿，才又继续说道："你表弟前两天给我打了电话。"

提起自家弟弟，何榆也丝毫没有要转过头来的迹象，问道："他也是要卖给你鞋垫吗？"

"他跟我说了最近在南华模联社的事情，我这个人只打辩论，也不好给他什么建议，"似乎也不指望何榆能说出什么好话，傅云实活动着肩膀，弯身从包里拿出两盒牛奶，将其中一盒递给何榆，"他还让我好好照顾你。"

他总是能这样轻松地说出像这样让她心神一动的话。

凭什么啊？

何榆接过牛奶，再抬眼时，已经调整好情绪，淡淡地说："傅主席真是太谦虚了，模联社当年的老社长邀请过你多少次？虽然你都拒绝入社了，但很多文书的模板和范例都是你写的。”

“你为什么不打辩论了？”这次，傅云实没有过多停顿。

猝不及防地被突然问起这个问题，何榆大脑飞速反应。她不以为然地耸肩，嘴角是无懈可击的弧度，随口扔了句：“因为不喜欢了。”

当年椹南市一中的对方二辩，如今也在椹南大学辩论队。

她去干什么？去添堵吗？

“我以为你也会在辩论队。”

恍惚间，何榆以为自己听出了微微的叹息。但当她转过头想要确认时，却只看见傅云实扎破牛奶盒，带着他最正常不过的表情。

刚刚心里的那一阵波澜，又猛地被压了下去。

何榆的额头顶着玻璃，手里的牛奶也懒得拆开，说：“我一直都是喜新厌旧的，你又不是第一天认识我。”

大巴车驶入隧道，一时间，视线暗了下去。傅云实的脸隐匿在昏暗中，拿着牛奶盒的手一顿。

六月底，椹南市。

军训基地里，男女生被分开训练。建筑学院和计算机学院的女生都不多，拼在了一起。

帽檐终究不能完全挡住毒辣的太阳，何榆后背挺得很直，半眯着眼望向广场另一边的方阵。

傅云实的个子很高，身材比例优越。别人穿起来臃肿邋遢的迷彩服，在他身上却出奇地合身。他站在男生方阵的第一排，即便是隔着一段距离，何榆也能立刻认出他。

毕竟是当年在中学操场上练就的一身本领。

何榆总是能远远地望着那个人的轮廓，一动不动地望很久，忘记了时间，忘记了天气，能把自己都忘记。

这也许就是大学生站军姿的最高境界。

“你叫什么名字？”

教官连问了三次，何榆才反应过来，惊愕地偏过头。

看上去和她差不多年纪的男教官正面对着她，皮肤是健康的小麦色。他的脸上没有任何表情，和傅云实习惯性嘴角的微翘截然不同。他盯着她，又耐心地问了一遍：“你叫什么名字？”

何榆以为是自己犯了什么错，心里一紧，表面上却装得镇定地回答：“何榆。”

她小的时候猴皮，被当过兵的姥爷一罚就是五十个蛙跳，跳到她哭

爹喊娘，第二天趴床上一动不动特别老实。

“何欤？”教官又看过她一眼，才展开手里的名册，“名字是个问句？”

这句话，傅云实也问过。

何榆愣了一瞬，嘴角很快弯起一个礼貌的弧度，轻声解释：“榆树的榆。”

——“榆树百鬼不近，镇宅辟邪。”

——“你要是想嘲笑我是镇宅神兽，可以不用那么委婉的。”

她看着眼前比自己只高了小半个头的教官，却没有等到他再和傅云实说出一样的话。

在纸上找到她的名字，教官点头，说：“站得挺标准的，今天晚上的表彰大会你上去。”

“啊？”还没来得及收起心底的自嘲，何榆听到“表彰大会”几个字，彻底蒙了。

没再跟她解释，教官后退两步，又在小方阵周围转了几圈，才吹了声哨，大声说：“休息二十分钟，需要接水或者去卫生间的赶紧去。”

话音刚落，刚刚还挺拔整齐的队伍四散开来，一个个绿色的人也都瘫软下去。何榆回到阴凉处自己的小马扎上，从口袋里掏出手机，习惯性地刷微博。

太阳移了位置，对面院系的男生休息的地方已经没有树荫。那边的教官让他们拿着小马扎，整齐地排队走到何榆这边。

休息时间，几个教官也都凑在一起，蹲在草丛前的路牙上闲聊。

“你们班晚上表彰的人定了吗？”

“定了，好像是一个叫傅云实的学生。你们呢？”

何榆休息的位置靠后，这个时间去卫生间的人还没有回来。也不知道是在安静中才听得清晰，还是因为“傅云实”这三个字，她好像总是有顺风耳一样，但也只能捕捉到有关于这三个字的远程消息。

“教官在说傅云实？”坐在何榆旁边的室友显然也听到了，突然来了兴趣。

她用胳膊肘轻捣何榆，问道：“他是你们椹南市去年的理科状元吧？”

“嗯。”何榆刷微博的手停住。

“当时采访的视频，我闺蜜反反复复看了千八百次。”室友啧啧道，“我记得他好像是你们南华的吧？”

听到这种有关于傅云实的言论，何榆觉得有一点点欣喜，却又混着酸溜溜，回答：“嗯，是。”

“那你是不是认识傅……”

“教官，我们班一个同学有中暑的情况，麻烦您通知一下辅导员和随队校医。”

猝不及防听见傅云实的声音，何榆一个激灵，转过头去便看到站在几个教官前的那人。他半侧着身，察觉到她的视线，也将眼神漫不经心地移过来。

“我知道了，你去吧。”负责他们班的教官点点头，站起身。

但傅云实没有跟着教官离开，反而抬脚两三步走到何榆身边。

何榆坐在低矮的马扎上，要仰着头才能看到他的表情。

见他盯着自己，她故作轻松地打招呼：“嗨！”

“校医把他带走，你也顺便一起去打疫苗。”他说话很少有问句，可声音中的温和，不会让说出来的话听起来像是命令。

何榆的胳膊支在腿上，一只手托着下巴，问道：“我现在去打疫苗，是不是可以翘掉下午的训练？”

“你是想让我帮你打吗？”傅云实看着何榆极力仰头，只为了在帽檐下能看到他的费劲样子，无奈地扯扯嘴角，伸手将她的帽檐向上提了些。

“别动！”他刚动了一下，就被何榆立刻摁住，“我的额头没抹防晒霜！”

也不管傅云实微挑的眉毛，她迅速整理好自己的帽子，没好气地说：“年少不知防晒霜贵。”

“我晒不黑。”

“闭嘴。”

把手机收到粘扣口袋里，何榆站起身，依旧不死心地问：“真的翘不了训练吗？”

“小姑娘一天到晚的，做什么梦呢？”傅云实拧开手里的水，好气又好笑地摇摇头。

他笑起来时，看向她的眼睛里不仅有星星，还有她执迷不悟的自我解读的宠溺。而这偶尔的过于自信，让人胆大。

“白日梦啊。”何榆挑眉，索性没皮没脸地直接插科打诨，大大方方、一本正经地开玩笑，和以前的何榆一模一样。

傅云实早就习惯了，嫌弃地摇摇头，转身就走。

他从来都发现不了，她对他说的玩笑，一直是认真的。也不知道是该说她演技极佳，还是该说她在傅云实心里的形象差到极点。

冲着他的背影吐吐舌头，何榆转身又喝了一口水，再把水瓶放在地上时，正巧对上室友一直在观察她的眼神。

“我终于知道你为什么喜欢入江直树了——”室友意味深长地拖着音，眼睛和嘴巴恨不得都眯成一条直线。

傅云实就是何榆的入江直树。

“你知道什么。”何榆翻个白眼。

但他……

何榆转过身，望着那个走出去几步后，停在原地一只手插着口袋等她的人。

军训基地在山里，前一天下过雨，下午的太阳仍旧炙烤着平整的训练广场，积水蒸腾，潮气和刺眼的阳光混合在一起，朦胧了他的身形。

她不得不承认。

他的确如入江直树般耀眼。

随队校医是前几次给何榆打疫苗的医生，她看见何榆时一点都不意外，先忙着指挥傅云实和另一个高个子的男生，把那位中暑的同学扶到最近的一把椅子上。等中暑的男生缓过些后，她才笑盈盈地坐回马扎，冲一直在门口杵着的何榆招招手。

校医是有备而来，带着她的那支疫苗。

何榆的身体素质一直很好,这几年更是除了抽血以外,从没碰过针管。对针扎感的不熟悉,让她前几次都是针还没挨到皮肤,就已经先惨叫出声。

何榆将右臂上的短袖撩起，拘谨地在校医面前坐下，小声嘀咕：“这儿有点暗吧，您能打准吗？”

军训基地一向节俭，水要省着用，不到晚上也不开灯。

“没事，问题不大。”

听着校医声音里颤抖的笑意，何榆撩着袖口的手突然不坚定了，准备起身，说：“我不打了。”

她刚半站起身，一双手便按上她的肩膀，将她按回座位。傅云实的声音就在她耳边响起：“坐好。”

“别再动了啊。”不再逗她，校医拿起酒精棉球在她手臂上擦拭。

右臂上短暂的清凉和肩膀上傅云实的掌心传来的温度，两种截然不同的感觉刺激着何榆的神经。她的呼吸变得很轻很轻，视线也不由自主地看向伸过来的针头。

针头即将触及皮肤的那一刻，她的左肩一轻，眼前便被一只手挡住视线。傅云实手腕上的驱蚊环散发着清凉的味道，沁人心脾。

轻微的疼痛转瞬即逝，针头被拔走之后，肩膀上的另一只手又帮她按住止血棉。

何榆保持着刚刚的坐姿，头却扭了过来。

小马扎很矮，傅云实却很高。他要别扭地弯着腰，才能将双手搭在她的肩膀上。傅云实正垂眼仔细地按着止血棉，感觉到气氛不对，才发现他们两个人的脸居然离得这么近。

她的睫毛长长的，一双亮亮的眼睛正毫不闪躲地看着他。见他看过来，她反倒是更探究地又朝他凑近了点。

都快贴他脸上了。

盯到能让好脾气的人发火的程度，何榆才悠悠地开口：“傅云实，你不是晕针吗？”

见她不再需要用止血棉，傅云实将棉花收起，另一只手再度把她脑袋戳回去，回道：“我就那天晕一晕。”

他站起身，转头将棉花扔向垃圾桶。平时轻轻松松扔进去的距离，这一次却扔在了桶框上，差一点就弹掉在桶边。

“我是赶上限量版了，是吧？”何榆皱鼻。

“你要是愿意，当成单双号限行也行。”

“你在说什么话？”

山区里夜晚有些凉，到晚上，军训基地里的人大多会穿上薄薄的长袖外套。

表彰大会上，每个班选出来的今日标兵在晚上大点名时站上主席台，“一”字排开，然后和底下的同学一起听总教官训话。

男生和女生在台上依旧是分开站的，何榆没有胆子在主席台上乱动，也就没有习惯性地去寻找傅云实的身影。

“何咕咚，感觉你今天精神有点恍惚，还在想傅云实呢？”从训练广场回宿舍的路上，白天说话意味深长的那个室友挽着何榆的胳膊，笑嘻嘻地顶她一下。

“没有。”何榆摇摇头，从不承认自己的情绪与他有关，“我只是饿得有些恍惚。”

回宿舍的路上有一个不大的小卖部，此刻已经有不少人在那里排队买夜宵。何榆从口袋里翻出军训基地的储值卡，不着痕迹地抽出自己的胳膊，说：“我去买桶泡面，你先回去吧。”

何榆一直不是一个喜欢和朋友手拉手做任何事的人，很多事情都是自己做，这样既不浪费别人的时间，也不用因为迁就朋友，而丢了自己的生活节奏。

以前在中学，商简凑巧也是这样的人。上大学后，何榆也庆幸自己的室友不是凡事都全体出动的小姑娘。

小卖部后面有一排开放的热水池。何榆买了盒泡面，又拿上一瓶汽水，才走出小卖部，绕到水池旁接水。

夏天山里微微的风吹在身上，让她有了初秋的错觉。

何榆就近找到一处路牙，一天的训练让裤子蹭上不少的灰尘，她索

性直接坐下，双手捧着泡面，抬头看天上的星星。

山区的星星很多，每一颗都很清晰。深蓝紫色的天空很高很高，而基地里的树郁郁葱葱，高耸得仿佛能通往那星空。风一起，树叶就跟着沙沙响。

“再不吃，面要坨了。”再度听见这个声音，何榆已经能够熟练地藏起惊诧。她也没有再回过头去看傅云实，而是自然地低头，把固定泡面盖的叉子拔掉，咬着叉子掀开盖子。

一瞬间腾起的雾气模糊了视线，何榆一只手扇扇风，由着傅云实自然地坐到她旁边。

“我觉得最近你有点阴魂不散。”

“凑巧。”他应对自如，掀开自己的泡面盖。

也懒得去猜傅云实说这话是不是有深意，何榆用叉子卷起泡面就往嘴里塞，含混不清地“哦”了一声。

汤汁滴在舌尖，对于她来说并没有多美味的味道四散开。

嘴里塞着面，她抬起泡面桶看了一眼外包装的颜色，又扭头去看他手里的那桶。

一样的颜色，一样的味道。

后知后觉。

见她看过来的动作，傅云实漫不经心地用叉子在桶里搅着，嘴角却突然上扬，说道：“突然有些怀念以前。”

以前打椹南市校际辩论赛时，前一晚他们一定会熬夜做材料确认，饿了就一起在社团活动教室里吃泡面。

当时的辩论社副社长是位学姐，学姐如果一晚上都要闻着教室里散不去的泡面味，一定会爹毛。所以他们通常都被赶出去，穿着衬衣西裤，在走廊里靠着墙蹲成一排，每个人手捧一桶泡面。

像极了落魄“社畜”。

“你也会怀念以前？”何榆毫不走心地笑一声，只觉得自己突然没了胃口。

早就被她阴阳怪气惯了，傅云实倚着旁边的电灯柱，挑起眉，淡笑着看她，反问道：“你不会？”

会啊。

不仅会怀念，甚至一不留神，就连泡面都顺手买了你最喜欢吃的那个口味。

“别矫情了。”何榆咬着塑料叉子，抬起头瞥过傅云实一眼。

她以前在动漫社的图摄部打过一段时间的杂，都说打光有讲究，不同的打光方式和技巧，都会让画面看上去的感觉不同。

傅云实坐在路灯下，侧着脸，斜上方的路灯打下来，倒是有点伦勃朗光的味道。他棱角分明的脸被衬得更加立体，眉眼天生的优越，让这一幕像是电影里的画面。

他任由何榆打量着，直到她低头又塞了一口面。

“我听见她们叫你……咕咚？”

嘴巴里塞着泡面，何榆的心一梗。猝不及防地被提及这件事，她觉得自己现在就能把泡面扣到傅云实脑袋上。

强忍着想揍他的冲动，何榆将嘴里的面条咽下，问道：“你还记得联欢时，你曾经送我的东西吗？”

“《百年孤独》？”傅云实的记性倒是挺好。

“迅速念十遍。”他这不假思索的回答，让何榆感觉自己要犯心梗。

“百年孤独，百年孤独，百年咕咚……百……”认真念着的人，在嘴瓢后突然懂了什么。

何榆盯着他，面无表情地吸了一口泡面。

外号的始作俑者抿起嘴唇，一改刚刚的活跃，陷入沉默。

瞅着他那一言难尽的表情，何榆倒是淡定，拿面巾纸仔细地擦擦嘴，站起身拍拍土。

她居高临下地睨着依旧坐在原地的傅云实，好心地又抽出一张面巾纸放在他的帽檐上，幽幽地甩下一句话：“我还有个古代名字，独孤榆。”然后，转身将泡面倒掉。

傅云实愣了愣，他真的是觉得那本书写得很好。

晚上十点，军训基地强制熄灯。

这个时间对于夜生活丰富的优秀大学生来说，委实有点早。

几个教官在楼下吹着口哨，用大喇叭喊着哪个宿舍还在用手电筒。好在宿舍里有独立卫生间，磨磨叽叽的何榆在卫生间里躲了一会儿，等没声音了，才蹑手蹑脚地打着手机手电筒爬回床上。

这里的宿舍很大，十人一间，可以容下学校内两三间宿舍的人。她们平时交流不多，熄灯早，又无聊。等何榆躺到床上时，夜聊已经开始了。

“我们的教官有点帅啊，感觉是在咱们三连里最帅的。我今天吃饭的时候，还听旁边桌的人在夸。”

“今天休息的时候，建筑系的那几个女生跟他聊天。好像他说他是定川大学的，在读期间应征入伍两年，再过几个月就回学校了。”

“他是定大的？离我们也挺近的。”

“喂，你在想什么呢？不会是看上……”

“优等生，吃过苦，长得又好，身高也不错。”

“开始了开始了，又开始见一个爱一个了。”

宿舍里的人你一言我一语，聊着女孩子特有的小心思。何榆翘着嘴角听着，躺在床上刷微博动态。

没话聊电台从前年开播至今，上周的那一期节目，终于突破单期一周二十万次播放的大关。

电台节目不像视频，单集就可以有几百万的观看量。对于仍处于小众圈子的电台圈来讲，二十万已经是一个不错的成绩。电台官方微博最新的一条动态，还停留在上一期节目的链接。但动态下面的评论，已经有不少人祝福，还喊着要让主播纸盒兑现诺言，搞唱歌福利。

这种起哄的好事，何榆一向不会错过。

她随手发了条评论出去，立马收到了网友赞同的回应。

“你们还记得今晚表彰大会上，总教官念了‘傅云实’这个名字吗？就是当年那个因为颜值火了的高考状元。”

话锋突然转到傅云实身上,刚刚还只是挂在群聊里的何榆立刻上线，竖起耳朵听着宿舍里的讨论。

“记得啊，何榆还跟他认识，他们两个……”

“是同桌。”何榆干脆地打断室友拖长的语气，换了个姿势，躺着跷起二郎腿，把手机屏幕摁灭。

“噫！”

明白这个语气词背后意味着什么，何榆心如铁石，无情地把话题又踢回去，说：“噫什么噫？没故事。”

“你讲讲嘛，讲完我们就绝对不再挖你的料了。”下铺的室友笑到床晃，看热闹不怕事大。

何榆抬脚跺了一下床板，佯作生气地说：“我是个给你们讲睡前故事的工具人？”

“军训一共两个礼拜，我们正好十个人，每晚一个人讲自己的故事，周末双休，多好。”

“好个鬼。”

何榆只觉得床一动，上铺的栏杆处就冒出一个披头散发的脑袋。室友可怜兮兮地伸手拽着她的衣角，声音软糯地说：“讲嘛。”

何榆总是会对可爱的女孩子心软。她猛吸一口气，败下阵来，说：“傅云实以前在我们学校是学生会主席，我那个时候办了南华中学的论坛……”

一次课间，何榆偷偷在课桌下刷手机，发现秘密论坛里有人在无偿送《外卖0次被抓秘籍》。

得益于有个“有身份”的同桌，何榆已经一年没有尝到外卖加餐的滋味。她迅速划过去的手，又立刻把页面划了回来。

刚点开帖子，多年课下玩手机练就的警觉，让她习惯性地抬头巡视了一圈，一眼便对上那双好整以暇的眼睛。

见她的动作顿住，傅云实注视着她，却轻松地扬起下巴，淡淡地说："你继续。"

昔日的魔鬼主席，如今居然为了她开特例？

怀疑傅云实要给她挖坑，何榆故作淡定地撩了一下头发，自我感觉有魅力地眨眨眼，问道："你这样算是包庇吗？"

傅云实像是看神经病一样睨了她一眼，皱着鼻子回过头去，继续看课外书。

她就是喜欢他这种不禁逗的样子。

得寸进尺地凑过去，何榆忍不住又逗他，问道："沉默就是你对我仅存的温柔？"

看书的"石像"停滞了半晌，终于动了动，冷冷地说："那你买一次，我罚一次。"

……

讲完这个故事，还站在床边瞅着何榆的女生捂着嘴巴，早已姨母笑开。

何榆换另一只腿跷着，把手伸出床栏杆，自然又怜爱地摸摸室友的脑瓜。她歪头，笑得温婉："很'苏'是吗？"

收回手的同时，她也收起了慈祥的笑。

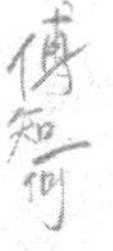

# 第三章

/ 也是，谈恋爱不如开拓副业 /

安静无声的男生宿舍里，一片黑暗中，204 宿舍的卫生间里突然传来一阵低哼的歌声。声音断断续续，被压低了音量，只能听见大概的调子。

军训基地里，男生和女生的待遇完全不一样。教官不好意思训女生，对男生则是倾注了所有的“关爱”。被折腾一天，宿舍里大部分人一沾枕头，就立刻睡死过去。

幽幽的哼歌声夹在此起彼伏的鼾声中，怎么听怎么有点瘆人。

睡在正对厕所门下铺的人正睡得迷迷糊糊，不免被吵醒。

歌声传入梦里，神志不清间，他一个激灵，腾地从床上坐起来，拍了拍对头睡的另一个人，问道：“老三，这宿舍楼里是不是进了什么不干净的东西？”

胖乎乎的程山被硬生生拍醒，不情愿地躲了躲，睡眼惺忪地听了一会儿，又翻身闭上眼，说：“你看看老大在床上吗？估计他在录他那个电台节目。”

话音刚落，厕所里突然没声音了。以为自己念叨神鬼被发现，他又狠狠地掐住老三的胳膊，问道：“老大录电台一直不是闲聊的吗？他又不是直播唱跳，送他出道的那种视频博主。”

军训基地的宿舍断了电，只能靠窗外照进来的月光依稀分辨室内。而宿舍楼前高大的树木遮住了些月光，黑影摇曳，有一种说不清的阴森。

厕所里更是没有灯，门缝又大。傅云实怕光透出去，影响别人休息，就将手机的手电筒向侧面的墙上打过去。

十人的宿舍，即便是有独立卫生间，也是两个马桶并排放在一起，没有隔板，反而显得更加简陋。白天他们刚到这里时，还打趣着说要相约一起上厕所。

傅云实挑了其中一个相对干净一些的，垫上一些纸，坐在马桶盖上。

作为一向言而有信的人，电台二十万收听量的福利，肯定是要兑现的。喜欢听他瞎聊的电台听众，大多不是什么善茬，如果推迟福利，一定会被追着嘲讽“你不行啊”。

别问他怎么预见到的，以前他就被这样友好地“慰问”过。

满足了福利又怎么样？

谁又能猜到这首歌诞生在马桶上？

昔日的电台圈新星，如今落魄得只能坐在马桶上唱歌。

还不敢唱大声。

哼哼唧唧地录过几遍，傅云实给自己做了强大的思想建设，才点开复听。

“生活似海，起伏不定……”

不得不说，厕所的拢音效果还不错。

怕吵醒室友，他凑近耳机唱歌。浅浅的呼吸声也被收录进去，居然还显得有些迷人。

“无边总是看不到头……”

旅行团的这首《永远都会在》，歌词配上他此刻的姿势和周围的环境，实在是太真实的生活写照。

“咔——”

正陷入自己的清唱声中，厕所的门毫无预兆地被压下把手。傅云实闻声抬头的那个瞬间，门也被拉开。

他以坐在马桶上的姿势，扭头看向门外的那两个人。他脸上没有过多的表情，说不清是被吓的，还是对突发情况波澜不惊。而他手里手机屏幕的亮光自下而上地照着，幽幽的，没有多恐怖，哀怨倒是不少。

厕所里黑漆漆的，只有他的脸，是那样的明亮。

门外壮胆的那两个人见到这场面，也跟着愣住，视线相对，一时间竟然无话可说。

片刻的沉默后，门又被利落地从外面关上。

“对不起。”伴着老三迅速扔下的三个字。

你们是要上厕所吗？

这个必要的问句，傅云实硬是没有来得及问出口。

听着外面窸窸窣窣的声音，他索性又坐了一会儿。

把选好的那一版录音文件发到微博，没过多久，这条最新动态的评论留言数极速攀升。最高赞评论令人瞩目：【这混响！这音质！该不会

是在厕所里录的吧？】

傅云实面无表情地站起身，又机械地转身将纸巾扔掉，洗过手，铁青着脸推开厕所门。

“老傅在上厕所，那是谁在唱歌？”

“但你不觉得他不脱裤子坐马桶上，才是最吓人的吗？”

那两人还站在门外小声叽歪，反而被推开的门吓了一跳。

从门被打开的那一刻起，他们的视线就没从傅云实的脸上离开过。

实在受不了这样热烈的注视，傅云实拿起手机，无奈地解释：“我在录电台福利，唱歌吓到你们了？”

老三夸张的表情顿住，五官又迅速散开，连忙改口：“什么都没看见。”

眼见着硝烟味腾起，老四连忙打断两个人之间的眼神交流，一只胳膊搭着一个人，打着圆场：“睡吧睡吧，明天还得晨训。”

傅云实轻手轻脚地躺回到床上，发现进入睡眠状态比自己想象的要难上很多。白天过度的训练让那些本不打鼾的人也发出细微的呼噜声。他睡得晚，在这声音中难以入眠。

在硬邦邦的、只铺了一层软毯的床板上翻来覆去，傅云实最终还是败下阵，拿起枕边的手机。

他发的福利音频已经有很多人评论，但之前那嗷得最欢的账号却没有第一时间赶来。

从之前那条微博翻到那花里胡哨的评论，傅云实点进那个账号的主页。这是一个只有很多转发的账号，资料卡显示是椹南市的女生，没有照片，也没有日常的碎碎念，转发的微博除了各种抽奖以外，几乎都是搞笑的内容。

就在那个鼾声此起彼伏的夜晚，伴着窗外不知名鸟类的夜鸣，傅云实一条又一条地看下去，脸都快笑僵了，一直到笑累睡着。他也不知道自己为什么就那样看下去了，大概是因为，恰好是那天晚上。

一切都刚刚好，都凑巧。

提起军训，最折磨人的当属晨训。

何榆四点半从床上爬起来时，就感觉身体有些不对劲。

以为是昨晚作死吃泡面糊了嗓子，晚上山里凉又没盖厚被子。她往水壶里灌了一些热水，就和室友出门。

早操没有跑步，只是在广场上练习昨晚的齐步走和转身、立定。清晨的广场也并不晒，穿着长袖外套甚至还有些冷。

考虑到都是女孩子，教官董栉只让她们走了一遍，就站在原地练军姿。

“都站好了，别乱动，碎头发刚刚怎么不整理？”绕着队伍转过一圈，瞥见有人偷偷搞小动作，董栉清清嗓子，凶凶地威胁着，“谁都别动，动就先打报告。”

“阿嚏——”

他威胁到半截，就被何榆的一个惊天大喷嚏怼了回去。

董栉反应很快，迅速向后退了一步，微皱着眉看向她。

何榆刚打完喷嚏，正不舒服地吸着鼻子，鼻嘴灵活却又和谐地动着，想要减轻鼻子里的痒感。直到实在受不了，她才抬起右手揉揉鼻尖。揉到一半，她恍然发现教官好像丢了。

她先是悄悄向左看了一圈，又保持头不动的姿势，眼睛最大化地转向右边，然后……

发现教官正盯着她，右手手里的名单卷成纸筒，敲了两下左手腕。

“打报告了吗？”董栉的眼神仿佛钉在何榆身上，毫无笑意地问道。

“没有。”明知故犯也就算了，何榆手依旧没有放下，还在揉着鼻子。

她索性直接扭头，也不用眼神斜看了，一字一句说得认真而铿锵有力：“报告。董教官，我想借两张纸巾，我的鼻涕要飙出来了。”

见董栉依旧没有动作，何榆捂着鼻子，急得想跺脚，但想想会被罚蛙跳，还是忍住了。

她恨不得把手拿开，展示一下自己动是真的有原因，说：“真的，要兜不住了。”语气里带着些颤抖，惹得周围几个女生差点笑出声。

“休息一会儿，活动一下手腕脚腕。”董栉看了一眼那几个憋笑的女生，视线又移回来，严肃地训斥道，“何榆，你别嬉皮笑脸的。”

“我……”何榆昨晚临睡前擦床上的栏杆，就把本来放在迷彩服外套口袋里的纸巾带到了床上。今早出门的时候，她光顾着喷防晒霜，忘记把纸巾塞回来。

她还没来得及解释，一只骨节分明的手拿着纸巾递到她面前。是董栉从胸前的口袋里拿出一包纸巾，小小的一包，在他手里显得甚至有些可爱。

没想到教官也是会随身带方巾纸的细腻男孩，何榆也只是愣了一瞬，便笑嘻嘻地接过那一张，说：“谢谢教官。”

“下次动之前打报告，不然到主席台给我去做十个来回蛙跳行进。”

“知道知道……”

“老傅，看什么呢？”远处，一只胳膊突然搭上傅云实的肩膀。

他们班刚刚因为早起集合速度快，被带班教官表扬，轻度训练后就让他们回广场边缘的休息区喝水。老三顺着傅云实的视线看过去，瞅见递纸巾的那一幕，眉心也跟着皱起，小声说：“这是被教官训哭了？”

“不是。”傅云实的眼神暗下去，拍掉老三的胳膊，快走两步。他们从训练地点回休息区，刚好要经过何榆所在的班级。

敷衍完董栉，何榆忙着单手展开面巾纸，另一只手捂着鼻子，手忙脚乱的。突然，鼻子里那股劲儿又蹿了上来，何榆也不管形象了，直接双手展开面巾纸，在打开的那一刻，又是一个惊天动地、冒出鼻涕泡泡的喷嚏。

好不容易缓过来，她擦了两下鼻涕，只感觉额头上一凉，清晨的太阳也被挡去了一部分刺眼的光。

即便没有抬眼，即便鼻涕堵住了鼻子让她什么都闻不到，但这种被笼罩在他的影子里的感觉，是她再熟悉不过的。

托起些她的帽檐，傅云实的手背贴着何榆的额头，视线却扫过旁边的董栉。

“发烧了，是不是疫苗起了反应？”又试了一下自己额头的温度，他抿起嘴，低头柔声问道。

这声音，让何榆开始怀疑面前的是不是真的傅云实。

脑袋沉甸甸的困意压得她眼眶微酸，更不要提在这个时候，听到他低声询问的话。即便再执着地想要当一个没有感情的学习机，也抵不过这样的温柔。

何榆突然有些懂了，电视剧里那些女生一下子扑进男生怀抱里的剧情，其实也没有那么做作。

“教官，”确认何榆两眼发直木木地看着自己，一定是发烧的症状，傅云实再度抬起头，视线越过她的脑袋看向教官，“何榆她昨天打完第三针疫苗，可能起了反应，有点发烧。”

董栉倒是没有打量傅云实，只是看了一眼晕乎乎的何榆，点点头，回道：“先去后面坐着休息，一会儿校医会来巡视。”

和傅云实并肩往休息区走，何榆打起十二分的精神，努力走着直线。明明走直线都已经很艰难，她还偏要阴阳怪气地说：“我都怀疑我弟给你塞红包了，让你这么照顾我。”

“嗯，他说军训之后请我吃饭，你也就值一顿饭。”说完，感受到何榆又有一堆屁话要说，傅云实扫了她一眼，“你还有力气阴阳怪气，看来也有力气去训练。”

“没有的事，”一听到这话，何榆立刻捂住额头，蛇形路线仿佛走出花来，“我很虚弱。”

“你们班的教官看上去比我们班的稍微大一些？”傅云实低头看一眼腕表，装作不经意地问起。

负责椹大军训的这一批带班教官，年龄大多偏小，看上去和学生们差不多大。

“好像比我们大三四岁，定川大学在读应征入伍的，马上就满两年期了。我们的教官名字也好听，董栉。刚开始我以为是智力的智，但我室友昨晚说，其实是栉风沐雨的栉。”脑子里冒出昨晚宿舍里的夜谈内容，何榆一字不差地复述。

傅云实不由得翻了个白眼。

何榆只是低烧，可能是接种狂犬疫苗引起的，算是正常反应。太久不生病，突然低烧也实在是遭罪。

面对千人食堂里蒸笼一样的用餐环境，还有一日复一日的土豆、白菜、西红柿，她提不起胃口。原先带了老干妈来下饭，但因为生病不能吃辣，也就让给了其他同学。小卖部里的零食泡面也不能吃，刚军训几天，她整个人就瘦下去一圈，脸也跟着憔悴了。

人在肚子饿的时候，总会负能量爆棚。和何渠琛的聊天界面，顺其自然地就变成何榆个人的垃圾倾倒场。

好在病来得无预兆，去得也突然。堵了很多天的鼻子，在闻到新蒸馒头散发出来的香气时，终于找到了人生在世的意义。

她以前对面食的喜爱一般，米饭吃得多，馒头很少吃。

但军训基地的馒头蒸得不要太香。平时同餐桌上的女生，即便是再温婉细语，也能配着老干妈吃上一个，更不要提何榆这样已经饿了好几天的。

傅云实也没有想过，自己去添绿豆汤时，抬头居然能看到面前一闪而过的“旋风馒头树”。

将碗端回自己那桌，他刚坐下就拿出手机，打开昨晚何渠琛给他发的消息。

【学长，我姐最近胃口不太好。商简学姐又是免军训的，我现在也不知道该怎么办了。】

没有胃口吃东西？

傅云实的脑内又迅速闪过刚刚那棵“馒头树”。他双手拿着手机，慢悠悠地在对话框里打下一行字——

【我刚刚看见你姐身上长馒头了，左手一个，右手一个，嘴里还叼着一个。】

别担心了，你姐饿不着自己。

军训过半，也不知道是不是何榆适应力很强，她只觉得自己已经习惯了基地的生活。

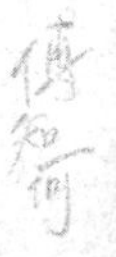

除了在干净得没一点阴影的广场上接受360度全方位的“露天烧烤”。

这天，大雨瓢泼，山中的雨一下便下得猛烈。

“这雨也不省着点下，从凌晨就开始下，浪费了好几个小时的雨水。”宿舍里的人都躺着玩手机。

“虽然但是，今天见不到董教官，还是有一点点小忧愁的。”另一个接话道。

闻言，何榆从上铺的栏杆上面探出脑袋，手搭在栏杆上，没好气地问道：“我们计算机学院缺男人吗？”

“我们建筑学院男生也挺多，但还是无法阻止我们对董教官的向往。”

何榆在的这个宿舍是两个专业拼成的，女生们一起生活了一个礼拜，相处得很和谐。讨论到这个话题，宿舍里几乎每个人都参与进来。

“你们建筑学院的傅云实也阻止不了？”另一个与何榆同专业的女生打趣道。

“这个问题……”建筑学院的女生抬头看一眼脑袋还探在外面的何榆，笑着挑挑眉毛，“你们应该问何榆吧？”

“跟我有什么关系，”何榆立刻退出群聊，又躺回床上，“傅云实没有女朋友吗？问我有什么用？”

她最擅长这样漫不经心地耍着小心机，悄悄地打听他的消息。

那女生想了一下，认真地说：“傅云实好像还真没有女朋友。”

没有女朋友吗？

何榆睫毛微动，转过头去拿起手机。

那又关你啥事啊，何榆。

暗骂完自己，她握着手机，退出没话聊电台的微博界面。纸盒录的那首歌一共没有几句话，是很简短的哼唱，和他在电台节目里的声音完全不一样——小心翼翼的，带着些许的紧张，气息把握得也不太好。但她却听了一遍又一遍，每次都可以放松，然后安然进入梦乡。

刚刚说话间，微信里有新的消息进来。

【商简：老独孤，明天我们去慰问你们，需不需要给你夹带点私货啊？】

商简小的时候出了场车祸，膝盖做过几次手术，从小到大一直不能剧烈活动。也因为这个理由，商简刚上大学时就买了辆小电动，自由地在校园里穿梭。

每次何榆跑八百米时，都能看见商简优哉游哉地找个阴凉处闲逛。

她抱着手机，对话框里字里行间的酸意，几乎要溢出屏幕。

【何榆：哪敢麻烦您啊，尊贵的骑小电驴的商富婆。】

【商简：听说你们基地里的馒头很好吃？】

馒头？

这两个字瞬间唤起何榆的记忆——昨晚的餐桌上，她们那一桌最后的一罐老干妈也已经见底，十二个人抠抠搜搜地将罐子刮得干干净净。明明每个人都带了一罐，甚至还有何榆这种带两罐的，但依旧不够吃。

她们这一桌也用一个礼拜的时间，从每顿一盆馒头剩一半，茁壮成长为再加三四个。

事实证明，再精致的仙女，也会被军训磨平棱角。

【何榆：老干妈。】

【何榆：要五罐。】

军训进行到第二个礼拜，每天的项目就要轻松很多，大多是上理论课，还有一些小活动。

也许是因为学校来慰问，那天的训练量格外小。

傍晚，她们一整个连的女生坐在一起，跟教官学唱军歌。教唱歌的教官有些口音，不仅说话的时候带着，就连唱歌也是。他唱一句，她们跟着学一句，把口音都学会了，却不知道歌词到底是什么。

董栉盘腿坐在队伍后面，闷笑着，也不说话。

负责椹南大学军训的总教官是个台上很严肃，但只要纪律好，平时就很和蔼的大叔。他手背在身后走到这边的连队，听了一会儿她们学唱歌，抬脚就踹了一脚带唱的教官，大声说："唱的这是什么？"

"这不都给大家带跑偏了吗？"他绷着笑，视线扫到半压着帽檐的董栉，"小董，教大家唱歌。"

突然被叫到，董栉一愣，随即立刻摇头拒绝："我不行。"

话音刚落，何榆就跟着一起起哄，掌声和欢呼不断，丝毫不给他台阶。

"谦虚什么？"总教官拉高音调，手背在后面，也跟着看热闹，"就教唱几句，又不是让你表演。"

见董栉还不动，他瞬间变脸，严肃地命令："董栉。"

几乎是同时，董栉迅速站起身，身子挺得笔直，回道："到。"

"教唱歌。"

面对上级的命令，董栉不得不清清嗓子，张口唱起刚刚女生们学的那首歌。他双眼望着天上，双手紧贴着裤线，面无表情，表面看上去正经，却红了耳朵。

唱到后来，他连整个脖颈都红了。

何榆坐在队伍里，仰着头看着他，笑得像个慈母。

教官真是太可爱了，想揉一揉他的脑袋。

等董栉唱完，广场那边训练的二连男生排着整齐的队伍，已经走到她们面前。

“向右转。”二连教官扯着嗓子喊了一声。已经训练得整齐的队伍里，每个人都利落地转向了女生们在的方向。

“坐。”

一时间，男生和女生连队相对而坐，中间隔着一段距离。也许是面对面对得太整齐，有些人没憋住，笑出了声。

天已经渐渐暗了下去，广场上那种体育场才有的大灯也都被打开。但这里是暗处，即便是和男生连队离得近，却也不是很能清晰地看到每个人。

“傅云实，起个调。”那边的教官又喊了一嗓子。

一个名字，让刚刚还兴致索然的何榆一个激灵，视线努力地寻找那个人。

“如果说你是海上的烟火，一，二，三。”

“如果说你是海上的烟火，我是浪花的泡沫……”

傅云实唱歌的声音很好听，但只有一句，何榆还没来得及记住，他的声音便被合唱压了过去。

是岑宁儿的《追光者》，她以前很喜欢的一首歌。

何榆和傅云实都喜欢听陈奕迅的歌，岑宁儿是陈奕迅和声团队的一员。刚开始，她是因为岑宁儿才去听的这首歌。但她没有想到，自己在那里听到了初恋的感觉。

喜欢傅云实的那种感觉。

“我可以跟在你身后，像影子追着光梦游。

“我可以等在这路口，不管你会不会经过……”

惊呼中，何榆从回忆回到现实，才发现夜空中满是“星光”。

对面连队里每一个男生都举起手机，手机的手电筒亮着光，随着他们挥动着的手臂，在黑暗中缓缓地移动。不是星光，却比天上的星光还要浪漫。

配上那样的歌词，何榆一阵恍惚，只感觉眼前仿佛出现了两个穿着南华校服的虚影。

计算好时间和他一起走出校门的那一段路，偷偷地去丈量她和他在年级大榜上的距离，因为解读出他对自己的“宠溺”而沾沾自喜……所有的心动，所有的小心思，所有属于那个年纪最美好的故事。

点点的亮光摇曳，她的眼神柔了下去。

她的初恋，似乎是无疾而终，但又好像未完待续。

“在想什么？”见何榆没有跟着合唱，坐在何榆旁边的女生笑嘻嘻地拍拍她。

何榆笑着，微偏过头去看室友，眼底却微微反着光亮，回道：“在想他。”

想他，想以前自己梦里会出现的那个他。

以前，南华中学学生在校不允许使用手机，但学生偶尔偷偷用，老师通常是睁一只眼闭一只眼，只要不过分，就当作没看见。

但这不代表就可以耳朵上挂着耳机，在教室里来回招摇。

“把耳机摘下来，学校里不让用手机。”这是傅云实最常和何榆说的一句话。

何榆经常装作没听见似的，小声哼着歌，用荧光笔在辩论材料上标注重点。有了音乐，一页一页翻纸张的动作，甚至都带了节奏。

她就是华尔街霸道总裁本裁，每天从八百平方米的床上醒来，在偌大的书房里处理一人高的文件。

她正嘚嘚瑟瑟地又翻了一页，左耳边的音乐戛然而止。傅云实的手指勾掉一侧耳机，指尖不免划过她的耳尖。

细微的触觉，傅云实可能没有察觉，何榆却漏了一拍心跳。

耳尖痒痒的，瞬间染上红晕。

她装作大大咧咧地揉揉耳朵，挡住自己的不自然，偏过头去看着他，不以为意地说：“你就不想听音乐吗？课间多无聊。”

“我一直在听音乐。”傅云实从书桌抽屉里找出下节课的课本。

他将教材打开，修长的手把课本压平，这才慢条斯理地抬起眼，继续说道：“一直在听你唱。”

从陈奕迅唱到五月天，从林俊杰唱到陈绮贞。

何榆原本想好说他生活无趣的话，就这样被堵在嘴边。她错开眼，小声嘟囔着：“那你以后再也听不到我美妙的歌声了。”

她一边小声嘟囔，手底下也没闲着，把耳机线藏到校服外套里，又从袖口拉出来。用胳膊挡住傅云实的视线，她左手手心捏着耳机，装作托着脸的样子，将耳机藏在耳朵和手之间。

朝后的左手手指被点了两下，何榆躲了躲，将胳膊肘换了位置。她半侧着，大半个身子都背对着傅云实，就差在后背上贴个“别打扰我”的字条。

还没听两句，上课铃就不适时地响起。

傅云实扫见她的动作一僵，眼底染上些笑意，又伸出手去点了两下她的手指。他看着那后脑勺，慢条斯理地说：“何榆，你是不是把你最喜欢的音乐公放了？”

“闭嘴！”何榆气结。

也不知道是不是因为傍晚的那一首《追光者》，何榆在那一晚上频频走神。甚至是结束训练回宿舍的路上，她在瞥见傅云实的背影时，脱口而出："傅云实。"

男生转过身来，眼角还带着和朋友说笑时未散去的笑意。

四目相对，何榆倏地愣住。

她一直是个很矛盾的人，她有的时候很大胆，喜欢逗傅云实，也不会因为心底的喜欢而不敢叫他的名字。但她有的时候又莫名地怯懦，比如在远远看着他的时候，永远不会叫住他。

下过雨后，晚上的山里更加凉爽。

傅云实摘了帽子，随意地拿在手上。他因为军训而新剃的黑色短发干净而又清爽。没有帽檐的遮挡，他的笑意和眼神，就那样清晰地映入她的眼底。

傅云实无视掉室友的鬼叫，只是拍拍室友的肩膀，然后向小卖部门口站着的女生走去。停在距离她不远的地方，他单手插着口袋，微歪着头，问道："叫我什么事？"

没想到傅云实还当真走过来了，何榆心底一慌，一时间居然找不到借口。将手里打算囤在宿舍明天吃的泡面递出去时，她的心在滴血，脸上的笑却灿烂无害，问道："吃泡面吗？"

两个人再度以熟悉的姿势，默契自觉地蹲在马路牙子上时，何榆捧着烫手的方便面桶，突然很想笑。

小的时候以为长大之后，她会是个像偶像剧里活得精致的万人迷。然而事实上，她还是活成了蹲在马路边喂蚊子，在风沙中狼狈吃泡面的马路墩子。

"傅云实，你以前有没有喜欢过我？"她估摸着时间差不多了，掀开盖子的同时，问出自己一直都想求证的问题。

猝不及防地被问到，傅云实噎了一下。

何榆的表情看上去很随意，吃泡面的动作也没有什么不对劲，那她到底是怎么如此轻松地问出这种问题的？

"怎么突然问这个？"将嘴里的食物咽掉，傅云实放下手里的叉子。

盯着眼前泡面桶里的袅袅水汽，何榆呆了片刻，说："刚刚听了《追光者》之后，突然想起以前和你同桌的时光。"

空气中飘着调料包的味道，傅云实撑着泡面桶底的手指动了一下，喉咙收紧，有些疑惑地"嗯"了一声。

"在这里吃泡面，不嫌风大吗？"

刚刚气氛里隐藏的那一丝暧昧被打断，何榆回过神来，抬起头，喊道:

“董教官。”

“教官好。”傅云实抬眼看向董栉，象征性地问好，却始终没有收回视线。

董栉提着暖水壶，点点头，视线扫过傅云实，最后落在何榆身上，提醒道：“吃得差不多就赶紧回去，还有一会儿就熄灯了。”

何榆低头又吹了两下泡面，对那两个人的表情没有任何察觉，闷声回道：“好的，谢谢教官。”

今天阴天，夜空里没有星星，问傅云实一个走心的问题，还要被打断。

不如吃饭，什么都不如吃饭，世界上只有吃饭和赚钱才能让她快乐。

还要什么男人。

“你叫我来，就是为了问这个问题？”等董栉走了，傅云实没有再动泡面，而是挑起眉毛看着埋头吃面的何榆，问道。

“不是。”被董栉打断的不只是气氛，还有何榆刚刚矫情的大脑。

她回过神，在喝汤的间隙飞速解释：“一个人吃面目标太大了，多一个人喂蚊子，能少咬几个包。”

傅云实从小生得细皮嫩肉，蚊子都是先挑着他下嘴。一到夏天，他身上就经常贴一堆驱蚊贴。

“允许你问一个不是让你难堪，就是让我难堪的问题，把你的嘴堵上，省得又问我一堆问题。”何榆也就在这种时候才能反应这么快地找到借口。

她那随意的样子，实在是把傅云实气笑了。他吐出一口气，尽量平静地反问：“那你喜欢过我吗？”

“你是也嫌我话多吗？”何榆立刻接话，捧着泡面，一脸无辜。

傅云实盯着她看了两秒，叹了口气，拿起叉子，有些无奈地说：“别说话了，吃面吧。”

他真是脑子不好，才会想着跟何榆耍嘴皮子。

正在心里绝望着，他的衣角被轻扯了几下。

何榆贼兮兮地冲他笑了笑，从鼓鼓的口袋里摸出一小罐蘑菇辣酱，问道：“你要不要配点酱？”

看着那罐酱，傅云实突然想起什么，不可思议地说：“你今天晚上不是吃了三个馒头，怎么还饿？”

何榆腹诽：就你长眼睛了！

在军训基地的最后一晚，没有训练。每个班都团坐在一起，和教官聊天。

董栉也许是不习惯，刚被她们围坐在圆圈中心，就好像平地烫屁股似的，坐立难安。

“董教官，你带完我们之后，还带别的学校的军训吗？”何榆左前方的女生抱着膝盖，笑着问道。

董栉的眼神一直是飘着的，如果不是天已经黑了，他脖颈上的潮红一定会被拿来打趣。他摇摇头，站起身，手一直摸着自己水壶的边缘，回道：“不带了。”

平时严肃训她们的教官，此时因为躲不过视线而别扭的样子，着实逗乐了何榆。她坐在外圈，双手聚拢在嘴边，打趣道：“教官，你是不是第一次带女生连队啊？”

问题问到了点上，董栉的视线瞥过来，看到坐在外围偷着乐的何榆，好气又好笑。他丢一颗小碎石过去，精准地砸在她前面的空地上，没好气地说：“知道还这样欺负我？”

“我这不是刚知道？”何榆笑嘻嘻的，跟着其他女生一起起哄，“我们哪敢欺负您啊。”

反正是最后一天了。

哄笑声让董栉的头皮一阵阵发麻，他装作镇定地找了个缺口出了包围后，大喊道：“何榆，起立，给大家表演一个蹲姿前进十个来回。”

他一边说着，一边向后倒退地走着，一把揽过隔壁班教官的肩膀，提议道：“我们两个班合并一下，大家一起聊聊天？”

“班就不用合并了，您把小赵教官拐过来就行。”何榆的室友也跟着扯起嗓子，疯狂起哄。

“多拐几个，二连那边的好几个教官也可以。”何榆拉着室友的胳膊，笑得前仰后合。

刚刚是怎么说笑的，董栉跟小赵教官走过来时，何榆心底就有多慌。董栉本身就高瘦，站在坐着的何榆面前，不免让她有一些压迫感。

他微低着头，挑起眉，问道：“何榆，你会做俯卧撑吗？”

傅云实带着宿舍老三，光明正大地翘了和教官的夜谈。

“走这么快干什么？”老三一向是乖宝宝，以为傅云实是去买水，就屁颠屁颠地跟着他往小卖部走。

忘掉刚刚视线里那说笑的一对男女，傅云实双手插着口袋，漫不经心地问：“你觉得咱们系和计算机学院拼的女生那班的教官长得帅吗？”

“那还不帅？”老三对董栉也多少有些印象。

傅云实抬腿走进小卖部，从灵魂深处问出他最熟悉的问题：“你是不是也喜欢在椹城看小说？”

触及知识盲区，老三从货架上拿下一瓶可乐，又迅速凑到傅云实身边，问道：“椹城是啥，地名缩写吗？”

小卖部通常趁着他们训练的时候上货，傅云实埋头拆着箱子里的运动饮料，突然被问到这种下定义的问题，思索片刻。不得不说，托何榆的福，他已经走在了潮流前线，还可以给别人科普。

“椹南文学城，一个非常绿色健康的新知识新趋势新流行学习网站。”回忆着何榆说过的定义，他一字不差地背出，顺畅的措辞配上气定神闲的样子，仿佛智能百度百科就是他本人。

“啊，”老三张着嘴微微抬头，这么说他就理解了，“类似于知网啊？”

傅云实撕开纸箱的手一抖，但也不过是一瞬。他弯腰抄起一瓶运动饮料，站直身拍拍老三的肩膀，回道：“就当是这样吧。”

老三对傅云实一直都拿出全部的信任，这次也没有提出异议，说：“我回去搜搜，暑期小学期的论文可以找找素材。”

基地的储蓄卡在机器上刷过，上面蹦出余额。算了一下明天喝水要用的钱，老三又返回货架，说：“还剩点钱，再买点别的？我看群里有人说，今天晚上打算出来看星星，正好买点口粮？”

他们在宿舍里无聊时，深夜总是会望向窗外的天空。等到夜深时，没有了其他光源的污染，漫天的星星比他们任何时候看的星空都要壮观。

“可惜我没有女朋友，要不然就能和喜欢的女孩子一起在山里看星星，浪漫又省钱。”老三掰着手指头说。

傅云实已经刷完卡，正倚着柜台，拧着瓶盖看着老三，不解地问：“那你还买零食？”

老三抱着一堆零食过来刷卡，眯起眼睛笑得释然，回道：“不是有你嘛。”

这样开朗的笑，越开朗，越让人心疼。

傅云实怜爱地帮老三将零食整理好，又为他整了一下翘起的迷彩服领口，说道：“虽然我们都没有女朋友，但没有女孩子一起看星星的，只有你。”

何榆接到傅云实的电话时，宿舍里已经熄灯了。她迷迷糊糊地摸到床上不停振动的手机，眯着眼睛看了一眼屏幕，直接被吓醒。

“傅云实”这三个字，在此刻显得有些不真实。

以前中学时军训，女生宿舍最喜欢半夜的时候玩真心话大冒险。大家平日里都是走读生，好不容易可以住在一起，多半是聊些关于感情的话题，也自然少不了借着游戏的名头表达心意。

他该不会……是要整蛊她，或者是向她表白吧？

那她该怎么回答？

万一答应了之后，他说“你想得美，我们在玩游戏，没想到你一直

喜欢我啊，真看不出来”，那她不就输大了？

按下接通键的那一刻，何榆还是没想好该怎么回答，只能硬着头皮上。

“何榆，下来看星星。”

“我觉得我们……啊？”何榆本来要说的矫情拒绝的话，因为剧本奇怪的走向，而成了废稿。

“我说，要不要下来一起看星星？”听见睡蒙的她说话还带着点鼻音，傅云实不自觉地好笑出声。

他低低的笑声像是有电流一样，传入何榆的耳朵，却让她的心酥酥麻麻的。

傅云实握着手机，无奈地转头看向身后没有树木遮挡的星空，说道：“外面的星空，比天文馆里的球顶投影还要美。”

“所以……”见电话那边没出声，他浅浅地笑着，收回视线看向脚尖。第一次发出这样的邀请，就算再左右逢源的男孩子，也会有些不知所措。

凌晨的山里，温度降到最低。明明应该是炎炎夏日，温度却已经降到十四五摄氏度。他轻咳一声，声线中带着受凉后的沙哑，却又像是附在耳边的低语：“我们一起去看星星，好不好？”

在铁质床上呆坐了一会儿，何榆才慢慢回过神。她看着手里已经自动暗下去的屏幕，狠狠地掐了一下自己的手腕。

不是梦。

# 第四章

/ 实践证明，钢铁同桌没有恋爱可能 /

一改往日的寂静无声，明明已经是凌晨，此时的宿舍楼里却不时地传来说话和关门的声音。在军训基地的最后一个晚上，宿管女教官不再管她们。

何榆从床上下来，借着月光才发现宿舍里少了一半的人，估计都是去看星星了。

披上何渠琛在军训前一天特意打电话，让她往行李箱里多加的一件风衣，何榆此时觉得自家弟弟才是大预言家。

这两天，山里淅淅沥沥、断断续续地下过几次小雨。刚踏出宿舍楼，何榆一个激灵，裹紧了些身上的外套。

空气中弥漫着混着草木和泥土香的潮湿味道。抬起头，一整片星空就那样毫无预警地闯入她的视线。

闪烁着的星星，或明或暗，或大或小，比天文馆里的球顶幕布美得更加真实。

何榆闭上眼，深吸一口气，再正过脑袋时，便看到倚在树边的男生。他没有穿迷彩服的上衣，简单的一件深蓝色短袖 T 恤和黑色宽松牛仔外套，配上军训的迷彩裤，衬得身材更加修长。

这和她印象里的傅云实大相径庭。

她记忆里的傅云实，是穿着校服衬衫和西裤的优等生，也是偶尔会穿着白色校服运动衫，在球场上恣意笑着的男孩子。也不知道是不是因为对学神的刻板印象，或是因为对入江直树入迷太深，何榆似乎从来没有想过，傅云实也会穿这样休闲风格的衣服。

但这样反而让人有眼前一亮的感觉。

何榆被自己心里这暗自赐予评价的自信逗笑，压着想要疯狂上扬的嘴角，眼睛里却悄悄跑出了少有的温柔。她跑了两步，跳起来勾上傅云实的肩膀，又迅速放下手，笑道："开窍了，想带我浪漫浪漫？"

说完，她还嘚嘚瑟瑟地顶了他一下，眨眼睛的动作刻意又密集。

刚刚那一通电话带来的微妙气氛立刻幻灭，傅云实甚至觉得还是不跟何榆见面的时候她比较可爱。

但也有可能是，她从来没想过会和他开始一段关系吧？所以才会这样大大咧咧、毫无顾忌地开着玩笑，和平时并无两样。

他无奈地塌下嘴角，迈开步子，往训练广场的方向走去，没什么情绪地说："是开窍了。想起来要替你家琛琛带他病入膏肓的姐姐出来见见世面。"

何榆再次被甩在后面，她也不介意，挑起眉毛看着傅云实的背影，追了上去，说："傅云实，你能不能不要总是拉我弟出来躺枪，想我了就直说啊。"

听到这话，走在前面的傅云实脚步一顿。他半转过身，食指指尖轻点两下太阳穴，头微微歪着，说："大晚上的，是应该做梦了。"

何榆不甘示弱地黏上去，仿佛找回了以前的相处状态。她凑近傅云实，挺直后背微仰着头，问道："我梦里有你，你是不是特别感动？"

傅云实半垂着眼，盯着何榆那双毫不示弱的眼睛，半晌，抿起嘴。他转过身，背对着她说："不敢动，不敢动，我在这里站会儿军姿，你自己去广场。"

何榆腹诽。

走到训练广场上，何榆意外地发现来看星星的人真的不少。大多数椹南市的高校都是八九月新生军训，这个时候来军训的学校不多，明天离开的只有他们椹大，此时的广场上也只有椹大的人。

没有树木茂密枝叶的遮掩，站在广场上，何榆只觉得自己拥有了整片星空。

动漫里星空的浩瀚原来不是骗人的。

真实的星空，甚至有过之而无不及。

数天的坐下起立训练，已经把迷彩裤蹭得很脏，即便是洗过不少次，何榆也不再心疼，随便坐在地上。

他们在广场边缘，找了片相对空旷些的地方坐下。呆呆地望了一会儿星空，何榆才想起来身边还有个活人。她把手撑到身后，身子向后仰了一些，将星空更多地收进眼底，说道："跟你坐在一起，没有泡面在手里捧着，我还真有些不习惯。”

这个时间没有热水,就算有泡面,他们俩也应该是要配着冷风干啃吧?

“你等一下。”

闻言，何榆看到身边的人利落地起身。

再回来时，傅云实不仅带来了口粮，甚至还抱了一床被子。

他身后还有个男生，追着被子跑。

将被子铺在地上，傅云实示意何榆坐过来，说道：“被子套了一次性被罩，过了今晚就扔了，铺在地上省得凉。”

“还有饼干，没别的零食了，就给你拿来了一点。”他自然地瞥了一眼身后的宿舍老三，“苦力，老三。”

老三看着傅云实那副淡定的样子，刚刚孤独地和老四看星星的他气不打一处来。碍于何榆在场，他一把拉过傅云实，后槽牙咬得嘎吱嘎吱响，压低声音说：“你个忘恩负义的。”

又探头瞅了一眼满脸问号的何榆，老三深吸一口气，盯着傅云实的双眼，恶狠狠道：“快点搞到手，听见没？”

不等傅云实回应，他就做作地一把推开傅云实，决绝地转过头去，只留下自己的背影。

云实，这就是我们之间的室友爱了吧？

如果你能交到女朋友,就算我和老四没有了小饼干,也会替你开心的吧?

老三抬头又望了一眼头顶的星空，再转过头去，深深地看向站在远处的那男生一眼。

眼睁睁地看着傅云实的室友演了一出大戏,即便是没有身在故事中，何榆都感觉到了一丝丝危机感。

傅云实的身边居然有比她还戏精的人？

心中的警报拉响，何榆表面淡定地撕开饼干袋，把酸意当胃酸解决。

“这么晚吃东西，胃不会难受？”坐回到她身边，傅云实见她吃得正香，好笑出声。

刚问出来，他就觉得这个问题简直是废话，何榆什么时候吃东西胃都不会难受。

“我今天太累了，要不是明天就走了，我一定要报复董栉。”何榆嘴里塞着饼干，一想到这事儿，又气得迅速往嘴里塞了一块。

傅云实眼皮一跳，拧开瓶盖，漫不经心地打探着：“董栉？”

何榆抬头扫了一眼傅云实，愤愤地点头，解释道：“嗯，我们班教官。”

当董栉问出她会不会做俯卧撑时，何榆的脑内迅速做了一波分析。

被傅云实和自家弟弟下套下多了，她的第一反应就是要用反向思维。一般女生都会说“不会”，那她肯定不能这么说。

“会。”还是太年轻的何榆回答得干脆利落。

董栉点点头，似乎早就料到她会这样说，于是提议道：“我和你比做俯卧撑，一分钟，我做三个你做一个，怎么样？小赵教官计时。”

他很严肃，半点没有开玩笑的样子。

见状，她咽下一口口水，依旧装成纸老虎的样子，问道：“我为什么要做呢？”

面对这样理直气壮的反问，董栉倏地笑了，耐心又贴心地提出第二个方案：“不然你想被罚蹲姿行进十个来回？”

……

何榆将晚上发生的事一五一十地讲了一遍，把饼干拿到一边，双手张开向后躺倒在被子上，说：“傅云实啊，麻烦你转告一下我找不到女朋友的弟弟，他病入膏肓的姐姐垂死病中惊坐起，一分钟做了三十个俯卧撑。”

被子很软，垫在身下，让何榆舒服地吐出一口气。见傅云实一动不动，她伸出手在空中乱晃了几下，喊道：“哎，傅云实？”

回过神，傅云实转头看向已经躺倒在后面的女生。

她弯着眉眼，笑嘻嘻地看着他，再度戏精上身，问道：“你是看我看呆了吗？”

因为军训，何榆把及肩的中长发在脑后拢了一个小鬏。没有碎发的遮挡，她的五官看上去更加精致小巧，一双深褐色的眼睛看着他，带着只属于何榆的狡黠。

傅云实嘴角的笑意晕开，也侧身躺倒下去。他一只胳膊支着脑袋，看着她，问道：“我在怀疑，你是不是偷偷顺着梧桐树爬到天上去，偷了星星，然后藏在眼睛里了？”

何榆已经很久没有这样近距离地接触傅云实。

近到她能看清他的睫毛，还有眼底那些她分辨不出来的真真假假。

她也用胳膊支起脑袋，头绳却因为乱动而散开。咖色的发丝散开来，让这支着脑袋的动作，顿时更显风情。

她的眼底似乎有可以勾人心魄的钩子，但细看，又只是简单的笑意。

“是啊，我偷了星星，分出一半，也悄悄地藏在了你眼睛里。因为这最美的礼物，我得到之后，也想要分给你一半。”

她未施粉黛的脸上，没有艳丽的红唇，却依旧让傅云实的眼底一暗。

他微微张嘴，心中那一句最简单的话，此时正叫嚣着。

“砰——”

下一秒，因为多做俯卧撑而酸软的手臂一个没撑住，何榆放任自己整个后背拍在地上。她一边躺着，一边还美滋滋地说：“不就是说油腻情话嘛，傅云实你还嫩了点。”

何榆将胳膊垫在脑袋下，满意地复盘着自己的表现，继续说：“没想到吧？用你的话，反将一军，才是油腻的最高境界。”她就差伸出手揉揉他的脑袋，说一句“学着点啊，弟弟”。

傅云实腹诽：何渠琛，你姐真的没救了。

军训的最后一个上午，原本排练了一个星期的会演节目，因为一场突如其来的山雨泡汤。何榆她们得以在宿舍里睡到自然醒，然后在大雨中“悲伤”地拉着箱子和教官们告别。

这场雨下了一整天，雨大到似乎拜了两周的萧敬腾，全部都积攒到一起爆发。以至于回到家中过周末的何榆，甚至有些精神恍惚。

山中互怼吃泡面的日子，还有和傅云实一起看过的星空，就像梦一样。而这场雨，似乎将她带回了现实。

不知道从什么时候开始，何榆就不断告诫自己，不要把傅云实说的每一句玩笑话当真。

中学时期，她对语文课一向不感兴趣，就算换再慷慨激昂的老师，她还是能听睡着。尤其是到了高三冲刺后期，每天的睡眠不足让她放弃了抵抗，也间接练就了挺直坐着，保持一只手托着脸，另一只手握着笔，就算睡着也不变姿势的能力。

有时梦里还会记得动一动右手，偶尔听见老师说的几个重点词，闭着眼在本子或者卷子上画一堆鬼画符。

傅云实通常会敲敲她支着脑袋的胳膊，好听的声音在她的梦里萦绕：“何榆在吗？”

见她不理，他甚至能完整地敲出一首《冰雪奇缘》的主题曲，学着安娜的样子，问问她要不要一起堆雪人。

“不在，不想堆雪人。”被敲得烦了，何榆把胳膊挪个位置，还不忘闭着眼凶他，“记你的笔记。”

“老王说要挑一个幸运儿背《梦游天姥吟留别》，看谁上课不积极。”听话地写了几个字，傅云实的声音又再度响起。

听到这努力了好几个月都没背下来的古文，何榆的心一颤，但转念一想，好像不太对。

“你就吓我吧，鬼才信。”

今天这是一节作文讲评课，老王怎么可能会叫人背诵课文？

听着傅云实没再反驳，何榆的尾巴悄悄地翘到了天上。

看看，看看，就说是蒙她了吧？

何榆正美滋滋地继续闭目养神，魔鬼突然在她头顶幽幽开口：“何榆，站起来给大家背一遍吧？”

何榆猛地睁开眼，瞪大眼睛盯着自己卧室的天花板，喘着粗气。四肢瞬间的冰凉，让她反应过来那是梦境。

还好，背诵《梦游天姥吟留别》真的是一场梦。

她的噩梦不存在鬼魂和刑事案件，有且只有无尽的语文课文和作文纸上的分数。

“何榆不在吗？”

但梦里的另一个声音似乎没有随着梦而消失。

卧室木门的隔音效果不是很好，这声音，听起来像是从客厅传过来的。

不对，傅云实的声音为什么会出现在她家？

这估计是个连环梦，一环套一环。

“她应该没出去，可能在卧室没起床？”紧接着，是何渠琛吃东西说话时，含混不清的声音。

依旧安心躺在被窝里的何榆一愣，刚要安心裹着被子翻身的动作僵住。

她是不是有个表弟，为了能和傅云实吃顿饭，把她给卖了？

“这都几点了，怎么还没起来？”何妈妈的声音越来越清晰，“云实，过来一起吃点东西垫垫肚子，一会儿叔叔就做好饭了。”

何榆捞起床头柜上的时钟看了一眼，硕大的“11：20”和金属壳冰凉的手感，无比真实。她一个激灵从床上站起来，慌乱地整理被睡得皱巴巴的睡衣。

她刚要积极地跳下床找拖鞋，卧室房门就被人从外面打开。

“何榆，起……”

猝不及防地和何妈妈的视线对上，何榆错开眼，紧接着便看到另一个高大的身影出现在门口。

仍穿着睡衣的不安感陡然升起，她下意识将步子迈得大了一些，踩在床垫边缘，没稳住重心，整个人就从床边滑了下去。

睡了快二十年了，她从来没觉得自己的床有这么柔软顺滑过。她也从来没觉得，行个大礼会这么费腰。

老腰都快断了。

从客厅到餐厅，正好要经过何榆门前。被何妈妈叫去吃饭，出于礼貌，傅云实微偏着头，没有向她房门内看过去。

直到听到一声惨叫。

正巧走到门前的傅云实转过头，瞥见房内的景象，眼皮狠狠一跳。房内穿着鹅黄色衣裤的人直愣愣的，正趴在地上，给他行了个大礼。

他下意识地看向身边的何妈妈，只见她咬着手里的苹果，见怪不怪地说：“何榆，你是在这儿过年呢，还是要考试了拜考神呢？”

幸好地上铺了厚实的地毯，何榆摔下去倒是没有多少感觉。只是这反向使劲的惯性，让她跪趴在门口，多少还是有点抬不起头的。

没有听见脚步声，知道傅云实还没走，何榆仍旧趴在地上不起来。她的额头抵着地毯，闷闷道："支付宝还是微信？"

——都行大礼了，多少给点吧，花呗要还不起了。

下一秒，傅云实眼睁睁地看着何妈妈搭着门把手的手一使劲，将房门无情地关上。

拍拍手上莫须有的土，何妈妈冲他温柔一笑，仿佛刚刚什么都没发生，问道："云实想吃什么？"

看着紧闭的房门，傅云实嘴角一抽，脸上却又迅速地换上礼貌的笑容，回道："我都可以的，麻烦阿姨和叔叔了。"

阿姨，您女儿真的没事儿吗？

何渠琛是何榆的表弟，因为父母常年在国外工作，所以在何榆家常住。托这个过于聪明和懂事的弟弟的福，何榆从小到大没少挨揍，虽然她偶尔会反过来欺负一下何渠琛，但也真的把他当作亲弟弟来疼。

"云实不是和琛琛一届的吧？"饭桌上，开餐后，为了缓和气氛，何爸爸率先问道。

傅云实夹了一块土豆，淡笑着摇摇头，回道："不是，我和何榆同一届。"

"姐夫……""夫"的后半个音还没有完全出来，叫顺嘴的何渠琛接收到何榆甩过来的一道寒光，立刻闭嘴。

他再开口时，甚至老老实实地叫"姐姐"，乖巧得有些魔幻。

"学长和姐姐同一个班，做了一段时间的同桌。"

"那你们怎么认识的？"明显察觉到气氛不对劲，何妈妈探究的目光在三个孩子的身上来回移动着。

一针见血的问题，让何渠琛不自然地轻咳了一声，然后摸摸鼻梁，将头埋在碗里。

他总不能说，他是年少不懂事，卖了姐姐才认识傅云实的吧？

何渠琛偷瞄一眼坐在他旁边的傅云实，傅云实也没再吃东西，正好整以暇地盯着他，等着他给出回应。

何榆和傅云实在高二一开学就被班主任安排成了同桌。原因是何榆的作文实在太拖后腿，傅云实拿过国家特等奖，能相互交流交流。

但傅云实没想到的是，同桌刚不过一个礼拜，他一次回班时，在走廊里被一个读初中的小男孩叫住。

对于何渠琛这个人，他一直有所耳闻。很多人都说何渠琛像是以前

的傅云实，会是南华中学下一个椹南市中考状元。

对于这种言论，傅云实通常只是无奈地笑笑。他觉得何渠琛就是何渠琛，从来不是小傅云实。他们只不过都是按照正常生活轨迹中，最优的一种方式生活。考第一、参加各种活动，也从来不是傅云实特有的东西。

何渠琛那个时候已经长得很高了，脸上已经隐隐有些棱角，更多的却还是年少的青涩。

他们之前有过几次简短的交谈，但都是在网络上。何渠琛偶尔会向傅云实取取经，傅云实也毫无保留地将自己的经验告诉他。

“你是不是进模联未来社长的候选名单了？”

“嗯……”第一次面对面地和傅云实讲话，一向大方话痨的何渠琛涨红了脸，“能和我姐抬头不见低头见这么久，真是辛苦你了！”

傅云实一愣：小朋友，你姐是谁？

傅云实和何渠琛除了网络一线牵，以前也因为一些活动而见过几次，只是两个人一直没有像如今这样面对面交流过。

傅云实这才细细地打量着面前的男孩——眉眼有一种说不上来的熟悉。

“你姐姐，该不会是何榆吧？”话音刚落，傅云实察觉到何渠琛细微的表情变化，偏过头去笑了两声，“你来找我的事情，你姐知道吗？”

他和何榆还没有熟悉到这个地步。

何渠琛一时间语塞：“她……”当然不知道了。

将手里刚从楼下带上来的冰水分了一瓶给何渠琛后，傅云实半倚靠着走廊靠窗那一侧的栏杆，和略显拘谨的何渠琛截然不同。他垂眼瞥了一眼腕上的手表，抬起眼，带着些倦意慵懒地问：“你是和你姐有仇吗？”

有考虑过正拿着他周测卷磨牙的何榆的感受吗？

何渠琛稍稍探头，从教室后门望进去，看了一眼正在自己位置上捶胸顿足的何榆，塌着嘴角摇摇头，说道：“何榆每次在饭桌上背不下来古诗文，我姨妈就让我表演一遍背诵课文。”简直是类似于，在家庭聚餐上被叫起来表演节目的被支配的恐惧。

闻言，毫无这种烦恼的傅云实挑眉，抓错重点地问：“你语文很好？”

一时间，两人之间倏地沉默。

傅云实好整以暇地看着何渠琛，半点没有给他台阶下的意思。

“中考模拟作文困难户”又咳了一声，不自在地摸了摸自己的后脑勺，回道：“我起码能背东西。”

眼看着要上课了，傅云实好笑地摇摇头，长臂一伸，大手搭上何渠琛的头顶，轻拍两下。他另一只手插着口袋，迈开长腿，说道：“你姐上课睡觉，梦到想吃炸鸡。”

走到门框边，他又转过身来，嘴角习惯性地微微上翘，让人如沐春风地说：“我知道你懂我的意思。”

傅云实语气温和，半点没有训斥的意思，但何渠琛还是抓住了重点。当天放学回家，他就乖乖地给姐姐订了爱的全家桶。

“你不吃吗？”赶上爸妈加班，何榆晚自习放学回家，闻到炸鸡香味的那一刻，以为自己灵魂出窍飞去了肯爷爷那里。

她的弟弟怎么会这么可爱？

这不是她的弟弟，绝对不是。

盘腿坐在茶几后，何渠琛摇摇头，说：“都是你的。”

何榆美滋滋地啃着原味鸡，眼神却依旧狐疑，问道：“怎么今天突然这么乖？”自从何渠琛被扔回国内，她就再也没有一个人承包过一整个全家桶了。

柔和的落地灯下，少年一只手支着脑袋，歪头看着吃得正欢的何榆，回道：“因为，姐姐是要用来疼的。”

四目相对，何渠琛深褐色的眼睛里，仿佛有深不可测的旋涡，嘴角也淡淡地翘着……有点像是傅云实的弧度。

何榆撕鸡的手一滞，飞速扯了两张纸擦擦手指上的油，不由分说地就将抱枕接二连三地拍到何渠琛的脸上，大声质问道：“你这次又是怎么卖你姐的？给我说清楚。”

……

共同的回忆重现，让饭桌上的三个小辈不约而同地噤声。

已经在南华独当一面的何渠琛不再是当年那个遇到姐姐就很怕的小少年。他将手里的碗放下，神色淡定地向姨妈解释：“学长是我一直很崇拜的人，在学校活动的时候认识的。”

官方得不能再官方。

“你这样说我就想起来了。”何爸爸恍然大悟，“小傅和榆榆同桌过一段时间吧？以前家长会的时候，各科老师都会夸你分数高得不得了。”

又像是突然想起什么似的，何爸爸追问：“你现在也是在椹大吧？”

“嗯，现在在椹大读建筑学。”傅云实一向善于应对陌生长辈的关爱，言行谦卑却又不显半点的不自信，中间的度拿捏得刚好。

“在椹大读建筑啊——”听到这里，何妈妈也跟着缓缓点头，还拉长了的尾音，似乎是在思索着什么。

妈，你那是什么表情？

被这像是在评价女婿的感觉尴尬得让人头皮发麻，何榆赶忙给自己的碗里盛了些汤，掩盖自己动作里的僵硬。

果然，下一秒，何妈妈便挑着眉，问道：“云实啊，有女朋友了吗？”

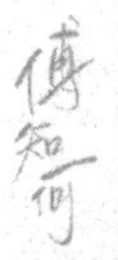

一口西红柿鸡蛋汤从嗓子呛到鼻腔，何榆猛咳着狂扯几张餐巾纸，憋红了脸。

有些咳嗽，越不想咳，身体就偏要咳。

看着她拼命止咳的样子和眼底渐渐泛起的泪花，傅云实皱着鼻子，放在桌上的手刚动了一下，却在看见何渠琛绕过桌子过去拍她后背时，而又归于静止平放。他睫毛微动，始终看着就差把头埋到桌下的何榆，回道："没有。"

一直都没有。

按理说，像傅云实这样的风云人物，总会有些恋爱历史。但他偏就是个太善于处理与人距离的人，对学校里的人，从来都是表面上聊得尽兴，心里却保持着一定距离。

大多数女孩子在知道他的刻意回避后，也就聪明地不再试探，但何榆不同。

傅云实说不清何榆是太过聪明，还是本身就憨憨的。他更看不懂，何榆对他有没有喜欢。

她总是能把"爱了爱了"挂在嘴边，也总是能把想去篮球场或者是别的地方看帅哥的想法说得清新脱俗。做同桌时，她也偶尔会挑战他的极限，对他的回避视而不见。她打破了他的距离平衡，是唯一一个这样的人。

何渠琛和何妈妈把何榆的后背拍得噼里啪啦响，这种出糗的羞耻感压弯了何榆的后背，她像是只鸵鸟一样躲在桌下狂咳。

傅云实隔着桌子，眼神落在她拱起的后背上，有那么一瞬间的失神。

坐在餐桌一端的何爸爸收回视线，端起汤碗，无声地挡住自己的嘴角。

而闹剧的中心，何妈妈一边敲打着自家闺女，还不忘怼着："你反应这么大干什么？我问云实，是为了给我同事家跟你一样大的女儿找找对象。沛沛你记得吗？就是那个以前跟你一起玩过家家的，初中出国读书，现在变得温婉淑女，可招人喜欢了。"

好不容易顺过气来，一听见何妈妈这样说，何榆顿时又感觉自己不太行了。她奄奄一息地趴着桌子，伸手拽住要回自己位置的何渠琛，有气无力道："琛琛，再给姐姐拍两下，姐姐又有点要背过气儿去了。"

傍晚，何渠琛和傅云实的交流结束。要去取干洗鞋子的何榆，开何妈妈的车顺道送傅云实回家。

路不远，更何况是开车。但何榆觉得，自己仿佛已经开了一个多小时。

昏暗的车内，傅云实坐在副驾驶，两人一度沉默。

趁着等红灯的时间，何榆连上手机蓝牙，随便播了个自己的歌单。前奏一出，她一只手搭着方向盘，倏地笑了。

车里放着落日飞车的歌，但她是一点快乐迷幻的浪漫都没感觉到。

她为什么要让傅云实来坐副驾驶？安静地当一个没有感情的出租车师傅，拒绝尴尬，难道不快乐吗？

上车之前，傅云实是主动打开后面的车门的。是何榆把窗户按下来，一边系着安全带，一边打趣：“坐前面吧，反正你也不是第一个坐我副驾驶的男生。”

然后她又连忙装作平淡地解释：“何渠琛每次指挥我的样子，不去驾校当教练真的可惜了。”

望着车窗外的车水马龙，何榆突然觉得自己有点可笑。

何渠琛小时候拿她当认识傅云实的挡箭牌，而她却一点都没有长进，到了现在，还会反过来拿弟弟来当所有事情的借口和解释。

“你报暑期小学期的课了吗？”大路口的红灯时间很长，总归不能一直沉默下去，何榆开口问道。

“我们是专业统一安排去山里采风。将冷风调小一些。”傅云实看着指示灯上不断跳动的数字，轻声道。

也不知道是不是因为夜晚华灯初上，霓虹在椹南市特有的能见度不高的雾气中，显得如同车厢内的歌曲一样模糊又迷幻，何榆只觉得倦意渐渐席卷全身。她将车窗开了条缝，想要散去些车里空调特有的那种让人头昏脑涨的味道，然后“哦”了一声。

“小学期之后，椹南大学和定川大学有一场友情辩论赛，我给你留了一张门票。”红灯转绿，车子慢慢跟着队伍起步。傅云实从包里找出一张卡片，放在副驾驶前面的平台上。

瞥了一眼他的动作，何榆深吸一口气，再开口时声音依旧是平静的：“听说当年一中辩论队的淮艺，现在也在你们社团。”话尾向下的音调，询问的话，被她讲成了句号。

车子拐过路口，傅云实将黑色休闲背包的拉链拉上，说：“在路口找个地方靠边停就好了。”

“淮艺跟我不在同一个训练组，不过听说她比以前逻辑清晰了很多，”随着车速减慢，他看了一眼手机锁屏上的时间，将手搭上车门，“谢谢你送我回来。”

转过头，手上刚一使劲，傅云实就被一只纤细的手抓住了臂膀。

何榆指尖冰凉，透过白色T恤棉质的布料，将温度传达到傅云实的皮肤。傅云实的喉咙一紧，还放在门把手旁的指尖蹭过皮革接缝。他缓缓地转过头，直直地对上在眼前放大的一双眼睛。

何榆大半个身子都探出自己的位置，右手还抓着他的左臂。

她本应该在他转过来时，将手连同歪过去的身子都收回去，但她就那样静止在车里，望着他的眼底。

不是说有一种叫作探究心动的测试吗？

两人近距离对视，就能知道是不是心动了。

她忘了应该是几秒，但这不重要。重要的是，她明知道自己肯定会心动，却妄想着从他的眼底找出一丝破绽，还是在这么漆黑模糊的夜里。

鼻尖的酸楚仿佛下一秒就要冒出来，何榆松开抓着他的手，将头转正，说道："刚刚后面有个玩滑板车的小朋友。"她柔顺的头发遮住大半张脸，声音夹在电吉他的弹奏中，听不出任何情绪。

她没有再去看傅云实的表情，只听见他说了一声："谢谢。"

紧接着，车门被打开，身边的人下了车。

傅云实半弯着腰，看着依旧坐在驾驶位上的女生，嘴唇抿了一下，提醒道："注意安全。"

她没有回答，他也没有动。

几秒后，何榆终于没好气儿地转过头，带着怒意的表情让她整个人显得比刚刚生动了不少，质问道："你是想多放几只蚊子进来咬我，还是觉得车里的冷气不要钱啊？"

被这样一怼，傅云实总算是找到了些平时正常的感觉。他笑着无奈地叹了口气，说："开车回去的时候，别发呆。"

"知道。"

得到不耐烦的一句回应，傅云实才淡笑着把车门关上。

虽然到了晚上，但天气依旧又热又闷，起雾的椹南市像是夜市的蒸笼。傅云实快步向小区门口走了几步后，看到何榆的车还没走，以为她还在发呆，又转回身。

身后不远处，那辆黑色的吉普车依旧停在之前的位置，只是雨刮器刷过去了一下，又刷过来了一下，紧接着，一声短促的鸣笛响起。

左右转向灯轮流亮了几下后，雨刮器终于不再干刷前挡风玻璃，一切又趋于平静。

傅云实有点蒙。

暗骂了一通自己又蠢又矫情，活该母胎单身，如果不是发现自己绝望地用脸砸方向盘按了喇叭，何榆都没想到自己触发了雨刮器。

被喇叭吓得一激灵，她正抓乱自己不多的头发的手，慌乱中又碰下了转向灯。

一阵手忙脚乱后，何榆握着方向盘愣了一秒。

发现路边不远处那个高个子的身影还在，她几乎是立刻就挺直腰板，深吸一口气，目不斜视地从他身边驶过。

然后在十分钟后到达洗鞋店，拿了鞋回到车上。她一边哭，一边幻想着自己就是晚八点泡沫偶像剧里的卑微女主角，爱而不得，情路坎坷。

脑内再把网易云热评评论里矫情的句子背个几遍，配着车里的音乐和手机叮咣叮咣的提示音。

就差一场大雨，还有八个机位。

等自己演够了，她才猛然想起今天是没话聊电台首次开通直播间的日子，听众可以私信投稿。她把车内的音乐切换为电台节目，手指在手机上飞速地打下几行字。

“纸盒你好，从你开播起，我就在播客上面订阅你的节目了。其实本来不打算发私信的，只是最近发现，很多时候我们喜欢一个人后，都是带着滤镜和自我麻痹地继续生活。‘他没有那么喜欢你’，这个道理我们都懂，但就是不愿意承认。”傅云实看着屏幕上助理发过来的一段话，逐字逐句地念出后，沉默了半秒。

再度凑近录音设备，他用只有在做节目时才会出现的声调开口，说：“如果你真的确定，并且相信了他没有那么喜欢你，其实做放弃的选择，也没有那么难。”

他扭头望向房间的窗外，无奈地笑了一下，继续说道：“对于这个问题，其实我没有资格去安慰你，或者去开导你。因为我现在还处于，不想放弃的阶段。”

傅云实：“接下来播放一首这位朋友点的《浴室》，如果放不下，其实放声痛哭也是一种发泄的方式。”意识到自己不想再讲更深的关于感情的事情，傅云实将设备切走。他倚在转椅里，垂眼听着吉他和鼓点慢慢填满偌大的房间。

——终于忘记你的时候，你出现在我的梦里。

他的没话聊电台，终于有一天，让他不想聊下去了。

而几千米以外的车内，何榆已经平静下来。点歌后，她再度拿起手机。

【姐妹们，后天去求个新男朋友吗？我开车。】

消息一发出，很快就有人回复。

【嗯？你有旧男朋友吗？】

何榆呆住了。

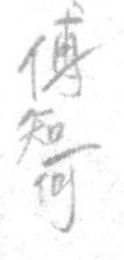

# 第五章

/ 属于史迪仔和布朗熊的短暂梦幻 /

红缘寺在椹南市远郊。

虽然是椹南市土生土长的人，也经常听到长辈提起，但何榆只在很小的时候跟着长辈去过。

红缘寺依湖而建，背靠北部的矮山区，建在半山腰，前不着村后不着店。除了开私家车，也就只能跟着一日游的旅游团来这里。即便以前总是有贼心来求个缘分，高中生何榆也不敢在父母面前造次。

还好还好，她早就把驾照考下来了。

开车从家里出发，接上同样回家过周末的商筒，何榆又顺路在学校接上三个室友，五个人正好坐了满车。

车里随便播着一期没话聊电台的节目，何榆一个人开车实在是无聊，瞥见副驾驶座上的商筒美滋滋地抱着手机笑成一朵花，怎么看怎么酸得不行。她啧啧两声，酸溜溜地说："天天有男生约吃饭的筒女士来求姻缘，神仙怕是见你磕个响头之后，都得骂骂咧咧地把你送回山下去。"

"只是朋友一起吃个饭，又不是男朋友，"商筒舒舒服服地窝在座位里，就差整个人都滑下去了，"所以我的目标很明确，求男朋友，别再给我那么多朋友了。"

真是旱的旱死，涝的涝死。

何榆倒吸一口气，凶神恶煞地按下副驾驶那边的车窗。热风瞬间从缝隙中灌进车内，把商筒打理精致的一头羊毛卷直接吹成了一坨一坨的，大半都糊在脸上。

被风拍个措手不及，商筒愣了一瞬。反应过来后，她一只手固定着头发，朝何榆丢过去一个白眼，另一只手轻快优雅地重新让车窗升上去，轻哼一声：“幼稚。”

“哼，管我？”何榆不甘示弱地把白眼送还回去，伸手将电台的声音又调大了一些。

懒得再跟她玩幼稚的斗嘴游戏，商简直起身，伸手打开座位前面的收纳箱。收纳箱里小玩意很多，大多是何榆自己的东西。

找出小梳子，准备合上收纳箱时，商简的视线不经意地瞥见中控台上的长方形票根。

她又探头将票根上面的字看清，一边梳着头发，一边意味深长道：“椹大和定大辩论社的友谊表演赛观众票？”

何榆双手握着方向盘，瞟过一眼票根的方向，没有说话。

那天她脑内出演爱而不得的女主角入戏太深，忘了把傅云实留下来的票收起来。不提这票还好，一提她就想起来那悲伤地干刮玻璃的雨刮器和左右乱亮的转向灯。

干啥啥不行，在喜欢的人面前出糗第一名。

见何榆没说话，商简一下子就明白自己已经抓住把柄。她吹了声口哨，扬扬下巴，若有所思着故意拉长音调说：“这个票还挺难搞的。”

“何止难搞。”坐在后排昏昏欲睡的一个女生摇摇头，“领票那天我提前二十分钟去排队都没领上，我朋友在定大提前了半个小时排队，票在发到她前面两个人的时候发完了。”

“毕竟是一年一度的两大最高学府针锋相对，”商简把梳子放回去，拿起票又看了一眼，“傅主席又要去神仙打架了？”

商简惋惜地叹口气，两条眉毛扭得过分，继续说：“打架这种事不叫上你，没有了毫无感情的机器一辩，少了那么点味道。”

何榆是个逻辑缜密的人，也懂得如何用漂亮的句子开场，但自从在椹南市高中辩论赛中接连受挫，抛出去的梗和包袱都没人响应，尴尬了全场后还被傅云实似笑非笑的眼神嘲笑后，何榆便完成了向辩论场美少女“小爱”的华丽转变，俗称毫无感情的念稿机器。

“是吧？”没得到想要的答案，商简打了个响指，“小爱同学？”

一声爱的呼唤不仅将车内几个真小爱叫了出来，就连车也提了些速度。与加速同时的，是商简那侧缓缓下降的窗户，和毫无感情的何氏念稿机声调：“好的，已为您开启窗户。”

商简再度迎风凌乱。

到达红缘寺时，已经接近正午。因为是工作日，又是中小学还没放假的时候，整个景区的人并不多。

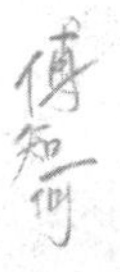

没有夕阳红旅游团围在湖边拍荷花的闲情逸致，五个女孩直直地冲红缘寺的大门走去。

右脚踏进门槛，映入眼帘的便是一棵足够粗壮的姻缘树。姻缘树枝叶繁茂，横向生长的枝干宽阔得如同一个平台，遮住了大片阳光，能容不少人乘凉。

淡淡的香火气在空中弥散着，何榆闭上眼睛，嗅着这味道，耳畔是远处传来的微弱的经文低诵声。再睁开眼时，她抬头望着湛蓝的天空，倒是突然有些清心寡欲的味道。

那她来这里干什么？

她反复在心里默念着——我真的很想，快一点，早一点遇见我的正缘。

不是年少时会许的“我要和 ××× 在一起”，或是“请让他也来喜欢我”这样的愿望。也不知道是不是一种危机感，何榆只觉得自己反而更注重长远的结果，与其谈很多段分分合合的恋爱，不如依旧单着。

那如果，她的正缘不是傅云实呢？

何榆愣了一下，又转过头去。

不是傅云实吗？

这个问题，她好像从来没有考虑过。

到了红缘寺，何榆一行几个人就分散开来，拍照录视频的自己去拍些素材，只想凉快歇着的人就找阴凉的地方坐着。

何榆买了根红绳戴在手上，又买了红色的挂牌，用黑色油漆笔在牌子上写下自己的愿望。

愿望不长，只有零星的几个字。

写完后，她小心翼翼地吹干油漆笔的笔迹，仰起头寻找树上合适的空隙。

低矮的不容易被风吹雨打的地方，都已经挂满了挂牌。何榆绕着树干转了一圈，才勉强找到位置。

她不矮，但还是要踮起脚伸手才能勉强摸到那根树枝，就差一点，才能把挂牌绕着系上去。

何榆来回踮着脚试了几次，直到开始考虑爬树的可行性时，一只手从她的脑袋上方伸出，轻而易举地将她手中的挂牌缠绕在树上。

骨节分明的手在深绿色的叶片与褐色的枝干间穿梭，灵活又漂亮。

何榆呆呆地看着，第一反应居然是自嘲。她都能把好心人的手看成是傅云实的手。

她真是没救了。

“谢谢。”何榆深吸一口气，将手收回来，头顶上帮忙的那只手也在同时收回。他的手腕蹭过她手腕上的红绳，刚戴了一会儿的编织红绳还有些扎扎的，蹭在皮肤上有些痒，酥酥麻麻的，如同细微的电流传过。

何榆不自觉地瑟缩了一下，转过身却意外地发现身后的胸膛还没有离开。

她下意识地向后退了一步，和那人拉开距离。

天啊，她生命中新的姻缘就要来了吗！

这也太准了点吧！

“何榆，你鞋带散了。”

下一秒，双眼失神已经陷入狂喜的何榆被阴魂不散的声音拉回现实。

他们最近偶遇到的次数未免过于多了一些。

何榆再次被盲目的自信蒙蔽了双眼，开始怀疑是不是这人故意安排的这一场又一场的偶遇。

盲目自信带来的快乐，如同小型烟花一样在她心里绽放开。

“你不是去写生了吗？”她将戴着红绳的手腕向身后藏了藏，语气里居然带着从不属于她的娇羞。

傅云实穿着白色的宽松 T 恤，随意地外搭一件没系扣的浅咖色廓形短袖衬衣。他将夹着黑色画夹的左手抬了抬，神态自若地解释：“我们在这边的镇子上写生，离这里不是特别远，骑车大概一个多小时。”

见何榆用奇怪的眼神扫过一眼他手中的画夹，傅云实轻笑一声，大大方方地将画夹打开，干净清晰的线稿便呈现在她眼前。

是红缘寺建筑外形的写生，也许是为了整体效果美观，也把这棵姻缘树画了进去。

“你画画突然变得好强，我们都没想到你去学了建筑。”

如果拿这张图给几年前的何榆看，她一定不会相信这是出自只会画火柴人的傅云实之手。

当时他们都猜傅云实会去学经济金融，或者去椹大最厉害的第一年不选专业的那个学院，再或者是去当医生，但没有一个人想到，他去学建筑了。

听到她这么说，傅云实似乎有些惊讶。他一边眉毛微抬，说话的声音却没有太大的波动：“你不知道？”

傅云实停顿片刻，看着何榆眼底的迷茫，将视线转到手中的画夹上。他没有再去看她，用像是在讲述别人的故事的语气说：“因为热爱和喜欢吧。”

傅云实有很多她不知道的事情，而她却妄自以为自己有多么懂他。

比如他热爱的……或许是应该称之为梦想的东西。

“傅云实。”两个人之间的沉默被一个陌生的男生打断，他看了一眼何榆，跑了两步走近。

男生压低些声音，将手搭在傅云实的肩膀上，脸上明显有些焦急，说道："这都中午了，我们还没摸清这个屋顶的结构。你再在这里搭讪女孩子，今天晚上就赶不回去吃晚饭了。"

意识到傅云实真的是有事要忙，何榆悄悄吸了一口气，将嘴角提到恰当的高度，回道："你们去忙你们的吧，我先走了。"

她得体地向傅云实和那个陌生男生点了下头，便朝外走去。

"呃，我不是这个……"没等男生叫住何榆，傅云实就先一步制止了他。

从画夹里抽出那张被折起的铅绘女生侧影，傅云实小心翼翼地抚平折痕，重新夹好后才神态自若地合上，淡笑着拍拍好友的肩膀，视线却落在那个背影上，说道："走吧，不是要研究屋顶结构吗，怎么还愣着？"

夏夜，傅云实坐在小镇旅馆的门槛上，借着门口不算亮的灯光，整理着自己今天的写生稿。指尖触及那张带着折痕的画纸，他抿起嘴，眼神也跟着温柔下来。

傅云实一直对古建筑的结构建造很感兴趣，得知要来这边的小镇上写生，就提前查好了从小镇到红缘寺的路线。在找了隐蔽的地方和同学一起坐下写生后，他拿手机回消息间，再抬头，就意外地看到那个绕着姻缘树转了三圈的身影。

浅奶绿色的短袖衬衫扎在白色长裙里，脚上永远是她最喜欢的高帮匡威。

如果不是鬼使神差地走近，他也不会偷瞄见她挂上去的姻缘牌。

他第一次见到有人许愿是画一幅简笔画，一座高山的山脚有一棵树，高山入云，山尖尖上戳着一颗苹果。仅有的文字是她的名字。

不愧是她。

"我们真是从山里来，到山里去，"老三拿着罐冰镇啤酒，大大咧咧地坐到傅云实的身边，"期末考之后，建筑系的朋友们迎来了人生的大解放，回到山里，做快乐的子孙。"

傅云实从他手里拿过另一罐，单手打开，说道："等毕业之后，我们就不是快乐的子孙了。"

"是，我们就是甲方的'孙子'了。"老三仰头灌了一口冰啤酒，用手扇着风，总算感觉褪去了些燥热感。

老三意味深长地说："没想到我们老傅一到夏天就开窍儿了，先是搭讪计算机学院的那小姑娘一起看星星，现在又偷偷摸摸画姑娘的侧影。"

他摇摇头，恨铁不成钢地叹气道："你这春天，来得有点晚啊！"

傅云实踹了老三一脚，抿了一口手中的啤酒，麦芽的香气混合着酒精的味道，顿时冲上了鼻腔。

他垂眼看着易拉罐上的标签，坦言：“是同一个人。”

“啊？”老三一惊。

“都是计算机学院的，叫何榆，是我高中同学。”

傅云实很少会谈论自己的私事，但也许是小镇里平淡的市井夜晚让人有倾诉欲，又或许是山里的星星如军训那日一般闪烁，他主动开口：“做过一段时间的同桌。”

“你喜欢她，”老三没有用问句，“从你的眼神中看得出来。”

被戳中心事的傅云实微微偏过头，看着老三认真的表情，突然淡笑开来，没有否认。

老三眼睛一亮，大大咧咧地伸直腿，后背随意地靠在旅馆的外墙旁，对傅云实说：“上啊，直接告白啊。”

“哎，拜托，那么多喜欢你的姑娘，给自己点信心。”见傅云实迟疑的样子，老三凑近他，熟练地勾搭上他的肩膀。

“她……”手上转着绘图笔，傅云实任由老三搭着自己，思索一下才用个简明的句子解释，“她说自己是主动型的女生，但是……”

他缓缓吐出一口气，声音低沉：“她没有跟我告白过，连暗示都没有。”

高中时，何榆最大的爱好是看网剧解压，然后第二天到学校里和前后位的女生一起吐槽。

“我就觉得女主角有点憋屈，要是我的话就直接上去告白了。说句‘我喜欢你’有那么难吗？”

听到何榆这话，原本正在做题的傅云实，手上的笔微微一顿。

“我觉得挺正常的啊，又摸不清男主角是不是喜欢她，”何榆的前桌不以为然，“主动了万一做不成朋友怎么办？”

何榆耸耸肩膀，摊开手，回道：“主动了才对，对方不喜欢你，你省得浪费时间了。”

她又换了个姿势，舒服地半趴在桌上，将手中的山楂条分一半给前桌，继续说：“我要是喜欢一个人，只要确认了自己的确是喜欢，肯定忍不住就去告白了。”

一时沉默。

老三看着傅云实那又陷入回忆的表情，肩膀上起了一阵鸡皮疙瘩，劝道：“别感伤了，兄弟。”

虽然他的感情经验也不是很丰富，但总比某位白纸强。将手中的啤酒主动碰上傅云实的，老三语重心长地开导：“女生的话，你也敢信？”

“我现在根本不知道她是不是喜欢我。”看着老三仰头喝酒，傅云实却没有心思喝，还保持着刚刚的动作。

看着平时一脸冷漠的人，如今开始四十五度仰望天空，忧郁似乎也渐渐涌上来，老三呼吸一滞，感觉这人是没救了，问道：“高中同学，你都试探多久了，还不知道她喜不喜欢你？”

悲情男主角依旧望着天空，声音低沉又带着些无奈：“其实，我是摩羯座。”

矫情满分。

这么严肃的追女孩讨论，扯星座就有点过分了。老三咬牙，无情地收回搭在傅云实肩膀上的手，没好气地说：“活该你单身。”

没话聊电台新一期的节目，傅云实是在小镇里录的。他特意带了自己的录音设备，连上电脑，虽然旅馆的隔音效果不太好，但也算是艰苦中求生。

毕竟他火了，接了个口播广告。

人总归是要“恰饭”的。

开场录音播完，傅云实深吸一口气，凑近录音设备，说：“大家好，欢迎回到没话聊电台，我是纸盒。因为这段时间我在外出差，没有比较好的录音环境，所以可能会有一些杂音。”

他一边说着，一边打开电脑版的微信对话框。

“自从上周我们的第一期无言信箱开放之后，也是看到了很多的留言。这一期也因为我在外面，没有办法请到可以闲聊的嘉宾，所以这一期的直播节目会做一整期的无言信箱环节。”

因为每周都要产出一期高质量的节目，傅云实在去年招了一位助理，助理平时帮他一起选题。后来他开始做直播节目，助理会提前把公众号后台留言和微博留言筛选好，在节目进行的时候发给他。

“今天的大多数留言都有关感情，”傅云实打开文档，飞速地扫过几行，无奈地笑了，“大家是觉得我经验很丰富吗？”

“每次偶遇到喜欢的人，那一刻真的好开心，觉得就是命运的安排，纸盒你是不是没有体验过这种感觉？”读完第一条评论，他一顿。

“醒醒吧，偶遇都是骗鬼的。”他无情地泼上一盆冷水。

“尤其是在拜姻缘时遇到，你在那里高兴着，说不定人家在求跟另外一个人的姻缘。”信手拈来个例子，傅云实自信地抵掉粉丝的攻击。

何榆听完最新一期的没话聊节目，陷入了沉思。

一沉思，就沉思了一个礼拜。

她觉得，一个素未谋面的主播在当天提到这样一个例子，可能也是命运的安排吧。

这大概就是命运的暗示。

【不对，我觉得我不能被命运打败。】

【我要制订一个严格周密的、让傅云实喜欢上我，然后我一脚把他踹了让他追妻火葬场的计划。】

见微信那端没有回复，何榆一连刷了不少个表情包，试图把小学期只有下午上课的商简叫醒。可你永远不可能叫醒一个睡觉开了飞行模式的人。

何榆丧气地把手机放在一边,从包里找出昨晚买的面包,丧气地啃着。

“打扰一下，你旁边的位置有人吗？”

暑期实践课是全校都可以选的大课，何榆没跟室友一样选计算机相关的课程，反而抢了一门《纪录片创作》。大课上拼座位很常见，一些爆火的科目常年有人来蹭课，夸张的时候教室后面都可以站好几排人。

何榆赶忙摇摇头，把自己的包收过来些，让开旁边的位置，回道：“没有。”

“谢谢。”刚刚询问位置的女生，轻轻地在她身边坐下，动作间，带起一阵馨香。

何榆低着头，心里却在感叹着果然所有人都喜欢香香的女生。

陌生的女孩从帆布包里找出自己的笔记本，放在桌面上时，瞥到何榆手机亮起的锁屏界面，问道：“你在听没话聊电台？”

“嗯？”何榆正戴着蓝牙耳机，隐约听到她在跟自己说话，又把一侧的耳机摘下。

商简终于醒了，躺在床上给何榆回了几条消息。

从桌上拿起手机，何榆有些讶异地问：“你也听没话聊？”

“纸盒的节目我已经听好几年了，最早的时候他是在一个声音软件上发一些简短的配音作品，后来才开通的播客。”

感受到何榆炽热的视线，女生不好意思地摸摸耳尖，又说：“我刚刚也是不小心看到你的手机屏幕，抱歉。”

“没事。”何榆连忙摇头，刚刚还困得混沌的眼睛此刻已经装着光，“我也是第一次在线下碰到听没话聊的人。”

她划掉商简发来的消息，熟练地调出自己的二维码，问道：“我可以加你微信吗？”

她发誓，她绝对不是被美色冲昏了头。

“我是传大新闻专业的，来蹭课。”女生把自己的名字备注给何榆后，上下打量着何榆，倏地笑眯了眼睛，“我和我音录专业的朋友最近也想

做一个电台节目，不知道你有没有兴趣一起？”

中午，下午上课的商简和下午没课的何榆，约在了两个教学楼之间最近的食堂。

“你说你不要被命运打败，就是去和陌生的小姐姐一起创办新的电台？”

何榆正绕着麻辣香锅的冷柜转着第五圈，手里的不锈钢小盆已经装了大半。又夹起些鱼豆腐，何榆这才满意地到食堂阿姨那里称重，回道：“这个是意外掉落的副本。”

被何榆的那股自信劲儿无奈地逗笑，商简摇摇头，又问：“那你不意外的计划是什么？”

面对刷卡机器上相当于其他女生两顿饭的价钱，何榆的眉眼丝毫没有停顿。她大手一挥刷了卡，转身朝着商简嫣然一笑，说：“做小说里男主角要做的事情，让男主角无路可走，把傅云实撩得团团转。”

就不信还有她撩不到的男生。

商简一脸关爱地吸着自己的果汁，连话都懒得讲，所有明晃晃的嘲讽都写在了眼睛里。

何榆撩了一下自己的头发，也不管长度够不够，然后一手拿着手机，另一只手绕着一小撮发丝，微瞪着眼嗔怒道：“爱信不信。”

商简终于不再咬着吸管，抿了抿嘴，一言难尽地说：“头上没几根头发了，省着点拽。”

生发精油挺贵的，疗效还不好。

何榆愣住了。

等食堂炒麻辣香锅的时间总是漫长的，何榆百般无聊地刷着手机，从微博刷到微信。看着满屏一样的推送转发，何榆眉毛挑起，说：“这周周末欢乐谷夜场向大学生开放，最低折扣只要六十九块钱。转发到朋友圈并获四十个赞，凭截图即可提前预约后到窗口换购。”

“嗯，我知道这个，前段时间街舞社那边拉赞助，就是给欢乐谷这个活动做宣传。”商简正和她的小哥哥聊着微信，一边接着何榆的话，手上还不停地动着。

也不管自己到时候有没有时间去，何榆随手就转发了一条。

配文：【求四十个赞。】

刚转发完，食堂阿姨一个嗓子叫到何榆的号码牌。何榆也不管别的了，把手机一扔，恨不得插上翅膀绕过人群拿那一大盆的麻辣香锅。

她的那一盆放在柜台上，很明显，从分量上就不太一样。

经常光顾这家档口，面对食堂阿姨慈祥的表情，何榆拿着一双筷子，也笑得乖巧地回道："谢谢阿姨。"然后猛吸一口气，像是举重一样端起餐盘。

装麻辣香锅的是一个较大的瓷盆，本身就比较重，更不要提还加了一小碗米饭和一小碗汤。何榆端起来的时候，明显感觉到身侧正排队的男生倒吸了一口凉气。

怎么，没见过仙女吃饭啊？

"这次还是上次约你出去吃饭，害我被猫抓了的那个小哥哥？"面对着一个抱着手机笑成花的朋友，何榆只感觉自己手里的麻辣香锅突然就不香了。

商简尴尬地笑了一声，收起手机，乖乖地吃自己那份烧鸭饭。口中塞着鸭肉，她的声音含混不清："嗯。"

一听到自己猜对了，何榆立刻把脑袋向前伸了伸，嘴巴飞快地一张一合，问："哪个专业的？多大了？有照片吗？"

商简伸出手指把她的脑袋戳回去，翻了个白眼，说道："你现在特别像人民广场相亲角里的大妈。"

即便是这样说着，商简还是翻出了和男生吃饭之后的自拍。

何榆正吸着宽粉，猝不及防地看到那男生的脸，猛噎一下，嚼了半天才终于咽下去，问道："他是学建筑的吧？"

这个人和军训时追着傅云实要被子的男生长得一模一样。

军训时,何榆经常有意无意地将眼神穿越无数个头顶,落在他的身上。她也知道，这个男生和傅云实关系很好。

"你认识？"看到何榆这么大的反应，商简有些不安，"我和他是上个学期上公选课的时候认识的。"

何榆垂下眼，刚刚的情绪又因为提到这个人，而猛地落下去，小声说道："他是傅云实的室友。"

她提到傅云实时，总是会有些不自然的举动，即便是坐在对面的人知道她心底的这个秘密。

何榆左手不自在地拿上手机，随手点开朋友圈。第一条就是傅云实转发欢乐谷推送的链接，没有配文，但仅他们两个的共同好友就点赞了好几排。

"他不是赞助，他是真的想去。"接收到何榆抛来的眼神，商简非常够意思地指指自己的手机，"我朋友自己说，他们一个宿舍要去欢乐谷团建，周六。"

商简正说着，何榆的手机就收到一条消息。

【琛琛：你周六要去欢乐谷吗？】

【何榆：去啊。你不是大学生，没有优惠价，别嫉妒了。】

【琛琛：我就是问问。】

【琛琛：顺便，姨妈的车送去保养了，你自己走去欢乐谷吧。】

“怎么，在计划你的欢乐谷撩木头行程？”见她突然一僵，商简把最后一口汤喝下，擦擦嘴，问道。

“还记得我之前说什么吗？”何榆把手机放下，挑眉，“走男主角的路，让男主角无路可走。”

欢乐谷夜场，要下午五点才能进场。

何榆提前买了白天场的票，拉着商简先在园区内溜达了一圈，凭借着插科打诨猛虎卖萌的能力，借下园区内一家餐馆的玩偶服穿上。

摸摸身侧那圆滚滚的史迪仔，商简来回摇着头，就差把嘴噘到天上去，说道：“你这也真是为了爱，冒着把自己热死的风险。”

“滚滚滚，给我去买几个气球，要那种浪漫的。”史迪仔一脚踹上商简的小腿。

在头套里听声音闷闷的，只能听个大概，何榆一脚伸出去，玩偶服的“腿”很短，没把商简绊倒，反而让她自己趺了一跤。

“还浪漫的？”商简眼疾手快地拉住何榆，叹了口气，“小心一会儿把自己‘浪’断了腰。”

“快滚。”

临近五点，何榆就把商简轰走，自己一路艰难地小跑到游客必经的小广场。

史迪仔的手腕上被商简细心地绑了五个气球，随着何榆跳动的动作，远远地看上去，可爱得让人想摸摸头。

何榆一会儿招惹招惹要出园的小朋友，一会儿一个猛扑切断小情侣紧拉着的手，她将从园区导引处拿的地图卷成卷，追着摸她“肚子”嫌她胖的小姑娘满广场跑。等累了，她才静静地倚在树边，看着形形色色的同龄人从眼前经过。

她的傅云实，一直都没有来。

望着眼前那只在卖冰激凌的布朗熊，何榆垂下眼，又转过身，不再去看。

布朗熊的周围还围着买冰激凌的人，从何榆过来时，布朗熊就一直在很温和地和游客拍照，还会逗小朋友——一点都不像她，不招人喜欢。

傅云实也是这样觉得的吧？

她总是那么疯疯癫癫的，毫不顾忌脸面地耍宝。

闷热的玩偶服里，本以为自己不会如此矫情的何榆，偷偷吸了一下鼻子。她仰头望着城堡的塔尖，刚要落下落寞的泪水，突然玩偶服的“脑袋”被拍了两下。

何榆毫无兴趣地转过头，透过两个透明塑料的小孔，望向那只手的方向。

一只棕色的手拿着一个大大的甜筒，伸到了她的面前。

“布朗熊”正看着她，另一只手可爱地在头下做了个花开的动作，连一只腿也跟着跷起。

何榆被逗笑，索性直接把头套也摘下来。已经被汗浸透了的碎发贴在她白皙的脸上，深蓝色的史迪仔服衬得她的皮肤更加白皙透亮。

她笑着接过冰激凌，刚要嘻嘻哈哈地说一声谢谢，布朗熊的“脑袋”也被摘下。

天色已经渐渐地暗了，旋转木马的灯在那一刻被点亮。夏风中，她手腕上的那几个气球摇曳着，气球内的铃铛叮叮当当的，发着清脆的响声。

她看着那个同样被汗浸湿头发的男生，张了张嘴，却又什么都说不出来。

旋转木马梦幻的音乐叮叮当当地响起，广场的公主灯下，他们就那样对望着。

半晌，傅云实才平淡地开口：“再不吃，冰激凌要化了。”

# 第六章

/ 于他而言，又一次的落荒而逃 /

傅云实在收到何渠琛确认何榆会去欢乐谷的消息之后，心中一直是无比信任小何的。

毕竟何渠琛是他“看着长大”的孩子，又毕竟是传闻中的“接班人”，他永远要给何渠琛最大的信任。直到他穿着布朗熊的衣服，在小推车旁边卖了一整个傍晚的冰激凌。

卖到生无可恋，卖到他接下来的两个月都不想吃甜的。

每次小孩子叽叽喳喳地拽着他腿上那点布料，连体衣服的坠感传到领子，差点把他勒背过气儿去。

还好还好，那只不知道从哪儿冒出来的史迪仔，用一出疯狂的风骚走位，引走了不少的熊孩子。

傅云实照看着面前的冰激凌摊位，不时在人群缝隙中偷偷抬头望向那个还在人群中调皮的史迪仔。史迪仔的手上既没有传单，也没有其他的可以用来推销的东西，除了那几只气球。

但即便是手腕上拴着气球，好像也没有任何想要售卖的迹象。

不像是园区里要做这份固定工作养活自己的员工，更像是穿着玩偶服随心捣乱的游客。

因为史迪仔行为有些怪异，熙熙攘攘的广场上的笑声不断，不仅吸引了游客的目光，也让傅云实在冰激凌摊位工作时多看了两眼。

他今天提前来园区，倒贴给冰激凌推车老板钱，才被允许穿着这身布朗熊的衣服隐匿两个小时。而且他不仅不能去园区其他的地方乱逛，还要做卖冰激凌的工作，只能在抬头低头挖冰激凌球的瞬间，偷偷地巡视一圈，在人群中找那个已经熟悉得不能再熟悉了的身影。

何榆见到冰激凌就走不动路，更何况是在这样的热天。

傅云实本来有十足的把握她会来，只是随着时间的流逝，却也渐渐地不确定起来。

原本还高涨的情绪渐渐落下，再抬眼时，他对上那只史迪仔望过来的视线。隔着大半个宽阔的广场，傅云实才发觉那只史迪仔似乎从刚刚开始，也在偶尔间抬头望向他。

即便是夏夜，这座城市褪去了白天的燥热，却依旧闷得让人汗流浃背。

新进入欢乐谷的人已经少了，广场上拍照的人也渐渐散去。他的身边依然有一些在买冰激凌的人，而史迪仔的周围，却已经空无一人。偶尔有几个小朋友想去拍拍史迪仔，却被自己的父母拉住。那只史迪仔表现得太皮了，很多家长都怕自己的孩子在园区里追跑打斗，发生意外。

也许是人越来越少，史迪仔看了布朗熊一眼，视线刚一对上，就生气地抬起下巴，双手也愤愤地在胸前抱起，毫不留念地转头，望向另一个方向的天空。

怎么看怎么有些落寞的味道。

这一系列的动作配上史迪仔憨憨的外表，可爱中又带着一丝丝的好笑。傅云实隐匿在头套里的嘴角扬着，趁这一拨客人走了之后，挖了两勺朗姆酒口味的冰激凌，放在蛋筒上。

隔着玩偶手套，他要使劲攥着才能握紧甜筒。他笨拙地隔着厚厚的玩偶衣服走向史迪仔，一路上躲避着扑上来的熊孩子们，偶尔还要敏捷地用左手拎起几个。

傅云实甚至觉得，他这一辈子估计也就只有这一刻是最滑稽的。

史迪仔正靠在树边，两条小小的短腿支着庞大的身体，一只小手还不停地捶着树。

反正就是不放过任何一个瞬间给自己加戏。

好笑地敲敲史迪仔的脑袋，见史迪仔缓缓地转过身来，傅云实没有说话，将自己手中的甜筒推向眼前这个蓝蓝的小东西。

隔着双重玩偶衣服的阻挡，声音会被层层减弱。明显地感觉对面的人一愣，他的眼睛透过塑料小孔望着外面，刚想大声说些什么安慰史迪仔，却没有想到下一秒，史迪仔托起了自己的“脑袋”。

史迪仔蓝蓝的头套被摘下，那张熟悉的脸，就这样呈现在他的面前。盼了一整个傍晚的人，就像是变魔术一样，出现在了他最意想不到的地方。

傅云实承认，在那一刻，他疯狂地心动了。

原来何榆不是没有来，而是，她一直在他的身边。

虽然不知道为什么何榆也会在那样的玩偶衣服中，但她明亮的笑容，还是在那一刻直击到他的心底。

老三给傅云实这样的一个告白建议的时候，可实行度很高，但总归是有些难为情。即便是再擅长在台上讲话的人，也会有惧怕告白的瞬间。怕自己会仓皇而逃，在来之前，傅云实特地把自己想说的话都录在了一支录音笔里面。

本来想着在遇见她的时候，就把手里她最喜欢的口味的冰激凌，和那支录音笔一起塞给她。趁着广场人多又有音乐的嘈杂声，迅速扎进人群中闪走，回去换掉玩偶衣服。既避免说不出话的尴尬，又显得出其不意。

他也肯定，只要何榆听到了那样的录音，她就知道那是他。

但当何榆摘下头套，头轻轻地摇着，试图甩掉被汗水黏在自己脸上的头发，发现是无用功后，她既尴尬又抱歉地下意识跟他说谢谢的那一刻，傅云实似乎忘记了，口袋里那支录音笔的存在。

手里的甜筒被拿走，也不知道是不是因为在那个节点亮起了旋转木马梦幻的灯，傅云实只觉得，自己身体里的那一份悸动，终于在多年的压抑后冲破到了天际。将头上的头套摘掉，他脸上的表情，不再是拒人以千里之外的礼貌笑容。

傅云实记得，以前在南华时，还没有真正认识何榆的他和朋友坐在单杠上，晒着午后的太阳。兴许是太无聊了，他随口问朋友，什么是喜欢？

当时那个已经心有所属的人沉思了一下，带着一种不属于他平时冷漠的脸上应有的笑容，连眼神都偷偷地温柔下来。

他说，就是在看到她笑的时候，你也不由自主地跟着她那样地笑，即便你并不是一个会做那样表情的人。

意识到好友没有骗自己时，傅云实的嘴角都已经快咧到耳后。他迅速反应过来，立刻收了些笑意，装作随意地说："再不吃，冰激凌要化了。"

何榆似乎也没有好到哪里去，她拿着那个甜筒，愣怔了片刻，才抬起眼来。

"你……"她憋了半天，才憋出一个问句，"你是在这里勤工俭学吗？"

一只手夹着布朗熊头套的男生一时语塞，刚刚的那份冲动非常熟悉地又一次卡在喉咙里。

算了算了，在这种浪漫的地方，就当她说的都是屁话好了。

傅云实无视掉她的煞风景，扭头又看了一眼缓慢转着的旋转木马，吸一吸浪漫的仙气儿，才开口："我在这里等你。"

何榆坐在树旁边的台子上，咬下一大口冰激凌，抱着史迪仔的"大脑袋"。闷了一个多小时的人，干裂的嘴唇在碰到她最爱的朗姆酒冰激凌后，她只感觉整个人都活过来了。

“等我？”被冰得眯起眼睛，她腾在空中的腿不停地晃着，“等我一起坐旋转木马吗？”

本来只是随口一说，何榆却没有想到，面前的人肯定地点头，还“嗯”了一声。

看着傅云实身上毛茸茸的玩偶服，她又塞了一口冰激凌，从台子上跳下来，猛地凑近他。她仰头看着他的脸，口中带着朗姆酒的淡淡味道，说道：“巧了，我也在等你。”

即便吃掉了一些口红颜色，但她被冰激凌润过的嘴唇在反着轻微的光。傅云实喉咙一动，垂在身侧的双手攥起又放开，放开又攥起，如此反复了几次，倏地向前倾身。

没想到眼前的人主动抱住了自己，何榆高举着还没吃完的甜筒，整个人僵在原地。

性格开朗、没皮没脸又怎么样？第一次被喜欢的男孩子抱住，何榆除了站得像个木头之外，脑袋已经宕机得再也说不出话。

察觉到她身体的僵直，傅云实环住她的手臂一顿。

她在反感他吗？

最近做电台时无言信箱里形形色色的投稿，从傅云实的脑袋里飞速地过了一遍。

“那个……”怀里的人动了动，像是在挣扎。

她果然反感这样。

一股血气从颈根红到脸颊，傅云实压住心底的酸楚，迅速放开她，向后退了一步。

“对不起。”

夜的昏暗，模糊了他脸上的潮红。

他从口袋里摸出那支本来已经被他忘记了的录音笔，塞进何榆的手里，语速飞快地说：“你听这个。”

说完，尴尬到头皮发麻的傅云实，紧张得整张脸都已经没了表情。

何榆接过那支轻巧的银色录音笔，刚借着不算亮的路灯找到开机键，面前的男生就已经一脸冷漠地把布朗熊的“脑袋”再次扣上。

下一秒，面前的人影就没了。

“哎，你跑什么？”何榆郁闷地喊了两嗓子，那人都没再回来。

何榆愤愤地踢了一脚脚边的石子，看着手里刚刚化到差点滴到他玩偶服上的冰激凌，恨得牙痒痒。

这人怎么回事？

抱完就跑？

什么玩意儿！

正郁闷着，商筒抱着何榆的衣服和包走近，拍拍她的肩膀，说：“人家店那边要下班了，咱们得把玩偶服换回去了。”

“哦。”

何榆这副垂头丧气的样子，倒是没惊讶到商筒。

“没见到人？”

“见到了。”何榆打断商筒的话，叹了口气，晃晃手中的录音笔，“他送了我这个就跑了。”

“该不会是深情告白吧？”商筒几乎是不用思索地脱口而出。

告白吗？

何榆刚刚想要疯狂吐槽傅云实的心，又因为商筒的这一句话，漾开了一些波浪。

她深吸一口气，按住已经开始疯跳的心脏，摁下播放键。

传来一个无情的女声：“现在是大学英语六级考试听力试音环节……”

何榆呆住了：欺负我六级听力掷骰子？

从那次录音笔事件之后，何榆一直在等傅云实给自己一个说法。然而这人，什么动作也没有。

一怒之下，何榆又拿出自己备忘录里的那几句话背了一遍，背完之后，如获新生。做一个毫无感情的“酷盖”，无视人间喜乐，但身体却是很老实地去了辩论赛现场。

毕竟谁不喜欢看神仙打架呢？

绝对不是去看傅云实的，绝对不是。

这一次椹大和定大的友谊赛，东道主是椹大。也许是考虑到往年这一赛事备受关注，今年椹大辩论社申请了校内最大的礼堂作为辩论赛的场地。

何榆当天正好赶上《纪录片创作》课，又是最后一节的作业讲评课，老师拖到了课程结束才点名。等她骑着车风风火火地穿越大半个校园，辩论赛已经进入后半程。

每年为了推广辩论，友谊辩论赛在正经的辩论之后，会开一轮搞笑辩论。

今年的题目是——在日常生活和网络回复中，使用字母缩写和不使用缩写，哪一种更好？

刚在后排找了个位置坐下，何榆远远地就看见傅云实在台上站起身。

“刚刚主席在宣布本场辩论辩题时，就能体现出我们在表达观点时，言语中所带给人的观感非常重要。

“在我们听到或者说出一个句子的时候，大多情况下我们都已经有了自己的倾向性。而如何委婉地表达，是我们需要不断去学习的语言的艺术。字母缩写就是一种委婉的语言表达方式……”

礼堂很大，何榆本身有一点点近视，又坐在后面，即便是眯起眼睛也很难看清傅云实的脸。但傅云实在辩论场上的一举一动，随着他说话的语气、语调和停顿，都能在她脑袋里模拟个大概。

他的一切，早已经烙印在她的记忆里。

这一场是搞笑辩论赛，为了调动全场的气氛，用词和举例都会有些放飞自我，就连主席也会开一些小玩笑。

在傅云实发表完观点后，旁听的主席靠近自己的话筒，说：“请反方二辩注意言辞，精准打击对方辩友，不要攻击裁判，谢谢。”

用最冷的脸和最冷的语气，说着最不正经的话。

闻言，已经坐下的傅云实举起双臂，默契地和三辩一起比了一个大大的爱心过去。

椹大和定大辩论社的关系一直很好，很多人从中学时期就是相处不错的朋友。何榆认识定大的二辩，对方也是以前南华辩论社的人。

定大二辩轻咳一声，警告意味明显地说：“请对方二辩注意言行，不要当众贿赂主席。”他严肃地说完，一只手伸进自己的西装里，冲着主席掏出一个大拇指和食指比的小心心。

在全场的笑声中，辩论赛又被拉回正轨。

“请问反方知道最常用的一些英文缩写的意思吗？用缩写进行交流，这种加密通话是同样圈子里的人的交流方式，也是……”傅云实一方的三辩站起来，将整场辩论带回刚刚的节奏。

“我知道这些意思，但我在发表观点中不会用到。试问对方辩友在看到名字的缩写时，会不会出现误读成另外一个人的情况？当言论有恶意中伤的倾向时，会不会误伤，扩大解读范围，对别人造成困扰……”

何榆坐在台下，看着傅云实端正地坐着，手上的笔随着思路和对方三辩的话，而不断地在纸上移动。他时不时地和己方一辩互相交换纸上自己的思路。即便是这样，他也不会忘记在自己该起身反驳的时候，进行思路清晰的陈述。

搞笑加赛打破陈规，即便多次被主席纠正，但整个辩论还是往走歪的路上一去不复返。

以前的辩论场上，她是冲在前面打基石的一辩，他是能把控全场的三辩。他一个眼神，她就知道该做什么样的陈词。

何榆半垂着眼，突然感觉自己当初没有选择辩论社，似乎是一个有些错误的决定。但如果给她一次重新选择的机会，她八成也不会做另一

个选择。

礼堂内的阵阵欢呼声炸得何榆脑袋有些痛，她从包里找出水杯，起身走向走廊里的直饮机。

直饮机处，一个穿着正装的女生正弯腰接水，海藻般及腰的长发随着动作而垂下，柔顺地搭在她的肩膀上。

何榆掏出手机，低头调出自己的刷水卡小程序，朝直饮机的方向走过去。

“何榆？”

一声问候，让何榆点在屏幕上的手一滑。

再抬头时，已经控制好情绪的何榆毫不意外地露出个礼貌的微笑打招呼：“淮艺。”

淮艺高高瘦瘦的，一直都是人群中很显眼的存在。她以前也效力于市一中的女子篮球队，拿了不少奖项。但她偏偏又不是人高马大的，脸小而精致，柔顺的黑色长发衬得皮肤雪白。

能安静温婉，也能在篮球场上和男生谈笑风生。

何榆不得不承认自己心底，那别扭的，也许应该要被称为自卑的东西。如果淮艺和傅云实没有生活上的交集，何榆一定会很喜欢淮艺，会想方设法和漂亮小姐姐成为朋友。但当成为“竞争关系”时，她的危机感不是假的。

“你是在定大读书？”淮艺没有和何榆点头打招呼后就离开，反而为她让出位置，停在直饮机旁边。

“不是，”何榆垂眼按开直饮机，淡淡地解释，“我在椹大，学计算机。”

淮艺一惊，说道：“啊，不好意思。我在辩论社没有看到你，还以为你去了定大。”

何榆尴尬地笑了笑，盯着水柱，心里祈祷着快点将水装满。

“你今天也是来看辩论赛的吗？”淮艺抿了一口手中温热的水，明知故问。

水装得差不多了，何榆将按钮放开，俯身拿起水杯盖紧盖子，回道：“嗯，正巧从朋友那里拿到一张票，就过来看看。”

“何榆，你想不想加入辩论社？”察觉到何榆看过来的视线，淮艺双手拿着水杯，缓缓解释，“我和傅云实已经定下来下个学期升任社内的副社长，社长是大三的学长，平时比较忙，也不会管社内的事情。我之前跟你打了不少次比赛，知道你的水平。”

她顿了一下，继续说：“而且你也来看这次比赛了，这次比赛还不错，不知道有没有让你想打比赛了。所以就想问问，你有没有兴趣来辩论社。”

淮艺还是像以前一样，声音平缓，却又字字都说在重点上。

将手中的盖子拧紧，何榆抬起头，看着淮艺的眼睛。几秒后，她莞尔一笑，回道："好啊。"

傅云实和淮艺是这一届的两个副社长，他俩逐渐接管社团后一定会有更多的接触。即使何榆再想蒙住眼睛，也不能再逃避。

先走一步算一步吧，大不了换个人喜欢。

换个人喜欢？换谁喜欢呢？

人生太难了，呜呜。

打完辩论赛之后，傅云实推掉了社内聚餐的活动，骑车回到宿舍。

暑期实践的最后一天，宿舍里有两个人已经去赶高铁，只有老三还留在宿舍里打游戏。

"我看你这两天心情不太好？"把耳机摘掉，老三站起身活动活动腰，走到傅云实的旁边，随手拉开一把椅子坐下，"都没来得及问，你上次和计算机学院的那姑娘表白，怎么样了？"

他反坐在椅子上，椅子腿一晃一晃的，别提有多嘚瑟。

傅云实瞥了哪壶不开提哪壶的人一眼，将休闲包放在桌上，从包里掏出两罐冰镇汽水，将一罐扔给老三，回道："我把录音笔给她了。"

"但是她到现在都没有联系我，我觉得我应该是凉了。"傅云实郁闷地灌了一口汽水，顶起来的气冲到鼻尖，叹气道，"她应该是想不让我们两个尴尬，所以当作什么都没发生一样。"

老三凑近傅云实盯了半天，确定傅云实没在演戏，不可思议地问："这么惨？"

思索片刻，他站起身回到自己的桌上拿起手机，说："要不然我帮你问问计算机学院的女生，打听打听情况？"

"等会儿再问吧。"从包里找出刚刚路上顺道打印的文件，傅云实摇摇头，拿着汽水，把文件放到老三的桌上，"咱们不是要一起录下期的节目吗？"

老三从高中开始玩乐队，后来一整个乐队的人都考到椹南市，在椹南市也有自己的小根据地和音乐节演出，混得有模有样。

"这是这期节目的流程和选题，还有会聊到的一些问题，"傅云实倚着柜门，迎着空调的风吹着，"有什么问题的话，我们再改。"

等吹得爽了，傅云实才拍拍老三的后背，回到自己的座位，提醒道："明天录棚，我借了学校的场地，别忘了。"

"嗯。"老三认真地翻看着手里的文件，翻到最后一页，突然来了兴趣，"你们这最后的无言信箱环节，这周有什么好玩的留言吗？"

傅云实向后挪挪椅子，一边打开微信，一边朝他招招手，问道："我

助理应该给我发过来整理好的文档了，你要不要过来看看？”

平时自诩为感情大师的老三，对于这种被问最多感情问题的无言信箱始终保持着高度的兴趣。尤其是这次自己也参与录制，他打起十分的精神，打算挑几个问题好好想想，明天录制节目的时候发挥一下自己的特长。

“从男生那里收到一个英语六级考试的听力录音笔，面对这样的礼物,我的内心是崩溃的。”一字一句读完文档靠中间部分的投稿,老三乐了，“现在有人送礼物还送六级真题吗？”

也不知道是哪个字戳中他的笑点，整个宿舍里充斥着他笑出鹅叫的声音。

“这直接买一套真题卷子也够劲儿了，怎么还录到录音笔里？”他吐槽着，突然又想到什么似的，握紧双拳。

“这就是出其不意趁其不备，共同进步一起学习吗？这种学习的精神，真是让人泪目。”他觉得自己分析得无比真实。

点点头对自己表示肯定后，老三又摇摇头，扭头去看傅云实，继续说：“不过录音笔这种真的是有点老套了，你说是不是啊？老傅……”

在对上傅云实便秘般的表情后，老三放肆的笑声戛然而止。

老三绷着脸默默地转回头去，凑近屏幕，一板一眼地读着后面的文字：“她点了一首，椅子乐团的《建议是看开点》。”

“虽然不知道是不是你，”老三再转过头，语重心长地拍拍傻孩子的脑瓜，“但我也劝你看开一点，兄弟。”

“欢迎收听‘收纳箱’电台，收纳生活中的一切快乐与不快，我是木鱼。”

“我是喋喋。”

八月底，傅云实随父母历时大半个月的自驾游也进入返程。坐在晃荡的车上，他含着一颗话梅，耳朵里塞着耳机，靠在座椅里闭目养神。

前些天，他的助理跟他说最近有一个新人电台上了播客的推荐页，劲头很足。看评论的反响还不错，本着学习精华的原则，傅云实前一天蹭了酒店的网，下了这个电台仅有的几期节目。

“作为每周五晚八点档唠嗑电台，为了祭奠已经过去了的七夕，我们决定吐血做一期情感废话大放送。”

“啊？不是仙女姐姐祭奠前男友大放送吗？”

“我怕真聊这个，你插不上话。”

“别废话了。正录节目嘞，要被怀疑水时长了。”

……

坐在车后座上的男生闭着眼，手却忍不住摸摸鼻梁。

录节目录了不到两年，别的没学多少，但傅云实已然是个专业人士。

“其实作为一个‘单身狗’，这个问题我好像也插不上话。但既然这么说了，我们也从并不多的电台粉丝里征集了些故事，跟大家一起来看一看，有没有一些好玩的事情。”

木鱼正要继续把开场白顺下去，叫喋喋的主播却忍着笑打断：“虽然木鱼是没有恋爱经验，但肯定有一些自己暗恋的经历吧。”

木鱼一愣，但还是很快反应过来，问道“我怎么记得在做选题的时候，你好像没有提前跟我说这些？”

“毕竟我们这些电台节目在录制的时候，一定会有一些现场发挥的内容。”

“然后你就公开涮我，是吧？”

紧接着，两个女孩笑作一团。

“我以前很喜欢一个男孩子，”木鱼想了想，又添上一句，“当然，现在还是有一点喜欢。”

“其实我和已经谈恋爱的人，没有什么太多的区别，”木鱼收起笑声，正色道，“就……还是会惦记着一个人，但是，也不太影响我自己的日常生活。我觉得我好像已经过了那个疯狂喜欢一个人的年龄，有的时候觉得，远远地看着他也还不错。但是如果这个人突然出现在我的生命里时，我也会因为他的出现，或者他的一个小小的举动，再次燃起一种想要冲上去，想要跟他在一起的那种冲动。还好的是，这种冲动出现的次数，并不是特别频繁。”

她笑了一声，再次开口的时候，语气中却透露着些无奈：“可能是习惯了吧。”

喋喋接话道：“其实我们好像在学生时期，或多或少默默喜欢过一个人。那个时期的喜欢很纯粹，而且你可能没有什么太多的烦恼，只除了学习和喜欢的人。”

也许是想到自己的从前，但好像也没有学习烦恼的傅云实，也跟着带了些许笑意。

他似乎有点明白为什么这个电台会突然火起来，其实内容和选题并不是多么出彩，甚至还有一些小小的俗套，但是两个声音并不刻意的女生聊着，透过录音设备，经过信号传输最后进入耳朵时，就像是身边有两个女孩在随意地聊天，很让人舒服。

你可能只是和她们坐在咖啡厅里的邻桌，做着自己手上的事情，却会偷偷地竖起耳朵。

“对，我那个时候特别喜欢入江直树，尤其是古川雄辉演的那一版

本的入江直树。”

听到“入江直树”这四个字，傅云实的睫毛动了动。

“入江直树应该是每一个女孩子的梦想吧？”

“倒不必这样说。很多人也喜欢那种痞痞的校霸，只是我对学霸并不是特别感冒。”

木鱼的声音有些低，闷闷笑起来的声音透过耳机被放大，显得尤其好听。

“我承认也许是跟我自己从小成长的环境和周围的一些言语的影响有关，我会对学历非常高或者学习优秀的人有一种天然的崇拜。但也不一定是学习，就是会很喜欢那种，在某一方面有非常强的天赋或者特长的人。”

喋喋似乎是在消化木鱼说的话，她沉思几秒，才笑着追问：“所以当时你就遇到了，你自己现实生活中的入江直树？”

刚刚面对问题时对答如流的人，难得地在问题后沉默。短暂的几秒钟里，傅云实却莫名地感觉自己的心跳在加快。

降噪耳机过滤掉车子行进间的噪声，耳机里的沉默，让一切安静得只能听到他自己的心跳声。

“其实说真的，”木鱼的语速放缓，却显得一字一句很是诚恳，“我觉得他是我生活中的入江直树。”

她无奈地笑了一声，继续补充：“虽然我很多时候，不会真的这样承认。”

整个节目的气氛，因为这样一句话而瞬间低落下去。

又是几秒钟的停顿，傅云实却已经睁开眼，望向窗外不断倒退的景象。

傅家父母从傅云实上中学时就想实现的青藏自驾，在这个他大一结束的暑假终于实现。前排的两个人没有半点疲惫的样子，反而正开心地聊着什么。

车两旁是一望无际的浅戈壁滩，远处则是荒凉的山脉。湛蓝的天空高高的，整个视野更加宽广。

“我记得刚上大学的时候，有一次我们所在的社团部门聚餐。当时我玩一个游戏输了，真心话的问题是理想型是什么样的。”

也许是察觉到喋喋一时不知道该接什么话，木鱼主动说下去。

“有一个学姐对于我说我的理想型是入江直树有一点点疑问。她觉得，入江是一个很冷漠的人，和这样的人谈恋爱，可能感受不到一些爱情应有的温暖。但我的观点反而相反，其实入江会在不经意间流露出对相原琴子的喜欢，而这种很细微的、他并不擅长的那种温暖是我觉得最戳我心的。”

“对……《一吻定情》原漫画的作者多田薰已经去世了，这是改编自她和她丈夫的真实故事。前几个版本的漫改影视都是女方的视角，但古川雄辉这一版本，是多田薰的丈夫西川茂监制的，里面加入了很多入江的小心思。”

在喋喋的科普后，木鱼紧接着疯狂“安利”道：“是是是，这一版真的超级甜。真的，不甜就……”

“就什么？”

木鱼一愣，拉长尾音，话题突然一转：“就——来听收纳箱电台，我也甜！”

喋喋“啧啧”几声，说：“完了，下一期我们的收听量将呈现局部断崖式下滑。”

木鱼说：“你说完这话，我们录音棚里预计将要局部晴转阴转小雨转大暴雨。”

喋喋笑道：“那挺好，我们以后可以吃雨伞厂商的饭了。”

木鱼愣了愣。

“回归到我们刚刚的话题。”喋喋笑着将话题引回，“其实闷闷的，或者冷冷的男孩子也特别可爱。”

“对呀，你不觉得这种很反差萌吗？他会红着脸去做一些看来可能比较平常，但是他并不擅长的东西。而他在自己很有造诣方面又非常引人注目、非常闪耀，就好像他的那一些小小的不自信都是来自你一样，我觉得那个是最戳我的地方。”

“你是他的独一无二？”瞬间理解木鱼的意思，喋喋接话道。

“嗯，就是这种感觉。”

被戳中心事的傅云实静静地听着，刚刚昏头昏脑的困意，被电台节目中两人的话悉数驱散。他好像就是这样一个在其他方面都很自信，唯独在向何榆表达感情时，是只会脸红逃跑的废物。

何榆也会像主播一样，喜欢他这样的人吗？

“所以你只喜欢古川雄辉那一版的入江直树？”似乎忘记了节目时长，喋喋又开始问着。

“不是啊，其实都还挺喜欢的。”木鱼似乎被带入回忆，依旧不恼地回答着，“但可能更喜欢古川雄辉那版的原因是，古川雄辉在剧里的头型非常像当时的他。或者应该说，当时我很喜欢的那个男生，有点像他。”

她叹了口气，继续说：“其实这么多年过去了，我有点搞不清楚，到底是我先喜欢入江直树这个角色，才会喜欢上现实中的那个人，还是现实中的那个人，让我在剧中找到了一个很符合的形象，所以我才会去喜欢入江直树。

“我一直觉得那个时候为他做了很多很多的傻事，还有内心中的那些小波澜，真的是非常可爱的。现在回想起来，感觉那一段少年时光，是我年少的时候最美好的一段回忆。

“在遇见他之前，好像我的生活就是非常平淡的。但你如果硬要说他跟我有什么样的交流，或者是有什么样非常戳人心的举动的话，好像还真没有。”

也许是说话说得疲了，又或许是回忆带来的情绪，即便木鱼的声音听起来与刚刚似乎无异，但傅云实还是能感受到她若有若无的叹息里头夹杂着些许的笑意。

傅云实眼皮微垂着，接过前座的傅妈妈递来的水，没有打开，只放在座位旁。

他的生活何尝不是这样？在遇见何榆之前“和风和浪”，在和何榆坐同桌之后，被她兴风作浪得到最后连自己什么时候掀起了惊涛骇浪都不知道。

“一个人脑内的狂欢？”

被喋喋的揶揄打断回忆，木鱼的声音再度轻快起来，说：“啧，说直接一点好不好？就是戏精。”

总结到位。

“对，我以前上学的时候也有过特别喜欢的人，每天在脑内上演一场又一场大戏。但不太一样的是我们在毕业之后……嗯，高考结束当天，他就给我打电话告白，然后在一起了。”喋喋声音中的情绪，让整档节目的节奏再次回到一开始的活力。

“别说了，我酸了，我酸了。”一把猝不及防的狗粮，让木鱼咂咂嘴，愤愤打断。

可能是在录音棚里被打了一下，喋喋笑了一声，强忍着笑的同时说的话却很官方：“虽然说结局不太一样，但其实你体验过的那种心动和情愫在心中发芽的那种感觉，我是深有体会的。”

“是，结局不太一样。但是对我来说还好，不太影响我的日常生活，可能我比较没心没肺吧。”酸溜溜地总结刚刚那段闲聊，木鱼即便吃着柠檬，还不忘下一个环节，“好，作为本期节目第一个被采访的嘉宾，我点一首新学校合唱团的《再见琳尼尔》……”

喋喋无情地打断：“我以为你会点一首康姆士的《你失恋了》。”

木鱼沉默一秒，飞速地扔下一句话：“来吧，让大家听会儿歌，咱俩决斗吧。”

话音刚落，《再见琳尼尔》就切了进来。

穿过浅戈壁滩，车子进入山路，非常颠簸。傅云实塞着耳机，前额抵在车窗玻璃上，因为车子的摇摆而渐渐意识模糊。

如果他没有记错的话，何榆喜欢的，也是那个叫入江直树的人。以前她每个假期都会翻看一遍，然后不停地试图和喜欢郑元畅版本的前桌女生打一架。

在南华，饭后的午休是有广播听的。傅云实是广播站的站长，只是他很少出现在话筒后面，更多的是担任监制。

班里对于午休是没有强制要求的，除了保持安静以外。何榆多半时候会在那个时间趴在桌上睡一会儿。傅云实结束节目之后回班时，何榆大多时候已经被叫醒。

一次周测之后，也许是太累了，等他回来时，何榆依旧趴在桌上。下午第一节课的老师还没进班，怕打扰到她，傅云实挪动椅子的动作轻了一些，却还是不免把她吵醒。

何榆保持着手肘在桌上抱环的动作，只有小半张脸出现在胳膊肘上方。她睡眼蒙眬地看着他，眼睛里那似乎不应该出现在她身上的万般柔情，在倒映出他的脸后，似乎更要溢出来。

她笑着，嘟嘟囔囔地说了一句话。

她的声音在吵闹的班级里被淹没，傅云实微挑着眉毛，弯了弯身子，疑惑地“嗯”了一声。

“傅云实，”睡得晕晕乎乎的何榆眯起眼睛，毫不顾忌地给了他一个大大的笑容，“你好像入江直树。”

傅云实没有听说过这个名字，只能学着她的音调，复述一遍：“入江直树？”

“嗯。”何榆嘿嘿一笑，又将大半张脸埋进自己的臂弯。

“我最喜欢的人。”躲在胳膊后，她的声音显得有些模糊。

因为他像入江直树，又因为入江直树是她最喜欢的人。那由此可得，是不是他就是她最喜欢的人？

明明很简单的一道题，他好像一直都没有算对。

“云实，云实？”

在云里雾里的梦境中，傅云实被叫醒。他揉揉眉心，抬眼便看到正隔着半开的车窗温柔叫他的傅妈妈。

见他睡蒙了，傅妈妈笑着向后指指，问道：“到服务区了，要不要下来吃点东西？”

他低头看一眼手表，才发现已经是晚上七点多。靠近西部，这里仍旧是晴朗的天空，让他总是会错乱时间。

“嗯。”打开车门，他将刚刚在颠簸中不知道什么时候搞掉的耳机

再次塞进耳朵。

“接下来我们看一下之前我们留言故事机征集里的下一条留言——向女生当众高难度吉他弹唱破音表白之后，一直没有回应，是不是就代表自己凉了？七夕告白之后，我已经在家里懊悔了无数天，不如保持朋友关系。”

一戴上耳机就是这种留言，傅云实眉心一跳。如果不是时间和告白方式对不上，他真的会以为是自己投的稿。

“对于这位朋友，我只想说，”木鱼念完留言，冷酷无情地下了定论，“是啊。”

是啊？

是？啊？

“这位朋友，刚刚想送给木鱼的那一首康姆士的《你失恋了》，送给你。简单点，告白的方式简单点。珍爱生命。”

一声忠告之后，歌曲便无情地切进节目。

“你失恋了，事实是这样。

“爱不理你了，你又能怎样……”

歌词过于写实，字字句句都仿佛扎在膝盖上，傅云实关车门的动作一僵，只觉得五雷轰顶。

他的录音笔很奇怪吗？

还好吧？

他……他就真的凉了？

他为什么要听这期节目？

人生能不能多一点快乐？

这是什么破电台？！

# 第七章

## /超人拯救地球和他的爱情/

九月，在一个多月没和傅云实见面之后，何榆终于成长为一个没有感情的大人。她能心无旁骛、毫无波澜、毫无表情地给傅云实的风景照点赞，然后转身潇洒地走进便利店买一瓶冰镇锐澳，耳机里循环播放《建议是看开点》。

迈开腿走出魔鬼的步伐，张牙舞爪走到门口等着的何渠琛旁边，她踮起脚，大气地一把揽住自家弟弟那宽阔的肩膀。

何榆冷哼一声，心像石头一般地把碎发撩到耳后，下一秒猛地把头扎进弟弟的颈窝，开始哼哼唧唧。

这一系列堪称教科书似的变脸，绝了。

何渠琛一开始还会被她的样子吓蒙住，语气都前所未有地柔和下来。他温柔地拍拍姐姐的后背，说话的声音都能掐出水来："姐姐，你怎么了？"

乖巧地叫了一年一次的"姐姐"。

反复的次数过多，心像石头的就不再是她何榆了。已经长得比她高了快一个头的何渠琛，总会在她刚抱上去的时候，就面无表情地拎着她衣服的领子，单手把"何八爪鱼"无情地从自已身上扯开。

他揉揉自家姐姐的脑瓜，在何榆发飙之前迅速收手，声音里满是无奈："你让我突然觉得，应该规定未满二十岁不能饮酒。"

也只是抿了两口低度数的酒，何榆翻个白眼，一只手搭在何渠琛的肩膀上，陪他看车来车往。半晌，她才吐出一口气，问道："琛琛，你就没有那种爱而不得的感受吗？"

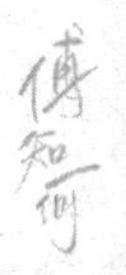

意识到何榆的戏瘾还没结束，他答得干脆利落：“没有。”

何榆愣住了。

高中开学比大学早很多，便利店离南华中学很近，又是放学的时间。背着书包的男生女生或笑着或匆匆地在何榆面前走过，她眯起眼睛，吹着身后时不时被打开的便利店门而带出来的凉风，有一种说不出的惬意。

果然背着书包和不背书包，还是两种感觉啊。

余光瞥到两个小姑娘正叽叽喳喳着，互相推搡，时不时还瞟向他们的方向，何榆偏过头，看看其中那个不停被朋友往前扯的小女孩，又扭头瞧瞧自家弟弟，长叹一口气，说：“你姐当年也是有人追的。”

“隔壁爷爷家的狗吗？”何渠琛反矫情达人，不负众望。

何榆深吸一口气，忍着怒火强调道：“人。”

怎么着也得在小姑娘面前给自家弟弟留点面子，要打回家打。

闻言，何渠琛睨她一眼，插着口袋慢悠悠说道：“人追狗，狗追你。”

“你自己回去吧。”何榆没好气儿地放开他，抬腿就跳下便利店前的台阶。

“何榆，”身后那小兔崽子又开始没大没小，声音依旧是好整以暇的，“你今天没开车。”

何榆转过身，咬牙道：“叫姐姐。”

“姐姐，”何渠琛腿长，两三步就跟上来，一声姐姐叫得齁甜，“马上过节了，姐姐你看看……”

拿出手机叫车，何榆强忍着一脚踹上去的冲动，冷冷地问：“过教师节跟你有什么关系？”

出租车离学校很近，她快走了两步到路边，等确认了牌照，才又转过身，笑得灿烂地说：“既然琛琛这么注重仪式感，那姐姐送你一本《百年孤独》吧，送上一声节日美好的祝福。”

话音刚落，人已经风一般地钻进车内。

何渠琛眼疾手快地在何榆关车门前伸出一只手抵住门，快速钻进去，摇摇头，回道：“姐夫给你的祝福太沉重，我背负不起。”

“我都百年孤独了，”车内，见周围不再有小姑娘的视线，何榆一把拽住何渠琛的耳朵，后牙槽磨得嘎吱嘎吱响，“你哪儿来的姐夫？”

而话题讨论的中心，已经在城市的另一头。

作为班长，即便家就住在椹南市，傅云实还是提早回了学校。开学前的周末，学校里的人已经回来了大半。菜鸟驿站爆满，新生还带着来收拾宿舍的家长，整个校园的路上全都是人。

虽然还没有正式开学，但有机灵点儿的学生组织已经开始在学校内人流量大的地方摆台，做新学期的大型招人活动。比如，令整个椹大为之沸腾，引发室友和朋友相互残杀的十佳歌手大赛。

作为综合类大学，椹大在读生不少，但真心想要参加比赛的人不多。每年为了给初赛拉人头，学生会的人拿着登记表追人追出去一公里是常有的事。

一般被追到的无辜路人都不约而同地填上自己好友或室友的个人信息。每到发初赛短信通知的时候，朋友圈里一刷一大把的疑惑和发自内心的美好问候。

“平常电台里点歌点得勤，不去抛头露面唱个歌儿？”老三拿着自己的两三样快递，在经过摆台点位的时候，笑嘻嘻地凑过去看了一眼。

“我看你是这一个暑假在学校憋出毛病了。”傅云实眼皮耷了一下，伸手把老三从人群中捞出来，趁文体部的人还没发现，赶紧跑。

“别呀，你不是喜欢计算机学院那个妹子吗？”刚走出去两步，老三就像小孩子耍赖一样，向反方向使劲。

他拉着傅云实往回走，说得头头是道：“你闯到总决赛，在学生会一年预算最多的绚丽舞台上，唱一首她最喜欢的歌，那表白多浪漫？”

不提唱歌还好，一提唱歌，傅云实就想起收纳箱电台里，那位当众表白唱破音的失败同僚。

他甩开老三的手，满脸写着拒绝地说：“太俗了。”

老三眼疾手快地抓住傅云实，苦口婆心地劝道：“又不是让你当众说出来，你隐晦一点，当天给她点暗示，让她去听。细微之处的浪漫，要浪漫得恰到好处。老傅啊，相信你自己，你这张帅脸只要放在台上，就光是那些女粉的尖叫就可以刺激那姑娘一波了。”

将手指之间的距离缩短，老三强调：“只需要这么一丢丢的外界竞争压力，她就幡然醒悟。”

“这种方法最适合你这种开不了口直接说的人，”老三用肩膀捣了一下傅云实的胸口，总结，“别样的浪漫。”

被忽悠着登记上名字，傅云实感觉有点奇怪。等已经走到宿舍楼楼下，他才猛地想起来，问道：“你那个聊得不错的女同学是文体部的吧？你为了拉业绩，忽悠我？”

“哎，不是，这不是最重要的……”老三正解释着，傅云实的手机突然振了一下。他一只手抵着老三的肩膀，另一只手拿出手机，扫过一眼。

【何渠琛：姐夫，我帮你打探了一下。】

【何渠琛：我姐喜不喜欢你我没看出来，但我能确定的是，因为那本《百年孤独》，她是真的恨不得灭了你。】

【何渠琛：自求多福吧。（分享歌曲：《祝你平安》）】

刚刚还把老三的解释当耳旁风的人此刻已经回过神来。没听下去老三的解释，傅云实沉思着打断他："老三，你不是以前追过韩团吗？"

"咋了？"老三一愣，被傅云实看得背后直发毛，赶紧抖掉他的手，迅速向后退了几步。

傅云实依旧盯着老三，眉头微皱。沉默半晌，他摸摸下巴，才开口问："圈里洗白，都是个什么流程？"

老三一愣。

洗白守则第一条，永远不要重提黑历史。

制造偶遇，多刷脸，展示全新的已然成长的自己。

忘掉马尔克斯，重新做人。

"傅云实？"见坐在旁边的人拿着笔陷入沉思，刚刚还在做当日工作分配的辩论社社长，将流程表卷成筒状，在傅云实眼前晃了晃。

还在想着昨晚老三传授的经验，傅云实猛然听到有人叫自己的名字，他半垂着眼皮，自然地动了一下手中的笔，看着自己刚刚分神时记下的细节，沉声说："百团排班的表格我一会儿会发在群里，如果大家没有课，也可以去现场的帐篷玩。"

说到一半，活动教室的门被轻轻推开。

通知发下来得很急，自从椹大把军训调整为大一结束后进行，刚开学一个礼拜，百团就被提上了日程。辩论社抽空在中午开了一个简短的会议，时间赶得紧，一些教学楼离得远的同学不免会稍稍迟到一些。

傅云实没有被干扰到，继续说着："辛苦当天第一批去领帐篷和支帐篷的男生，要早一些，七点半之前到西区草坪前的小广场。"

"这位同学……"辩论社社长看着突然出现在门口的陌生面孔，一时间有些犹豫。

辩论社社员不算少，但也没有多到他认不出。可又毕竟是大学，过了一个寒暑假大变样的人也不是没有。

几个社员听到这四个字，也顺着他的视线望了过去，一时间有些尴尬。

感受到气氛微变，傅云实抬眼，也在看到站在门口的那个女生时，微微地愣住。

何榆发誓，她是敲过门的，只是没有人听到。敲了三声之后，她停顿了一下，才轻轻地推门进来。

教室内几乎所有的视线都停在何榆身上，何榆将门关好，也不怯场。她站在原地，微微欠身，不卑不亢地说："大家好，我是大二计算机科学与技术专业的何榆。"

教室里没有半点欢迎的寒暄，反而比刚刚还要安静。

这不用他自己去制造偶遇，偶遇就直接碰瓷上来了？

傅云实向后靠向椅背，神色淡然，全然看不出他此刻脑内的狂欢。

他没急着救场，而是抿起嘴，视线却从远处收回，慢悠悠地扫到坐在桌子左前方的女生身上。

所有人都在看向何榆的时候，只有淮艺以相反的方向看着傅云实。他嘴角微微扬起，眉眼舒展，倒是有点像隔着桌子和淮艺打招呼。

傅云实整个人都很放松，眼神也不是飘的，只是友好地看着淮艺。

对上他的视线，淮艺也没有丝毫的心虚。从傅云实的动作里找不出半点破绽，她才站起身，脸上的笑恰到好处，说："给大家介绍一下，这是我们的新社员。"

她走向何榆，将何榆带到会议桌边的空位旁，继续说："这位是以前南华中学的校级辩论队一辩，在场的槿南市同学应该大多认识她。她以前和傅云实是搭档，合作了很多次。"

说完，她的视线越过桌子，看向傅云实，问道："是吧，傅云实？"

这话好像没什么特别，细听却又似乎带着些特殊的音调。

作为一个因为"恰饭"而开通直播信箱，被迫成为情感主播的电台老鸟，傅云实表面淡然地看着这一切，脑内却开始疯狂地闪过那些投稿吐槽。

笑话，一个情感主播怎么可能会被这种区区小事绊倒？

他一只手支上会议桌，看着淮艺的双眼，慢条斯理地说道："何榆是我以前的同班同学，也做过一段时间的同桌，打了几场比赛，彼此之间比较熟悉。"

教室内都是相熟的人，傅云实的表情与平常无异，眼底却警告意味明显。

傅云实特意将后几个字咬重，不再看淮艺，视线下落到已经坐下的何榆身上，说道："我之前也邀请过她，被无情拒绝了。果然在发现人才方面，还是淮艺比较厉害。何榆有一年没有打比赛了，如果你愿意的话，先来我们小组？"

辩论社社内按照人数分了几个小组，平时没有校际比赛，就在社内开展模拟赛。傅云实所在的组内，一辩是一位开学便大四的学姐，在上个学期期末时就已经提出不再继续参加社团活动。

见何榆终于看过来，傅云实的声音也比刚刚的官方发言柔和得多了。他垂下眼，摆着继续写着辩论社百团大战活动方案的样子，偷偷地在刚刚那一段记录后，顺手画了一个蓝色的小爱心，声音却是平静的："正好也和我们磨合一下。"

散会后，社长把淮艺招来，和傅云实简短地开了个三人小会。

叮嘱完重要的事情，社长一改刚刚的严肃，夸赞着淮艺："我虽然不是椹南市的，但之前也看过南华和市一中的辩论赛视频，你把她叫来，咱们明年打定大也能轻松一些。"

"我本来是想拉她来我们组的，没想到被傅云实抢先了。"既然说到这里，淮艺也笑着接话，她抬头看着傅云实，打趣道，"我招来的人，就别跟我抢了吧？"

傅云实收拾着桌子上自己的东西，没有看她，回道："你们组首发都是大二的，不缺人。"

"如果我说我是想找个教练教我们组的大一新生呢？"淮艺轻笑着反问，没有露出半点焦急和激动。

将休闲包单肩背上，傅云实终于看了一眼淮艺，语气比她还要礼貌："她不适合当教练，我了解她。"

"学长，我走了，下午还有课。"拍拍社长的肩膀，他又深深地看了一眼淮艺，嘴角翘起，"淮艺，在你邀请她之前，你也应该清楚，她只会来我这里。"

他背着包走出教室，发现整个走廊和楼梯间空荡荡的。明明刚刚才散会，人却已经走得差不多了。

傅云实快速走下楼梯，到了一层，在看到何榆正靠着走廊玩手机时，才稍稍松了一口气。他走近她，问道："你来辩论社，为什么没有跟我说？"

一时间被挡住些光源，何榆抬眼，并不意外地开口："我以为只要和你们其中一个管社团的人说，就够了。"

很随意的回答，就连目光都是淡淡的。这种满不在乎的感觉，让傅云实的心底有些不安。

"你之前说你不喜欢打辩论。"

但你没有拒绝淮艺。

傅云实心里忽然有一丝酸涩，即便他觉得自己和淮艺之间好像没有什么竞争性。

何榆一只手搭上他的肩膀，像是对待何渠琛那样，煞有介事地叹了口气，说："女人的鬼话，也就你信了。"

傅云实一愣：我到底图何榆什么呢？图她事事无常小嘴叭叭戏精上身间接性发作吗？

——切记，留下好印象，重塑形象。

忍着想要怼回去的冲动，傅云实选择开启一个新话题，问道："百团大战，你要去现场招新吗？我一会儿去教室做名单，如果你想去，我可以把你加进去。"

"有什么福利吗？"再次盯回自己的手机，何榆问出她从小到大必会问的话。

“和我一起坐着，在帐篷下风干成化石。”

“那还是不了。”

傅云实愣了愣。

何榆又在手机上点了两下，微皱起眉，问道：“听说你主动报名十佳歌手了？”

傅云实眼皮一跳，没想到这个惊喜居然在海选还没开始时，就被何榆知道了。曾经的八卦旋涡中心，随着时间的流逝，依旧名副其实。

何榆心满意足地瞥见他愣住，乐了，说道：“商简是学生会文体部的。”

“和室友打赌打输了？还是向谁表明心意？”她收起手机，直起身，不再倚着墙壁。

一楼的走廊部分没有窗，深色的大理石地面，让这里扛住了午间的升温，过堂风吹过，甚至还有些凉爽。猝不及防地被猜到心里的小九九，傅云实再度五雷轰顶，脸上却要保持微笑。

“据说打辩论的人嘴很快，适合说唱，”他一本正经，“我验证一下。”

不动声色地看着她满脸问号望过来的样子，傅云实又低头看了一眼手腕上的表，问道：“你吃饭了吗？”

不如我们一起去吃吧？

“我刚刚叫了外卖，估计我现在回宿舍就能顺道拿上去了。”扬了扬手中的手机，以为只是俗套寒暄的何榆难得没有打岔。

一口气憋在胸口，傅云实开始怀疑人生。为什么别人谈个恋爱对方都很配合，他这平时默契还可以，一到该有动作的时候就萎了。

但……也怪他没有提前说。

“我在五教上课，跟你正好顺路，”见她有要离开的迹象，傅云实耸耸肩，决定再次努努力，“要一起走吗？”

“好啊。”何榆点点头，没有拒绝。

难得地让人心情舒畅。

怎么说也算是迈出了非常好的第一步。傅云实用余光悄悄看着身侧的人，不由自主地和她迈开一样的步子。

他以前的朋友说得对，世界上真的有虚幻的粉红泡泡的存在。他正悄悄在心里雀跃着，身侧的人突然一矮。

何榆从走廊拐角处拾起自己立在墙边的电动滑板，将滑板平放在地上，站上去，说道：“我速度有点快，你要不然跟在后面跑吧？”

傅云实呆住了。

托何榆的福，傅云实达成成年后第一次被人遛的成就。回想上一次

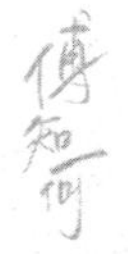

被人遛，可能要追溯到他刚会走路没多久，被对待孩子毫无耐心的傅妈妈在腰上拴了个绳子遛。

电动滑板不需要任何人力，手揣着兜拿个小遥控器就能随意控制，好在何榆还算是有良心。

良心就良心在，她把速度调到刚好需要傅云实快走或小跑着，但又不用狂追。给他留了最后一丝体面，还顺带提醒他该健身了。

“你真是学校里一道亮丽的风景线。”这一幕被去教学楼上课的老三刚巧看到，成了他接下来一周的必用梗。

他摇摇头，好笑地放下手机，拿起自己的那份早餐，认真地说：“其实你也不用担心形象问题，我当时看到的第一眼，倒没觉得是在遛狗。”

仔细地剥开鸡蛋壳，傅云实连眼皮都没动一下。经过一年的相处，他敢肯定，老三接下来绝对没好话。

“倒是挺像之前校门口发传单的，‘游泳健身了解一下’，一追追出去二里地，戴着耳机装聋都没用。”察觉到对面散发出来的强大压迫感，老三迅速将手中的小包子塞进嘴巴，含含糊糊地试图挽回局面，“追姑娘就是要拿出这种魄力。”

把蛋壳收拾好，傅云实抬了一下眼皮，冷冷地说道：“我谢谢你的夸赞。”

洗白守则第二条，只要不出大问题，就不是问题。选择性失忆，是傅云实对自己最后的温柔。

因为是周末，早上的食堂里几乎没有人影。傅云实和老三吃完早餐，就动身往西区的小广场走。

建筑学院的男生宿舍离小广场不算太远，平时恨不得睡得昏天黑地的老三主动提出要来百团大战看看。傅云实其实并没有感到奇怪，毕竟和老三聊得挺好的那个小姑娘也要负责社团招新。

“文教授今年又开放本科生的申请了，你不打算去试试？”满足地打了个饱嗝儿，老三眯起眼睛，拽着傅云实往树荫底下走。

文教授是建筑学院的副院长，博导，设计过许多国内外耳熟能详的地标性建筑，在国际顶级大学任教超过十年，后来受椹南大学邀请，回国教书。他年龄虽然大了，但人很和蔼，从不刁难学生。

最重要的是，经费很多，项目也很多。每年文教授都会招几个特别优秀的本科生进自己的团队，申请的人很多，到时候不免是一场恶战。

傅云实当初报椹大的建筑学院，其实也是冲着文教授的名头。但是这才大二刚开始，他也没有觉得自己学了什么与专业相关的实际的东西，回道：“我还没有特别好的研究课题，感觉今年申请上的概率不大。”

人啊，还是对自己定位明确一些为好。

“但是你成绩很好，去年综测第一。就咱们这一届，你不稳谁稳？”见他似乎没有申请意愿，老二显得有些讶异。

椹大全是尖子生，每个人对自己都有着绝对的自信。往届学长学姐为了综测排名互撕的事情也不少。

但傅云实居然不想参加？

“又不是只有咱们这一届在竞争，文教授还是要看我们研究的过往课题或者提出的新的课题方向，”傅云实摇摇头，“我现在还没有头绪。”

老三这次是来帮商简支帐篷的，刚走到场地他就毫无良心地抛弃傅云实，直奔广场另一头。傅云实和其他两个男生一起支起辩论社的帐篷，把提前打印好的登记表和二维码贴在桌子上。

等一切就绪，傅云实搬来两把椅子，坐在帐篷底下，一坐就是一个上午。

中午，他正低头看外卖订单，桌上就“哐”一声，放了重物。他抬起头，看到正吃着雪糕的何榆大大方方地努努嘴，说：“给你们买的。”

袋子里是几罐还起着雾的汽水和一些零食。

“我给你报销。”傅云实打开袋子扫了一眼，就立刻拿起手机要给何榆转账。

“不用了。”她从袋子里随手拿了包薯片撕开，从桌前绕过来，坐在他旁边的椅子上，“怎么就你一个人？”

“中午换班，让他们去吃饭了。人不多，我一个人在这里就可以。”傅云实一边说着，一边把桌上的小电风扇往她的方向挪过去。

何榆耸耸肩，一只脚踩在自己的滑板上，腿来回地动着。一到热天，她就心浮气躁，闲不下来，说：“那我陪你在这里待会儿。”

“你不是说不想来吗？”把冰镇汽水握在手心，傅云实只感觉整个人都活过来了。

何榆垂下眼，又往嘴里塞了片薯片，回道：“商简在爱猫社招新，我来看她，顺道过来的。”

再抬眼，她刚要递给傅云实薯片袋的手，在看到他正盯着自己脚下滑板的样子，在空中停顿了一下，又收了回来。

“你想试试吗？”何榆挑起眉毛，把电动滑板移到他腿边，“反正现在也没什么人。”

何榆的电动滑板有点像双翘板，不是那种有扶手的滑板车，全黑的质感，看上去还有点酷。

傅云实的滑板在家，虽然看到的是个带电池的，但也难免心痒痒。

他一脚踩住滑板，收起脚，站起身。

“到后面的空地上滑吧。”在他刚要抬脚上滑板时，脚下的滑板就溜走了。

跑得还挺快。

从帐篷底下走到暴晒着的大太阳下，傅云实眯着眼睛，强忍着想要回去的冲动，向滑板伸出脚。

他刚蹭上个边，无情的滑板说走就走。

傅云实叹了口气，刚想转身去要遥控器，就被身后的外卖小哥叫住：“同学，你知道辩论社的帐篷在哪里吗？”

“是我的外卖吗？”傅云实扫过一眼外卖小哥手上的塑料袋标识，“手机尾号 8312，姓傅。”

“对，8312。”外卖小哥立刻点头，将手中有些沉的塑料袋递给他，“麻烦给个好评。”

傅云实接过塑料袋，礼貌地点头，回道：“好的，谢谢。”

他拎着外卖回到帐篷下，身后那只滑板也跟了过来。

把袋子放在桌上解开系扣，傅云实假装忽略掉何榆投来的炽热的视线，问道：“你家里养了个新宠物？”

“前两天回宿舍的时候，随手养了几分钟。”知道他是什么意思，何榆暗戳戳地又怼了回去，暗指她遛的是傅云实。

傅云实深吸一口气，默念了八百遍的洗白守则。他不能再告白失败一次了，要做好万全的前期准备。

将袋子里的关东煮和蛋羹放到她面前，傅云实只留了自己的那一份饭和附赠的可乐。见她不动，只是闻味儿，傅云实只觉得有些好笑。

他坐下，睨着她，问道：“还要我帮你开盖？”

傅云实是在她来之前点的外卖，还以为这些东西本来是他一个人吃的，没想到真的是给自己的，何榆含着雪糕签，闷闷地说：“我吃过饭了。”

但强忍着香味真是太难了。

傅云实忍着笑，帮她把关东煮的盒盖打开，不以为意地说：“你吃过和没吃过有什么不一样？”

何榆腹诽：果然不要喜欢以前的同学，太了解就不是什么好事，做什么事情都留有早年的阴影。

既然他都这么说了，何榆也懒得再客气。把蛋羹的盖子撕开，她突然觉得少了什么。面对吃的，她的语气难得弱了下来，说：“好像没有勺子？”

找了一遍袋子，都没看见第二副餐具，傅云实看着手里自己已经用了的筷子，一时间有些纠结。

洗白守则第三条，要称赞对方，也要在内心鼓励自己。

用筷子扒拉了两下餐盒里的照烧鸡，傅云实脱口而出：“这点小事，会难倒你吗？”

这句话用傅云实那平淡的语气说出来，落在何榆的耳朵里，顿时就变了味。她深吸一口气，狠狠地瞪了傅云实一眼，然后利落地用雪糕签从关东煮盒里扒拉了一个魔芋丝结出来，嘴凑近盒子，熟练地吞下。

一系列的动作，堪称完美典范。

看着她冲自己嘚瑟地疯狂挑眉，傅云实心想：好像不用问她，要不要擦干净筷子，让她用另一端吃了。

现在追个姑娘，都已经这么难了吗？

饭后，傅云实去附近的教学楼上卫生间，何榆百般无聊地坐在帐篷下面，玩着手机上的游戏。

午后的热浪和吃饱之后的感觉杂在一起，让人昏昏欲睡。

“在玩什么？”经过她身边，傅云实瞥了一眼她的屏幕。

把手机屏幕亮给他看，何榆困倦地回着：“《我的世界》手机版。”

想起她以前的兴趣爱好，傅云实看着她屏幕上的房子，笑了，问道：“还喜欢玩这个？”

“还是电脑版好玩一些，可以用代码建造房子，”何榆打了个哈欠，“我之前想在南华翻修之前做一个模型还原，录个视频之类的，留作纪念，但没来得及量尺寸。”

还原现实中的建筑模型，留存记忆……

盯了她半晌，直到把她盯毛，傅云实才缓缓开口：“何榆，想不想一起搞事情？”

“傅主席说搞事情，是做个事情呢，还是搞事情？”在他的目光下，何榆硬生生地把第二个哈欠憋了回去。

“搞个大事情。”傅云实眉眼舒缓，唇边是比平日要真切得多的淡笑，“七街巷口的复原模型，一整条街的电子体验，有没有兴趣？”

听到“七街巷口”，何榆愣住了。

那可是一整条街啊！

傅云实是疯魔了吗？

也不过是愣住一秒，刚刚强压着的哈欠逮住疏忽的空隙，居然变得更加狰狞。一个防备不周，何榆的血盆大口冲着傅云实猛地张开。

“嗝——”

顺带着一个饱嗝，冲破喉咙。

双份大礼，双倍的同意。

“我们今天聊的话题很大，但其实也很日常。”

学校的录音室里，何榆讶异地看着喋喋，没想到她会以这样一句神奇的话作为开场白，说：“你这样说，我就开始怀疑你是不是又不按照选题录节目了。”

“我说的难道不是梦想吗？”喋喋无辜地耸肩。

凑近录音设备，她笑着解释：“我们的梦想可能很大很大，看上去有些不切实际，但有梦想这件事，真的是很普通的，几乎是每个人都会经历的事情。”

“我这种作文困难户，当年要是有你这样言语精致，我就直接出书了。”何榆打趣地回应。

已经录了几期节目，也磨合了两三个月，她和喋喋渐渐成为非常默契的搭档。

“我以前的梦想是开一家花店，二楼是咖啡店，开在一个小巷子里，青石板路旁栽满我最喜欢的花，晚上想吃烧烤也可以支一个烤架。”想起以前，喋喋忍不住笑着叹气。

“可是后来我发现，房租真的太贵了，”她的眼皮微动，即便是自嘲，眼底却还是有对以前梦想的向往，“而且开这种店真的不赚钱。”

“我的梦想就很朴实了，”见她突然低落，何榆笑嘻嘻地掰着手指头，把气氛调动起来，“吃得饱吃得好，当个富婆，不用还花呗。”

远离贫穷女大学生每月的魔鬼，她能再健康地活上几十年。

喋喋挑眉，立刻便懂了，说道：“老了之后当广场上最亮的那颗星，无数老头为你连夜制作荧光棒，广场阶梯上坐着的都是你的老粉丝？”

“太了解我了。”何榆打个响指，“啧啧”两声，嘚嘚瑟瑟的，“这就是我的终极梦想。”

“老了就老实点吧，别再折腾了，医药费挺贵的。”喋喋从桌上卷了个纸团，毫不留情地丢了出去，纸团砸在何榆的脑门上，她这才满意地正色道，“我是问你很小的时候的梦想，我相信那个时候你还没那么现实。”

只有被生活磨平棱角的“社畜”，才能理解金钱的重要性。

“小的时候……”在准备这期选题的时候，何榆还真没有好好地想这个问题。

思索一会儿，她倏地笑了，说：“那个时候的我，有一个很大的梦想。说出来可能会吓到你，抱负挺大，可是实现的可能性真的太小了。”

毕竟她们彼此还没有那么了解，喋喋显然对这个话题更有兴趣，追问道：“是什么？”

录音室里的空调温度有些凉，何榆拢了拢身上的薄外套，轻笑一声，说："椹南市前些年做城市翻修，拆了很多老建筑。我从小在椹南市的老城区长大，那里的每一个街道巷口，我都记得门儿清。

"但是好像随着年龄越来越大，记忆里那些人情味儿和烟火气儿，渐渐地就散了，"唇边的笑容渐渐消散，她望着桌上的横格本，略失神，"所以那个时候我想，如果我能把这些记忆更好地保留和保存就好了。"

"听起来是一个很浩大的工程，但是特别有意义，"喋喋拿着笔，随手在自己的稿件上面记录着重点，"有点像是文物修复。"

"嗯。"何榆没有否认，"只是街道环境和建筑的保护和修复，或者做电子记录。其实你们学校也有一个类似的很好的倡议，叫口述历史。"

喋喋点头，说："对，我们学校有一个专门的口述历史博物馆，也有一门选修课。"

"我们最近在做一个项目，'七街巷口'的记忆复原，"正好提到这个话题，何榆也就顺口说到最近一直在准备的这件事，"七街巷口是椹南市非常有名的文化街巷，以前是潮流的前沿。那个时候在椹南市的名号是响当当的，只要问哪儿最有艺术气息，一定就得是七街巷口。"

"是，我小的时候是生活在椹南市的另一个区，离七街巷口那边有点远。"喋喋似乎也被唤起了回忆，笑着接话，"小的时候爸妈带着我去，我在路上都看呆了，就觉得来来往往的那些哥哥姐姐特别酷，很有个性。稍微大一点儿之后，偶尔和在那边开店的人聊聊天，就觉得他们真的懂生活，懂自己想要什么，懂什么最让自己活得舒服。"

"后来七街巷口渐渐商业化了，很多老店都迁址，渐渐地就没有那种味道了。"何榆很赞同喋喋说的话，只是一提到现状，声音也跟着缓了下去，"这种感觉很难说，房子还是那些房子的模样，一砖一瓦都没变过。人，或者是说游客也挺多的，熙熙攘攘，但就是和以前不同了。"

被何榆带进情绪，喋喋也深吸一口气，感叹道："七街巷口，真的是很多老椹南市人的记忆。"

"所以我们打算做七街巷口的记忆复原，但也不知道会做成什么样的效果，只能说尽力。"何榆在说这些的时候，眼睛里有光。她说着听起来非常谦虚的话，但那眼神，却像是非要做成不可似的。

有一种难以名状的坚定和自信。

"刚开始我以为你想去学建筑，做古建筑的研究和修复，"喋喋将笔放下，托腮看向何榆，"你这样说完，我觉得你选计算机专业真的没选错。当我们真的没办法回到过去的时候，电子的记忆似乎是最好的还原形式。"

古建筑的研究和修复？

明明是一句夸赞她的话，何榆却猛地一愣。

她读高二的那一年，修复文物的纪录片火遍大江南北。课间休息时，老师会用投影仪放十分钟的正片，好让他们多记录些作文素材。即便早就已经追看过很多遍，何榆还是看得津津有味。

她是真的觉得那些修复文物的人很酷。

“傅云实，什么时候我也能像那些人一样，在平常看不到的地方，做一些很有意义的事情？”知道难得傅云实对这部纪录片也很感兴趣，何榆感性地吸着牛奶，微皱着眉叹气。

傅云实丝毫没有觉得她在开玩笑，他偏过头，看了她几秒，认真地说道：“你可以试试。”

“他们是有很好的美术功底的，许多人都是椹美的尖子生。”看看自己那一双中看不中用的手，何榆像个泄了气的皮球，整个人都丧气地趴在桌子上。

右脸被桌面挤变形，她的眉毛恨不得变成八字眉。

“我现在努力已经晚了，我画火柴人都费劲儿，这哪儿打得过？”

“学建筑，总不需要高考前通过专业的绘画考试吧？”坐在前桌的女生听见何榆的抱怨，转过头提供新的思路。

何榆反应两秒，只觉得醍醐灌顶，说：“哎，傅云实，她说得有道理，修复古建筑也挺酷的！”

那个时候的何榆，其实只是一时兴起随口说的话。就比如刑侦剧很火的时候，她不止一次对自家弟弟下锁喉的狠手，天天做着当女刑警的美梦。

——你为什么会学建筑？

——我以为你知道。

所以，傅云实是因为她的那些话，才想去学建筑的吗？

那次在红缘寺内见到，他是要和朋友研究古建筑的架构。而这次邀请她一起做项目，也是做老巷子的记忆修复。她忘记的那个短暂的梦想，居然是他们共同的梦想。

以前她还自作聪明地问他，为什么没去全校最好的不用选专业的学院。说起来，还真的可笑。

传大离椹大很远，要倒很多趟地铁。适逢周五，何榆干脆和喋喋一起搭地铁，顺路回家。晚上录节目录得有些疲惫了，她不想再回宿舍带着笑附和室友。

何榆到家时已经很晚，父母都已经睡下。

她轻手轻脚地换好鞋，刚要往自己的房间走，就迎面碰上出来热牛奶的何渠琛。

“我以为你这周末不回来。”没想到她大半夜的突然出现，还没开灯，何渠琛被吓了一跳，却还是压低了声音。

何榆随口扯了个谎，抢过他手上的热牛奶，咕咚灌了两口，回道：“天有点凉了，过几周可能会有点忙，我先回来拿点衣服。”

早已经习惯这种相处模式，一时防备不周的何渠琛叹了口气，转身又进到厨房。

自己家的姐姐，还能怎么样？

只能宠着。

何榆捧着手里还剩半杯的牛奶，靠在厨房的门框边，看着他把微波炉按亮。

“琛琛，你最近复习得怎么样？”一时间找不到什么话题，何榆干脆提起她高三时最不愿意被问到的问题。

“还好，这几天抓紧把英语单词又过了几遍，以后复习英语的压力就不会特别大。”微波炉运转的声音响起，遮盖大半何渠琛的声音。

何榆若有所思地点头，一脸欣慰地看着自己优秀的弟弟，一股柠檬的酸味顿时浸泡了全身，她将手中的牛奶一饮而尽，走近何渠琛，将玻璃杯放进水池里。

她仰着头，从裤子口袋里掏出一支录音笔，笑眯眯地说道：“我这儿有一套六级的英语听力，你要不要听一听？”

何渠琛愣住了。

何榆和喋喋的电台节目是每周录播，预录两周后发布的节目。时间通常由两个人的空闲时间决定，并不是固定的日子。但每周五的深夜，是没话聊电台直播的固定时间。

何榆早早就洗漱完，窝在床上。

“大家好，我是电台主播，纸盒。听说今天我所在的城市深夜有雨，我也不知道今晚我的窗子是否隔音，如果有一些细微的雨声，也请大家见谅。”

纸盒的声音，比往日多了一份低沉和温柔。也不知道是因为今夜有雨，还是他因为今晚特殊的选题，而想起什么。

他的声音透过耳机，在静谧的夜晚里，倒是有些抚慰人心的魔力。

何榆蜷缩在床上，漆黑的房间里没有开一盏灯，手里握着手机，却不知道该不该在这个时候给傅云实发一条消息。

发什么消息呢？

发我终于知道你为什么会选建筑专业？

发原来一直傻乎乎的都是我自己？

这么晚了，他会不会已经休息了？

纸盒的无言信箱分为两个板块，在和嘉宾聊完当周的选题后，前半部分选取过去一周的留言，后半部分则是汇总选取直播过程中的留言。何榆听着纸盒和嘉宾聊最近的天文异谈，思绪却不知道飞到哪里去了。

等反应过来，节目时间已经过去了大半。

她丝毫没有困意，反而拿起一直黑屏的手机。

“接下来一条实时留言，就让山屿来读吧，毕竟他自称感情疗愈大师。”傅云实说完，立刻远离录音设备，打了一个大大的哈欠。

上次和老三录过一期“年少轻狂”的主题节目后，反响不错。可能因为平时就是朋友，两个人也都熟悉，老三又是个梗比较多的人，两人聊天过程不会冷场，听起来和以前的嘉宾节目在感觉上要轻松很多。

老三录了节目之后，也觉得录节目挺好玩，于是，没话聊有了一位常驻嘉宾。

傅云实不是椹大校广播站的人，经常去借录音室不太好。无奈之下，他也就只好每周把老三带回家，在他改造之后的卧室里录音。

“我先看看这个留言，还挺长的。”老三没有拒绝，反而整个人跃跃欲试。

他凑近屏幕，仔细地读着上面密密麻麻的文字：“我之前有一个特别喜欢的男生，压在心底里很久。而我刚刚才知道，原来他一直在努力实现我们两个人曾经的梦想，可我却没当真。我不知道他还在不在原地，也不知道他现在喜不喜欢我。其实说起来也好笑，我甚至有些拿不准那个时候的他对我的感情。毕竟，他也算是一个在新年伊始，送我《百年孤独》的人才。”

读完一整段话，老三乐得不比第一次录节目时声音小。他鹅叫半天才缓过气来，说：“先说这位男孩子，真是个人才。”

老三又大笑两声，看到留言让他安静会儿，才憋着笑说：“我感觉上一个和你能共情的人，应该是那位被送六级题的朋友。”

听到这里，正拿手机逛淘宝的何榆双手一滞。

呵，那不也是她吗？

自己共情自己，世界第一惨，呜呜。

“你说，大过节的送《百年孤独》这种事儿，这男孩子送之前就没多考虑考虑吗？这脑子真的是缺一根弦，活该单身。实在不行，咱就换一个人喜欢吧。”老三叹气，甚至有些苦口婆心地劝道，“你想，你这么优秀的一个女孩子，遇到这种人，就别给自己再添堵了。”

“这么说吧……”老三觉得自己还没说到位，急需一些认同感，一边说着，他屁股下的转椅微微一挪，视线也转到身边的傅云实身上。

看着傅云实，老三的双眼分外真诚，还带着些感慨地说："纸盒，说实在的，那男孩子难不成真的只是觉得《百年孤独》挺好看的？"

他语末上挑的语气，把像是见到外星人似的不可思议发挥到极致。尤其是在极度惊讶时悄悄带出来的口音，让事情听起来更匪夷所思。

傅云实的脸一绷，但也不过是一瞬。他压着心底的异样，还是想求证一个问题，问道："难道这本书不好看吗？"

"你这问题配上你现在的表情，让我觉得你是在很认真地问我，"老三的眼神立刻变得惊恐，"我们现在讨论的不是书本身，而是书名在节日是否适合用于送礼。"

"是……有点傻气。"在老三炽热的求赞同的眼神下，傅云实的每一个字，都说得极慢。

老三显然对傅云实的附和并不满意，说道："你这声傻气，听起来还有点像是可爱的夸赞？"

傅云实深吸一口气，觉得今晚可以直接把老三关在外面，让瓢泼大雨附和他的偏激。他冷冷地说道："嗯……下一个更乖。"

还好他从来没在自己的朋友圈里宣传过自己的节目。

可千万别让何榆听到这个节目。

"如果你喜欢的人本身就是木木的、不解风情的，我觉得也可以按照纸盒刚刚的'可爱'来理解。但如果你所认识的他不是这样的，我说真的，姑娘，别给自己添堵。"收起刚刚的玩笑劲儿，老三难得正经。

"喜欢一个人，还是要及时跳出来看清，"可能还是不适应这样正经的自己，他又随意笑开，"给我们这种没人喜欢的男孩子，多一点机会。"

"我们放一首歌吧，是之前一位听众在私信留言里推荐给我们的歌。"见老三还要再自由发挥下去，傅云实装作注意时长似的打断，语气平静，丝毫没有破绽。

老三显然没有和他脑内同步，疑惑地问："我们不是刚刚放了一首了吗？"

傅云实视线越过桌子，抿着嘴看了老三半晌，才缓缓开口："我想听歌了。"

"那我想听'爱情来得太快，就像龙卷风'。"不知道傅云实在发什么神经，老三默认他是在故意做节目效果，也迅速地接梗。

傅云实无情地把收音轨道切到音乐，摘下耳机，脸已经黑了。

也不过是那一刻，窗外突然电闪雷鸣，伴着猛拍窗的狂风。随即，豆大的雨点夹着冰雹噼里啪啦地砸了一通。

又是一声闷雷，远处高楼之间，一道闪电劈下。老三望着窗外，啧啧着摇摇头，说："爱情来了。"

他话音刚落，眼前猛地一亮。闪电伴着震耳欲聋的雷声，近得有些可怕，像是劈在了小区的花坛边。

“爱情它又走了，”老三发誓，他没有内涵傅云实，只是刚巧抬头看见了傅云实那张脸，脑子一抽，“像不像你？”

问句刚出来，老三就后悔了。

傅云实的指节轻敲两下桌面，眼底渐渐聚起淡淡的笑意，却让老三看得头皮发麻。

傅云实冷冷地说：“这么大的雨，你再不回学校，就要赶不上末班地铁了。”

# 第八章

/ 久到她以为不会出现的那句“喜欢” /

楫南市这一晚的雨很大，比慕容云海和楚雨荨分手那天下的雨还大。城市上空不停地电闪雷鸣，让何榆甚至怀疑，今天有一大帮人排着队准备飞升上仙。

闪电的亮光透过窗帘照进房间，惨白的光线给每一样物品都加上了漆黑细长的影子。何榆倒吸一口凉气，赶忙一个鲤鱼打挺把台灯打开。

好不容易缓了缓心跳，一阵局促的敲门声响起。可能是怕吵到别人，敲房门的力度很轻，若有若无的，更显惊悚。

何榆从床上爬起来走到门边，贴着门，轻声问：“谁？”

何渠琛这个时间还没睡吗？

“录音笔还给你。”本来以为何榆睡了，何渠琛只是过来试试，没想到门还真开了。

何榆手里抱着抱枕，手还搭在门把手上。她站在房间内，有些奇怪地看着自家弟弟，问道：“这么晚了，不会真做了六级题才睡吧？你明天不上学？”

高三生没有周六，真的太惨了。

“这录音笔是谁的？”何渠琛靠在门框边，把玩着手里精巧的金属立方体，他半垂着眼，纤长的睫毛半遮着眼睛，“这是德国的一个牌子，很贵。”

“很贵吗？”她收到录音笔之后，播了几秒钟，就扔在一边再也没仔细看过。

何榆抬起手，就想从何渠琛那里拿过来看看。手刚触摸到冰凉的金

属外壳，何渠琛的手一抬，直接举高。

当初的弟弟，此时已经长大成比她高上快一个头的高大少年。

何榆有些恼火地喊道：“何渠琛！”

“是谁给你的？”听到叫自己大名，何渠琛依旧不慌不忙地看着她，重新问了一遍。

何榆深吸一口气，有些没好气儿地回答：“傅云实让我转交给你的。”

“让你转交给我的？”刚刚还轻松逗着她的人倒吸一口凉气，甚至还后退了一步。

“对啊，让我多关心你的学习，这里面是他给你的礼物。千言万语，化作最美好的六级听力。”手习惯性地搭上何渠琛的肩膀，何榆装模作样地叹气，硬生生地把自己的六级礼物说成是给何渠琛的。

看着戏精演完自己的戏份，何渠琛难得没再跟她打岔。他一只手拉起她的手，把手中的录音笔放在她手心，无奈地问：“你是不是没听完？”

“这套真题我做过，闭着眼睛我都能跟你复述对话讲的是什么……”

“听听看吧。”何渠琛打断何榆的话，脸上挂着意味不明的笑。

他再也没多说什么，转身回到对面自己的房间。

整个房子里再度恢复安静，何榆的手里握着那支录音笔，一头雾水。

没话聊电台的节目录完，已经是晚上十二点多。傅云实把住在客房的老三安顿好，再回到自己房间时，已经疲惫得不想再多说一句话。

老三很能活跃气氛，但也会不断地抛梗给他，让他多少有些吃不消。

窗外的雨依旧下着，偶尔有几声闷雷，但比起最初时已经要日常得多。坐在椅子里，傅云实侧耳听着雨声，整个人放松下来。

电脑的微信提示音忽然响了一声，他过了一会儿才反应过来。屏幕亮起，他点开新的消息，看到是忙完今天工作的助理发来的。

【你让我查的那个投稿的账号名字，我找到了，叫“今天纸盒和木鱼恋爱了吗”。】

盯着那个有些过长的账号名，傅云实陷入沉思。

雨依旧下着，何榆听完最新一期的直播节目，才慢吞吞地拿起那支录音笔，借着台灯昏暗的光仔细地看着。

的确是一支做工精良的录音笔，背面是很漂亮的暗纹。

被何渠琛搞得好奇心大发，何榆照着牌子搜了一下淘宝，发现就连代购都没有。淘宝上搜索不到的牌子，一定很贵吧？

她抿住嘴，在心底暗暗地酸了傅云实一遍，才打开录音笔。

六级听力已经播到了最后一部分的长段文章，何榆翻个白眼，从床上爬下去，打算找片面膜敷一敷。

翻箱倒柜找出一片陈年面膜，她看了一眼生产日期，刚好下周过期。她毫不介意地撕开，直接就往自己脸上糊。

又挤些面膜精华在手心，搓搓手，分外精致地对着小镜子在自己的脸上四处拍打。

啧啧啧，上好的陈年老面膜，应该配上 82 年的拉菲或者 85 年的茅台才够味儿。

“一，二，三……”

听力之后的那段轻音乐片段播完，何榆本以为会停止或者重新播放，但在短暂的寂静后，房间内却响起一个男声。

还在感叹自己龙卷风般地重归小资生活，她一愣，转身往声音源头看去。

吉他的扫弦声在“三”之后出现。而前奏后，低沉的男声温柔地开口，填满整个刚刚寂静得只能听见雨声的房间。

是五月天的《超人》。

和阿信不太一样的唱腔，录音笔里的声音更柔和，更无奈，有点像是轻声的呢喃，又像是深夜的自责和惋惜。

何榆坐在书桌边，静静地听着。

又是一声闷雷，雨似乎比刚刚大了一些。雨点拍打在窗沿，和着那首歌，让她的鼻尖酸酸的。

直到听完那一首歌，她都没有动。也不知道是不是因为这首歌的调比较低，比起上一次在军训场上努力地记住他带头起的那一句《追光者》，这次，她轻易地分辨出是傅云实的声音。

这种无奈中带了些她自认为是宠溺的语气，是她再熟悉不过的。

——“何榆，别睡了。”

——“已经比以前好很多了，我选的一辩，不会错的。”

好好的一个人，就是长了张嘴能说话。

傅云实要是个哑巴，她一定能更喜欢他。

房间又归于安静，那支录音笔里除了一套六级题和一首《超人》，再也没有其他东西。

也不知道自己愣了多久，何榆活动一下自己已经麻了的手腕，揭掉面膜。她自嘲般地轻笑一声，站起身，整个人扑倒在床上。

这种时候，她却无比想让他会说话就多说点。

周一晚上是辩论社本学期第一次的社内活动，何榆一向习惯到得早一些。

找个位置放下随身的挎包和电脑，她从包内拿出吃完饭顺道买的酸奶，走到教室外的走廊尽头。

走廊尽头有一扇很大的窗子，从窗向外望出去，刚好能看到粉蓝色的天空和晚霞。

将手中酸奶的一角咬下，何榆一只手插着兜，微微仰着头看着窗外，耳朵里依旧塞着耳机。耳机里播放的是那首，一个周末都在不停循环的歌。

手中的酸奶喝掉大半，何榆的肩膀被人用手指轻点两下。

“要开始活动了，怎么还不进去？”

录音笔只能插线控耳机，没有降噪功能，耳机外的环境音听起来依旧很清晰。而在这一刻，耳机里的声音和身侧的声音重叠在一起。

何榆垂下眼，将最后一口酸奶吸掉咽下，才半转过身看向傅云实，回道：“这就去了。”

傅云实习惯性地耷了下眼皮，算是回应。

在何榆迈开腿时，傅云实看了一眼她的耳机，问道：“在听什么？”

何榆的脚在空中停顿两秒，才被放在地上。她将手中的酸奶袋团成一团，深吸一口气，抬头直直地看着他。

一个暑假过去，傅云实头发剪短了些，整个人也晒得稍稍黑了一度，但放在人群里依旧算是白净的，下巴干干净净的，没有一点胡楂。

应该是出门前洗过澡，他的身上还带着淡淡的薄荷味沐浴露的味道，整个人看上去干净又清爽。

何榆看着他的眼睛，即便心怦怦地跳着，却也舍不得移开眼。

她嘴角无奈地勾起，只感觉自己最近矫情的次数远超她的想象，已经到达一个很危险的地步。

“我在听一首歌，”她顿了一下才缓缓地一字一句说道，“明明我已经变成了超人，为什么还不能靠近他的心？”

——为什么拯救地球是那么容易，为什么束手无策啊，我和你的爱情。

一向待人圆滑老练的傅云实，在听到这一句问句时，神情终于露出一丝破绽。他深邃的双眼一紧，就连喉咙也动了两下，声音有些沙哑地问：“你听到了？”

何榆从短裤口袋里拿出那支录音笔，按下暂停键，把耳机摘下来，回道：“听到了。”

她手上熟练地把长长的耳机线缠绕绑好，眼睛却始终看着傅云实，莞尔道：“元旦送我《百年孤独》的账我都不打算追究了，你可倒好，刚考完六级没两个礼拜，就送我一套六级听力原题。我谢谢你啊，傅云实。”

何榆虽然是笑着说的，傅云实却听出了她磨着后槽牙的声音。

昨晚在内心建立起来的两面大城墙，在这一刻轰然地倒塌，傅云实像往常一样木着脸，心里却直接刮起十三级台风，所到之处片甲不留，经过后全是断壁残垣。

他昨晚去搜了小助理给的账号，本来只是因为合理怀疑，但何榆的生活他没窥探到，却意外发现之前军训时，他看了一晚上的给他留言的，博文里只有转发的账号，居然改成了这个账号。

《百年孤独》的事情他认了，毕竟已经被嘲笑过不知道多少次，但六级他是真的没想到，于是还对此残存着一丝幻想，以为是在这个偌大的地球的某个角落，蹲着一位和他一样惨的兄弟。

甚至还比他惨。

傅云实控制住声音中不自觉的颤抖，有些疑惑地问："六级听力？"

原来这个世界上，真的没有共同的悲惨，悲惨的只有他傅云实一个人。

他居然暗暗嘲笑自己嘲笑了那么多天！

何榆的眼睛已经半眯起来，她掂掂手中的录音笔，挑眉反问："你想听听看吗？"

她把耳机拔下，又按了两个键，空旷的走廊里顿时被魔鬼般的声音填满。

"现在是英语六级……"

"不用放了。"傅云实迅速打断这冰冷的女声，眼角微微地抽着。

六级考试之前，宿舍老四想日夜循环播放听力，又怕晚上睡觉用手机听有辐射，就借了他的录音笔。

老四还给他的时候信誓旦旦地说自己已经删干净了，而他也没注意，一遍过地录完整首歌之后，由于觉得太羞耻，都没敢重新听。

傅云实做了个深呼吸，努力地想要解释："那是个意外。"

老三曾经说过，洗白过程的大忌，就是再爆黑料。

洗白手册在手，傅云实刚一条一条地按步骤做下去，还没刷够脸和好感度，坑倒是一踩一个准儿。这是什么洗白手册？难道不是《百年孤独之施法人的反噬》？

"但歌是给你录的。"紧急之中，他终于说了句人话。

他看着她清亮的双眼和瞬间红了的耳尖，强压着心中想要逃跑的冲动，以正常的语速和声音说道："是我想对你说的话。"

——为什么我能飞天也能够遁地，为什么我却没办法长驱直入你的心？

他一向认为自己能处理好所有的人际关系，却只有她，是他的例外。

他喜欢看她笑起来狡黠的嘴角，喜欢抓包她每一次的小聪明，然后看她气急跳脚的模样；喜欢听她在课间课上偷偷地哼歌；喜欢她发呆被他打断后迷茫的只映着他的脸的眼睛。

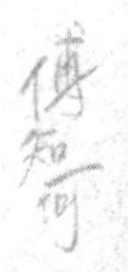

以前一个叫季清延的万年老二无情地指出，傅云实这就是小学生般的爱情，喜欢谁就捉弄谁。那时的傅云实一口咬定，季清延是愤慨自己又只是拿了年级第二才诋毁他。

但他心底，却公正地默默承认季清延的说法。

他始终摸不懂她的心意，而如今，他终于能够确定，她似乎也喜欢着自己。

因为她在节目里留言的“我喜欢的人送我的《百年孤独》”，因为她的微博账号信息是椹南市的女生，因为她刚刚就站在他的面前，抱怨着所有他曾经劝着自己应该不是描述他们的事情。

远处的教室门口，社长在那里喊着：“傅云实，活动要开始了，你们在那里聊什么呢？”

一下子被说了暧昧的话，第一次经历这种类似被告白的事情，何榆的脑袋直接掉线宕机。她木木地指了指教室的方向，一个字一个字地说：“要去活动了。”

见傅云实没有动，何榆揣着心里那只快要蹦出来的、名为暗恋的小兔子，抬起脚就想跑。

但还没抬脚，她的胳膊就被轻轻拉住，皮肤上传来他掌心的温热。

傅云实低沉的声音在她头顶响起，是她最爱的那种无奈中夹杂着宠溺的味道。

“好像辩论队里没有不允许一辩和三辩谈恋爱的规定对吧，我们的一辩？”

这一次，她确定了，他的语气里，不再是她自以为是的宠溺。

而是真的只属于她的宠溺。

“你……”何榆看着眼前半点没有开玩笑意思的人，愣了一瞬，又突然把脸撇到一边笑了，眼底却泛着点点的泪花，眉头也微微地皱着。

又想笑又想哭，大概是何榆在那一刻，心里唯一的感觉。

她用另一只手的手背挨了一下鼻尖，深吸一口气，板着脸，一本正经地说：“南华之前是不允许辩论队谈恋爱的，椹大的我就不了解了。你是副社长，难道你不知道？”

刚刚还心里打鼓的傅云实，脑内突然灵光一现。

这不是辩论赛场上的感觉吗？

辩论的感觉来了，他难道还怕告白这种事情？

“明知故问，通常都是有目的的。”他看着她的双眼，熟练地绕弯弯。

远处的教室门口再次探出来一个脑袋，何榆被盯得有些不好意思，指指教室的方向，说：“快走，要开始了。”

见傅云实依旧站在原地，她气恼地把自己的胳膊从他的手里抽出来，转而拉住他的胳膊，说道："再不去，你在大一的小朋友们面前就毫无尊严了。"

"我是副社长，"被她拉着，傅云实反而耍着小心机向后使劲，看着她发火的样子，一阵心情舒畅，"去晚一点，唱个黑脸。"

何榆翻了个白眼，恨不得现在就跳起来打爆他的狗头，没好气地说："官僚主义，小心我捅到微博上，把你钉死在耻辱柱上。"

傅云实也不反驳，就看着她闷笑。

腼腼腆腆的，和以往的他很不一样。

何榆显然还不太适应看起来不太聪明的傅云实，全身的汗毛一直竖着。

在走到教室门口的时候，她突然脚步一顿，狐疑地抬起头，对上同时很疑惑的双眼，她冷笑出声："等等，傅云实，你不是打二辩的吗？"

她差点就被这只老狐狸给耍了。

上次表演赛，明明他是二辩。

傅云实愣怔了一下，随即摊手笑开，说："口误。"

"口误？"何榆狠狠地盯着他，心中那股可以拥有姓名的火儿又迅速地升起。

"我还在奇怪，怎么何榆还没来，原来你们两个是一起来的。"看到后门门口的两个人，正站在墙边的淮艺转过身，笑着算是打了个招呼。

社长正在讲台上面介绍社团的简要情况，何榆压低声音，连忙撇清和身后那人的关系，回道："我早就来了，被他叫出去单独训话。"

"训话？"闻言，淮艺挑眉。

自始至终一直背对自己的男生，终于耷了一下眼皮，显得有些无奈地说："只是随便聊了聊。"

何榆转过头没好气儿地瞪了傅云实一眼，气冲冲地走到最后一排坐下。

傅云实没有跟上去，而是侧过身，也站在了门口的墙边。一会儿他和淮艺作为副社长，也要上去讲些废话。

从刚才起，他的视线就几乎没离开过何榆。

淮艺顺着傅云实的视线看过去，只看到何榆可能感受到他的视线，从包里翻出一个很大的文件夹，直接挡住了脑袋。

倒有点像小朋友上课闹别扭的意思。

"闹别扭了？"淮艺轻笑一声，双手抱环在胸前，问道。

听到问句，傅云实才想起来身边还有一个人。他整个人向后靠在墙边，双手闲散地插着口袋，淡笑着说："挺可爱的。"

淮艺脸上的笑僵住一瞬，收起视线，脸上的笑却又扩大一些，说道：

“是挺可爱的，这样的女孩子，喜欢她的人一定多。我也挺喜欢她的。”

傅云实礼貌地笑笑，却还是因为听到别人夸她，而不自觉地上扬起嘴角，说道：“她有一段时间没打辩论了，多包涵一些。”

傅云实天生身高优越，眉眼又生得漂亮，鼻子高挺。他半垂着眼，双手插兜倚在墙边，不用说话，就能引来不少新生小姑娘的视线。当时他作为辩论社的门面去百团大战撑场面，有不少报名填表的人，也都是冲着他来的。

等到傅云实站在讲台上，底下的掌声比任何一次都要响亮。

“大家好，我是辩论社的副社长傅云实，大家可以叫我副社长，也可以叫我傅社长，或者直接叫我傅云实。”开口第一句话，傅云实就凭一己之力，瞬间搞塌了自己的形象。

辩论社社长坐在第一排，直接被气笑，说：“你干脆叫正社长得了，副傅得正。”

“我是淮艺，傅云实主要负责社内对外交流活动，我则是负责社内的训练和日常活动安排。”比起傅云实没有表情地说冷笑话，淮艺就显得温和多了。

也不知道是不是因为学了新闻的关系，何榆只感觉淮艺比以前更有亲和力。

“我们社内分为八个大组，每个组里有首发成员，有替补，也有学习的新人学员。在分组之前，为了方便各个组的组长选人，新入社的大家会进行一个即兴发挥的群辩友谊赛。”介绍完自己，淮艺从讲台上拿起一个计时器。

“一组十人，自愿选择正方或反方，个人赛。二十分钟计时，举手示意抢到发言权的同学，可以进行时长不超过一分钟的简短观点陈述，或驳斥对方观点。”收起刚刚的温柔，淮艺沉稳地陈述整个群辩规则。

她抬起眼，视线扫过大半个教室，问道：“有没有人想第一组上来？”

椹大从不缺有自信的人，连着三轮，都是自愿上场的新生，而且打得都还不错。

何榆坐在后面看得津津有味，多少有点当年在南华看小朋友们训练赛时，那一脸慈祥吃着杧果干的社内老人模样。

“还有人要上来吗？”到了第四轮，只有四个人自愿上场。

“没有，我就直接按签到表念名字了。”淮艺垂眼，念出几个名字，其中包括何榆。

听到自己的名字，何榆反射性地挺直后背，以为是有和自己重名的人。

兴许是察觉到何榆的疑惑，隔着整个教室，站在讲台上的女生又重复一遍：“何榆，计算机科学与技术，大二。”

她也要测试？

为什么之前傅云实没有和她讲过？

刚刚何榆问过坐在前面的大一新生，在入社宣讲会上，淮艺就提前说明这场群辩测试是为了更好地进行不同位置培养计划。

二辩和三辩通常是最出彩的位置，很多新生都跃跃欲试。在那场没有通知她去的新生宣讲会中，淮艺提前给出过五轮比赛的题目。虽说是现场发挥，但大多数人都已经提前准备。

什么都没准备的何榆，甚至连刚刚那道题的题目都没用心记。

突然被叫到，她的头皮一麻，站起身，绕过桌子走到讲台前的空地，还不忘顺便狠狠地剜傅云实几眼。

这人说起社内规矩一套一套的，该说的重点全当哑巴。

“群辩选拔，不是只有大一参加吗？”感受到何榆恶狠狠的眼神，傅云实强忍着自己内心的无辜，沉声用只有他和淮艺能听见的声音提醒着。

淮艺将手里的名单册整理好，面不改色地纠正：“群辩是选拔新社员的，不是只有大一。”

傅云实手上的笔转了两圈，不怒反笑，却始终没看淮艺一眼，冷冷地说：“改规则没有提前通知我，作为副社长有一点心痛。”

“只是你理解有误罢了。”淮艺依旧神态自若。

往年非新生的新入社团成员，大多都是社内邀请来的，辩论社内的成员大多心服口服，从来也没让他们参与群辩。

闻言，傅云实动了一下。

以为他要起身去和何榆说什么，淮艺瞥他一眼，冷声警告道：“这么多人看着，你想搞特殊吗？”

神情比她还要松散的男生只是换了条腿叠着，也将手中的笔换到另一只手里闲散地转过两圈，问道：“何榆吗？”

他又轻笑一声，轻松地说道：“没必要。”

何榆在几张椅子中随便选一把坐下，因为是最后被念到名字的，她只能接手被剩下的最后一个反方名额。

这道题很难，没有多的人来选，是因为“饭圈文化是否应该被取缔”这样的题目，开辩前的主观倾向就已经非常明显。

在这样的辩题背景下，她的策略迅速地从“辩得出彩”，改为“让自己的特质更加突出”。

计时器刚被按下，何榆就迅速抢到第一个陈述观点的机会。

她从容不迫，吐字清晰，在一分钟的时间内抛梗不断。她控制着自己的语速，紧盯着计时器，在五十七秒时结束陈述，另三秒则是官话——

“以上是我的观点，谢谢”。

何榆的观点并不犀利，却成功地把场子热起来。

这一向是她最擅长的。

在后面其他人的陈述和辩驳后，她渐渐地在脑袋里归纳出己方观点和对方的漏洞，偶尔举手，控制着整个辩论赛中的节奏。

二十分钟结束，她坐在椅子里，双手随意地放在平放的双腿上，嘴角依旧含着礼貌的微笑，神情恬静，是何榆身上少有的那种恬静。

社长组织着最后一组人上来换位，一片嘈杂中，傅云实将笔帽盖好，站起身，说：“我们组的人已经够了，先带他们去外面开会。”

淮艺低头写着什么，没有搭话。

傅云实只是淡淡地扫过淮艺一眼，将自己的那份名单册翻页，喊道：“何榆，你过来一下。”

虽然没发言几次，但何榆惊觉自己找回了以前那种全神贯注的充实感。从台上下来，她脸上已经恢复嘻嘻哈哈的样子，问道：“怎么样，你的一辩给你丢脸了吗？”

“思路观点，还是需要练练。”他每次都是这样，似乎生怕多夸她一句她就会骄傲。

何榆撇嘴，还没想好怎么回怼，就听见傅云实偏过身，淡笑道：“开后门，对她来说的确没必要。”

他可以为她开后门，但她不用。他了解她，也一直都相信她可以。

没有人能够质疑她的能力。

“啊？”何榆瞪大眼睛，一脸不可置信地看着傅云实，“你早说啊，你能给我开后门为什么不给我开？我在后面嗑嗑瓜子看看比赛……”

话还没说完，一只手就捂上她脑门。原本反方向和她并肩而站的傅云实以她的脑门为支点，把人直接挟持到门口。

放开何榆，他肩膀抵着门框，无奈地看着她，说道：“好好的一个小姑娘，就是长了张嘴。”

何榆气得倒吸一口气，瞪大眼睛，咬牙切齿地回击：“你好好一个男孩子，可惜就是不是个哑巴。”

“我们组的三辩和一辩聊什么呢，这么快乐？”一个齐耳短发又瘦高的女生从两人面前经过，身侧跟着个壮壮的男孩子。

何榆目测了一下，那个女生比自己高小半个头，大概快一米八。

神仙身材的女孩子，谁不喜欢？

傅云实好笑地用手指戳戳直勾勾看着二辩的何榆，有良心地介绍道：“这才是我们组的首发二辩，上次友谊赛我是被拉去充数拼组的。”

“嗨。”高个子的女生冲何榆开朗一笑，修长漂亮的手指晃了两下。

这一笑，直接把何榆送去快乐西天，整个人都猛虎娇羞地蒙上了一层淡红色，在走廊的白炽灯下，怎么看怎么显眼。

傅云实又不甘心地戳两下何榆的脑瓜，在被她不耐烦地用手打掉后，在场的二辩和四辩眼睁睁地看着平时只官方淡笑的傅同学抿嘴，声音掺了些可怜巴巴。

“一辩啊，看看三辩吧。”

看着傅云实突然腻歪的样子，二辩和四辩对视了两秒，陡然狂笑出声。

“傅云实啊，你女朋友果然还是更喜欢我一点。”高个子女生挑眉。

傅云实垂眼看着身侧的人，伸出手指，触及她垂在身侧的手。

在被拉住手的那一刻，何榆感觉自己就是“蒸汽波本波”，脑内一整个乐队都在敲锣打鼓，原创音乐下面网易云评论几秒钟刷出上万条。

睨着她已经红得不行的脸，傅云实强压着嘴角，学着二辩的样子，挑眉回去，说：“比刚刚脸更红一些，果然还是最喜欢我。”

三生有幸，身侧是你。

有些人，就是在朋友面前逢场作戏吧？

要不然怎么会在她去完卫生间之后，就不来主动拉她的手了？

难不成怕她去完厕所不洗手吗？

从活动楼出来，何榆就一直恶狠狠地盯着傅云实靠近她那一侧的手，恨不得把手瞪成假肢。

傅云实正低头看着手机，全然没有发觉身侧人越来越狰狞的表情。他终于从软件里找出一个看上去还不错，并且目前还在营业的餐厅，抬起头，侧过脸认真地询问着：“饿了吗？”

没想到他会突然转过头，何榆的狰狞瞬间消失，只是笑容补得太仓促，看上去还有点龇牙咧嘴地问：“你要订外卖吗？”

傅云实显然早已习惯两个人不在同一频道上的对话。

他把屏幕的亮光调暗一些，将手机递给她，询问道：“去校外大街吃点东西？”

几乎是看都没看上面的显示，光听见傅云实的话，何榆的眼睛就噌地亮了起来。她嘴角得意地翘起，回道：“好啊。”

答得比谁都干脆。

看着她那样积极的样子，昏暗的学校路灯下，傅云实实在忍不住，伸出手揉了揉何榆的脑瓜。

啧啧啧，一直想感受的头发柔软程度，摸起来还是挺舒服的。

有点像摸巧巧的感觉。

巧巧是傅云实家里的猫。

傅云实带何榆去的那家餐馆，是校外小吃街很有名的一家串吧。毕竟这么晚了，还开着店的餐厅已经很少。

串吧里的人很多，有的在店里，有的则坐在外面的塑料椅上，大多是出来吃夜宵的学生，也有一些附近零散的住户。

怕何榆嫌热，且坐在外面吃又不是很卫生，傅云实找了店内角落处的一张桌子，和何榆面对面地坐下。

他们那桌后面有几个看上去像是来团建的学生，把桌子拼成大桌，一帮人吵吵闹闹的。

“我们什么时候也办一个团建吗？”何榆有些羡慕地看着那帮说说笑笑的人，随口问道。

也许是在南华太过活跃，到大学后，她反而成了几个朋友之中最自闭的那个。

没有加入学生组织，也没有去什么社团，每天除了上课和泡图书馆，就是在宿舍里快乐地吹空调吃零食看视频。

傅云实正用手机扫码点餐，半垂着眼点点头，说：“如果只是聚餐的团建，辩论社每年都会办的。只不过还是要等每个组都破冰之后，再一起办一个大的。至于我们组的聚餐，我这两天在群里问问大家的时间。”

何榆其实有的时候很佩服傅云实，因为她就是一个一心不能二用的人。

他总是能把所有的事情都处理好，还不费吹灰之力。比起入江直树，傅云实看起来似乎更全能些。

“你想吃什么？”把调出点单页面的手机递给何榆，傅云实这才得空拿起桌上的热水，将两个人的餐具都细致地烫过一遍。

其实何榆在去开会之前就已经吃了晚饭，吃得还不少，整整一大盘冒菜。

但……

在她的眼里，吃烤串不等于吃饭，仿佛占用的是两个胃。一个胃负责日常吃饭，另一个胃则在需要的时候作为附加胃接受垃圾食品。

点了非常多的鱼豆腐和肉之后，何榆象征性地又加了两串烤馒头，然后把手机递还给傅云实。避免他看到串数之后两人会尴尬，她还随口补充：“我是不是点得多了些？”

她无辜地眨眨眼睛，配上这一句话，深谙说话的艺术和精髓。

傅云实显然已经习惯她这副样子，伸手接过自己的手机。在看到手机屏幕之后，他甚至还在心中小声嘀咕。

何榆是不是在客气？

怎么突然吃这么少了？

以为是何榆不太好意思吃饱，傅云实在心中了然，随手又多点一些，才付款下单。

两人这样面对面地吃饭，平时明明很能找话题的人，却突然间一起沉默了。

店内的电视里，正放着最近新出的选秀节目。何榆有一搭没一搭地抬眼看着，不时地瞟一瞟眼前正看着自己的人。

不是那种打量她的眼神，更不是在检查什么，反而是有些许……赞赏的？类似于“我对面这个人怎么这么好看”这种？

想到这里，何榆狠狠地掐了自己大腿一下，企图让自己清醒一些，不要给自己加戏脑内写小说。

店员把之前点好的两瓶汽水放在桌上，挨个儿撬开瓶盖。何榆拿起其中一瓶，灌了一口。

被放进冷柜里冰过的汽水，瓶壁已经起了一层雾，手放上去，就能沾一手心的水。

趁着傅云实偏头去拿纸巾的动作，已经大大咧咧喝上汽水的何榆，这才偷偷瞄了他的脸一眼。

她其实还是有些猜不透傅云实的意思。

那一句问句，对她来说，还是有些过于模棱两可。

可能是母胎单身的身份，她把关乎爱情的表达看得非常重，生怕傅云实只是一个玩笑，或者只是信手拈来，随便说的。

这不是因为他有类似的前科，而是何榆觉得，第一次恋爱还是要谨慎些为好。

这大概就是除了一直有心上人以外，这么久了，她还没有脱单的原因。

不是有很多网友说嘛，在冲动的年龄不谈恋爱，之后就会越来越小心翼翼。因为你总是会觉得，自己是第一次谈恋爱，一定要很美好才行。

话虽这样说，可细细一想，他们毕竟已经牵过手了。

即便平时再吐槽傅云实，但相处下来，何榆也明白，他不会是那种随便牵起女生的手的人。

纠结中，何榆用牙咬着瓶口，眉头也渐渐皱起。这一系列的表情变化，都被伸手拿走剩下那瓶汽水的傅云实收进眼底。

“今天你参加群辩的事情，我事先不知道。”以为她是想起刚刚在活动教室里的事情，傅云实心中警铃大作，微抿着嘴，沉声解释。

牙齿磕了一下瓶口，何榆回过神才明白他在解释什么。见他那一副很认真的样子，她不禁笑出声，说：“嗯，我知道。”

毕竟你在听到这句话时，和往常不一样的反应，是演不出来的。

说话间，第一轮烤串已经被店员端上了桌。刚刚的纠结和忧愁，在何榆闻到香味的那一刻，顿时散得比开了空气净化器还干净。

傅云实看着何榆饿狼扑食似的，如旋风一般席卷整个烤盘。他靠在椅子里，叠起腿，右腿一下一下地轻轻摆着，看上去心情很好，说道："你慢点吃，没人跟你抢。"

何榆对此充耳不闻，回道："我军训后遗症还没治好，吃饭速度快了两倍。"

"军训都过去两个月了。"看着她那奋力找借口的样子，傅云实好笑地戳穿。

"这两个月，我都在家跟何渠琛抢食吃。"对于找借口，何榆是从来不会慌的。

骨肉相连的骨头串得很紧，何榆每次吃都没办法做到不狰狞。好吃是好吃，但她在傅云实面前表演过一次卖力啃骨头，就不敢再努努力表演第二次了。

默默地把还剩了一小半的签子放到一边，她心中的泪已经淌了一条河。

啊，椹大校后的椹南市护城河，全是她的泪。

"何渠琛明年高考？"撇过脸去笑到抖肩，傅云实又用手挡着脸闷笑一会儿，才收住表情，装作什么都没看见地问道。

他的手却很诚实地从烤盘里拿起一串骨肉相连，用筷子利落地帮她剔下肉与骨头。

他白皙的手指在银灰色的铁盘上方跳跃，每一个动作都轻松而又优雅。在心中啧啧无数次，何榆抱着手里的汽水，小口喝着，点评道："你这双漂亮的手，不去搬砖穿烤串，真是可惜了。"

把装着肉的盘子放到她面前，傅云实挑眉，用纸巾擦着指尖的油，问："接下来是不是要感叹，我没像入江直树一样去学医，真是可惜了？"

被抢了台词，何榆噎住后硬生生地换个台本，说："不，医学界已经有入江直树，你可以努努力，争取当搬砖界的直树。"

她一边说着，一边咂着嘴感叹。

正脑补着那画面，何榆又突然想起什么似的，问道："你以前在南华关系挺好的季清延，现在不是在国外准备学医吗？"

"停，别暗地里写小说了，"接收到她的眼神，傅云实伸出手掌，连忙喊停，"你和他还有联系？"

何榆和季清延以前同属南华动漫社，初中又是在同一个班。虽然那万年老二季同学自闭又高冷，但他和何榆的关系意外地不错。

即便知道那人早已经有深爱的人，傅云实还是不免开始吃飞醋，问："你们两个经常聊天？"

“偶尔聊聊，不是关于我的事。”何榆耸耸眉，暗示意味明显。

不远处那帮团建的人估计是听到了什么惊天爆料，正叫得起劲儿。何榆吃得差不多了，摸摸自己的肚子，满足地向后靠到椅子里，说道：“感觉你在大学里和新同学的关系，好像还没有以前和我们的关系好。”

“啊？”吃饱喝足没事儿干就开始感伤和无病呻吟，傅云实深谙何榆的戏路，了然地点点头。

他摊手，语气中是说不尽的失落：“上大学之后，可能是突然觉得周围的人比你蠢多了。”

“再说一句话打烂你的嘴。”

吃完夜宵，傅云实送何榆回宿舍。

两个人在校园的路上溜达着，秋风总算开始凉爽，拂过皮肤，说不出的舒服。

把何榆送到宿舍楼门口，傅云实看着她蹦上两级台阶转过身来看自己的样子，犹豫一下，还是陈述了事实：“你今天，还是有些不高兴。”

被他戳中心底只是隐去一时的纠结，何榆脸上的笑也松下一些。她站在台阶边缘，几乎是平视着站在台阶下的他的双眼，问道：“傅云实，我们之间，现在算是什么？”

临近宵禁，宿舍楼下安静得只有风吹过树叶的沙沙声。

傅云实的眼底动了动，有些僵硬地问：“我们现在不算男女朋友吗？”

他很少会这个样子，不自然，又有点畏缩地试探。

何榆大气地拍拍他的肩膀，狡黠地笑了。她踮起脚，微微低下头，鼻尖几乎都要挨上他的鼻尖，颇有些主导两人之间关系的意思地说：“我想听到那四个字。”

“四个字……书名吗？”

“天不早了，晚安。”

她还是祝傅云实百年孤独吧，去他的爱情。

# 第九章

/ 很开心，听见你说“有我陪你” /

每年九月的第三个礼拜，是椹大建筑学院主办的全国大学生建筑设计节。

除了正常的评奖单元，更多的活动，则是来自世界各地的嘉宾论坛讲座。又适逢建筑学院周年庆典，今年邀请来的业界大佬，比往年更出名。

越是巨佬云集，越是不能出差错。

傅云实作为大二一级的班长，兼任学生会的部长，平时课业也不能落下，几乎是睡在了学校的大礼堂。

知道他忙成陀螺，何榆也尽量不去打扰他。两个人偶尔会在微信里分享一下当天的趣事，也不会聊太久。何榆乐得自在，放养式的爱情让她感觉不羁的自己又回来了，反而没有因为爱情的到来而束手束脚。

在这场谈了和没谈没什么区别的爱情开端中，慌了的，只有傅云实。

“舞美那边已经联系好了，明天早上八点来装屏幕和投影仪。”老三手里拿着颁奖典礼的台本，从礼堂外跑回礼堂内的主控室，气喘吁吁地从桌上拿了瓶水打开。

好不容易缓过些气儿，他倚着长桌，看着面前正悠闲坐着看手机的傅云实，直接气笑了，没好气地问：“我说老傅，你能不能支棱起来干活儿？”

“刚跟老师最后确认过舞美的图，还有到时候台上设备的摆放位置。”傅云实没有抬眼，大拇指依旧匀速地上下滑过屏幕。

“哦。”老三一憋。

他总感觉，傅云实在开小差。

神经的敏锐让老三一条腿搭起来，半坐在长桌上，整个人弯下腰凑过去看着傅云实的屏幕。

# 百度一下，你就知道 #

——为什么在一起之后，依旧和女朋友没话聊？

——不频繁联系的恋爱关系。

……

感受到手机屏幕上方的光源变暗，傅云实重新搜索的手一顿。历史搜索列表下的每一条，都光荣地被显示在了屏幕上。

四目相对，一不小心就真偷窥到别人隐私的老三自知理亏，不好意思地舔舔嘴唇，向后一躲。

在傅云实冷到极点的眼神中，他弱弱地举手，说："你这刚谈恋爱就……"

傅云实没有说话，只是盯着老三，眼底的刀子已经蓄势待发。

老三清了一下嗓子，冒死颤颤巍巍地又举起自己的右手，继续说道："你这个电台名字不太吉利，和女朋友都没话聊了，你是真的挺没话聊的。"

傅云实懒得再理上蹿下跳的那人，索性摸出耳机戴上。

收纳箱电台的新节目已经更新，出于对心底好奇的求证，他点开最新一期的节目，将声音调大一些。

"欢迎收听收纳箱电台，收纳生活中的一切快乐与不快，我是木鱼。"

"我是喋喋。"

"上一期，其实我们有讲到自己的梦想，里面涉及我们两个的一些私事……"

喋喋打断木鱼，问道："都说出来给大家听了，也不算私事了吧？"

"可能是我们在梦想里没有提到电台这个事情，节目播出后，我们看了一下留言，还是有挺多的听众朋友问，我们是怎么突然想到要做收纳箱电台的，"木鱼笑笑，"其实我和喋喋认识的契机很玄学。"

"对，我们是在一门选修大课上认识的，我去蹭木鱼学校里的大课。当时我去的时候比较晚了，发现她旁边有个空位，坐下的时候不小心看到她在听……电台节目。"喋喋在将要说出名字的时候，下意识地止住，尴尬而不失礼貌地换成统称。

这瞬间的尴尬让木鱼大笑，说："我们是不能给喜欢的电台主播打广告吗？"

"你说，我们这打广告不要钱不合适，但也联系不上他。"喋喋装作无奈的语气。

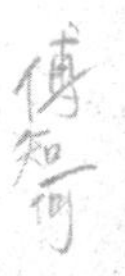

刚感叹一句，她又迅速恢复正常："其实说也没事，那个电台也不需要我们这点小小的引流流量。"

“哈哈哈，不要那么丧气，我们会有一天赶超的。”木鱼的声音有些小且飘忽，应该是知道自己声音会因为情绪变大，而离远了些录音设备。

“其实我们两个是没话聊电台的粉丝，”她的声音又恢复正常的大小，正色道，“算是老粉了。”

“我刚开始听没话聊是高考毕业的那个暑假，也是这个电台刚开始做的时候。暑假听就是纯属没什么事情做，后来上了大学，有一段新环境的适应期其实是非常难受的。”木鱼认真地说着，声音很真诚，“没话聊在那段时间，真的算是我平和情绪的一个方式。当时它的每一期节目，我都会反复听很多次。”

傅云实伸手从桌上拿水的动作，因为这样的一段话而顿住。

听着可能是在远方和自己年龄相仿的人，认真地说着自己带给她的改变或是慰藉，他抿着嘴，却依旧忍不住嘴角温柔地上扬。

这大概就是他所喜欢的东西，能带给他的，最好的反馈。

“我特别谢谢他，构建了那样一个树洞。没话聊的存在，是我人生两个阶段交接时，难得可以倾诉或者是吐槽的地方。”木鱼说着说着，声音也温柔迟缓下来，里面夹杂着淡淡的笑意。

短暂的停顿后，喋喋接话：“那这么说，你经常去留言了？”

“对，哈哈哈，就当是个老朋友一样分享一些日常。后来没话聊开通无言信箱，在节目中隔空对话的感觉很奇妙。”木鱼没有否认。

听出木鱼话中的深意，喋喋立刻附议：“那有机会的话，等技术成熟，我们也搞一个树洞环节。”

“技术成熟了，哈哈哈……”

两个人的笑声，听起来像是这个世纪都技术成熟不起来。

喋喋正色道：“我们上一期聊了很多自己的事情，我和木鱼各自的梦想，也因为梦想，她阴错阳差地去做了七街巷口的电子复原。同时我们也分享到很多听众朋友的梦想留言，这一期节目……”

只是一个开场白，时间不过三五分钟，傅云实却猛地按下暂停键。

将进度条往回稍稍挪动，他微皱起眉，又重新听了一遍刚刚的那句话。

七街巷口的电子复原。

傅云实虽然仍保持着刚刚的姿势，但拿着手机的手，却细微地颤了一下，连同身体里左胸口的那个位置一起。

不仅是录节目，人在正式场合说话和平时日常讲话，都会有一些差别。而录电台节目，为了让听众能够更清晰地接收到你要表达的信息和情感，绝大多数主播会和平时说话的声音不太一样。

之前他只是觉得木鱼的声音有些熟悉，但又似乎像很多人的声音。而如今因为这“七街巷口”，他脑内的猜测直接将木鱼和何榆画上了等号，就越听越像是她的声音。

没有心思再将这期节目听下去，傅云实立即播放前一期，因为太忙没有来得及听的那一期。他一点一点地拖动进度条，在两个女生的声音中，快速地识别着“七街巷口”。

喜欢入江直树，在做七街巷口的复原，名字叫木鱼。

当这一猜想被证实之后，傅云实却淡定了许多。

木鱼会经常去他的节目下面留言，他的留言里有一个女生抱怨着喜欢的人送她六级题和《百年孤独》，她喜欢那个男生很久，有想过放弃，却又舍不得放弃。不论听到多少次傅云实或是老三的劝阻，她却依旧执着。

傅云实一时间不知道自己是该笑，还是该骂自己。

当他一直不确定她的喜欢，而数次试探时，他最喜欢的人，已经萌生了很多次想要放弃他的念头。

但还好她没有放弃。

还好，还好他没有纠结到再试探很多次。

到现在，傅云实才敢承认，自己一直憋着不告白，是因为自己身上的自信和对自卑的惧怕。

他从来没有失败过，人生的顺风顺水让他潜意识里觉得，失败是一件很可怕的事情。为了不允许自己失败，只要不能确认自己可以做到，就也养成了绝对不踏出步子的习惯。

告白被拒绝，那是一件多丢脸的事情。

这样的一句话，是他最认同，也是他最不想承认的事。

“看你那想哭又想笑的表情，真是有点丑到我的眼睛了。”老三双手抱臂，不适时地打断傅云实脑内的风暴。

“进教授的组了？”他嘴上嫌弃，但心里已经开始八卦。

“还没面试。”傅云实摇摇头，随口答着。他站起身，一只手拎起自己的背包，利落地拉上拉链，转身就往主控室外面走。

没想到傅云实突然就要走，还没歇够的老三一惊，人也下了桌子，问道：“哎，你去哪儿？”

站在门口的那人转过头，只是淡淡地笑了笑，回道：“去见一个人。”

喋喋突然改了这周的录制时间，何榆虽然有些奇怪，但想着可能是她学校里有活动，而改期日自己又恰好空闲，也没有异议。

毕竟周五的晚上，总是有这样那样的活动，感觉就好像大家周末不在学校住一样。

虽然本市的孩子也的确一到周末就人间蒸发。

“怎么来这么早？”何榆推开录音室的门，感受到室内的凉风，有些惊讶。

收纳箱电台的录制，因为设备的关系，一直都是借学校广播台的录音室。平时喋喋从她的学校过来，路上耗时很久，都是何榆先买好奶茶，再把录音室清理一下。

设备后面的喋喋探出头来，把耳机摘下。她神秘兮兮地眨眨眼，食指轻轻点了一下自己的嘴唇，说道："给你个惊喜。"

"什么惊喜？"何榆条件反射地以为喋喋要整自己，整个人都往门后缩了缩，一双眼睛打量着整个录音室。

她这熟练警觉的样子，让喋喋又好笑又心疼。

一看就没少被整。

"不是你想的那种惊喜，你过来，有关电台的。"朝何榆丢个纸团，喋喋叉着腰，"大家都是成年人了，我又没那么无聊。"

警觉虽然还是警觉的，何榆小心翼翼地关上门，走进来坐下，小声辩解："我觉得你一说'大家都是成年人'，反而更危险。"

喋喋无语。

短暂的沉默后，喋喋翻了个白眼，一脚踹上何榆屁股底下的转椅，让她快乐地来了个后滑，说："出门右拐，把你脑子洗一洗晾干了再拿进来。"

何榆腹诽：好一个冷漠的搭档。

懒得再跟她贫嘴，喋喋冲何榆招招手，示意她凑过来，将屏幕上的界面展示给她看。在何榆迷茫的眼神下，喋喋凑近何榆的耳朵，把手半卷起来挡着，猛地河东狮吼："收纳箱电台居然开通线上直播节目了，您终于等到了！"

被喋喋吵到脑袋空白了一秒，何榆眨了眨眼睛。

有些怀疑自己刚刚听到的是不是真的，她强迫喋喋转过头去，学着喋喋刚刚的样子，大声又拖拉着字地喊着："孙——女——儿，你再说一遍，奶——奶——耳背。"

"滚滚滚，占我便宜。"

"开通直播是挺好的，但是……"看着喋喋的电脑屏幕，何榆叹气，整个人没有想象中的那种快乐和欣喜，反而是无尽的担忧。

把直播通知发出去，喋喋挑眉，问道："但是什么？"

"如果我们的节目没有听众互动，那多尴尬？"

"闭嘴吧。"

虽然之前录节目的时候，她们也很少做后期剪辑，大多是一气呵成。但这和做直播节目，显然完全不一样。

尤其是心态。

何榆自认为是个胆子很大的人，在千人报告厅的台上都不会腿软害怕。但反而是面对着时刻听着自己讲话的屏幕，屏幕那端的未知，让她顿时没了底气。

即便是直播，电台节目也是没有视频图像的。在听她节目的人，可能像是往常一样做着自己本来就在做的事情，旁边放着音响随便听着，也有可能是闭目养神，全神贯注地听每一句话。

当关闭了其他的感官，她说的每一字每一句，都会被放大。

照着之前准备好的选题聊，在思路清晰的情况下都有些舌头打结，更不要说要对什么事情做出相应的快速反应。

因为直播公告发出去的时间不久，也是试播，喋喋把互动环节放在节目的最后，只留了十五分钟的余量。

虽然不知道十五分钟这么短能聊个什么，但何榆光是想想，手心就已经被汗浸湿。

“我们的互动环节终于要来了，我和木鱼都开始摩拳擦掌，准备迎接疾风了！”喋喋显然和她并不共享紧张，语气在末尾就差上扬着甩到天上，吵醒龙王炸个雷。

何榆手里紧紧捏着签字笔，因为心里打鼓，声音有些冷冷地说：“别这么中二。”

“我们来看一下留言……”

作为一个赤字电台，请不起助理，主播只能身兼数职。喋喋眯起眼睛看着不断向上刷的屏幕，在拉长的尾音即将没气时，突然歪嘴一乐，念道：“这个留言是问木鱼的，想问可爱的木鱼小姐姐，你和你的入江直树，现在怎么样了？”

“这位听众很敏锐嘛。”知道实情的喋喋咂咂嘴，不免八卦出声。

被何榆狠狠地掐了一下，她才清清嗓子，继续读下去：“我也有一个很喜欢的男孩子，喜欢了好多年，会一直悄悄地看着他。他明年就要高考了，可我却才刚刚真正地认识他，进入他的生活。或者……也许在他心里，我可能还不算进入到他的生活。

“就像木鱼姐姐一样，他也是我的入江直树。我在努力，希望有一天能和他并肩。我想让他知道，在偌大的操场上，只要他回头就能看到远处的我，有一天也会和他一样，成为一个非常美好的人。”

很简单又很朴实的一段话，却让何榆突然酸了眼眶。

她都能想象到，那个小女孩在屏幕前，以什么样的姿势，很认真地打下这些文字。

因为她以前也做过，不过是写在了日记本里。

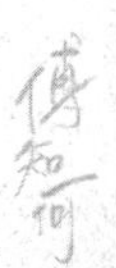

何榆吸了一下鼻子，为了掩饰突然想起以前而上涌的情绪，强笑着

打趣道："你让我想起了我弟弟，他明年也要高考。不过，他肯定没有这么可爱又努力的女孩子喜欢。"

"你弟弟明明很帅好不好，眉目清秀，又很高……"喋喋之前录完节目，在椹大见过来蹭饭又蹭车回家的何渠琛。

泪意被憋回去，何榆的眼睛瞬间瞪大，说："你们两个不合适。"

何榆腹诽：我只把你当姐妹，你却想要做我的弟妹。

这世界还会不会好了，就没有真正的姐妹情谊吗？

喋喋收起笑，哼一声，佯怒道："说你和你的入江直树吧，这秋风萧瑟的，再过几个礼拜就剩光秃秃的树干，爱情估计也赶不上生根发芽的末班车了……"

瞅着喋喋酸溜溜的样子，何榆一只胳膊支在桌面上。她揉揉自己的头发，故意将发型弄得有些乱而蓬松。

她慵懒地倚着桌子，抛了个眼神给喋喋，每一个字都恨不得让五官全都动起来，咬字非常做作地说："已经赶上了。"

在喋喋震惊的目光中，她又甩了一下头发。

下一秒，何榆捂着扭到的脖子，终于收敛了一些，继续说："我和我的直树，在我以为已经要完结的时候，突然被标注了未完待续。"

她的笑意晕开，眉眼间对傅云实的喜欢，似乎都偷偷随着她的笑跑了出来。

"我的少女时代，经常会在晚上梦到他。所以当那些梦突然变为真实的时候，我甚至觉得不真实。

"其实我在高中的时候，想得很简单。我想多努力一些，这样他也会多注意我一些。我不觉得自己有第一眼的美貌，或是特别强大的闪光点。但我唯一值得赞赏的是，我知道喜欢这种事情不能强求，而我能做的，就是为自己争取最大的优势。"

何榆舔了一下嘴唇，突然有一种在和以前的自己对话的感觉。

"祝你和你的入江直树，有一段非常美好的未来故事。"

"我看到互动留言区里，大家都在吃柠檬。"滚动屏幕，喋喋咂咂嘴，酸气冲天，"我好期待你的直树能听到这期节目。哈哈，我就像是个追更少女，还要催更下集。"

"他……"这样一说，何榆突然有些怕了。

在电台这一通抒发感情，还有深情告白和凄惨的心路历程，她能想象到，要是傅云实听到了，会是怎样嘚嘚瑟瑟的样子。

想到傅云实这种正经人交的朋友都是耳机里天天放听力的那种……何榆舔舔嘴唇，干干巴巴地说："应该不听电台的吧？"

"啊，这样吗？"喋喋似乎有些惊讶地缓缓点头，"那我们看下一个互动。”

“因为这一期是尝试嘛，所以我们也有一个连线直播的名额。”说着，她突然笑了一声，但良好的职业素养让她立刻又恢复一本正经。

嗯，一个连线直播的内定名额。

“我们接下来连线一下这位听众朋友。”她说完，轻点鼠标几下。

啊？怎么还有连麦？

趁着接通的间隙，何榆不可置信地张大了嘴，动作之大，恨不得把喋喋吃了。

喋喋面对着何榆的血盆大口，反而很淡定地耸耸肩，似乎一点都不担心直播事故。

“喂，可以听得到吗？”通话被接起，也不知道是不是何榆想多了，只感觉喋喋的声音瞬间温柔了八个度。

从铁骨硬汉变成了……飒爽大姐。

“可以。”

耳机里的那个声音，短短两个字，却让正准备记录内容的何榆瞬间抬起头。她看向喋喋，而喋喋似乎并不意外地正挑眉看着她。

何榆在那一刻，真真切切地体会到了五雷轰顶。

这声音，是傅云实的。

她永远都忘不掉的声音。

完了完了，她的深情告白和爱情有感，全都被他听到了。

她为什么要说话，她为什么要长嘴巴，为什么看到好看的小姐姐头一热就办了电台啊？还有傅云实为什么要长耳朵？

她以前的节目还都挂在网上，这以后得让傅云实耀武扬威多久？

气到吐血。

录音室内被诡异的沉默充斥。

喋喋看着已经抱头懊恼，恨不得凿个地洞的何榆，笑成慈母。

“你好，我们是收纳箱电台。这期是我们的直播试播节目，很高兴能和你通话，分享一些有趣的事情。”喋喋的通话开场白，说得熟练到让何榆觉得她已经背过好几遍。

“刚刚听到两位主播在讲上一个互动留言，我也突然想起了我的故事。”

也不知道是不是录音室的监听设备太贵太好，何榆只觉得傅云实低沉带着笑意的声音，好听到她不自觉地抱紧了怀里的腰枕。

何榆咽了一下口水，有些怯怯地问：“什么故事？”

“我一直很喜欢一个女生，她笑起来很好看，穿校服干干净净的样子也很可爱。”这些想对何榆说的话，让傅云实忘记了这是在节目中，

说话的声音和平时无异。

“她有的时候有一点酷，棒球帽一戴，滑板一踩，谁都不爱。”才反应过来自己随口用了个土梗，傅云实没忍住，低声笑起来。

“我们一起打辩论，一起在数学办公室因为懒得写‘解’字被老师训。她有很多很多的梦想，我选了一个当真，没想到她中途跳票。直到后来，我发现她也开始做电台，在这个秘密基地，她聊了很多……原来她也在偷偷喜欢我的事情。”

他无奈地笑着，继续说道：“她最喜欢的口味是辣，最喜欢吃的雪糕是糯米糍，最喜欢的角色是入江直树，最喜欢听到的是……我不善于说出口的那句话。”

听到这里，何榆已经忘记了喋喋的存在。

她认真地听着傅云实说的每一个字，双耳已经红透，受不了地用手扇扇风，赶紧把空调温度又调低了一些。

不知道是不是因为空调“嘀”的一声被录了进去，那边突然噤声。

但也不过是半秒。

“何榆。其实我一直有在听你的电台。

“还有……”

在他的呼吸断句间，何榆也不由自主地跟着屏住呼吸。

“我喜欢你。”

简单的四个字，却让何榆的脑袋，彻底地炸成烟花。

她死死地捂住嘴巴，防止自己乱叫出声。

而那边的通话，却还没有断掉。

刚说完喜欢，他的声音突地变得有些腼腆——

“三生有幸，身侧有你。”

从同桌到搭档，到一起做项目，我真的很开心，无论在哪里，我身侧那个属于你的位置，你从未缺席。

傅云实的校服时代，现在回想起来，最美好的莫过于每次的偏头都会看到她。

那种安心的、她就在身边的感觉，他的内心不会说谎。

他们两个只做了小半个学期的同桌，后来因为准备竞赛，他很少在班里上课。那一年椹南市保送政策改革，等拿到高考过一本线就录取的自主招生资格后，傅云实才重新搬回实验班。

“云实？”看到放学之后却站在办公室门口的人，当时的实验班班主任明显一愣。

原本只是在办公室门口踌躇着，傅云实被老师一叫，也就没有再藏着掖着，说道：“老师，我想麻烦您一件事情。”

傅云实在南华一直很出名，一向是老师们很喜欢的学生。

“嗯？”班主任示意他说下去，同时从包里拿出钥匙，将门锁好。

晚自习放学之后，南华的人几乎都迅速溜了，整个教学楼空荡荡的，就连偌大空旷的走廊里，也只开了一排小灯。

昏暗中，傅云实垂在身侧的手指摩挲着校服裤子的缝线，半垂着眼，说：“老师，我想剩下这段时间，和何榆继续坐同桌。”

钥匙在空中停顿一下，班主任转过头，向上推着鼻梁上的眼镜，有些不可思议地问：“何榆？”

傅云实知道自己还是有些唐突，尤其是在快要高考的敏感时期提出这种细想后有些敏感的要求。但他真的没来得及多想就跑过来办公室，只是想在最后的这段校园时光里，能继续坐在何榆身边。

傅云实也说不清自己是在什么时候喜欢上何榆的，但季清延说，这很正常。

他不是一见钟情，而是日积月累，一点一点地和她靠近，一点一点地互相了解，一点一点地喜欢上她。

“嗯，对。”傅云实被班主任探究的目光看得有些心虚，不禁摸摸自己的耳朵，“何榆她之前和我是同桌，比较熟悉，而且她的作文……”

他立刻扯了理由，却不如在辩论场上那样的熟练和自信。

看到他那副紧张的样子，班主任笑了，问道：“是不是小何来找你救救何榆？”

当时的何渠琛在上高一，是傅云实班主任带的竞赛苗子。

傅云实随即也轻笑着“嗯”了一声。

很正常的反应，看不出任何端倪。

班主任把包重新背好后，一只手拍上傅云实的肩膀，意味深长地说：“还有几个月，你最好老实一点。”

即便是被猜中了心事，傅云实第二天到学校后，依旧面不改色地响应班主任的调座位号召，将昨晚装好的书本卷子一口气都搬了过去。

何榆正吃着地瓜干，一只脚踩着自己椅子下面的横杠，像只小猴子一样。

她看着傅云实，也不说要帮个忙。一直等到他坐下，她才将手中的地瓜干啃完，拍了拍手。

傅云实正用纸巾擦着桌面，刚要起身去扔掉纸团，面前就出现一只纤细的手。他偏过头，即便是提前做了心理建设，却还是被她眼睛弯成月牙的笑容，狠狠地颤了一下心脏。

阳光照在她的脸上，像是镀了一层淡淡的光芒。

何榆俏皮地吐吐舌头，说："哎，傅云实，我们又坐同桌了。"

而傅云实不知道的是，何榆的心里，也有他不知道的潜台词——

最后这段时光有你，真好。

直播连线被傅云实挂断，何榆没有来得及在电台里做些回应。她眨眨眼睛，因为刚刚的那句"我喜欢你"而泛起的潮红，依旧没有褪去。

"好了，我们木鱼小姐姐已经丧失语言功能了，那就让我跟大家说再见吧……"

喋喋欢快的声音在耳边响起，但何榆已经没有心思再听下去。

她的大脑一片空白，只是嘴角依旧上扬着。

啊，怎么办？

扭扭捏捏地说"我喜欢你"的傅云实，居然有一点点可爱。

她要快乐炸了。

"哎，怎么还在愣神？不想回去洗洗睡了？"喋喋站起身用手在何榆面前晃了晃，一脸嫌弃。

收回思绪，何榆慢吞吞地将耳机摘下，又把自己面前的桌面收拾干净，问道："你怎么突然会做直播节目了？"

"就……"喋喋拉背包拉链的手一僵，"有人帮忙。"

何榆依旧在想着有关傅云实的事情，并没有察觉到任何异样。

喋喋就读的大学，是在媒体影业很有名的学校，能找到来帮忙搞定电台技术的人，应该也是很容易的。

把垃圾收拾好，何榆将空调关上，丝毫没有怀疑，说道："走吧。"

两人出了录音室，走廊里的闷热顿时糊遍全身。椹南市一向以秋老虎闻名，到了秋天刚降温几日，又返回一波热浪。

用手中的文件夹扇着风，喋喋和何榆一起下楼，问道："你不给你的入江直树打个电话？"

自出了录音室，何榆就一直在不停左右手来回换着拿手机，看上去在想什么事情，又有点犹豫。

再次被戳中心事，何榆终于摁亮手机屏幕，却又迅速地再度摁灭，说道："不了。"

她跺一下脚，将楼梯间的灯再度唤亮，垂眼看着大理石地板上的格子，说道："他最近在弄建筑学院的院庆，特别忙。我怕现在给他打电话，会打扰他。"

录音室在椹大的传播楼，楼梯正对着的就是传播楼的大门。

转到最后一个弯，喋喋瞟了一眼门口的方向，突然停住脚步。她的声音听上去带着隐隐的欣喜："是吗？那我感觉你来录节目，其实也有点打扰到他。"

何榆转过头看着喋喋，眼睛里恨不得有刀子在飞，没好气地说：“那也是你搞的直播节目好吗？”

“天地良心，”喋喋挑眉，摊开手，连忙撇清自己，“我又没把刀架在他脖子上让他跟你公开表白。再说了，我都不认识你那个入江直树。”

喋喋那语气，加上她那夸张的表情，实在是欠揍得很。

“嗯，是我自愿被打扰的。”

在何榆就要重拳出击的前一刻，空旷的传播楼内，响起第三个人的声音。何榆几乎是没有停顿地转过身，那个已经一个多礼拜没有见到的人，正站在长长的楼梯下。

站在一楼大厅中央，傅云实仰头看着何榆，脸上是她最熟悉不过的笑。

以为何榆又开始发呆，傅云实有些好笑地挑了一下下巴，戴着腕表的左手在空中挥了一下，喊道：“何榆。”

和刚刚在耳机里的语气一模一样。

而也就是在这个语气词脱口而出时，前一秒还站在楼梯拐角处的女生，就已经不管不顾地飞奔下去。

那么多个台阶，她似乎也不担心自己会绊倒，只是急切地想插上翅膀飞到他身边。

傅云实看着那一抹黑白色如旋风般向自己冲来，心里还是隐隐地有些害怕的。长这么大，他居然真的能把“奥利奥麦旋风”具象化了。

又是托何榆的福。

看着站在原地的傅云实将双手摊开，做成一个等待她抱过去的动作，何榆只感觉自己被爱情冲昏了头脑，又加快些速度。带着加速度，她如一个巨型滚球就朝他飞去。

呜呜呜，她的男朋友也太好了吧，这种美好的相遇奔跑的剧情，终于被她……

正美滋滋地感动着，何榆眼睁睁地看着已经近在眼前的人，轻巧地侧身向后撤了一步。

他的廓形短袖T恤袖口擦过她的肩膀，掠过她飞起的发丝。

她扑了个寂寞。

何榆立在原地，动动寂寞的手指，只觉得自己该换个男朋友了。

她恶狠狠地转头看过去，发现那男的居然还在笑！

气不打一处来时，她的头顶突然多了一只手。

“主控室很热，今天出了很多汗，没有洗澡。”傅云实的声音有些无奈。

“那你怎么补偿我？我刚刚尴尬到想把你立刻原地甩了。”何榆鼓起腮帮子，佯怒着。

听到这话，傅云实挑起眉，喉咙轻颤，在夜色中倒是蒙上了几分色气，

压低声音说："上升到要甩我，这么大火气？"

作为声控，何榆觉得自己的腿有点软，脑子有点不灵光。但她铁骨铮铮地自我打气，作为一个猛汉，要有骨气。

何榆瞄了傅云实一眼，也不管自己的脸已经烫成小龙虾红，从鼻子里哼了一声。

轻飘飘的一个音，倒是一点都不强硬，满脸写着"快来哄我，不哄闹给你看哦"。

累了一天已经极度疲惫的傅云实一边笑一边把头撇到一边看天花板，企图甩掉何榆恶狠狠的眼神。

笑了半天，他才拉起她的手，问道："嗯？怎么突然这么女气了？"

声音好听是好听，就是说的话不是人话。

将手改为十指相扣，傅云实眼见着何榆又要发飙，他微低下头，用另一只手为她撇去挡住脸的碎发。凑近她的脸颊，他的眼底，只有她一个人的剪影。

"明天要不要来看颁奖典礼？"他的声音轻柔得像是在逗小孩子，"谈了恋爱，让大家看看我女朋友有多漂亮。"

"傅云实，你再这样说话，我就把你踹墙缝里抠都抠不出来。"

何榆周五上午的体育课，和商简选的是同一个老师。

商简下午还有课，两个人下课之后，就近找了一个食堂，随便吃点东西填填肚子。

"你们班最近算综测了吗？"吹吹还有些烫的牛肉面，商简问道。

何榆刚拿到自己的饭，好不容易从人群里挤出来。她将手中的餐盘放在桌上，甩甩有些僵硬的手腕，从商简的碗旁边拿起自己的那双筷子，有些疑惑地问："综测？"

综测成绩排名是大学里竞争最激烈的排名，从宿舍分数，到各科成绩，再到体育测试成绩，还有平时的行为成绩，以及由各种学生组织活动和赛事的加分，让综测的计算很麻烦。

但也就是这样庞大的分数，在椹大，要和奖学金、保研直接挂钩。

何榆皱起眉，隐约记起班群里有提过一嘴组成综测计算小组的事情。

"好像是在算了。"咬着筷子，她含混地回应。

说完，她就埋头吃饭，一点都不在意这分数似的。

见她这副不管不顾的样子，商简叹气，敲敲自己的碗，提醒道："每年都有专业因为综测的事情撕起来过，你也长个心眼儿。"

"我们这个专业，大家都宅得活在自己的世界里，哪有那工夫撕来撕去。"将嘴里的骨头吐出来，何榆做了个鬼脸，"知道啦，知道啦，我还是会注意的。”

礼堂离这边比较远，何榆想着要在傅云实还没忙飞起来之前赶过去，不禁加快了吃饭的速度。商简又说了些什么，她都听着，却都没有进脑子。

“我怎么看你最近状态不太对，总是精神恍惚？”商简接连叫了何榆几声，才把她的魂儿叫回来。看着何榆那副微皱着眉的样子，商简隐隐有些担忧。

在嘈杂的食堂里艰难地分辨着商简的声音，何榆摸摸自己的脸，有些讶异地问：“啊？是吗？”

“不会是还在想预言家吧？”商简又吸了一口面，声音模模糊糊的。

预言家……

何榆正纠结着要不要说预言家已经不是预言家了的时候，商简就嘿嘿一笑，语重心长地开导：“你想要解除这个魔咒吗？”

她将手中的筷子放在碗上，双手撑着脸，一双眼睛很认真地看着何榆，感叹道：“还是得找施咒的人给你解药，姑娘。”

“神经。”实在是受不了面前这人，何榆把手中的筷子放下，“预言失效了，预言家为此付出了很大的代价。”

“嗯？”商简的眼睛瞬间亮起，“你是跟了别的帅气小哥哥吗？”

戏瘾上来，她微皱着眉，继续说：“独留他一个人伤悲，后悔着当初给你的封印，其实是他心底最不愿承认的对你的爱——那种不希望别人抢走你……”

爽文的路子，听起来真的是太解气了。

“打住，打住。”何榆立刻打断她，狠狠地抖掉全身的鸡皮疙瘩。

何榆挺直后背，正经道：“他把他自己押在我这里了。”

“果然是挺大的代价。”闻言，商简若有所思地给出评价。

说完似乎并不开心的何榆没再说话。

何榆到礼堂的时候，已经陆陆续续有观众到场了。

颁奖典礼之前，有一位业内大咖正在另一个小一些的报告厅里做论坛，所以礼堂里的人并不多。

何榆没有票，被拦在了门口。

站在礼堂外的走廊里，何榆没有其他办法，只能给傅云实发了条消息。

傅云实没有立即回她消息，她知道他忙，也不恼，只是找了个更凉快一些的角落，靠着墙盘腿坐在地上玩手机。

感受到光线突然变暗了一些，何榆抬头，便看到正俯身站在自己面前的男生。

因为今天的工作，傅云实穿了黑色的短袖T恤和黑色休闲长裤，脖子上挂着暗蓝色的工作牌。很简单的衣裤，却让何榆移不开眼。

傅云实用手中卷成筒的台本轻轻敲了两下她的脑瓜，打量着她直接自暴自弃地盘腿坐在地上的样子，好笑地问："碗丢了？"

何榆翻个白眼，立刻从刚刚的梦幻中走出，没好气地说："你能不能想我点好事？"

"我刚刚陪老师出去接嘉宾，手机在主控室里充电。"没有等到她问，傅云实就主动解释。

似乎是觉得解释得不到位，他又添了一句："老师是男的，嘉宾也是。"

时刻牢记电台节目留言里听众的各种感情抱怨，避雷避雷再避雷。

傅云实严肃报备的样子，让何榆猛地笑出声。

"走吧，"傅云实向她伸出手，另一只手指指上面，"先把你安顿好。"

将手放在他的手心，何榆顺着他的力站起。脚腕因为盘腿久坐而有些发麻，在站起的那一刻微微地脱了力。

何榆只感觉自己有些向前倒的趋势，却在刚显露时被一双胳膊紧紧地圈住。他身上好闻的味道，如那个怀抱一样，也圈住了她。

她并不觉得自己缺爱，也一直觉得自己不会对拥抱有所依赖。

但爱情总是会开一些例外，每个人在爱情面前都是平等的。

何榆双手环住他的腰，顺势将头靠在了他的肩膀上，贪恋地闻着他身上从高中起就有的她很喜欢的味道，笑着说："哎，今天可以抱了？"

语气中还有点关于昨天的酸溜溜的味道。

暂且忘掉之后的一堆事情，傅云实难得放空，只想再抱一会儿怀里的人。他闷闷地笑着，用只有他们两个人能听见的声音，和她咬着耳朵："今天洗澡了。"

"可我没洗。"

傅云实把何榆安排在靠后一些的位置，就先去忙了。

好在她刚玩了一会儿手机，暖场音乐便响起。

她把手机收到包里，托着腮，看向大屏幕上播放的宣传片。宣传片里是来自全国各地的建筑专业的大学生，在不同的地方，用各自不同的方式，完成着他们的梦想。

不论是在大城市的工作室里打拼，还是在少数民族地区建起木质图书馆，又或是为爱心之家做改造，和团队一起设计地标性建筑……他们用一双双手，去改变世界。

何榆突然想起来，自己之前很喜欢一个改造节目，享有盛誉的设计师们为艰难生活在老房子里的人免费设计改造。

那些房子有的是建筑结构非常奇怪而需要改造的，有的是家中的成员患有疾病，或增添新的成员而原来的房屋空间不够所以需要改造的……

何榆很喜欢拉进度条看那些房主回到新家时惊讶又惊喜的样子。虽然她不是很善于去说“重拾生活的希望”这样的句子，但她隔着屏幕也能感受到，改造的的确不只是房子，还有这一家人的心态，甚至是人生。

她的傅云实，是不是在未来也会成为这样一个人？

等颁奖典礼过半，傅云实才回到何榆旁边。礼堂里已经坐满了人，没有空位，他也确实疲累，不管不顾地直接就坐在她位置旁边的过道上。

“怎么中途就跑出来了？”何榆心疼地将包中的水递给他，小声问道。

连喝了几口水，傅云实才缓过来，回道：“这个颁奖典礼在网络同步直播，所以聘请专业的团队在主控室做技术。今天我们只负责现场执行，后半场没我什么事了，我就过来歇会儿。”

知道他是忙完才过来，而不是因为她而误工，何榆放下心，打趣道：“你们建筑学院真的是财大气粗。”

“平时建筑学院很抠，攒了那么久就留着今天花。”傅云实挑眉，自然地接梗，手上将矿泉水拧紧。

一阵掌声过后，颁奖典礼中间的歌舞表演结束。在主持人的介绍下，两位德高望重的老教授被搀扶着上台。

“这个奖含金量是全场最高的，建筑学院的人在学校的终极目标就是这个。”傅云实向后微微仰着身，介绍道，“这个奖每年只有三个名额，是从全国大学生里选出的最有天赋的建筑设计师。”

他们现在在礼堂的二楼，何榆只能眯眼看向两边的屏幕。出现的脸有些眼熟，是最初在宣传片里剪进去的那几个人。

听获奖感言的时候，何榆偏过头，看向旁边那似乎是开了静音键的人。傅云实正望着舞台的方向，视线是她从未见过的坚定和向往。

在她的记忆中，傅云实做什么事情都是很轻松的。或许也是因为这样，她很难在傅云实的身上看到对某一种事情的执着，更不要说是渴望。

在卧虎藏龙的椹大，深入研究一个领域，让何榆变得谦逊，也似乎让傅云实找到了他未来的方向。

何榆觉得，他现在认真执着的样子，真的在发光。

是她最最最喜欢的样子。

也许是察觉到她的视线，傅云实也转过头，含着笑意的眼睛对上她的。他伸出手，指向被聚光灯聚焦的方向，说道：“何榆，有一天，我也会站在台上，带着你曾经的那份梦想。”

全场的掌声因为致辞结束而响起，何榆望进他的眼底，嘴角一点一点地上扬。她认真地一字一句地开口，声音在掌声中依旧清晰：

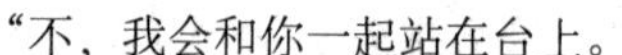

“不，我会和你一起站在台上。”

就像我以前，在无数次模拟考试时，想要和你并肩一样。这一次，我也想和你并肩，和你站在同一个台上。

我们一起去实现，曾经差点错过的、我们共同的梦想。

# 第十章

/ 心动是我说不出口的秘密 /

颁奖典礼结束之后，傅云实先去和教授一起送嘉宾们离开。建筑学院负责这次活动的学生已经来二楼清场，何榆不好意思待在原地等他，只好又回到了最初等他的那个走廊。

观众已经走得差不多了，整个走廊里渐渐变得冷清。几个挂着工作牌的人从她面前嬉笑而过，有人来喊着去合影，于是他们再次走过她面前，返回到礼堂内部。何榆的耳朵里塞着耳机，突然觉得自己像是这一切的局外人。

“怎么又在这里，是不是要真的给你买个碗放在面前？”似乎是没想到何榆会站在这里，傅云实手上缠着工作牌，在她眼前打了个响指。

被唤回魂来，何榆撇嘴说：“楼上清场，我就被赶出来了。”

她明明不是个多愁善感又敏感的人，但恋爱这种事情，似乎再大咧的人，也难以免俗。意识到自己有些许想太多，她立刻做个鬼脸，把刚刚涌上心尖的酸溜溜忘掉，说道：“你都是个官儿了，怎么连清场都不知道？”

“是谁给你的，我每次都是个官的错觉？”傅云实好笑地牵上她的手，将她往礼堂里面带，“礼堂里还凉快一些，我处理完最后的一些事情，带你去吃晚饭？”

“现在吃晚饭是不是有点早？”何榆指指自己的腕表，时针刚刚好停在“4”这里。

她到底是做了什么，才让傅云实有了她是个饭桶的错觉？

刚踏进礼堂的门，傅云实还没来得及化解尴尬，台上几个人中有一

人一嗓子嗷着：“傅云实，来拍照。”

舞台上已经站了好几排穿着一身黑的人，都是负责这次颁奖典礼的工作人员。

建筑学院的活动，自然都是建筑学院的学生来负责。站在空旷的座位区，何榆下意识地止住步子，手也动了动，想从他的手掌里抽走，说道：“你去合影吧。”

但手被向前拉了一下，将她的手包在手心里的那个手掌，反而紧了紧。他掌心的温度，变得更加清晰。

傅云实不由分说地带着何榆向舞台的方向走去，头微微地向后偏过来，说道：“怕什么？一起去。”

“我不是怕，我是觉得……”话还没说到一半，已经走近舞台的他们，就被台上那整整齐齐排好的人以盛大的注目礼欢迎。

参加这次院庆活动的，以不太忙的大一和大二学生为多。没有很大的年龄差距，大家反而都放得开，也能玩到一起去。

“天，建筑学院的神柱没了。”随着老三的一句阴阳怪气，队伍里不少人也跟着起哄。

一时间，此起彼伏的阴阳怪气声，反而让何榆放松了下来。

她果然还是熟悉这种氛围。

没有理会那帮起哄的人，傅云实转过身，向站在台下的男生笑了笑，说：“让她给大家拍照吧，你也来合影。”

他嘴角勾起笑，看上去心情比刚刚还要好。

“嗯，我来拍吧。”何榆伸出手，看那男生还有些犹豫的样子，也跟着歪头笑了，“我之前也是经常给大家拍照的。”

接过男生递过来的单反，何榆大概估计了一下队伍的中心点。

傅云实已经带着男生从舞台侧面的楼梯上去，他刚一上去便被几个男生拉到了第二排的中间。

“不会真是你女朋友吧？”老三一只胳膊搭着傅云实的肩膀，脸一直冲着镜头的方向，保持着最标准的笑容，嘴巴动的幅度很小。

傅云实也没看他，一直淡笑着看镜头和镜头后面那个认真拍照的女生，说道：“你仔细看看。”声音里有一种隐隐的嘚瑟。

“三，二，一……”

何榆按下快门的同时，台中间的那两个人齐齐看着镜头，分外官方地笑了。

勾肩搭背的样子，如同海尔兄弟。

何榆低头检查过返片后，重新抬起手中的单反，说：“再来一张。”

趁单反没有挡住脸的工夫，老三眯起眼睛努力盯着何榆看了半天，才恍然大悟地问：“计算机学院那姑娘？”

“就这？”他又瞅瞅傅云实，万分地嫌弃，“就你这大直男，还能从计算机学院里抢来个女孩子？这世道真是变了。”

在傅云实一道寒光射过来后，老三终于讪讪闭嘴。

何榆的声音再度在空旷的礼堂中响起：“三，二，一……”

闪光灯亮起的那一刻，刚刚还暗波汹涌的两个人，再度友好地咧开嘴，露出官方的笑容，看向镜头。老三甚至弯曲左臂九十度于胸前，比了一个大拇指，大有朴实无华的夸赞之意。

“不是世道变了，而是你自己的问题，”快门声过后，傅云实睨过老三一眼，悠悠道，“就你这样子，还是别去教别人谈恋爱了。像我这样理论不丰富的人，都能找到女朋友……”

老三抠抠耳朵，屏蔽掉对他的扎心攻击，打断傅云实的话，问道：“所以呢？”

合影结束，舞台上的人群散开，更多的是一小撮一小撮的人，在舞美立牌前自拍。

混乱中，台中的那两个人依旧没动。傅云实任由老三继续搭着他的肩膀，他双手插着口袋，好整以暇地说：“六级题是我。”

“啊？”老三一愣。

傅云实轻垂眼皮，再次抬眼，平静地说：“《百年孤独》也是我。”

“嗯？”老三依旧是蒙的。

傅云实叹气，耸耸肩，颇为无奈地说：“但她还是和我在一起了。”

天知道老三为了克制自己的拳头，付出了多大的努力。

他深吸一口气，收起手转过身，背影染上一层落寞与孤独。再张口时，他的声音中含着三分薄凉八分忧愁和负一分的悲伤：“是我不配。”

就连傅云实都找到女朋友了，他是真的不配拥有爱情了吧？

他就是被月老抛弃的爱情沙漠。

真正等到傅云实忙完，已经是下午五点多。

时间刚好，他便带何榆坐地铁到不算远的购物中心吃了顿好的。

何榆在学校憋坏了，好不容易被放出来，整个人也放飞了自我。她左手拿着一个脆皮手枪腿，右手挥舞着烤肉大夹子，有些含混不清地说：“我今天听你同学说，你们学院副院长招本科生进组的事情。”

“嗯，”将烤炉上的土豆片挨个儿翻过一遍，傅云实点点头，“我也报名了。”

“你报名不是很正常的事情吗？”何榆耸肩，觉得他在说废话。

“我之前没有打算，因为百团大战那天看到你玩 MC，我才突然有

了做七街巷口的想法。”傅云实向后靠到沙发里，手指轻轻点着大理石桌面，和着店内音乐的节拍。

何榆将嘴中的食物咽下，思索道：“我们是不是要找以前的老照片，或者走访一些七街巷口的商铺老租户和老住户？”

“嗯，前段时间太忙，我打算下周就开始做了。”傅云实随手扯出两张纸递给何榆，嘴角再度因为她思考的模样而悄悄上扬。

胡乱地用纸巾擦擦手，何榆不管不顾地拿起自己的手机，飞速说道：“我帮你去找老照片。”

收纳箱电台之前做过一期椹南市美食相关的节目，吸引了不少椹南人关注。

她话音刚落，一条官方微博就发了出去。

“其实你也不用……”

何榆笑眯了眼睛，举起面前的汽水瓶，打断傅云实的话，说：“你就好好作图，其他的准备工作我来做。”

比收纳箱电台多几十倍粉丝量的某电台主播，突然感受到了自己被大佬包养的甜蜜。

啧，甚至还有点害羞。

回到宿舍已经是晚上九点多，何榆听着屋内的笑声，也不想麻烦室友来开门，只好站在屋外找钥匙，摸了半天才摸到。

也不知道是不是自己的错觉，何榆只觉得在钥匙插进锁孔的那一刻，屋内的人突然便不笑了。

握着钥匙的手一滞，她挂起笑，仿佛什么也没感觉到似的推开门。

宿舍里的其他三个人正各自做着自己的事情，宿舍里沉默得可怕。

“我回来了。”懒得去搞小女生猜测的那一套，何榆神态自若地打了声招呼，在门口换了鞋，便回到自己的座位边。

她把包挂好，坐下打开电脑，将耳机戴上，随手打开一个综艺，一边收拾着桌面，一边看着。

状态栏里的微信图标突然亮起，她垂眼打开。宿舍里那个之前和她关系不错的女生接连给她发了几条消息：

【你没生气吧？】

【潇潇只是想为自己争取一下，看看能不能拿到一等奖学金的名额，不是故意怀疑你的综测分数。】

【而且，辅导员也没同意让她重算你的成绩。】

【我们现在宿舍的氛围有点可怕！】

让辅导员重算她的综测成绩？

何榆向后仰了些身子，绕过柜子的遮挡，看向不远处的另一个女生。

那女生对上她的视线，又若无其事地把头撇到一边。

何榆冷着脸收回视线，揉了揉自己的耳垂，突然乐了。她轻点几下鼠标，站起身，换下刚刚才换了的拖鞋。

“这么晚了，你还要出去？”刚刚偷偷给她发消息的女生，以为何榆要做什么，有些担忧地转过头来问道。

何榆给她一个让她放心的笑容，声音平静地说：“出去打印个东西，明天要交。”

关上宿舍门，何榆隐约又听见交谈的声音。

一整个周末，何榆像是什么都没发生一样，如平常一样在宿舍里待着。

何榆班级的辅导员是计算机学院的一位博士生学姐，也是毕业于南华中学，教她们的高中老师几乎是同一批。以前何榆还在上高中时，就和来看望老师的学姐见过几面。后来何榆考上椹大，在椹大南华校友会聚餐时，自然地和学姐加了微信。

椹大的博士平时都很忙，只是因为综测被同班同学要求单独查算这种小事去打扰学姐，何榆还是有些犹豫。但这种事不解决，别人怎么样她不知道，她自己一定是如鲠在喉。

考虑两天，她终于在周日的傍晚给学姐发了一条消息——

【不好意思学姐，我想询问一下有关于我的综测成绩排名被质疑的事情。】

这几天，关于同宿舍的王雯潇和何榆之间的事情，已经传遍何榆大半个椹大朋友圈子。就连平时只顾着自己游戏人间，很少听学校八卦的商简，都有所耳闻。

只是商简听到的那个版本更严重，说王雯潇质疑何榆贿赂综测计算小组，篡改成绩，要求亲自核算她的成绩。

何榆不知道哪个版本是真的，毕竟所有人也只是道听途说。

辅导员学姐很快回复何榆的消息，问她现在是否有时间通话。

发出“可以”的回应，何榆拿起手机，走到宿舍外面。

“学姐好。”走到走廊尽头的窗边，何榆一手插着口袋，望着窗外渐渐暗下去的天，没来由地在心底升起一丝烦躁。

“何榆，因为这件事情在微信里说不清楚，所以就直接给你打电话了。”辅导员学姐的声音很温柔，“你们班的另一位同学的确有在周五向我提出异议，需要重新核算你的成绩。”

怕何榆立刻气到爆炸似的，她又加快些语速，说：“但这很正常，在每个班由班长和其他同学组成的综测小组算过以后，辅导员也要重新算一遍大家的分数。并且在之后的公示期期间，提出异议也是可以再次

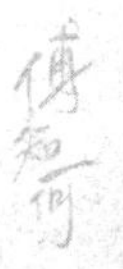

核算的。”

何榆鼓起腮帮，半晌，才“嗯”了一声。

“我知道这是合理地提出异议，只是……”何榆顿了一下，垂下眼，“我心里还是会有点不舒服，也不知道该怎么和她交流。”

虽然她是个周末经常回家，和室友交流不算特别频繁的人，但这种奇怪的感觉，还是难以忽视。

“周五那天我下午有些事情，所以和她说我会重新算的，如果有什么问题，可以周一上午再来。”辅导员轻笑一声，“或者你可以上午来看看，大家都在场，有我还有办公室里其他几位辅导员调解，会好一点。”

似乎现在，只有这是最好的一种解决方式。

何榆手指抠着窗下的暖气片横棱，抿了抿嘴，小声说：“嗯，谢谢学姐。”

从南华一小一直到南华中学高中部，校训中不变的，是“慎独”二字。

这排在谦逊、自信、博学之前，是从小到大，每一个老师都会强调的做人准则。

“南华学子从来不屑于与小人争斗，也不屑于为小人之所为”这句话虽然一直都是开学典礼和毕业典礼校长致辞的内容，但何榆不得不承认，她在南华的十二年，从来没有卷入过这种撕来撕去的小事里。

她的成绩都是自己努力考来的，怕什么质疑？

只是尖子生做惯了，何榆面对被质疑实力，总归是有点介意。

周一上午，何榆只有八点有一节两个小时的课程，下课之后，她拿着自己的早餐牛奶，在学院楼里晃荡。

脑子里有两个小人不停地打架，一个人说王雯潇本身又不坏，应该不会来了；另一个说，万一她真是那种人，你就愿意做软包子吗？

软包子？

她何榆什么时候当过软包子？

她甩甩脑袋，将手里的牛奶喝完，顺手推开卫生间的门，将牛奶盒扔进大垃圾桶中。

她洗干净手，补了些口红，又整理好碎发，摆出最自信的笑。

女卫生间的门和辅导员办公室是斜对着的，何榆刚出卫生间，便看到那个熟悉的身影敲了两下办公室门，推门进入。

何榆深吸一口气，反而在这一刻，不停地给自己洗脑，王雯潇应该不是因为她的事才来的。

而这一切的自我洗脑，在她靠近办公室门时，被砍得稀碎。

椹南市已经不热了，秋风很是凉爽，办公室也就不再关着门，迎一些过堂风进去。

何榆背靠着门，双手抱着自己的文件夹，听着办公室内的交谈声，右手握紧手机。

“我说了，我会重新算每个人的综测成绩，每个辅导员都需要做这项工作，并且签字负责。”

“我知道您的工作，但我只是想看您算一下。”

“为什么要看着我算？王……雯潇同学，是你对吧？我上次就和你说过，在没有拿到一等奖奖学金的时候，要反思一下自己的原因，而不是揪着前一个同学的成绩不放。”

“老师，我只是……”

何榆实在是听不下去，忍着自己的怒火，深吸一口气。原本倚着墙壁的身子站直，她轻磕一下鞋跟，将碎发别到耳后。

轻敲两下被向内打开，用纸箱抵住的门，她脸上的笑容刚刚好，不紧不慢地说：“不好意思，打扰老师了，我是大二计算机科学与技术专业的何榆。”

一直背对着门的女生，在听到这话之后，身形明显一僵。

王雯潇转过头来，看到门口处站着的何榆妆容精致，一双眼睛带着微微的笑意。

何榆见她看过来，还笑着打招呼：“嗨。”

格子短裙配马丁靴，毫不收敛的红唇，让身高本就高的何榆气场更足。

明明何榆是笑着的，王雯潇却没有感受到何榆半点的真正笑意。

“嗨。”王雯潇抿着嘴，伸手到腰处，随意地晃了两下，声音却明显有些虚。

何榆笑着冲王雯潇点头，算是打过招呼，人却绕过她，站在辅导员的桌旁，说道：“老师好，我是来交表的。”

“嗯，你先放在那边的桌子上，我统一盖章。”辅导员学姐点点头，指向门口的那张大桌子。

“我刚刚在外面不小心听到些有关于我的事情，”何榆没有动身，反而看向王雯潇，嘴角带笑，“所以我申请自查成绩。”

她把手中的文件夹打开，拿出周五晚上顺便打印出来的教务后台成绩，将两张 A4 纸分别放在桌上，说道：“这里是我大一一整个学年的成绩截图。参加其他公益活动或是集体活动的加分公示，班群里有，就不用我再打印一遍了吧？”

何榆甚至从背包里找出自己的平板电脑，硕大的屏幕上打开计算器，仿佛怕别人的眼睛有多不好使。

她输入分数输得极慢，每一个步骤都力求被王雯潇清清楚楚地看到。

“我的基础分本身就比你稍微高一些，加分的项目大多也都是因为我参加公益志愿才得来的。”把屏幕上的最终分数亮给王雯潇，何榆盯着她的眼睛，一字一句，说得很慢。

何榆嘴角又向上扬一些，收起平板，问道：“现在还有什么异议吗？如果怀疑我截图造假，需不需要我直接登录自己的教务后台，给你看一眼？”

“没事了。”王雯潇垂下眼，睫毛微颤。

她偏过身，冲着辅导员轻轻点了一下头，小声说：“打扰老师了。”

两个人几乎是同时往门口走去，何榆正整理着自己的包，稍微落在后面一些。

临近门口的空旷处，一直走在前面的王雯潇突然缓了些步子。她的眼睛向后瞟了些，脸却依旧冲着前面的方向，阴阳怪气地说：“公益活动加分多，又不用实际的成绩证明，摆拍交差这种还好意思拿出来说？”

何榆本来以为这件事只是对事不对人，听见王雯潇这样一说，她差点拉断手里的拉链。

天知道她给空巢老人和爱心家园的小孩子们表演节目，手脚不协调连个兔子舞都能在舞台上撅趴下有多艰难。

现在的小姑娘以为唱跳很容易吗？

何榆忍住自己一口老血喷上去的冲动，强迫自己微笑，甚至还抛了个媚眼，涂最艳的口红，说最欠扁的话：“哦，那你也参加啊。”

谁拦着你了吗？

冬天嫌冷，夏天嫌热，以前还觉得慰问演出或是教小朋友画画特别麻烦，合着好事全都给您是吗？

“要是有摆拍机会，我会记得叫你。”何榆表面上装作豁达地拍拍王雯潇的肩膀，摇摇头，依旧用只有她们两个人才能听到的声音说，“不过可能大学四年都不会有，毕竟这好事儿我自己都碰不上，又怎么能让你把分加爆了呢？”

拍王雯潇肩膀的手顿住，何榆又压低些声音，继续说：“还不如再努努力，多多刷脸，让所有科的老师都给你打高分。”

王雯潇给任课老师发邮件，以出国升学需要GPA为由，装可怜要高分，已经不是她们宿舍的秘密。大家心知肚明，却又都不戳破。

何榆欣赏了一下自己刚做的美甲，又看着王雯潇绿了的脸，心情突然爆好。

她分外做作地翘着小指从文件夹里抽出一张表格，轻轻放在门口的桌子上。

将文件夹的卡扣扣好，走之前，她还不忘故意回头大声说道：“老师，我把奖学金申请的表格放在这里了。”

傅云实周一满课，从早上八点一直上到晚上九点，是每个建筑学院学子都会经历的致命周一。

下午的通识课在通用教学楼上课，傅云实刚进英语教室，裤子口袋里的手机就猛地一振。

【电台助理：纸盒，你让我之前关注的那个账号又有新的留言了。】

紧接着，一张截图刷进来。

【今天纸盒和木鱼恋爱了吗：今天突然发现，原来大学生活没有我想象中的那么简单。原本想真心待人，最后却不得不以互相讽刺收场。我感觉我在处理人际关系上，好像一直都并不擅长。“室友”这样需要几乎二十四小时接触的人，真的是要了我的老命。】

傅云实垂眼回了句“谢谢”，把包放好，拿着自己的水杯去走廊接水。

三教的教学楼很大，直饮机不在走廊里，而是有专门的水房。走到走廊尽头，傅云实刚要左拐，便听见旁边楼梯间里两个女生在说话。

“一会儿英语课的报告，我凌晨发给你的那一版 PPT 是最后一版。”

“嗯，我看到了。”

这样的对话再正常不过，傅云实一只手把瓶盖拧开，看一眼手表，继续走着。

“我今天去找我们的辅导员了，何榆她刚巧去交表，正好撞上了。”

“怎么样？”

“没问题。”

“不会吧？你平时那么用功学习，而且成绩那么好，又是校报的采编部长，还兼任别的学生组织，怎么可能？我之前问你要不要去查查看，也是觉得你的综测排名不可能比何榆低。”

“但这是事实，她今天当着我和辅导员的面算了一遍，一点面子都不给我。”

“当众羞辱？”

……

三教一共有四处楼梯间和四部电梯，走廊尽头的这个楼梯间平时没有什么人。楼梯间里拢音效果很好，傅云实想不听到都难。

已经走过楼梯口的傅云实抿起嘴，拿着水杯的手逐渐收紧。

又转个弯走了一段距离，他才在水房前停下。

前面还有两三个人，傅云实重新解锁手机，再度扫了一眼手机里的截图，陷入沉思。

何榆她到底有没有发现他就是纸盒？

有些人，抓错重点的同时，还自己吃自己的醋，自己骂自己。

临近上课，傅云实身后没有新的排队的人。前面几个人都走了之后，他才慢悠悠地调出水卡二维码，扫上直饮机。

嘀声过后，还没按下按钮，身后就传来一阵脚步声。

“傅云实？”女声伴随着拧开瓶盖的声音，在比较安静的走廊里，显得很是清晰。

傅云实直起身，按下出水键，一只手插着口袋，只是淡淡地瞥了淮艺一眼，说：“稍等，我就接小半杯。”

“没事，离上课还有一会儿。”淮艺大大方方地笑着，“你也选了这个时间的英语课？”

“对。”傅云实微微点头。

一时间冷场，淮艺突然又问道：“辩论社那边，你们组聚餐的时间定了吗？我们两个组要不然合在一起去团建？我看我们两个组很多大一新生是同班的，人多也好玩一点。”

“我们组的还没有定，”傅云实又按了一下按钮，弯腰将水杯拿起，“时间还得问一下我女朋友，前段时间建筑学院院庆太忙，都没顾得上她。”

他拧着杯盖，语气很寻常地说：“等给她补上前几周出去玩的次数，再考虑团建的事情。”

“女朋友？”淮艺刷二维码的手一僵，差点打翻自己的水杯。

“嗯。”傅云实歪头，因为想起何榆，眉眼渐渐染上些笑意。

“何榆是我女朋友。”他这一句话，说得干脆又利落。

他将手机扔回口袋，从淮艺身后绕过，声音依旧是含笑的，听起来却变了味：“你今天的英语课报告加油，别拿错了 PPT。”

身后，刚刚还神态自若的女生僵直在原地。

也许是临近国庆，又也许是被周围其他人的团建聚餐气氛感染，何榆一刷朋友圈，就能刷出不少大合照，想要一起出去玩的心蠢蠢欲动。

这样想的人，不止她一个。

傅云实在辩论小组的群里发出空闲时间投票时，正躺在床上吃着零食的何榆，差点没开心得整个人从床上跳下去。

聚餐定在“十一”放假的前一天，正好傅云实和何榆晚上可以一起回家。

“你有没有在听我说话？”耳机里传来商简抱怨的声音，丝毫没有干扰到正疯狂在衣柜前挑衣服的何榆。

被商简怒气冲冲地叫了几声名字，何榆才把挑好的连衣裙套在身上，回道："听着呢。"

商简没好气儿地用另一只手拿着手机，趴在自己宿舍里，将漫画翻过一页，问道："就去一起聚个餐，你至于挑衣服挑到两耳不闻窗外事吗？"

这个时间，何榆的宿舍里只剩下她一个人。坐到写字台前确认一遍自己的妆容，她才拿起手机和包包，说道："我们和淮艺那一组一起团建，我当然要在临时整容的事情上费点功夫。"

听出何榆的担忧，商简比她要放松多了，不以为意地说："你就别想太多了，多吃饭，少干事。"

秉承着商简的六字箴言，聚餐全程里，何榆只想安安静静地当个饭缸。

奈何身边有一个不停问她的话痨。

"你吃这个吗？给你夹一点？"

她赶紧护住自己的碗碟，感受到桌上时不时投过来的探究般的目光，只觉得头皮发麻。她虽然习惯了二人之间的亲密日常，但在这么多人面前亲密互动，还是有些接受无能。

何榆恨不得把头扎进碗里，脸已经有些不自然地潮红，小声说："你别给我夹了。"

"我怕你吃不饱。"傅云实若有若无地叹了口气，只感觉自己很受伤。

"我不会饿到自己的。"何榆无语。

她把自己的碗捂得死死的，绝不让傅云实夹着肉的筷子靠近一步。

这样一挡，两人的僵持反而有些显眼。

"都吃得差不多了吧？"傅云实这一组的瘦高二辩突然拍拍手，饶有兴致地环视一圈，"我们玩游戏？"

"玩什么？"另一个女生兴奋地接话。

"先玩个热身的。"二辩将左手手肘杵在桌上，纤细的五指伸展开，"每个人说一个'我没有做过什么'，其他人如果做过的话，就要弯曲一根手指，最先输掉的人要接受惩罚。"

一提到惩罚，何榆立刻连上网参与群聊，问道："什么惩罚？"

二辩笑着冲她眨眨眼，狡黠地说："你先输，你就知道了。"

"嘁。"何榆鼓起腮，斗志瞬间被点燃。

一共五根手指的机会，在这个由多个桌子拼成的超长聚餐桌上，人数一多，就很容易淘汰人。

"我先来啊，给大家打个样儿。"二辩旁边的四辩嚷嚷着，"我没有谈过恋爱。"

一句话刚落，场上就有几个指头瞬间没了。

何榆舔舔嘴唇，想着自己和傅云实都没在公开场合承认过在一起，是不是就可以……偷瞄着旁边那人已经弯曲的大拇指，她吐吐舌头，默不作声。

“要诚实啊，”二辩的视线又扫过一圈，像个监考老师一样，最终把视线落在何榆的身上，“不然一生贫苦，还找不到对象。”

何榆的眼皮猛地一跳。

傅云实压低声音，用只有他们俩能听到的声音补充：“嗯，百年孤独。”

熟悉的四个字一出，何榆的腿像是被按下了触发键，迅速狠狠地踹了他一脚。在他倒吸一口凉气的同时，她的大拇指也弯了起来。

不就是一次嘛，能赢。

按顺时针的方向，下一个便轮到二辩。她思索着，猛地一笑，说：“我现在没有在谈恋爱。”

刚刚折了手指的人，有一多半又拦腰斩断，哀鸿遍野。

有“纪委”二辩在，坐在靠门口位置的那两个人，也齐齐地又折了一根手指。

“哎，云实，你在谈恋爱？”坐在傅云实另一侧的社长惊讶道，“我怎么不知道？是哪个姑娘？”

闻言，傅云实只是抬起了一边眉毛，另一只手做了摊开手的动作，说道：“我还没输，怎么就开始真心话大冒险了？”

社长又盯着傅云实看了半天，见这人跟个哑巴似的什么都问不出来，不由得翻了个白眼，凉飕飕地扔下两字：“无趣。”

“让我输啊。”傅云实耸耸肩，欠扁的语气让人恨得牙痒痒。

“哦？”

“副社长，这可是你说的啊。”

“我们不客气了。”

一时间，包厢内的新生们也开始揶揄着，达成了第一次合作。

“我没有在南华上过学。”

“我大学之前没有在椹南市生活过。”

“我目前还没有坐过椹南市的地铁。”

顺畅的“没有”三连，立刻让刚刚放了狠话的某人，以及某人旁边躺枪的何榆，双双掉线。

“你这没坐过地铁，是有点过分了吧？”看着这一轮唯一“存活”的说这话的人，何榆抱紧自己的小书包，“你家里还缺端茶送水，住一百三十平方米保姆套房的阿姨吗？”

另一个被误伤的五连全中的女生，也默默地举手，说：“带我一个，我也想做快乐女工。”

“没必要，没必要，”二辩立刻摆摆手，“大家以后都是要当互联网民工的人，有点梦想。”

听到何榆突然笑了一声，傅云实偏过头看着她，也忍不住上扬嘴角，问道：“笑什么呢？”

“想起了我一直特别喜欢的一个电台，”开场白说到一半，何榆已经控制不住自己地猛抖着肩膀，“人间真实。”

在座的大家，不论专业，都是茁壮成长的预备役搬砖工。傅云实听到她的“安利”，只是嘴角跟着又弯了弯。

以为他不信，何榆下意识地拉一下他的胳膊，说：“你别不信，我一会儿给你分享个链接。”

“傅云实，女朋友到底是谁啊？”

两个人的交流被社长的声音打断，傅云实一只手覆上他胳膊上的那只手，扭过头。

他语气中夹杂着些淡淡的笑意，幸福却百分之百地流露，轻声说道：“就坐在我身边。”

“哦——”

全场立刻起哄，拉长音调。

何榆正好与在斜对面坐着的淮艺对上视线，也不知道是不是她想多了，淮艺只是拿起茶杯抿下一口大麦茶，被瓷杯挡住了大半张脸。

其实她也不确定淮艺到底喜不喜欢傅云实，只能凭女生的第六感。但何榆也清楚，自己的“女子力”几乎等于零。

再说了，傅云实都已经泡到手了，就别对别的女孩子有这么大的恶意了吧？

何榆收起视线，垂下眼，在一片起哄声中，脸涨得通红。

本来只是拉住傅云实胳膊的手，被他的手牵起，改为十指相扣。他的手带着她的一起缓缓向上，何榆紧张到似乎只能听到自己的心跳声。

胳膊肘还没有挨上桌子，刚刚还在沉默的社长舔舔嘴唇，有些惊恐地护住自己，不可思议地说：“不是吧？”

傅云实愣了愣。

刚刚的起哄，因为这一个乌龙而转换为爆笑。

傅云实看着学长突然的娇羞，表情一言难尽。他扣着何榆的手，偏过身去将十指相扣的手在社长面前晃了晃，说道：“咱们之间这上菜的过道，还隔着一个人的空位。”

社长挑眉，却突然歪过头，视线越过傅云实看向正闷头笑着的何榆，

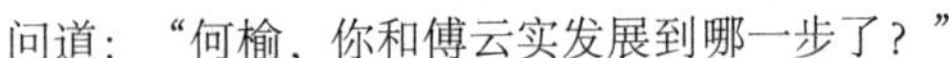

问道："何榆，你和傅云实发展到哪一步了？"

问题问得很快，让何榆还没来得及反应，就愣住了。她张张嘴，答案差点脱口而出时，又硬生生地闭上嘴。

见她不上套，社长改为柔和战术，说："给你介绍一下椹大的圈层，你只需要告诉我是第几圈就好。"

他掰着手指头，认真地解释："第一圈是什么都没做，第二圈是牵手，第三圈是拥抱，第四圈是亲亲，第五圈……嗯……"

他干咳一声，意有所指地说："你们都懂。"

"我们……"何榆迟疑地在再度起哄的声音中，扫了一眼也含笑的傅云实。

在做足效果之后，她才在大家越发高涨的情绪和期待中，狠狠地浇下凉水，说道："第三圈。"

毕竟他们两个一直都是"口嗨"，但行动力不足而且容易害羞的人。

此言一出，全场的"嘁"都快冲破天花板。

隔着大半个桌子，二辫下拉着自己的眼睑，毫不客气地点评道："傅云实，你不行啊。"

是男人，不能不行。

这一句点评，让何榆在满脑子的不可说中，碰掉了碗上的筷子。

她几乎是和傅云实一起低头下去捡，餐桌上两个人的身影便消失了。

何榆的手刚摸到筷子，抬眼便撞上离自己很近的双眸。在桌子遮挡的阴暗处，他们以一种几乎是脸贴脸的距离，互相望着对方只倒映着自己身影的眼底。

她的呼吸也跟着不由自主地轻了很多，只觉得自己的心里有上百只蚂蚁在爬来爬去。

傅云实看了她半晌，才淡笑着说道："看来，我们得向圈内移动下了。"含着沙砾的声音几乎是擦着她的耳尖。

从她手里抽出那根筷子，他又压低一些嗓音问："你说呢，何榆？"

何榆的心跳猛地漏了两拍。

有些男生，上好几千秒之前还在说着向圈内努努力的话，下好几千秒就一本正经地带她坐地铁。

结果是，只有"恋爱脑"的某个榆木疙瘩才发现，自己又被坑蒙拐骗了，

"傅云实，"被傅云实护在门较为宽敞的地铁夹角里，何榆抬着头看着他，"你最近的这些情话，都是在哪里学的？"

她有机会也去报个班，全面综合发展。

她把耳机分一只给他，白色的耳机线挂在空中。

正是晚自习放学的时间，他们挤在满是校服身影的车厢里，仿佛也穿上了南华的校服，像每个在那个青涩年纪的小情侣一样，在嘈杂的车厢内分享着同一首歌。

何榆不自觉地翘起嘴角，食指轻轻戳上地铁门上的玻璃车窗。

闻言，傅云实只是看着她。他握着旁边的扶手，很认真地复习了一下自己最近几天的言行，真诚地发问："我有说过情话吗？"

说请话的最高境界，大概就是不自知吧。

何榆在心里佩服得五体投地，迅速地看他一眼，又将眼睛别到一边，小声嘟囔着："就今天筷子掉了的时候……"

耳机里的歌有点甜，几个三十多岁的大男人在回忆着最青涩的爱恋。

只有吉他的不插电版，配上干净得没有一丝杂质的声音，每一句，真诚又可爱，听着就会不自觉地莞尔一笑。

盯着何榆又红了的耳尖，傅云实学着她的样子，望着地铁外不断掠过的广告。

他的眉眼因为歌词而柔和起来，轻声说道："只是看见你，想到就说了。"

何榆住的小区，离地铁站有一段不近的距离。

以前上中学时，她不是蹭何妈妈的车，就是和何渠琛一起直接骑车上学。到了大学，心疼跨越小半个城市的出租车费，她不得已也就坐地铁后骑车回家。

天已经渐渐凉下来，也不知道是不是因为天气预报说"十一"假期会有雨，整个城市的风好像在天暗下来后，呼地就起了。

何榆目不斜视地拉着傅云实从共享单车旁边走过，她只想和他多单独相处一会儿。

在椹南市这样工作时间被极度拉长的城市，即便已经是夜里，街上也不乏刚下班的白领。穿梭在行色匆匆的人群中，走过一个十字路口，再右转，人便渐渐少起来。

静谧的巷子里只有偶尔的几声鸟叫，还有树叶被吹动的声音。

何榆深吸一口气，抬头望着只挂着个月牙的天空，说："傅云实，你明天来我家吧？"

"嗯？"傅云实正听着歌，一时间没反应过来。

这么快就要真正以男朋友的身份见家长了？

"琛琛马上就去竞赛了，我妈说他最近状态不太好。再加上竞赛之后，他要赶上学其他科目的进度。我想，要不然你开导开导他，顺便帮他补

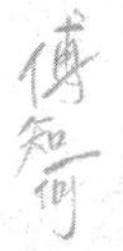

个语文换换心情？”何榆不是随口找的理由，而是真诚地希望傅云实来帮一帮何渠琛。

何渠琛很少会像最近一样焦虑,他平时做什么事情都是得心应手的。这几次和他通话，何榆明显地感觉到他有些不对劲。

傅云实的脚步突然停下，耳机也因为力的方向不同而掉下来。将在空中垂下去摇摆着的耳机握在手中，他似笑非笑地问：“你确定给他补语文，能给他换个好心情？”

何渠琛听到之后，还不得气死。

“就……以补语文为理由来我家，”何榆挑眉，“正好你那个七街巷口的项目，我帮你收集到了很多你应该会感兴趣的东西。”

傅云实也跟着她的面部动作，刻意放慢地挑起眉，恍然大悟地说：“懂了。”

“叔叔阿姨喜欢什么，我买点东西明天带过去。”他一边说着，一边掏出手机，准备查查自家周围的大型超市营业时间。

“不用，”何榆仰起头，笑嘻嘻地把手背在身后，“我爸妈最喜欢我。”

傅云实无奈地摇摇头，说：“那可能有点问题，我是把他们的女儿带走的，带回来就是退货了。”

“你又说这种话！”

再通过一个红绿灯，拐过路口，便能远远地看见何榆小区的楼。

傅云实把手机摁灭，任由她像只树袋熊似的挽住自己的胳膊，突然问道：“何榆，你怎么看淮艺？”

“淮艺”两个字从他的嘴里说出来，带给何榆的冲击远比她想象中的大。一时猜不透他的想法，她只好中立地试探着问：“很优秀的女孩子，之前她在市一中不是也很有名？”

“我只是想知道，从你的角度怎么看她，”傅云实揉揉她的脑袋，“这样我可以更好地处理一些事情。”

何榆抬头看着他真诚的眼睛，没有再去纠结“一些事情”到底是什么。

“我很羡慕她，羡慕她打篮球很好，作为二辩口齿伶俐，反应很快，能和男孩子打成一片，很招人喜欢，长得又漂亮，简直是‘别人家的孩子’。但我也会因此有一些自卑，甚至是提防。”何榆大大方方地承认，每一个字都说得极其清楚。

望着他的眼底，何榆悄悄吸一口气，声音却陡然没有了刚刚的底气，小声说：“因为……你。”

“喜欢”似乎成了她产生一丝丝妒忌的罪恶根源，她不得不承认，在喜欢傅云实的那段时间里，她曾多次拿自己去参照淮艺。但万幸的是，那一丝丝的妒忌没有生根发芽，反而变成了自卑。

“为什么她这么优秀啊，我好差”，她也不止一次地想过。

明明该是个很自信，甚至是谜之自信的人，却因为“喜欢”，而第一次开始否定自己。

似乎感受到她的状态有些不对，傅云实转换了另一个话题，说：“听说你们班的综测出了些冲突。”

这件事闹得何榆大半个朋友圈子都知道，傅云实这样交际广的，有所耳闻也不是什么值得惊奇的事。何榆垂下眼睑，抿了抿嘴，说：“嗯，不过没什么，已经解决了。”

已经走到小区门口，在葱郁的行道树下，他们停住脚步。

傅云实低了些头，看着她的眼睛，说：“你都没有和我谈起。”

言语中，是轻易便能分辨出的失落。

“我只是觉得这种小事，我能解决。”何榆将自己的耳机摘掉，又摘下他的那只，低头认真地卷着耳机线，“而且，你真的很忙。”

将最后一小截耳机线塞进圈中，她只觉得眼前一暗，整个人便被一个温暖包裹。

傅云实将下巴轻轻磕上何榆的肩膀，温热的呼吸洒在她的肌肤上，小声说：“何榆，我希望你的委屈、难过、快乐……所有的情绪，都愿意和我分享。”

比起其他朋友还在抱怨着女朋友一天发一堆的聊天内容，他面对在一起和没在一起几乎没什么不同的聊天框，却反而希望满屏都是她的消息。

何榆叹了口气，双手环上他，问道：“傅云实，你有和我讲过你的委屈或是失落吗？”

何榆：“你不和我分享你的喜怒哀乐，我会以为你不愿意听。”她把脸靠在他的肩膀上，鼻尖有些酸酸的。

二十岁的年纪，不知道是不是因为从未谈过恋爱，双方都显得小心翼翼，生怕对方会因为一件小事而讨厌自己，因为得来太不容易，要更加珍惜。

习惯了一个人，也就能自己做的都自己做了，看起来不能自己解决的，也会毫不犹豫地试一试。

“我之前把参加副院长选拔的选题和方案交给班主任看了，被他训了一通，说我不够认真。”抱着怀里的人，傅云实又紧了紧臂膀，语气是少有的无助。

“那我们就一起重新做。”像是哄小孩一样的，何榆轻声细语地安慰着，拍拍他的后背。

被他放开，何榆含着笑又向前迈了一步。

猝不及防地被贴近，傅云实依旧站在原地，却在下一秒被揉乱头发。

她踮着脚，笑得弯了眼睛，说：“有我陪你。”

那一刻，傅云实只觉得，秋风中像是夹杂了麦芽糖的甜。

# 第十一章

## / 久远前的初遇，刚好是满分 /

“十一”假期的第一天，清晨六点半，何渠琛就被自家姐姐揪着耳朵叫醒，毫无尊严。

“我都十八岁了，你能不能对我温柔一点？”揉揉自己酸痛的耳朵，何渠琛含着牙膏，无奈地瞟了一眼依旧站在卫生间门口监督他的何榆。

“我的身上出现‘温柔’两个字，”何榆不以为然地挑眉，有一搭没一搭地踢着拖鞋，“你是不是对我有什么误解？”

何渠琛半转过身，生无可恋地刷着牙，刷牙的声音和刷鞋一样，说：“我想试图让你学会这两个字。”

“那你想吧。”

下一秒，卫生间的门就被狠狠拍上。

何渠琛正过身盯向洗漱台前的镜子，看着头发乱糟糟的自己，觉得有些不对劲——

一向不到中午不起床的何榆，起得比她上高三时还早？并且没有因为饥饿而闹醒一大家子，反而独独撬开他的门锁把他拽醒。

何渠琛背后猛地一凉，只觉得何榆一定又要拿他开刀。

这件事可以追溯到小的时候何榆藏了一夜没洗的碗，第二天清晨趁大人还没起床把他拽起来当勤劳洗碗工；稍微大一点之后，返校报到当天的凌晨把他拖起来，叫他一起帮忙写作业当工具人；以及，因为太饿出门，但发现只有一家早餐摊出摊，没吃过那家豆腐脑怕踩雷，直接把他吵醒按到早餐摊前当“试毒人”……

太阳穴“突突”地跳着，何渠琛洗好脸，做足了心理准备才推开门。

当年的女魔头，如今依然用那种轻松的表情守在门口看着他。

何渠琛又猛地叹了口气，觉得自己离少白头只有十个何榆的距离，问道："说吧，什么事？"

"我觉得你还是换一身好看的衣服比较好，不然一会儿会后悔。"何榆双手环抱着，上下打量了一遍何渠琛，摸摸下巴思索道。

何渠琛摆摆手，嘴角以肉眼可见的幅度抽搐几下，问道："你也到了被姨妈安排去相亲的年龄？"

"相个鬼！"何榆的脸变得比夏天的天还快，整张脸都狰狞起来，"你信不信你要是不好好学习，我就蹬三轮车把你扔山里卖掉，去当三个孩子的爹？"

何渠琛无语地看着说得声情并茂的何榆，半天才张嘴："要不然我叫你爹行吗？"

何榆翻个白眼，直接把他"友好"地送进他的房间。

关上门的那一刻，何渠琛分外认真又深情地低头看着自己美丽的姐姐。

马上十八岁的男孩那清澈的眼睛里，满是对姐姐的柔情。

高三的男孩子，衣柜里除了校服，鲜有季节交替时节的衣服。

也不知道何榆到底又想起了什么，不得已，何渠琛找了件简单的黑色宽松T恤和牛仔裤套上，又整理好头发，才转动门把手。

多年被坑练就的警惕，何渠琛从门后探了个头，没看到何榆的影子，才悄悄松了口气。

而一阵菜刀剁上砧板的声音，让他机敏得立刻竖起耳朵。

长手长脚的少年，以一种滑稽又夸张的姿势，深一脚浅一脚地轻轻挪过去。在厨房的门边扯着脖子张望了一下，何渠琛才惊恐地发现，能放火烧没厨房的何榆，竟然开始主动做饭了。

果然是要拿他试毒。

他手抠着门框，正思索着该怎么才能顺理成章地出门避避风头，一阵敲门声差点把他的魂儿敲散。

何榆像是早就料到何渠琛会站在那里一样，扭过头，眼睛射着寒光，命令道："去开门。"

逃跑唯一的路线被堵死，何渠琛艰难地点点头，脚步僵硬地走向防盗门。他将锁打开，压下门把手，抬眼的同时，整个人呆住了。

门外的男生拎着两个礼盒，淡笑着说："你好，我是你准姐夫，你姐让我来帮你补习语文。"

"姐……"习惯的称呼还没完全喊出来，何渠琛的话音突然就断了。

嗯？

不是只有他一个人胡乱叫姐夫的吗？

怎么这个人开始自称起来了？

以为自己听错，何渠琛向侧面闪身，让出门口，笑得友好，甚至还有点狗腿地问：“毒友来了？”

傅云实不解。

再次踏进何家，比起最初的拘束，傅云实终于有时间去感受何榆生活的地方。毕竟之前再怎么说，答应邀约也全是因为何渠琛的自来熟。

傅云实换好拖鞋，将手中的两个礼盒放在靠边的地方。

客厅里很安静，他便压低了声音问：“你姐起床了吗？”

何榆之前约了七点，当时这个时间点一出，傅云实就觉得她太高看自己了。他连着问了两次，她都拍着胸脯打包票，说自己绝对能起得来。

何渠琛下巴向厨房的门挑起，同情地拍拍“难兄难弟”的肩膀，苦闷地说：“她要是没起，我还欢迎你当毒友做什么？”

他嘴上吐槽着，语气里却是显而易见的宠溺。

话音刚落，锅碗瓢盆疯狂碰撞和不知道什么东西撒一地的声音传来，此起彼伏，连绵不绝。被何渠琛带到沙发边坐下的傅云实僵硬地指指声音传来的方向，看着何渠琛自然地玩着手机的样子，才终于问道：“你姐真的没事吗？”

好像他上次来何家的时候，也有这么一句问句。

“她如果有点事，”何渠琛还有些失望，凑近傅云实小声说，“咱俩就能活下去了。”

傅云实听得一头雾水。

半小时后，傅云实终于在厨房外见到了自己的女朋友。

“何渠琛，你那是什么表情？”两个盘子在手上，还没端上桌，何榆就先对自家弟弟的表情表示不满。

她高傲地翻了个白眼，俯身把盘子放在桌上。

“就做个早饭，我能把你们两个怎么样？”她一只手撑着桌子，挑着下巴，大有傲气星级主厨的意思。

何渠琛和傅云实分别低头看向自己的盘子，随即极具默契地狂笑出声。

黑一块黄一块的蛋包饭蛋皮上面，用番茄酱歪歪扭扭地画了个如果不猜都看不出来的笑脸，一只眉毛飞到盘外，嘴巴则宛如中风。

何渠琛觉得要对自家姐姐有最起码的尊重，她问的问题，他要乖乖地认真作答。他好不容易憋住笑，不怕死地张口说：“能把我们两个笑死。”

眼见何榆的怒气在聚集，何渠琛求助地看向正强忍着笑的傅云实。

知道自己得救的希望渺茫，他眼尖地看到出现在门口正打着哈欠的姨妈和姨夫。像是预见自己得救的快乐，他连忙挥手打招呼。

坐在对面的傅云实见他这个动作，也转过身站起，礼貌地喊道："叔叔，阿姨，早。"

"云实？"何妈妈有些惊讶，也抬起手，"好久不见。"

但何榆的怒气凝聚，并没有因为爸妈的到来而有半点回落的迹象。

她画的那个笑脸，多可爱！不就是因为番茄酱只剩个瓶底儿了，她拍瓶底的时候多使了点劲儿，掉了一大坨，万般无奈之下用筷子补救了一下吗？

怎么了？

她越想越气，气到能拍碎一百个番茄酱瓶。

"姨夫，姨妈，"何渠琛慌了，声音难得的甜，"来吃姐姐为你们做的专属爱心餐。"

他那冲门口招手的样子，像极了魔鬼的诱惑。

何妈妈的脸上刚刚还亲切的笑瞬间凝固，不可思议地问："宝贝做的？"

何家最亲爱的宝贝，正揉着手里已经团成一团的围裙，乖巧地点头，回道："嗯。"

纯良无害的笑容，怎么看怎么像是可怕的伪装。

"哎，你前两天不是说，特别想吃楼下的煎饼果子吗？"何爸爸突然皱眉，低头看了一眼什么也没戴的手腕，"今天休假，这个时间刚好人少一些。"

何妈妈一只手搭上丈夫的手腕，掩盖过去尴尬，点点头，说："嗯，你一说我就突然想起来了，那味道，绝了。"

何爸爸立刻同意，一边转身，一边说着："那我们就去吃吧。"

何榆心里挂念着锅里那两个卖相稍微好一点的蛋包饭，突然感觉到亲情离自己居然如此遥远。

她忍着心底的酸楚与可怜，想要再努努力，说道："妈，那家店有点远，我这都做好了……"

"没事儿，爸妈有车。"

她一定不是亲生的吧？

虽然让爸妈逃脱了早饭，但傅云实和何渠琛光荣地成了倒霉蛋，一人又被逼着多吃了半份。

"不行，我实在吃不下了。"何渠琛连忙摆着手，拼命躲避着何榆的眼神。

傅云实将勺子放下，斯文地扯了张纸擦擦嘴角，夸奖道："吃是挺好吃的，就是量大了点。"

“学长，戏不用做全套的。”何渠琛的太阳穴猛跳，赶忙堵住他的话。

“我那里有几道题思路有点乱，帮我看看？”何渠琛站起身把傅云实拉起来，觉得这是自己最后能对年少时的偶像做出的救命的行为。

傅云实将纸团扔进垃圾桶，看向桌上的那个女生，得到允许的眼神，才轻笑着站起来。他一只手撑着桌子，向前微微倾身，小声说：“你一会儿吃完了就去休息，碗筷我来刷。”

听到这温柔得能掐出水的低沉声音，何渠琛惊恐地看看何榆，又瞅瞅傅云实，恨不得自戳双目。

他绷着脸，僵硬地转过身向餐厅外走，还不忘叨叨：“疯了疯了，真是疯了……”

爱情使人盲目，神话也不例外。

但他看到姐姐和其他男生这么亲密，还是有点酸酸的。安慰自己半天，何渠琛突然琢磨出一个道理——

还是何家赚了。

“在想什么？”见何渠琛已经坐在自己的书桌前，只是没拿起笔，刚踏进何渠琛房间的傅云实有些好笑地问道。

“在想你怎么会突然出现在我家。”何渠琛坐在椅子上，转椅向后转过去，正对着站在门口的傅云实，脸上已经褪去最初的友好，“你不会是来见家长的吧？”

和之前数次见面时的气氛相比，这一次，傅云实明显地感受到了对面那人的审视和防备。

何渠琛是真的长大了，也会用一个眼神去给别人压迫感了。

将身后的门关好，傅云实环抱着臂膀，后背倚靠在门上，很是放松地说：“你最想问的不是这个问题。”

他一向不喜欢明知故问，知道答案的事情，从来不用问句。

何渠琛已经习惯了他这样的交流方式，甚至自己也成了这样的人。何渠琛随意放在腿上的两只手，大拇指相互钩了一下，才平静地抬眼问道：“你和何榆发展到哪一步了？”

少年的声音还带着些许青涩和稚嫩，但俨然有了大人的模样。

傅云实看着他那一本正经，甚至是有点阴晦的表情，突然克制不住自己想要笑的冲动。

这个孩子，真的和他当时如出一辙。但如今长大后往回看，这样说话真的是又可爱又有点耍帅，又有一万分的欠扁。

“一见面我就说了，”傅云实摊手，好整以暇地笑着，“我是答应你姐来给你补语文的。”

一听到“语文”二字，何渠琛面色微变。

何家姐弟最怕的学科，当属语文，再加上其他同龄亲戚的偏科状况，何渠琛真心觉得，他们家是真的缺文学美感基因。

作文写不好，阅读答不到点上，真的不能怪他。

何渠琛深吸一口气，只觉得自己一个头两个大，回复道：“我语文很好。”

虽然这话说出来，他自己都觉得没什么底气。

倚在门口的那人挑眉，语气依然是轻描淡写的：“听说你为了写征文去看很多散文。”

何渠琛无情地把转椅转回去，甚至拿起自己的降噪耳机。

为什么这种羞耻的事情，连傅云实都会知道？

他拿起笔，咬牙切齿地小声碎碎念：“何榆就是个大喇叭。”

“嗯，天天叭叭叭。”身后那个声音变得很近，同意地点头。

把耳朵贴在门边偷听的何榆愣住了。

对于傅云实而言，给何渠琛补习，并不是一种煎熬。

高考完的那个暑假，有不少南华的同学都出去当家教，顺便赚点零花钱。傅妈妈的同事家正好有一个在上高一的孩子，问傅云实要不要去赚钱。那时的傅云实不假思索地就拒绝了，理由是，教的题太简单了，不想去。

而对于何渠琛，他愿意教。

傅云实只是讲了些语文作文的必备技能，毕竟何榆也不盼着自己家弟弟从语文作文平均分水平，飞升到次次满分的语文大佬。

教了一会儿，两个人就莫名其妙地探讨起物理题。

“你很喜欢物理？”傅云实索性搬了一把椅子过来，坐在何渠琛旁边，拿张演算纸一起研究。

他很久没做奥赛题了，找手感有点吃力。

“我觉得物理特别迷人，”何渠琛揉揉眉心，直起身向窗外张望，缓解些眼睛的疲劳，“你高中最喜欢的是语文？”

“没有，当时没有喜欢的学科，”傅云实有些无奈地摇摇头，却又笑了，“只是后来到大学才接触到最喜欢的学科。”

“建筑吗？”何渠琛问道。

“嗯。”傅云实点头，眼睛也跟着缓缓地合上又睁开。

“我觉得你变了很多，”打量着傅云实嘴角的笑，何渠琛终于把心底憋了很久的话说了出来，“你变得比以前温柔，有点像深情男二号了。”

“你这是在暗示我什么吗？”傅云实打趣地回应。

何渠琛挑眉，学着傅云实不久前的样子摊开手，说道：“我可没有，天地良心。”

傅云实眉眼里含着笑意，将手中的笔放下，认真地说：“你要知道，当你遇到生命中最美好的人时，你会因她而变。当你真的爱她，那所谓的‘温柔’，其实是最正常的发自内心珍惜与关心她的情感流露。”

看着何渠琛认真听的模样，傅云实笑出声。

“这通常都是不经意的，当你有喜欢的人了，就会明白。”傅云实拍了拍何渠琛的肩膀，又添一句，“暗恋和在一起之后，是不一样的。暗恋会克制、会悲观，但在一起不会，你只想把全世界都给她。”

暗恋。

像是被戳中心事一般，何渠琛的表情，在那一瞬间很明显地崩裂了。

这一个细微的僵硬，并没有逃过傅云实的眼睛。

他搭在何渠琛肩膀上的手指点了点，意味深长地问：“小鬼，有喜欢的人了？”

“没有。”少年的脸立刻就红了，硬生生地梗着脖子，扭过头去不承认。

好笑地看着被身体出卖的孩子，傅云实是真真实实地笑得很大声，又问：“哪个姑娘？”

“一个比我小一级的女生，但是我觉得……我们两个以后面临大学的事情，而且还差一级，在一起是很不负责的事情。”何渠琛干咳一声，正色道。

“所以就是因为这个事情，你姐说你状态不好？”傅云实挑眉，像是发现了新大陆——只有他们才知道的八卦。

“状态不好吗？没有，只是最近感觉身体不太舒服。”何渠琛摇摇头，食指摩挲着演算纸粗糙的纹理，“过两天，南华会主办今年的椹南市中学模拟联合国大会，她也会去。”

“她是个什么样的人？”傅云实来了兴趣，难得八卦，“说来听听？”

“和何榆很像，有点小机灵，很聪明，但是比何榆内敛多了。有点文静，会脸红。”何渠琛说着说着，想起那个小姑娘慌手慌脚的模样，也弯起了嘴角，“一紧张就会满嘴跑火车，等人走远了，又恨不得拿自己的脑袋撞柱子。”

何渠琛突然想起什么似的，嘱咐道：“哎，你得替我保守这个秘密。”

傅云实耸肩，说：“我又不知道那个女孩子是谁。”

“以何榆那好奇心，一定会去一个个用排除法。”何渠琛抿着嘴，盯向傅云实的双眼，发现此人还是一副玩世不恭的模样。

他狠了狠心，决定做一次交易，于是问道：“我告诉你一件何榆以前的事情，跟你做秘密交换，怎么样？”

“你给我讲何榆以前的事情，我和你做秘密交换？”傅云实摸摸下巴，

精明的眼神像是只狡猾的狐狸，“小鬼，你这逻辑有点问题。”

“我的意思是等价交换。我能给你一个，比起讲我的事情，能带来更多的话题的故事。”何渠琛认真道。

被引起了更大的兴趣，傅云实坐直，一只腿叠在另一只腿上，说：“说来听听。”

“你知道我姐一直以来的目标是什么吗？”

傅云实觉得这不算他不知道的秘密，思索了片刻，问道：“找入江直树谈个恋爱？”

“不对，”何渠琛干脆地否认，“是‘让傅云实尝尝年级第二的滋味’。”

高二开学第一天许下的宏大愿望，在高三刚开学没一个月的时候，终于被何榆实现了一半。

是她终于尝了年级第二的滋味，只是主语没有实现，变成了自我替换。

还是在整个竞赛班都出动去参加竞赛，没有参与当月的年级大排名的情况下。平时南华的传统是，竞赛班也会一起参加月考，保持他们其他科目的学习进度。

一次都没有吃到过年级第二滋味的傅云实挑眉，对此做出高度评价：“那还真的是难为她了。”

和何渠琛一起待了两个多小时，该解决的问题都已解决，该聊开的都已聊开，傅云实才离开何渠琛的房间，让他自己学一会儿。

何家父母还没有回来，整个房子里静悄悄的，没有人气儿。

走到厨房，何榆果真毫不客气地给他留着锅碗瓢盆。

傅云实叹了口气，认栽地挨个摞起，冲洗干净。

“哎，你真的来洗碗了？”听到水声，何榆趿拉着拖鞋，不知道从哪儿冒出来，手里还抱着平板电脑。

傅云实无奈地向后偏头，洗刷刷的手依旧勤劳地工作着，说道：“不然留给叔叔阿姨帮你洗？”

“那个……”把平板电脑在餐桌上放下，何榆有些尴尬地绕到他的另一边。

她蹲在地上，拉开一个柜门，显得有些不好意思地小声说：“这里有洗碗机。”

傅云实腹诽：你刚刚怎么不说？

“我想着一会儿一起洗的……”何榆尴尬地搓搓手，声音弱下去。

傅云实低下头，从喉咙里“嗯”了一声，问道：“想着等我洗碗洗了一半之后再一起洗，是吗？”

“哈，哈哈，哈哈哈……”何榆舔舔嘴唇，加快了些搓手的动作。

被发现了。

她赶紧站起身，麻溜儿把还没洗的碗筷都放进洗碗机。

狗腿地揽过傅云实的胳膊，何榆觉得自己需要弥补一下自己的甜心小宝贝。她把他拉到客厅，顺手将平板电脑放在茶几上，调出刚刚的屏幕界面，说：“你看。”

屏幕上，是她收集到的，所有有关七街巷口的老照片。所有的照片经过认真比对，排列在一起，几乎展现出整条街巷的每一个角度。

即便是有些年份不一样，但也都做了还原标注。除了照片，还有走访调查询问之后，凭口述人回忆画的简笔图。

“傅云实，这是我给你的礼物，”她仰起头，笑得灿烂，“谢谢你喜欢我。”

下一秒，她面前的脸突然放大。

唇被另一个温热的柔软触碰，只是蜻蜓点水，便足够让她整个人红到冒烟。

明明知道她脑子已经宕机了，那人还装作思索地端详了她半天。

当何榆快要炸成烟花之前，傅云实才哑着嗓子，嘴角含着笑意解释：“突然想尝尝年级第二的滋味。”

嗯，尝到了，是番茄酱味的。

“‘十一’假期，给我们留言的听众朋友们也变得多了。”

“十一”的没话聊电台节目，傅云实依旧兢兢业业地做着电台直播节目。

老三趁着“十一”搞促销，买了一套好设备，能够支持两个人网上连线直播，又不会有太长时间的延迟。

“留言里很大一部分人都在说自己的‘十一’计划，有点让我羡慕。”老三的声音从傅云实的监听耳机里传来。

“你还羡慕别人？”傅云实轻笑，“今年椹南市的番茄音乐节，不是请你的乐队去了吗？大学高光时刻。”

“没有，没有。”老三赶忙谦虚回应，只是那语气听起来，是一点谦虚都没有，“就是给别的乐队去热个场子，别人都是当搬砖工，我们去参加音乐节是当砖。”

傅云实笑着接梗：“抛你引玉是吗？”

“啧，我们再怎么‘砖’，也得给地表砸一个大坑出来。”老三一向很自信，尤其是在他擅长的领域。

“第一天刚好要去番茄音乐节的听众朋友们，请注意，音乐节是不

退票的。”傅云实强压着笑意，强调道。

老三呼吸一滞，表示很受伤地说道：“读评论吧，读评论。”

“你来念这一条吧。”显然是看到了留言的内容，老三主动把话语权交给傅云实。

知道他心里的小九九，要不是没有在一起录音频，傅云实一定送他一个白眼大礼包。刚刚和老三胡乱聊天的时候，傅云实已经看了大部分被助理筛选出来的实时留言。

这一条，傅云实当然记得。

傅云实悄悄吸了一口气，尽量让自己的声线平稳：“纸盒，我发现在一起之后，我喜欢的那个人突然变得会说话了。”

之前被傅云实指出来要找发言人的用户名，助理便在之后的汇总里，一律将发言用户名添加在留言前面。

“这位纸盒和木……”老三念到一半，突然卡住。

他突然感觉这种搭档不在身边的录节目方式，一点都没有沉浸感，隔着黑乎乎的屏幕，像是和听众没什么不同，只是能开麦问傅云实：“这算不算给别的电台节目打广告？”

“友台。”傅云实纠正，“木鱼是收纳箱电台的主播之一，她们的节目我也有听，非常有意思。”

正趴在床上看杂志听电台的女生，捏着要翻过去的纸页，动作停在空中。

何榆觉得自己的运气最近好到莫名其妙，先是和傅云实在一起了，又是压线拿了奖学金，留言几乎都被纸盒翻牌子，最重要的是还被他以同行的眼光夸了。

本来支撑着身子的双臂一歪，她整个身子直挺挺地摔在床上，嗷嗷叫了半天。

她拿起手机，立刻发了一条微信给喋喋：【纸盒在节目里给我们引流，还夸我们！】

【真的？】

那边很快就回复，只是只有一个简短的回应，看上去完全不是喋喋的作风。

以为是喋喋不信，何榆又强调了一次：【真的，不骗你。】

“我们有机会可以多交流一下，”知道实情的老三阴阳怪气道，“但这个名字有点可爱，‘今天纸盒和木鱼在一起了吗’，不知道纸盒看了这个有什么感想？”

没想到自己的账号被认真地拿出来说，何榆只感觉自己低估了没话聊的娱乐精神。

正后悔着是不是应该改个像样的账号，她便听见耳机里传来纸盒低低的笑声。

录音设备让他的轻颤都显得很清晰，低低的声音响在耳畔，“苏”到心尖。

只是，何榆觉得有点熟悉。

可能是男生笑起来都是这样的声音？

“那可能需要你去问问友台的主播，万一她在恋爱中呢？”

突然被猜中恋爱状况，何榆有点心虚。

手中的手机又振了一下，是喋喋回复来的消息。

【你这个微博小号的名字……我要是不上一下自己的微博，都没认出来是你。】

【起这么个名字，你男朋友知道吗？】

一连两条，猛踩何榆的痛点。

喋喋不愧是在繁忙课业中还能跨越一个小时地铁距离，来椹大蹭课的传大优秀在读生，对抓读者痛点深得要领。

不再继续刚刚的用户名话题，傅云实转为认真地读留言：“这位听众朋友说，她这是第一次谈恋爱，她的男朋友也是。她以前觉得她男朋友是不会说情话的直男，但在一起之后，情话说得很溜。”

“不会说情话”“直男”这两个词经由自己的嘴念出来，傅云实内心甚至毫无波澜。

自从开通直播读评论之后，他已经无数次因为何榆的账号留言，自己骂自己了。

“可能是和他室友取过经、学习过吧。”听到傅云实在读完评论之后有那么片刻的停顿，以为是那人又陷入悲伤的思考，老三赶紧接话。

平时说归说，嘲笑归嘲笑，关键时候还是得替自己的朋友说句话的。

傅云实“嗯”了一声，回道：“你就是一个理论很丰富的人。”

“今天广大男粉来对了，免费课程试听大放送，走过路过不要错过。”老三清清嗓子，开始嚷嚷起来，“说情话的技巧，不是靠土味情话。高级的段位是用对仗，善于对女孩子说的话，提取关键词，重新组合腻歪回去。实在不行，可以用谐音梗。”

老三还真的上起了他的情感教育网课，还说得起劲：“但是千万不要用问答的形式，这就有点过于套路，甚至是油腻了。”

他补充道：“当然，油腻也不仅仅限于问答，有些人可能只是站在那里呼吸，都能被认为油腻。”

对此，傅云实分析了一下何榆的留言，问出最重要的问题：“那如果已经油腻了，怎么办？”

“这个……”老三迟疑了一会儿。

“还是当个哑巴好了。”傅云实接话。

完蛋。

何榆开始后悔自己之前无意中向傅云实推荐过这个电台节目了。

要是她那个喜欢对号入座的男朋友又回到了说不出情话的哑巴状态，她不如就直接百年孤独吧？

正琢磨着怎么补救，她的手机里又进了新的消息。

【傅云实：后天一起去番茄音乐节吗？】

一条简单的询问消息，让何榆彻底石化成了雕像。

完了，他肯定听这期节目了。

番茄音乐节在椹南市市郊举办，每年都会有不少年轻人参与，其中不乏椹南市的大学生。

有的人是去快乐蹦迪的，有的是去安静听歌的，还有的是去相亲认识同龄人的。

这个番茄音乐节举办了几年，已经成为国内小有名气的音乐节之一，配套服务也比较完善，在市内有专门的接送巴士。除了在大学城附近有一个站点以外，何榆和傅云实两家所在的那个区，也有一个站点，距离何榆家不远。

“你今天晚上还回来吗？”何妈妈看着在门口系鞋带的何榆，一边吃着杏子，一边问。

“不回来了，我和同学租了帐篷。”站起身检查了下自己的鞋带，何榆才拿起自己的包。

这次去音乐节，傅云实说他的室友和室友的暧昧对象会一起来，他们四个人正好可以租两顶帐篷。

突然想起什么似的，何妈妈快步走到何渠琛的房间，从里面拿了个袋子出来递给何榆，说：“今天降温了，琛琛没带外套，你给他送过去吧。”

何榆也是今天早上撞见何渠琛出门，才知道他这两天有模联大会要开。

“行，我先开车去给琛琛送外套，一会儿把车还回来，我就坐巴士去了。”

毕竟是“十一”假期，学生们都放假了，本以为南华中学外面的路不会堵，但到了那条路上，何榆才发现自己大错特错，还是太年轻。

这次的模联大会是整个椹南市中学生的会议，来送孩子的家长很多，还有不少别的学校的孩子。整条小路被挤得只能缓速前进，甚至还没有步行快。

可以停车的那一侧路边已经停满了车，何榆一时间找不到可以下车送外套的位置。

何渠琛可能还在忙着，打电话发微信都没有回应。车内依旧被无人接听的“嘟嘟”声环绕，何榆看着屏幕上的时间，有些焦急。

她食指不停地敲着方向盘，不安地看向两侧的后视镜，突然在右侧后视镜看到了一个熟悉的小女孩。

她见过对方两三次，是个笑起来很可爱的女孩子。

每次她接何渠琛的时候，这个小女孩都会在何渠琛周围几米的范围内出现，并且会偷偷望过来，就算是和朋友聊天时，也会一下又一下地，装作若无其事地向这边瞥上一两眼。

缘分来了，什么都挡不住。

何榆轻笑一声，趁前面的车还在堵着，将副驾驶那一侧的车窗降下，整个身子侧过去，喊住那个穿着黑白色小裙子的女孩。

“小姑娘。”

声音温柔得，倒是有点像长辈看儿媳的感觉。

小姑娘被何榆叫住后愣了一下，循声扭过头，看了半天才发现是车内的人在喊她。

她刚刚还迷茫的眼睛，因为不由自主的甜笑而可爱地眯起，她甜甜地喊道：“姐姐好。”

哎呀，这就是青春吧。

深切感受到胶原蛋白即将开始流失的何榆在心底猛地叹了口气。将车窗整个降下来，她拿起袋子递过去，说道：“可以麻烦你把这袋子送到门卫室那里吗？和门卫说一声是高三（1）班何渠琛的外套，他一会儿下来拿。”

小姑娘几乎是想都没想，便答应了下来。

在何榆提到“何渠琛”这三个字的时候，甚至都能看到那小姑娘陡然红了一下的脸颊。

少有的单纯又可爱。

何榆打心底喜欢这个小姑娘，只觉得在某种程度上，以前暗恋傅云实的自己，和眼前这个暗恋何渠琛的小姑娘，有着太多的相似。

问过她的名字，何榆从放在副驾驶上的包里拿出一支棒棒糖，说：“真是麻烦你了，谢谢你，钟意。”

很好听的名字。

钟意，让人想起小时候看的港台剧里的台词——“中意你”。

望着小姑娘拎着纸袋一路小跑到学校内，何榆脸上的笑还未散去。

车流终于向前动了动，何榆刚跟着一起动了两下，又再度被堵住。她拿起手机，借着这个空隙给何渠琛发消息。

她刚发完，傅云实的电话就打进来，他问道："你到车站了吗？"

车内的音响放着，何榆只觉得傅云实的嗓音熟悉得似乎在某个地方听见过。

"我来南华给琛琛送外套，这边有点堵，但应该赶得上。"她敲着方向盘，在这种拥堵的路口，心情却出奇地好，"我今天终于认识了琛琛的那个小姑娘，真的好可爱。"

"何渠琛的小姑娘？"傅云实缓慢而又认真地确认着这几个字，只觉得自己好像又被何榆挖坑了。

"刚刚发微信调侃他，他居然只给我回了六个点，"何榆无聊地直接把下巴抵在方向盘上，"啧，真是冷漠。"

傅云实没有对此发表评价，反而把手机拿离耳边。

果不其然，一条新消息的通知躺在他的屏幕上。

【何渠琛：傅云实，从今天开始你就不是我姐夫了！】

呵，连别人的秘密都守不住！

挂断电话后，何榆跟着车流缓缓开出学校的路口，路上总算是不再拥堵。

她把车停好，一路小跑到车站，巴士还没有来。

番茄音乐节的巴士通常会在站点停十五分钟，即便车还没来，已经有不少同龄模样的人在站牌周围零零散散地站着。

何榆几乎是一眼就在人群中找到了那个高高的身影，趁傅云实还没有看过来，她赶紧用手机前置摄像头整理好头发。再迈开腿时，她已经换成了自信而又平静的步伐。

从傅云实身后逼近，何榆大方地伸手，快速拍了两下他的肩膀，声音却是一惊一乍的："嘿，傅云实。"

傅云实没被她吓一跳，反而是一副意料之中的表情。他将手覆上刚刚被何榆敲打的肩膀，活动着肩，说："看来你是吃饱了过来的。"

"你是在骂我吃饱了撑的吗？"

他指指面前反光的站牌铁柱，没有说话，只是微挑着嘴角，好整以暇地看着她，意味明显。

咬着牙憎恶地看过一眼那根锃光瓦亮的柱子，何榆真是感谢自己刚刚没有脑抽到极限，演个深入敌方的大片情景剧。

但她刚刚那被柱子照到的表情变化，应该也不输那个情况。

"你朋友呢？"意识到继续这个话题对自己不利，何榆左右张望着，转而问道。

“他已经到现场了，我们到那边会合。”傅云实拉起何榆的手，看着巴士稳稳地停在他们面前，“早一些上去找靠前的位置。”

何榆一直都不知道自己算不算晕车，车内通风好的话，坐长时间的大巴车就没有什么感觉，但有的时候，又会莫名其妙地感到恶心，像是晕车的症状。

音乐节一共有三条大巴线路，这一站是这一条线路的起始站。何榆和傅云实排在第三个上去，挑了司机后面第一排的位置。

“你有没有一种去秋游的感觉？”趁其他人上车的工夫，何榆凑近傅云实的耳朵，小声笑道。

傅云实将手上的那条消息发完，才收起手机，问道：“怎么不说是去军训的感觉？”

何榆一愣。

果然啊果然，这种说扫兴话的才是她的男朋友，前段时间只是他刚谈恋爱不久，晕了。

南华高二秋游，是何榆和傅云实的记忆中，在南华小学和南华中学的那几年里去的第五次椹南市科技馆。

如果不是年龄不到，何榆觉得她都可以直接去应聘讲解员。每个展品背后的故事和趣味性，她都能像是说贯口一样背出来，都不用思考。

对于这种无趣的活动，何榆参加的目的是为了吃零食和补觉。

平时这种短程路线她是不会晕车的，只要她没打开那包浪味仙。

难就难在何榆从来抵不过零食的诱惑，刚上车时，油腻的油炸食品吃得多了，车程到一多半，她就开始不太舒服。

傅云实作为班长，坐在第一排，旁边空出来的座位上放了几箱用班费买的纯净水。

于是，纯净水换成了人。

换位时已经临近终点，何榆忍着不舒服的感觉，乖乖地抱着自己的书包，坐得笔挺。傅云实则在一旁戴着耳机玩手机，两个人几乎没有交流。

回程则是另一番光景。

不知道是不是和商简一起闹得太嗨了，还是被去程时绷紧的神经折腾的，何榆一上车便睡死过去。

再醒来时，她发现自己的世界是歪的。

还有点矮。

面前还有条腿。

但别误会，不是她枕着傅云实的腿，而是傅云实的腿横在她面前大

概三四厘米远的地方。

压在下面那一侧身体的感觉，很准确地告诉她，她现在是整个人倒在两个座位上睡的。而面前的傅云实，则是整个人都侧过来，只有左腿挨着一半的座椅。

他大半个身子都倚着座位前面的栏杆，正气定神闲地看着一脸蒙的她。

见何榆依旧保持着半个身子躺在这一排座椅上的样子，傅云实伸手在她面前打了个响指。

眼神逐渐聚焦，何榆只看到昔日的同桌正挑着眉，音调拉得很长地问："你醒了？"

一句话，让她瞬间就弹回原位。

身体僵直而又笔挺地坐在自己的座位里，何榆立刻就尴尬得红了脸。

那个时候她对傅云实还没有什么感觉，只是普通的刚认识的同桌。

一想到他居然嫌弃她的脑袋，不惜借各种方式支撑自己的身体也要躲开的那种精神，何榆就觉得在他送出《百年孤独》之后，她解读为他不喜欢自己，也是情有可原的。

每次回忆起这一幕，何榆都会尴尬得头皮发麻。

只是今日早已不是以前那番光景，何榆几乎是报复性地把头靠在傅云实的肩膀上，甚至还来回使劲地磕了磕他的肩。

"还没到现场就嗨起来了？"以为她在脑内蹦迪，傅云实叹气，戴着腕表的左手腕抬起，毫不犹豫地将她的脑瓜按到自己的肩膀上，不再允许她乱动。

被压着脑袋不能动，何榆磨着后槽牙，说："高二秋游的时候，你躲我的脑袋躲那么远，是嫌弃我脑袋重吗？你试试，重不重，能不能把你压塌塞到车底？"

有句俗话说得好，傅云实不应该在车里，应该在车底。

突然被攻击，傅云实思索了一下，才大概猜到是什么事情。

"我那天是看你睡得太香了，不忍心叫你。"傅云实决定做回老实人，苍白而又无力地解释。

何榆挣脱开他按着自己头的手，直起身来，愤愤地叉着腰，说："你不忍心叫我，应该任由我靠肩膀。"

"我……"

傅云实觉得，当个不说情话的老实人真的很难。

尤其是当学会了方法之后，再面对女朋友不好熄灭的怒火，当老实人更难。

"其实我的肩膀一直是给女朋友留着的，"他停顿一下，努力地回忆着之前看过的听众留言，尽可能地结合实情复述，“只是那个时候的我，不知道那个时候坐在我旁边的人，是我未来的女朋友。”

这话听着怎么这么熟悉？

傅云实的摘抄本是不是又开始发挥作用了？

何榆绷着脸，丝毫不为所动，冷冷地说：“说人话。”

“其实你那天要流口水了，我就……”情话使用失败的傅云实，索性投降。

何榆愣住，甚至有些不可置信，怀疑自己是不是失忆了，问道：“我那天流口水了？”

“我刚刚那句话是个虚拟语气。”傅云实的声音，难得弱下去。

何榆腹诽：所以我在他心里就是个将要流口水的睡梦中的如花？

傅云实不应该在车里，也不应该在车底。

他应该在车轱辘底下。

到达番茄音乐节的现场时，天已经暗了下去。

整个大草坪上的灯，也都亮了起来。

从停车场到舞台有一段不近的步行路程，街边有几个摊贩小车，有卖水卖零食的，也有给脸上喷贴花的。

何榆最近将头发剪短了点，为了音乐节能好好玩，她穿了件黑色外穿吊带和宽松的格子中裤，外搭一件卡其色的休闲西装外套，左脸脸颊上画了个小小的红色的带焰尾的陨石。

何榆拉着傅云实的胳膊，走出六亲不认的步伐。

“怎么挑了这个图案？”刚在对面摊位逛了一圈的傅云实低头看过后，随口问着。

“你猜。”说是让他猜，何榆却还是在下一秒就偷偷乐出声，“因为陨石……是云实啊。”

傅云实脚步一停，再次感受到自己猛地加快的心跳。

他侧着脸，看着正依偎在身侧的女生。

真想说一句，谐音梗要扣钱的。

“我现在有没有点不良少女的样子？”她仰着头，笑嘻嘻地问道。

“营养不良吗？”他挑眉，伸手捏捏她的鼻梁，也笑道，“看不出来。是不是馒头吃得不够多？”

我不气，我不气，气出病来位置有人替。

我不气，我不气，不能让傅云实得便宜。

何榆深吸一口气，保持着僵硬的笑容，做着最后的挣扎，问道：“你怎么突然找我一起参加音乐节？”

“之前在你车上听过你放落日飞车的歌。”说着，傅云实和她一起走到离舞台不远的地方，等了一会儿，却没等到人，他只好拿手机出来问问。

何榆眯起眼睛，调侃道：“没看出来啊，傅云实，你也开始喜欢听乐队了。”

“没有。”他单手发着消息，另一只手紧紧地和她十指相扣。

他的语气很平淡，却是不假思索地说：“因为你喜欢。”

因为你喜欢，因为你发过分享歌曲的动态，所以我去听，就莫名也喜欢上了。我想也许大多数心有所属的人，都会去偷偷听喜欢的人推荐的歌。

但这样对胃口，似乎也不寻常。

至少说明了，我们之间有着相同的口味和喜好。

“呀，你们在这里？”

一道何榆无论如何在短时间内都忘不掉的女声，在这气氛中，毫不犹豫地插进来。

收到信息回复，傅云实刚刚还舒展着的眉眼敛了一些，抬起头。他同时明显地感觉到，刚刚还在和他十指相扣的手，松开了一些。

何榆一愣，看看正大方笑着的淮艺，又扭头看看傅云实，忽地笑了：“这就是你等的室友吗，傅云实？”

刚刚还默念着“我不气，我不气，气出病来位置有人替”，何榆怎么也没想到，短短几分钟，就真有替补者来了。

不愧是傅云实，总有人拿着爱的号码牌站在远处等待。

何榆酸溜溜地看着傅云实，真是还有点羡慕。

她连印制号码牌的资格都没有，更别说身后排成长队的人了，她身后的是通天城墙，“寸桃花不生”。

“室友？”淮艺反倒是很自然，她手里拿着插了吸管的冰镇汽水，惊讶地挑眉。

傅云实瞥了一眼不知道在想什么，但肯定是已经咬牙切齿快要冒烟的何榆，将话题岔开，问道：“你也是和朋友来的？”

淮艺摊开手，回道：“你又不是不知道我在这儿等人。”

“很容易就能看出来吧？”说了句模棱两可的话，淮艺又神情自若地添了一句。

似乎岔开话题，反而将误会描得更黑。

何榆依旧沉浸在不平等的恋爱关系中，幻想着他们信任崩塌，彻底决裂，老死不相往来。而她在十年的程序员搬砖修炼中，终于变得强大。这时两人再度相逢，傅云实追妻，她抬起自己高傲的头颅……

她越想越悲愤，《百年孤独》事件之后许久没有燃起的动力，再度被点燃。

果然，学习才是王道。

什么都不如学习和搬砖，学习和搬砖使她快乐。

傅云实半垂着眼看向身侧的何榆僵硬的表情，心中的警铃再次被拉响。她一定是生气了，跃跃欲试的拳头，是想进行第一次家庭暴力了。

何榆小的时候因为太皮，天天在小区里上蹿下跳地欺负男生，美其名曰为被男生欺负的小女孩报仇，但由于太好斗，最后被何妈妈带去拳馆学拳击消耗体力。

以上是来自何渠琛的口述，出于对姐姐的维护，他还稍微收敛了些，没有和盘托出。但这足以让傅云实的心“突突”的，表面上依旧冷着脸装面瘫，心底则是翻江倒海。

在吗？谈一场不分手，一分手就去世的恋爱吗？

“不急着去里面占位置了？”傅云实没有接淮艺的话，只轻轻拽了一下何榆的耳垂，柔声问道，完全把淮艺晾在了一边。

脑内小剧场被打断，何榆猛地眨眨眼，说：“你提醒我了。”

“那你们在这儿……”还没把“聊”字说出口，何榆只感觉自己的胳膊被傅云实反握住，他还加大了些力气。

“我们先去舞台那边，榆榆她一直想站前排一些跟着蹦。”傅云实抱歉地朝淮艺笑笑，语气却冷漠而又疏离。

眼看着何榆又要缺根弦似的，眼睛一亮想说什么，傅云实叹气，直接把何榆提溜走。拉着她走向前时，傅云实认真地解释：“我是真的约的我室友。”

“所以……淮艺是你室友在发展的对象？”何榆恍然大悟，“是上次在军训的时候见过的、你的那个室友吗？”

傅云实也跟着愣了一瞬，有些犹豫地说：“不是……吧？”

这么说，他之前都是自作多情？

两人正眯着眼睛预感不妙时，傅云实的肩膀就被响亮地拍了一下。

“你们两个望着门口干什么呢？那边是有哥斯拉攻进来，还是有变魔术似的第二舞台？”

比起平常儿化音不离嘴，老三说这话的时候，是少有的标准而又口齿清晰。

可以去试试考播音主持了。

何榆跟着傅云实一起转过身，看着面前的一对男女，刚要打招呼的嘴巴张停在空中。

何榆和商简望着对方，一时间也不知道谁比谁更尴尬。

她们在高中时就商量着，如果她们都留在椹南市，读大学期间一定要一起去番茄音乐节。但为了和别人出去，塑料姐妹花齐齐说自己有事，今年去不了，改年再约。

何榆以为塑料姐妹终于有了心灵感应，差点和电话那头的商简抱头痛哭。

如今看来，这场面，才像是她和商简的日常。

“我怎么有一种说完晚安之后，朋友圈点赞被发现的尴尬？”气氛一时间有些微妙，何榆僵硬地笑着抖机灵。

商简也好不到哪里去，回道：“我也觉得。”

“你们认识？”被排除在大型认同学现场之外的老三，终于猜到刚刚那诡异的沉默是因为什么。

商简和老三还没有在一起，两个人站得稍微有些远。商简说道：“嗯，我们两个是多年的好姐妹。”

“啊，所以那个特别不长脑子的男主角和恋爱脑的女主角，你给我讲的恋情故事就是指他们两个吧？”老三只感觉一切都说得通了，怪不得商简每次跟他分享朋友情感故事的时候，他都莫名觉得有一种熟悉感。

不长脑子的傅云实在得到这个评价之后，难得沉默，甚至觉得有些被冒犯，但又好像无法反驳。

相比之下，恋爱脑的何榆反倒是笑眯了眼睛，嘴角因为笑的幅度甚至硬凹出个浅浅的酒窝，说：“商简，让他当你男朋友，你就别考虑了。你的小电驴后座，除了我，不能有别人。”

商简不由得翻了个白眼。

老三一会儿有演出，需要去做准备，见他们三个认识，也就放心地把商简交给他们。

“所以我说的是真的，我是跟我室友约好来的。”傅云实依然努力地小声强调。

就算何榆没看他的脸，也能感受到他满满的求生欲。

“我知道，刚开始也没怀疑你。”何榆大大咧咧地摆摆手。毕竟她只顾着酸他有那么多号码牌要发，仅此而已。

“你的室友玩乐队，还能上番茄音乐节，很厉害啊。”如果她没记错的话，那天的没话聊电台里，纸盒也说过另一位主播会在番茄音乐节当砖抛。

而那位主播，之前作为嘉宾参与节目时，有说过他是大学生。

“嗯，我去看过程山他们乐队的演出，”商简的笑容明显带了些自豪的意味，“很炸，他们也有很多粉丝。”

何榆酸溜溜地咂咂嘴，又看看另一侧一直听她俩没营养谈话的男生。

傅云实那看上去听得津津有味的样子，让何榆恨铁不成钢地瞪了一眼，她没好气地说：“你看，人家男朋友都努力成为公众人物了。”

傅云实只是谜之微笑，一如既往地带着他那股自信，丝毫没有被打击到。

他的笑很温和，看不出任何破绽，只是笑起来的样子却如同冒着寒光。半晌，他才浅笑着说：“他没什么女粉。”

虽然傅云实承认，自己也没有女粉。

但那又怎么样呢？他有女朋友就够了。

何榆今天是想来体验个够的，趁着人还不多，她撒开傅云实的手，拉着商简就往人群前排的站位冲。

一般在音乐节里，站在靠近舞台位置的人，大多是跟着蹦和欢呼的，是玩得最欢的一帮人。

“商简，你带水了吗？”站在人群中，何榆才后知后觉地打量着商简身上只能装手机、口红的小包。

“我去给你们两个买些喝的，一会儿过来和你们会合。”肩负着兄弟的嘱托，傅云实不等她们再说话，便转身向外围走。

他顺便再拿出手机，赤裸裸地敲诈，顺带嘲笑老三——

【你未来的女朋友要喝水，打钱。】

【自己喜欢的女生没带水都没察觉，还说我没头脑？你再说我就不高兴了。】

老三那边看上去不忙，很快便回复了。

【嗯，没头脑和不高兴全让你占了，要不然换个动画吧？】

【你是大头儿子，我是小瓜子脸爸爸。】

傅云实回了六个点，含笑着收起手机，经过入口处时，他不经意间看到还在原地等人的淮艺。

她正来回走动着，转身看到他，便也不闪躲，问道：“怎么又出来了？不好玩吗？”

“给榆榆买水。”他答得自然。

榆榆，他会这么亲昵而又顺口地叫出何榆的名字。

淮艺从初中起，就期望傅云实以这样的方式叫她名字，不是简单的全名“淮艺”，更不是甚至省略了名字的“嗨”。

“何榆她……今天看上去不太高兴的样子？”淮艺踢了一下脚边的石子，装作不经意地问起，“是不是我说了什么话，让她不高兴的？”

她将双手背到身后，抬头，抱歉道：“我这个人就是这种性格，平时不太会说话。如果我刚刚说错了话，也麻烦你替我带一句抱歉。”

一个打辩论的人，说自己不会说话。

傅云实神色不动，又拿出手机看了一眼时间，淡淡地说：“没事，她高兴还来不及。”

傅云实：“让她以为她男朋友行情比较好，偏偏让她捡了个便宜，她还得感谢你。”他眼皮都没抬，侧过身让出入口的位置给其他人。

淮艺一愣。

沉默中，傅云实指指不远处的汽水摊，轻叹道：“因为这事，她刚刚在里面笑太大声，嗓子有些干，让我出来买汽水。”说完，他便将双手插回口袋，迈开腿。

他轻叹的尾音，在夜里缓缓消散，却是抑不住的幸福与纵容。

淮艺眼神暗了下去，就在傅云实从自己面前经过时，拉住他的胳膊。她从初中第一次在辩论场上见到傅云实起，就以他为目标。

她甚至会和自己的闺蜜说，她对于傅云实的执念，要比对椹大的执念还要深。

南华和市一中作为竞争学校，私下里学生之间的交流很少，所以淮艺暗自下决心，要和傅云实当第一对会被学弟学妹津津乐道的，南华和市一中毕业生中的跨校神仙眷侣。

这样的自信，就算在高二时，南华的校队里出现了何榆，淮艺都没有丝毫动摇过。但也偏偏是那个突然出现的女生，如今成了陪伴在傅云实身边的人。

“淮艺，我之前说得很清楚了。”傅云实将淮艺的手指掰开，只是力道很轻，尽量不伤到她。

高考结束后的那个晚上，他接到过淮艺的电话。

是几乎每个聚会中都会玩的真心话大冒险，她打来电话问他的情感状况。手机收音将周围人的笑声都丝毫不差地送至他的耳朵。

“我在南华遇见了一个我喜欢的人。”

他当时是这样回答的。

“淮艺，感情没有先来后到，只有缘分。而且，真正的感情是不会被抢的。”轻声将自己的想法说出，傅云实转身向汽水摊走去。

“所以你就是喜欢那种大大咧咧，看上去呆呆的，没什么烦心事的女孩子？”

身后的女生声音不大，但也引来几个人的注意。

傅云实没有回头，只是摆摆手，说：“你不了解何榆，她比你想象中的要聪明得多。”

她不知道综测成绩的质疑和淮艺有关吗？她不知道辩论社入社时，

淮艺是故意为难吗？还有邀请她参加社团的别有用心和刚刚那一番话的用意，何榆都不知道吗？

她心里清楚，但她从来不说。

默默地认清人划清界限，给喜欢的人最大的信任。

这是他喜欢的何榆。

没有人能比得上她。

在园区内的何榆，不会知道外面发生了什么，也没有听到傅云实这样认真的话。

程山是乐队的鼓手，因为演出而剃了板寸，反戴棒球帽的模样，和平时那嘻嘻哈哈的样子判若两人。

这也是何榆第一次听这个乐队的歌，节奏和鼓点，让她情不自禁地跟着商简一起蹦。

草坪上建起的钢架舞台，用的是最好的灯光设备。即便天还没完全黑下去，却也足够带动气氛。

程山他们玩的是炸场的摇滚，一下子就把现场的氛围带热。

“那个鼓手有点好看啊！”身后两个女生因为超大声的音响，而不得不把音量提高。

敏锐地捕捉到这句话，商简装作不经意地向后撇过头去，却在下一秒猛拽了一下何榆西装外套的袖口，说：“你看，我们学校的旗。”

何榆被她拉得转过身去，立刻便被椹大那硕大的红色旗帜吸引了眼球。

作为椹南市出了名会学又会玩的学校，每年在番茄音乐节的回顾照片里，都会出现扛起椹大超级大旗的人。通常是高大健硕的男生来掌旗，旗上是椹大的校徽和名字，在大家玩得最欢的时候，掌旗人都会随着节奏鼓点，用尽全身力气甩旗。

在椹南市远郊的这片大草坪上，到了夜晚刮起风，吹着那旗帜，是说不尽的气势磅礴。

“那里还有定大和安大的旗，不知道一会儿还会不会冒出更多的。”何榆指指侧面较远处一蓝一紫两面旗帜，弯弯嘴角。

说完，她回过头，打量着正悠闲插着口袋看向舞台的人，问道：“傅云实，你怎么今年没去掌旗？”

“那把旗杵在地上，和你差不多高。我举着它，还不如举着你。”他答得轻松。

何榆同样，接话接得甚至更加轻松：“那你举着我吧。”

两首歌之后，已经很久没好好锻炼的何榆，只能用站立来让自己恢复体力。

傅云实看着她那愣住魂儿飞走的样子，轻笑道：“还在羡慕别人有个公众人物的未来男友？”

“羡慕是羡慕，但那又怎么办？”何榆咂咂嘴，对他那没营养的话一点兴趣都没有，“难道要把你换了？”

见傅云实识相地闭上嘴，何榆才懒洋洋地伸个懒腰，重新望向舞台。

已经是黄昏的尾巴，落日飞车用轻松温柔的曲调，将专属于他们的浪漫，染满了整个天空。

椹南市黄昏的天空，是蓝紫色的。

这是何榆从小到大最喜欢这个城市的原因，没有之一。

高中晚饭后在操场上坐着，看着晚霞听《勃艮第红》，是她在还没有遇到没话聊电台之前，难得清静又独自浪漫的时光。

畅想自己开着车在美国66号公路上，老式的车载音响放着这首歌，伴着老车吱吱呀呀的声响，车速飞快地朝着太阳落下去的方向开去。

“你喜欢落日飞车？”

环抱着何榆，傅云实将下巴轻轻抵在她的肩膀上，随着音乐跟着她一起轻微地摆动着身体。

何榆没有移开眼，声音已经从最初的激动转为平和，问道：“你不觉得很浪漫吗？”

“即便这个世界会被遗忘，时间的消散让人们忘记一切。”何榆将脑袋歪了一些，靠在傅云实的头边。

“Only you can conquer time.”

她说话的声音很低，每一个字音都发得很标准，带着些压着嗓子的抑制，迷人得很。

只有你可以征服时间。

因为我无法失去你。

音乐节的快乐一直持续到晚上。

何榆和商简坚持了几个小时，筋疲力尽。后面的乐队没有她们很期待的，于是几个人便决定去领帐篷搭。

离舞台距离适中的地方已经支起不少帐篷，只是人大多又回去玩了，帐篷区反而没有很多人。

正好是两男两女的搭配，商简和何榆一顶，傅云实则是和程山睡一起。

其实说睡也不严谨，毕竟大家更多是会玩到天亮。即便是没演出了，也会聚在一起玩些游戏。

“我们来的时候比较急，商筒都没逛逛外面那条小街。”帐篷搭完，程山摸摸后脑勺，有些不好意思地开口。

何榆立刻便懂了他是什么意思，抢在傅云实前面干脆地答应：“你们去吧，我们两个在这里歇一会儿。”说完，她还不忘扭过头在程山看不到的角度，冲商筒挤眉弄眼。

“你们两个想单独相处就直说，可别那个表情。”商筒做了个鬼脸，直接指出何榆的小心思，小跑两步到程山身边。

“我们想单独相处？”听到这话，何榆立刻就笑了，“那正好我也想去买点东西……”

“我直接给你送过来吧，送货到帐篷。”她话还没说完，立刻就被程山打断。

何榆贼笑着搓手，挑眉，歪头凑近傅云实，说：“傅云实，说点贵的东西。”

“对于你来说，这里最贵重的应该是我了吧？”傅云实面不改色，甚至还有些坦荡。

此话一说出口，何榆立刻就闭麦。

这个人是不是只在有别人的场合，因为人来疯才会疯狂输出？

商筒和程山走后，傅云实将帐篷拉链拉开，坐在边缘。帐篷的出入口刚好可以容纳下两个人。

傅云实轻拍两下身侧的位置，示意何榆坐下，问道：“累了吗？”

“觉得很兴奋，虽然很累，但是一点困意都没有。”在他身侧抱膝坐下，秋日晚风迎面吹来，何榆舒服得眯起眼睛。

“你‘十一’假期结束之后，是不是就要去做七街巷口的选题报告了？”何榆扭头，看着他。

远处的舞台不时发出亮光，偶尔传来欢呼声，而他们这里，安静得只能听见对方呼吸的声音。

“嗯。”傅云实低头在自己的背包中翻了一会儿，抬起头，神神秘秘道，“你来抽一下。”

“啊？”何榆看着他将背包拉链口朝她这边倾斜，一时间没有反应过来。

对上傅云实带着笑意的眼神，她将信将疑地将手伸进去，并问道：“你不会有恶趣味吧？”

摸到一个类似于充电线的东西，在傅云实也伸进包里的那只手的引导下，她带着些迟疑地将手中的东西抽出来。

是一串很长的星星灯串，末尾挂着一个电池盒。

在整个星星串都被她抽出来的那一刻，一直被傅云实捏在手心的电

池盒开关被拨开。

她捏着一端，他握着另一端。

一片近乎漆黑的昏暗中，黄色光芒的星星灯，在他们的两只手间，缓缓地闪烁着。

傅云实看着何榆惊讶的样子，嘴角的笑容抑不住地扩大。他棱角分明的脸，被那暖黄色的光芒映着，眉眼多染了一分柔和。

“听说今晚多云，所以，我把星星摘下来给你。”

何榆凝望着他忽明忽暗的脸，眼眶微微地酸了。虽然她总是腹诽傅云实喜欢说土味情话，但她不得不承认，她能感觉到，每一次他都是极其认真努力地在说着他对她的喜欢。

塑料星星灯又如何，不是真的摘下星星给她又如何？这种甚至是带着些傻气的真诚，把一切的复杂都化为最简单的——

我是真的很喜欢你，你想要的，我都会尽力给你。

“如果今晚有雨呢？”在傅云实把星星灯挂在他们头顶的拉链上方时，何榆托着腮，笑着问道。

“如果今晚有雨，”他挑眉，将最后一截用透明胶固定好，“那我们可以在帐篷里看星星。”

眼睁睁地看着傅云实从他的包里拿出一个小型的星空投影球，何榆这次是真的大笑开，问道：“你怎么会对星星这么执着？”

虽然星空浪漫，但她并不是执着需要这种浪漫的人。

“因为第一次和你在高中以外单独相处，就是看星星，”把投影球放到一边，傅云实抬眼看着上方的星星灯，“那个时候我想告白的话，就差那么一点点，就要从嘴巴里溜出。”

他至今都没有办法忘记，何榆支着脑袋，侧身躺在被子上看着他时，那如同星星般亮晶晶的眼睛。

被他带入回忆，何榆双臂抱着腿，靠倒在他身侧，问道：“你知道我第一次遇见你是在什么时候吗？”

她第一次遇见傅云实，不是升高二的那一天，而是要追溯到小学。

小学五年级时，她所在的班和傅云实所在的班在同一个体育馆上课。两个班分别占一半的体育馆，在各自体育老师的安排下打排球。何榆本身运动细胞发达，练了几次就能很好地掌握自垫球。

学会了，她也就经常趁老师不注意时偷懒。

那天何榆一如既往地用胳膊夹着球发呆，一个女孩子从她面前追着球跑过。

女孩子的球滚到何榆班所在的场地，何榆也就多看了两眼。

那个女孩子穿着一条浅蓝色的运动短裤上有一些暗红色的痕迹。

何榆以为是自己看花了眼，在那女孩再度从她面前跑回去的时候，她又确认那是老师上生理课讲过的东西。

何榆的手里只有球，尽管手足无措，她也几乎是没有细想就跑了过去。

那个女孩已经回到自己班的场地，何榆也跟着过去，正想着要怎么提醒那个女孩，一个个子稍微高一些的男孩便挡住了她的视线。

等他的身影移开时，那个女孩的腰间已经系上了一件校服外套。

而女孩子转过身，赶忙弯了两下身子，拿着球跑去找老师。

“傅云实，你怎么抱女生？”周围一个把排球当篮球拍的男孩笑得猥琐，频繁地抬着眉毛。

那个叫傅云实的男孩子只是淡淡地扫他一眼，没有说话，却向何榆这个方向走过来。

傅云实身上的白色校服T恤很干净，即便是上了大半节体育课，都丝毫没有脏了的痕迹。

以为他是发现了自己，何榆赶忙转身，装作是来找球的样子。只是那男孩与她擦肩而过，在她前面的空地准备垫球。

他垫球的姿势很标准，又很轻松。

他抬头专注地看着球落下的轨迹，手臂一紧一松，从体育馆小窗户里照进来的午后的光，像是将他镀了金边。

那时沉迷于《网球王子》的何榆，觉得越前龙马也不过如此。后来她想想，他应该是不二周助。

是一个特别温柔的男孩子。

“所以后来我在南华的论坛里，专门建了一个帖子，投票小时候最喜欢的动漫人物。”讲完刚刚的场景，何榆被自己的肉麻逗得直笑。

她嗅着他身上的味道，掰着两根手指头，说：“那时我就在纠结，我最喜欢的到底是入江直树，还是不二周助。”

“居然还押韵了。”说完，她又突然乐了。

“所以你最后选了什么？”傅云实问道。

那个时候的她才发现，不论是入江直树，还是不二周助，她喜欢的动漫角色，全都有傅云实的影子。

也是在那一刻，迟钝如她，也终于知道自己开始喜欢他了。

何榆一直都认为，第一印象对于她来说很重要。只要是第一印象很好的人，尽管再做出什么减分的举动，她都有足够的空间去包容。

而她和他的初遇，恰好是满分。

即便一直没有真正接触到对方，她也还是会在多年以后和他做同桌时，想起这件事。

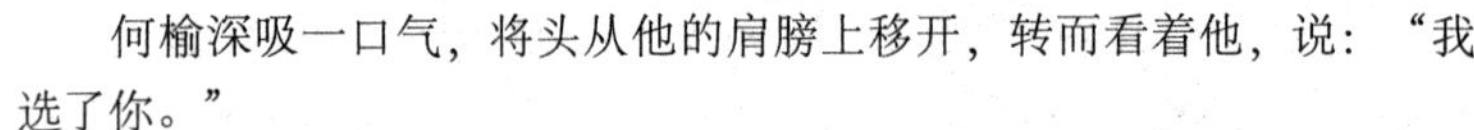

何榆深吸一口气，将头从他的肩膀上移开，转而看着他，说：“我选了你。”

选了一个在未来真的为我摘星星的人。

# 第十二章

/ 今天纸盒和木鱼恋爱了 /

“十一”假期结束的第二天，傅云实就被通知当天下午要去副院长办公室面试。

面试是单面，据往年的学长学姐透露，有人面十分钟，有人却是一个多小时。

在做过测试题筛选后，剩下可以参加面试的人已经不多。傅云实被安排在了晚一些的时候，到走廊里时，外面的长椅上只有零星四五个人。他把包放到一边，又再次确认了一遍自己的材料。

等到轮到他，后面已经没有其他人了。

他敲了两下门进屋，副院长正坐在办公桌后，笑眯眯地看着他。

“我记得自主招生的时候，我面试过你。”副院长从桌上拿起茶杯，“坐吧。”

“您还记得我。”傅云实大方地坐下，将电脑平放在双腿上，屏幕朝向副院长。

副院长年纪大了，又极富业内口碑，平时很少在学院，也几乎不参与学生工作，除了每年很重要的自主招生考试和开学典礼。

“我当然记得你。”他一手摸着肚子，爽朗地笑了，“在面试中说出想和喜欢的女孩子实现共同的梦想，是很需要勇气的。”

在这个依旧不敢在长辈面前提到爱的年代，坚定地说出这句话，意味着要承担本不会承担的非议。

傅云实想起当时愣头青的自己，也轻声笑了，说道：“那个时候没有多想，只想真诚地把我所有的想法都讲出来。”

“我记得当时你说，你想要做古建筑的修复和重建？”副院长摸摸下巴，“这次的课题研究，也是这样的方向？”

“嗯，我们打算做七街巷口的记忆修复。”傅云实点点头，手上熟练地将 PPT 播放，“只是这次不太一样，不是真的做建筑，而是在数字环境做模拟搭建。”

依托于游戏《我的世界》，搭建一整条以时间为延伸轴的街巷，还原七街巷口从二十世纪七八十年代到如今的面貌。操控镜头模拟在街上前行，便能经历这个椹南市最古老的街区多年来的变迁。

傅云实展示了何榆搜集来的不同年代的照片，以及他和其他同学根据何榆拿到的语音资料一起绘制的图稿。最后，则是整条街的雏形设计草稿，以及工程进度计划。

“这是我们第一次用《我的世界》去尝试做记忆复原，但早在很多年前，有一个民间团队叫作国家建筑师，做了非常多宏伟的建筑群。”傅云实站起身，将电脑放到副教授前面的桌面上，供他自行查看。

坐回座位，傅云实继续说着：“但我们和他们团队的区别是，他们更多的是做现有场景的 1 ∶ 1 模型还原，我们想尝试的，是把记忆融入作品。

“这就好比你进入了一间博物馆，顺着展厅的长廊向前走，沿路的玻璃盒中，是随着历史变迁而不断变化的同种物品。”傅云实叙述的声音很平稳，丝毫没有因为这是一场极其重要的面试，而乱了阵脚。

副院长反复看过几遍汇报 PPT，跟着傅云实所说的话而频频点头，问道：“你在技术方面如何？”

“如果只是单纯我自己的小组，我们目前有五名技术，都具有丰富的《我的世界》红石经验。”傅云实将右手手心摊开，“在 PPT 的最后一页，有我们目前项目组的成员信息。”

“看来你这个项目，就算不来找我，也会继续做下去投比赛。”副院长看到最后那一页完整的成员表，笑了。

“从您这里，我们可以接触更多关于建筑的细节知识，同时您也有非常好的资源，无论是人脉、资金，还是专业知识，都是我们非常需要的。”

“这个项目，我可以当你们的指导教师，给你们我能提供的最好资源。”副院长将电脑合上，“最近国家很注重文化传承，我很欣赏你们的提案，只是项目的效果还需要观察。你可以先加入我们的项目工作室，同时做你的这个项目。如果效果很好，我可以联系计算机学院，做一个跨学科的科研项目。”

“谢谢院长。”

副院长在自主招生的时候就跟他聊了很久，一年过去，他没有变，副院长也无须再重新问那些关于职业规划、发展方向之类的问题。

虚着眼费力地看了一眼手上的皮质腕表，老先生笑着拍拍傅云实的电脑，示意他拿走，说道：“先去吃饭吧，时间也不早了。”

一共才十几分钟。

只是从小一路顺风顺水地长大，他也早已习惯了这样的结果。他点点头，收拾着自己的背包。

“那我先走了。”将背包拉锁拉好，傅云实站起身，微微鞠了一躬，才转身向门口走去，“您注意安全。”

“傅云实，你之前说要一起实现梦想的小女孩，在这项目组吗？”

手刚搭上门把手，傅云实突然被叫住。

他转过头，看到副院长笑眯眯地用手指点点桌子，也弯了嘴角，回道：“她给了我这次的灵感，是我们的主程序，也是我的女朋友。”

时间荏苒，我们终将并肩，做着我们都热爱的事情。

何榆晚上没有吃饭，明明是傅云实的面试，她却紧张得不行。

躺在床上捧着手机焦躁地来回滚着，她只觉得肚子的狂叫和内心的呐喊在此刻久违地合二为一。

程山虽然也是他们这个记忆修复小组的搬砖工，但也以个人的名义去参加了面试，带了自己音乐酒吧的设计图。

听多了商简的吐槽，何榆也对这个副院长的项目组的难进程度有所耳闻。

也不知道傅云实有没有面试完，怕打扰到他，也不想传染焦虑给他，何榆只能按捺着心情不给他发微信。

一直到晚上，没话聊电台的直播开始。

这个时间傅云实还没有给她发消息，是不是失败了？他很少经历失败，是不是整个人都被打击到了？

这种时候，对于傅云实这个看起来自尊心极强的人，是不是还是不要打扰他比较好？

纠结着，何榆最后还只是在电台的留言框里，打下了她最想发给傅云实的文字。

“今天我们想把无言信箱的时间提前一些，放在节目的中间。”学校的录音室里，程山凑近话筒，还不忘越过设备冲傅云实挑眉。

傅云实正关着麦，吃着简单的三明治。

他从副院长那里一出来，就骑车来录音室录节目了，只有时间在路上顺便买了点吃的。即便节目直播开始的时间是十点，他还是习惯提前一些调试设备和对稿。

程山还是一如既往地喜欢回答无言信箱里的情感问题，趁着傅云实在吃饭，他便先挑了一些问题答着。一直到傅云实把手中的三明治塑料皮团好扔掉，他才意犹未尽地说："刚刚都是我在这里废话连篇，纸盒要不要答几个？"

"嗯，我来看看有哪些留言。"傅云实打开麦，声音并没有因为刚刚吃了东西而变得不稳，"现在天有些冷了，又是夜晚，我不如挑一些比较温暖的留言。"

"账号名为'漾漾漾漾'的听众问，今年的椹南市会下雪吗？"傅云实轻笑，在静谧的夜里，低沉的笑声如同上好的酒酿，"这可能要去问天气预报。"

用最好听的声音，说着最不是人的话。

这种感觉，怎么莫名那么像傅云实？

何榆白眼一翻，赶忙把脑袋里的傅云实赶走。

"这里还有一位我们的老朋友，账号名为'今天纸盒和木鱼恋爱了吗'……这个账号名居然还没改。"傅云实笑着摇摇头，"她说，今天男朋友参加了一场很重要的面试，希望纸盒能给他些运气，弥补些他嘴欠欠下的人品。"

唉，又被骂了，又自己骂自己了。

"其实我是一个没有太多幸运值的人，说到给幸运值倒是不太好意思，"傅云实一边说着，一边在电脑上点开一个文件，"但是我这里正好有一份礼物，要送给这位每一期都会参与无言信箱的听众。"

短暂的停顿后，宁静中又加了一些电流声。

以为这电流声就是送给她的礼物，何榆刚想意会是不是纸盒要输送幸运值了，下一秒，一个和纸盒声音一模一样的男声伴着电流声响起。

"现在是大学英语六级试音……"

这熟悉的开场，让何榆脸上的笑顿时僵住。

梅开二度，还是在她最喜欢的电台节目里。

该不会……纸盒是傅云实？

不慌不慌，万一只是个巧合呢？

何榆强迫自己冷静下去，理智地听节目。

纸盒会让自己这一期节目里半个小时都播六级听力吗？

不可能！这可是自杀式行为。

看着评论区越来越多的问号和"就挺突然的，学到中途逃跑娱乐的我又被支配了"，何榆心中一时间五味杂陈。

这不就是第一次听这个录音的她吗？

漫长的注意事项之后，她听着第一道题的情景对话，听到一半却立刻放大了声音。

——我有一个特别喜欢的女孩，她很喜欢看小说，我看过她看《百年孤独》，她看起来很喜欢这本书。

——所以，你就送给了她一本《百年孤独》。

——我以为她享受孤独，我也以为她喜欢这本书。

——这真是一个悲伤的故事。

请问：A 同学喜欢的女孩，喜欢的是什么？

A.《百年孤独》 B. 孤独 C. 小说 D. A 同学

……

英文对话很容易便能听出来，是没话聊两位电台主播的声音。

每一道题，都是他们的经历，每一个选项，都与她和他有关。

何榆一道一道题地听着，捂住嘴巴，让自己被感动到的猛男泪不要落下。

最后一段不是对话，而是一人的演讲。

傅云实讲了一大段后，将三道题目念出。

问题一：在这篇演讲中，什么事情是这位电台主播没有想到的？

A. 他家的猫一个月重了五斤

B. 共享单车是被那个女孩使用超时的

C. 军训后期，基地泡面一人限购两桶

D. 他影响了那个女生，她也成了一名很优秀的主播

问题二：电台主播对于自己的面试，抱有什么样的态度？

A. 积极

B. 消极

C. 忽视

D. 并不在意

问题三：我们可以推断出，电台主播喜欢的人不是谁？

A. 主播搭档

B. 电台女主播

C. 高中兼大学同学

D. 项目组女同事

听力考试结束，傅云实才再度笑着凑近话筒，将刚刚的录音文件关闭。这是他在“十一”假期里，腾出时间特地录制的。

“这位听众朋友，那位电台主播让我告诉你，他今天的面试过了。”傅云实的声线，终于因为是对她所说的话，而有了声调和语速的变化。

隔着长长的耳机线，何榆都能感受到他脸上温和的笑意。

“还有，什么时候改名？这位——今天纸盒和木鱼恋爱了，听众

朋友。”

一时间，互动区，刷了满屏粉红色的留言。

何榆看着手机，感觉自己像极了泪腺和笑肌各有想法的傻瓜。

阳光充足的海岸，微微的风轻轻地刮着，丝毫没有燥热的感觉。

干净细软的沙滩，浅蓝色清澈的海洋，小幅度的波浪一次又一次地卷着。躺在沙滩椅上，头顶的巨型太阳伞是彩虹的颜色。

游客不多，只有零星几个人。远处有一对情侣，正携手建着沙堡，靠着彼此的背影悠闲而又浪漫。没有小朋友的吵闹声，整个世界仿佛只剩下海水冲刷礁石的声音，还有……

傅云实摘掉墨镜，冷着脸扭过头。

太阳伞杆的另一边，躺椅上那女生正盘着腿坐得笔直，嘎吱嘎吱地啃着手里的脆皮手枪腿。她盘着腿坐着，沙滩椅空出的位置上摆着一份巨型全家桶。

咸咸的海风中，刚刚那股极力激发记忆中清爽的努力失败，剩下的全是油炸鸡腿的味道。

傅云实深吸一口气，在心中默念一百次“我女朋友是我选的，我要承担一切后果”。他努力平复着心情，正回脸，头枕在双臂下，看着远处天际飞过的一排海鸥。

海鸥的叫声，让人顿时心情舒畅。

咬到脆骨的声音，比刚刚更大了一些，听着就很香。

将脑袋上的“红色井号”摘掉，傅云实将头扭向另一边。

啊，那山上美丽的绿色……

怎么放养的都是炸鸡腿？

身后那人吸着饮料的声音，居然也震天响。

傅云实惊恐地将视线收回来，又看看身边的何榆，疑虑地把手放上胳膊。他刚要掐自己一下，何榆就拿起手枪腿，凶狠地盯着他，喊着：“傅云实。”

脆皮手枪腿甚至比她的脸还要大，像是拿着火炬。

何榆这是要变身了吗？

所以他今天做的梦不是浪漫出游，而是身侧有个鸡腿精？

她的技能是什么？朝他发射鸡腿光波，长胖八百斤？

回想着自己最近也没看什么动漫，傅云实正排除着脑内许多个可能性，突然又听见啃脆皮腿的声音。

这次嘎吱嘎吱的声音明显加快，何榆大半张脸埋在鸡腿后面，声音含混不清：“你先别醒，等我把这个吃完。”

傅云实腹诽：不愧是何榆，不愧是我的梦。

西海岸的景色再美，也不如那嘎吱声的“美妙”。

残忍冷漠如傅云实，面对梦中女友可怜巴巴地真诚请求，他冷着脸，义无反顾地拧上自己的胳膊。

在梦将醒的那一刻，模糊中，他看到她那双噙着泪水的眼睛。

眼底，是无尽的悲伤和无助。

眼前渐渐清晰起来，傅云实盯着白色的天花板，愣了片刻。宿舍里是炸鸡的香味，还有室友一边打游戏一边啃鸡腿的声音。

他猛拍了一下自己的脑门，无奈地翻身，恨不得捶死自己。

“别醒，让我吃完”这种逻辑无误的话在梦里说出来，已经不可思议了，为什么还要加工搞一个煽情结尾？

太久没费脑细胞在写文章上，是积累了太多的矫情没有抒发吗？

从枕头边拿起手机看了一眼时间，傅云实才起床。

他昨天满课，又刚好赶上面试和电台直播。直播结束之后，又要忙第二天早课的展示 PPT，几乎是连轴转熬了个通宵。

今天下午没有课，也就让他能睡个午觉。

一睡，就几乎睡到了晚上。

“起了？”程山正啃着鸡腿，坐在另一个室友旁边一起看电竞赛直播，见傅云实下来，打声招呼。

傅云实顺手从自己座位上拿了条毛巾，转过身去一手拍上程山的肩膀，声音因为刚起床而有些沙哑：“就是你在啃鸡腿啊？”

甚至还有点不悦。

“嗯，老四买的全家桶，”程山还炫耀地一手抓起桶，在他面前晃了晃，“一起吃吗？”

傅云实摆摆手，打了个哈欠，说：“不了，我和我女朋友出去吃。”

“你都虚成这样了，还陪女朋友出去吃饭啊？”程山摇摇头，啧啧的语气酸到天上去。

傅云实已经走到卫生间门口，他打开灯，一手握着门把手，懒洋洋道：“梦里全是你吃得香的声音，比闹钟还有用。”

“梦我干什么？”赶紧把锅甩掉，程山将已经啃秃的骨头扔掉，“你不是厉害吗？不是有女朋友吗？梦你女朋友去。”

傅云实轻笑一声，把毛巾搭在手腕上，说道：“所以，我梦见我女朋友在吃炸鸡。”

还强行给他的梦安装上暂停键。

说完，卫生间的门就被关上了。

老四后知后觉地摘下耳机，看看发出水声的方向，又看看在挑选下

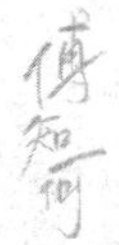

一个幸运鸡腿的程山，踟蹰地问："你和老傅是什么时候的事？我怎么不知道？"

下一秒，一个纸团就砸在他身上。

何榆下午是有课的，教学楼离校门不远，和傅云实直接约在地铁站见面。

上了地铁，和晚高峰相反的进城方向，车厢里的空位还有很多。傅云实陪她坐着，问道："去吃什么？"

自从开学之后，何榆已经有很长一段时间没有去十里屯吃饭了。她以前超级喜欢吃十里屯太古里一家日式料理的炸鸡和寿喜锅，配上一杯芝芝莓莓，绝了。饭足奶盖饱，再在店里逛几圈，消消食又回到二楼冰室吃夜宵。

这才是她何榆的人生！

咂咂嘴回忆着那味道，何榆懒得再从点评软件里看有没有新店，直接将手机摁灭，提议道："要不然我们去吃炸鸡？"

傅云实的脸，肉眼可见地绿了。

这是梦里不让她吃，现实中就被针对了吗？

"怎么突然想吃炸鸡了？"他装作镇定地透过对面车座上面的窗户，看着不断飞速后退的灯牌广告，心虚地问道。

"我也不知道，"何榆抿着嘴，想了一下，"就挺莫名其妙的，嘴里只渴望这个味道。"

下了地铁，傅云实的脑海里再度浮现那个满山腰都是飞翔的鸡腿的梦。鬼畜视频，也不过如此。

努力把脑内的东西甩掉，他牵着何榆的手，不死心地看向路两旁的餐厅。

从地铁站到十里屯，需要走几百米。来吃饭和预备泡吧的人不少，他们两个被淹没在人群中，跟随着人流向前走。

"这家巴基斯坦餐厅，你吃过吗？"眼前一亮，傅云实指着那栏杆上挂满彩灯的院子，真诚地问道。

何榆一直都是直接去十里屯吃饭，她知道这家餐厅，却没来过。她摇摇头，说："还真没去过。"

"我也没去过，"傅云实挑眉，"要不要试试？"

十里屯的餐厅何榆早就吃了个遍，对于这个提议，她没有拒绝，回道："进去看看吧，不行我们就去十里屯吃。"

傅云实拉着何榆的手又坚定了一些，莫名有一种人定胜天的自豪感。

看吧看吧，炸鸡算什么？

这家巴基斯坦餐厅的院子很大，只是没有在外面摆桌子，只有一个木制的秋千摇椅，沿着围栏还种了一小片的花。

穿过院子，推开木门的那一刻，傅云实就后悔了。

清一水的巴基斯坦男生，穿着黑白的传统服饰，戴着小帽，热情洋溢。那种雄性荷尔蒙扑面而来的气息，让他一个直男都移不开眼。

更不要提何榆了。

“要不然我们……”傅云实半推开门的手一停，整个人挡在何榆和门之间。

提议间，门已经被从里面打开。和傅云实差不多高的男生，一只手礼貌地横在腹前，轻声问：“先生女士，两位吗？”

那高挺的鼻梁，那深邃的眼眶和浓眉大眼，是极具异域风情的长相。

刚刚还拉着他手的人，已经改为挽着他的胳膊。何榆笑着，一看就是极力克制自己兴奋上扬的嘴角，说道：“我们就在这家吃。”

他错了，他一开始就应该让她吃炸鸡的。

店里的座位几乎都满了，分配给他们这一桌点餐的另一个男服务生看样子刚来椹南市不久，还不会说中文。何榆用英文熟练地点菜，中间还不忘征求傅云实的意见，然后继续和男服务生聊了几句其他的话。

看着她对别的男孩子笑，傅云实只觉得自己快要把后槽牙咬碎，心里几百只胖橘在挠，简直每一秒都是煎熬。

好不容易送走服务生，也不知道是不是他太敏感了，不时地有服务生过来送纸送餐具送调料瓶和上菜，每次还都是不一样的款型。

见菜已经上得差不多了，何榆才拿起筷子，向前伸了伸脖子，问道：“傅云实，觉得你推荐的这家餐厅怎么样？”

那笑容，奸诈得很。

傅云实专注地吃着自己的咖喱，连话都不想说。

以后说什么他都不再随意一指，就带何榆去尝鲜了。

傅云实和何榆的整个学期，大多花在了七街巷口那一条说长不长，说短又不短的路上。

要做1∶1的模型复原，只有图片是不够的。他们一起丈量着每一块青石砖地的大小，配合着卫星地图进行计算，去拜访每一家店，仔细地观察内部陈设。有的时候何榆走累了，就在旁边找一家咖啡厅歇着，坐在窗子旁托着腮，看傅云实他们好几个人在外面来回奔走。

从打地基，到一个个阶段的建筑建起，越来越多的人参与到这个项目中来，其中不乏何榆在网络上认识的《我的世界》玩家。

项目中期的收尾现场比对，为了避开游客，勘查小组约在了清晨。七街巷口的猫咖里，几张木桌被拼成一张巨大的桌子，上面放了七八台电脑。

何榆一只手撑在桌上，凑到屏幕前确认时间，说："我和傅云实一会儿要提前走一下，今天是南华校庆，他被叫回去做演讲。"

"南华校庆？"坐在她旁边的是计算机科学与技术专业排名第一的大佬，他推了一下眼镜，"傅云实是优秀毕业生代表？"

"嗯，今年百年校庆，搞得就隆重一些。"何榆拿起桌上的咖啡，猛吸着。

她只觉得自己快要被咖啡厅里的暖气烤干，冰凉的美式冲走了些内心的烦闷，她舒了口气，说："只是联系不到别的有空的校友了，就找他这个闲得不行，还爱出风头的人去。"

大佬笑笑，眼睛仍紧紧地盯着电脑，随口揶揄："怎么不找你？"

"找我？找我演示搬砖吗？"何榆翻了个白眼，一只手搭上大佬的肩，"哥们儿，靠你了。"

"说得好像你在的时候，靠的是你似的。"坐在对面的同专业女生吐吐舌头，笑着吐槽。

何榆瘪瘪嘴，生无可恋地老实坐下，小声说："你们是真的不爱我了。"

"什么时候爱过你？我们都是为了简历上那一条奖项才来的。"另一个女生也开始说起大实话，"你可别想多了。"

"只有你是为爱发电。"大佬举手表示同意。

他抬头，透过厚厚的镜片看着何榆，啧啧着摇摇头，无情地补充："傅云实的小奴隶搬砖工。"

何榆一愣。

"毕竟是初恋嘛。要不是伟大的爱，怎么有人甘愿给傅云实免费打工？给他打工是会加学分，还是算志愿时长？"又有人跟着接话。

何榆真心觉得，如果被讨论的中心不是她，她愿意在计算机科学与技术专业永远搬砖下去。一个个的都会说话，听他们在那里叨叨，都不用听歌听相声听话剧，有他们这么聒噪就够了。

几个人正笑着，二楼咖啡厅上来了人。

傅云实回着消息，循着说笑的声源处走来，说道："何榆，我们该出发了。"

"不跟你们说了，我要走了。"何榆做了个鬼脸，懒得理这帮又拿她当快乐中心的人。

这帮人是永远不可能轻易把她放走的，反而开始告状："傅云实，你刚刚都听到了吧，我们在夸你，何榆她不愿意听。”

傅云实淡笑着，说：“我刚刚听见了。”

“你看看，何榆……”对面的女生拍了一下手，又摊开，像极了平时吃瓜聊八卦的阿姨。

“何榆不是在给我打工，她是在给她自己打工。”傅云实打断她的话，一只手插在口袋里，轻描淡写地解释。

“哦，所以这是两个老板为自己打工的励志故事？”刚刚还海豹鼓掌的人，一看到没有浑水可以搅，顿时觉得没有意思。

“不是。”大佬手上利落地按着鼠标，声音沉着冷静，“他是说，他们拿房子秀恩爱，咱们还免费帮他们建房子。他们是无良老板，咱们才是打工。”

大佬不愧是大佬，理解到位。

南华没有迁过地址，百年老校，一直都在椹南市的老城区。几次扩建和修缮，让南华整个校园不仅留存古韵，还从不缺现代化的设施。校址距离七街巷口不远，只是要在不同的巷子间绕来绕去。

毕竟是从小生活在这里，何榆和傅云实步行，抄了小道过去。

已经是冬天，傅云实的黑色长款羽绒服里穿着西装。何榆站在他身侧，都能感受到他浑身上下的不舒服。

她的手被他握着，尽可能地塞到口袋深处。随着前进的步子，他不时地帮她塞好袖口，怕寒风钻进她的衣服里。

“上小学的时候，我经常和商简在这边的巷子里捉迷藏。”何榆抬头望着灰蒙蒙的天空，“那个时候我们还没有搬家，都住在巷子中的老房子里。经常有骑着人力观光车的叔叔从我们面前经过。我们就跟在那三轮车后面，跑出很远很远的距离。”

听天气预报说，今晚的椹南市会下雪。但椹南已经很多年，说着要下雪，实际上只飘了零星的雪花。风一吹，就什么都不见了。

“那个时候，南华和椹大就是我的梦想人生轨迹。”何榆用另一只手，将围巾向上提了一些，遮住口鼻。

巷子里的人渐渐多了起来，不少赶去上班的人骑着单车从他们面前经过。

椹南市上班的时间偏晚，学生和上班族的早晚高峰通常能错开。清脆的铃声，还有零星的锅铲碰撞的声音，让整个巷子变得热闹。

再绕过几个弯，写着“南华中学”四个大字的大理石板，便出现在眼前。

“后来，我们从这个巷子搬走，住进更大的房子，见了更大的世界。我就开始想，我的梦想轨迹附近，会不会有一条和我一样的轨迹陪着我。”

混在来参加校庆活动的学生中，何榆似乎又找回了那种在操场上寻找傅云实身影的感觉。

她偏过头，看着傅云实，莞尔道：“我看了很多的言情小说，没有一个男主角像你。”

没有一个人像你，可以一直出现在我的梦里。

看着他顿时红了的脖颈，何榆的笑意更浓，说：“说起来也有点好笑，我们中间空白的那一年，记忆真的会神化一个人。”

似乎所有当年她不喜欢的，傅云实身上的那些臭毛病，在她眼里都变成了独一无二的可爱。

“你还记得这个点吗？”指着校门旁边的那几个烫金大字中的“南”，何榆心里痒痒的。

忍了一会儿，她还是没忍住上前试着掰其中右边的那个撇，使使劲，没有掰动。

南华果然加固了这个字啊。

何榆撇撇嘴，刚要收回手，身后就冒出了一个笑声：“何榆，还在这儿抠学校的公共财产呢？”

南华作为椹南市素质教育和应试教育两手抓的学校，和市一中齐名全市最好的中学，但比起要疯狂学习的市一中，南华才是椹南市学生梦想中的学校，

每年各种领域奇奇怪怪的比赛中，都有南华人的身影，甚至有一年，还有一位同学去参加了一档美食烹饪比拼节目。

各种奇怪的人才太多，整个学校也就被戏称为椹南市的霍格沃茨。

也因此，南华人干脆汇总各种好玩的事情，在何榆建立论坛之后盖了高楼，帖子名为：南华魔法禁书目录。

其中，最广为流传的就是南华中学的三宝和三魔鬼。三宝有高中语文齐老先生，全市出了名的小礼堂，还有……

傅云实掰坏的校门口烫金校名。

何榆刚刚试图掰的就是那个烫金校名，而出现在她身后的，则是齐老先生。

齐老先生当年教他们语文，没少折磨何榆，绞尽脑汁地想将她从幼儿园就养成的幼稚事例论证习惯给改正过来。

何榆舔舔嘴唇，很心虚地转过身，小声说：“齐老，别用‘再’，上次是傅云实干的，跟我没关系。”

高三那一年，作为家庭重点保护对象，何榆终于可以名正言顺地蹭父母的车上学。

何妈妈调动工作之后，要跨区上班，通勤时间很长，出门也早。何

榆为了省下自己那点零花钱，宁愿在校门口站成木桩，也不想花三块钱坐地铁。

每次站在校门前等门开时，她就利用那时间背自己最不喜欢的文言文。只要背不下来，她就烦躁，手自然而然地就抠上旁边的烫金校名。

毕竟只要够努力，铁杵都能磨成针，更别说校门口历经那么多年风雨的校名了。

在何榆坚持不懈地抠转下，“南”字的撇，终于被她抠松了。

抠松的那一天，她确确实实地慌了。

趁没有人注意，她赶忙把稍微松动一些的撇正位回去，然后装作没事人似的走进校门，心里盘算着放学之后买支 502 胶水，明早给粘好。

只是那天，她千算万算，没有算到自己被物理教研组老李的试卷，那又来一次的全选 B 的理综套卷答案杀蒙了。梦回高二时，那让所有心浮气躁的人瞬间安静的，选择题全部选 D 的物理期中考。

当年的惨状不多形容，只是从那之后有大半年，没人再把“就考个椹大呗”挂嘴上。

只是这第二次，傅云实没有再跳坑里。他敲敲她的桌面，问道：“回神了，想什么呢？”

“我在想……”何榆抬起头来时，眼睛已经失去焦距，整个人失去了梦想，“校门旁边的校名里‘南’字的那个点，是不是扭动一下，就能通往快乐的世界呢？”

她的声音缥缈，带着轻微的叹息。

“我太难了，我为什么要上学？”她抱紧自己的脑袋，却没有淌下泪水，反而被自己拙劣的演技逗笑了。

傅云实当时的表情，何榆没有看见，但通过他完全没有搭理她的行为，何榆知道他肯定已经嫌弃得不行。

可她万万没想到的是，就是那个嫌弃她的人，当天放学就掰坏了那个撇。

也算是给她省下了胶水钱。

傅云实真是个大好人。

但关于这个撇的故事，还有另外一个只有傅云实知道的版本。

和何榆同桌了很长时间，他早就习惯了她是一个嘴上没正形儿的人。关于她说什么魔法通道的话，他也没有放在心上。

那时距离高考还有一百多天，每年南华都有百日誓师之后不来上课，自己去报一对一的课程冲刺的人，总是聚不齐。

也是想让他们之后能收心，南华的毕业照通常都在那个时候，找一个模拟考试结束后的下午拍。

模拟考试日没有晚自习，是少有的可以早回家的日子。放学之后，傅云实一向走得比较快。何榆和他相反，能多磨叽一会儿就多磨叽一会儿。

下楼的时候，傅云实一直低头拆着手里乱成团的耳机线。即便楼梯间里有些吵闹，他还是能依稀分辨出后面两个男生对话的声音。

“你不是喜欢一班那个何榆吗？怎么不告白了？”

“马上就高考了，告白不太好吧？”

“那拍一张合影不过分吧？你还可以和她说说加油什么的。”

“这……”

手上的耳机线已经被解开，傅云实反倒是又缠了回去。他故意将脚步放得很慢，尽力听得更加清楚。

“给你几分钟的思考时间，一会儿到门口你好好考虑考虑。”

“不是吧，来真的？”

“别以为我不知道，每次你都急急忙忙地出校门，然后站外面等着她出现，看两眼再走。”

“我就只是想远远地看着她……”

两个男生还在说着，傅云实就已经率先站在一楼的平地上。他向左挪了几步，蹲下身，装作在楼梯旁边系鞋带的样子。

直到那两个人走到了前面，傅云实才站起身。

他双手插在口袋里，悠闲地跟在后面走着，眼睛却从没有离开那两个人的背影。

他们果然在校门外停下来，其中一个男生一度试图想跑，都被另一个男生笑着抓住。也许是知道以后没有更好的机会，那个男生再也没有做第二次想要离开的动作。

傅云实站在校门另一边的路牙上，手紧紧地攥着手机。手机的边缘陷入掌心，他却丝毫没有想要放开的想法。

十八岁的傅云实，第一次感受到了无法抑制的慌张。

一种即将失去某种东西的，说严重点像是天要塌下来的慌张。

他就在那里站着，透过校门栏杆，看着远处的那个女生说说笑笑地逐渐走近。她每走一步，傅云实心中的慌张就更加深一分。

傅云实从没有那么希望，何榆在放学路上能被齐老先生抓回去写作文。

他余光瞥见那两个男生又开始不安分，一个推着，一个疯狂地向后顶着。眼见着何榆快要走到校门口，傅云实别开视线，不想去看他们合影的样子。

“只是个合影，没什么的”，他心中默念着这样的话。

“南华中学”四个烫金大字占据了他的整个视线，也不知道是不是因为何榆提了一嘴，傅云实此时觉得，那个撇怎么看怎么有点奇怪。似乎冥冥之中有一股力量，在吸引着他伸出手去。

鬼使神差地,傅云实伸出右手覆上那块冰凉的烫金校名。还没有使劲，本就摇摇欲坠的那一撇，就已经老实地选择了他的手心。

黑蓝色的大理石板上，只留下浅浅的痕迹。

在旁人的惊呼中，傅云实心情复杂地看了一眼手中的那一个撇，心中五味杂陈。

这就是命运吗?

何榆，对不起了，老天爷都说你们这一对儿成不了。

他面无表情，甚至心中还带着些窃喜地拿着手里的那一个撇，返回校门内去找保安。

因为他是学生会主席，和保安已经熟悉得很。将手中无辜的东西递出去，傅云实倒是淡定地说：“门口的校名掉了一小块。”

他的表情太过镇静，和平时做学生会管理并没有区别。

“我明天找人修一下。”保安接过东西，端详一下，有些惊讶，“今天也没刮风，怎么就掉下来了？”

“不是，不是掉下来的。”傅云实抿着嘴，余光瞥见何榆已经走到他身后。

傅云实轻叹口气，觉得爱情的代价真是太大了。

在保安莫名其妙的目光中，他干瘪地开口：“我拧下来的。”

凑过来偷听的何榆愣住了。

第二天，全校都知道，已经卸任半年学生会主席的傅主席，由于内心的野性被压抑太久，把校名给拧下来了。

……

收起回忆，傅云实好整以暇地看着何榆一本正经地说瞎话。

只是还没等他开口，齐老先生就先声明正义了。

“以前还没开校门，我从这儿经过去校门口值班的时候，就经常看见你站这里无聊得抠笔画,”齐老先生挑眉,“还不是让我们云实背锅的？”

“哟，您还知道‘背锅’啊。”对于这个全校的活宝，何榆总是忍不住揶揄几句。

老先生深吸一口气，气鼓鼓的，看上去像是要头顶冒烟，说：“你下次可别回来南华了，回来也别见着我，我得被你气死。”说完，他就摆摆手，装作绝情地往学校里走。

“完了完了，我不是您最疼爱的学生了。”何榆巴巴地跟在他身后，抹着眼角莫须有的眼泪，声音低落。

听到这话，齐老先生终于停住脚步。他向后转身看着追上来的何榆，

端详一阵，摇摇头，说道："现在的小姑娘去上个大学，脸怎么就长这么大了？二十三窜一窜，窜的是脸吗？"

何榆呆住了。

因为是百年校庆，上午有校庆活动，除了下午还要上课的毕业班，其他年级都可以在中午放学后回家。

何榆和傅云实到得有些早，也就被齐老先生带去办公室里坐一会儿。

"您就不觉得奇怪？"何榆搬了一把椅子坐在老先生旁边，拿了一份他桌上的模拟卷子看着。

"奇怪什么？"老先生正认真泡着茶，从鼻腔里哼出一声，"奇怪你拿语文卷子看？作文题还看得懂吗，文化沙漠？"

文——化——沙——漠？

何榆又在脑子里确认一遍，才敢确定他说的是这几个字。她震惊地摇摇头，强忍住要把语文卷子折纸飞机的想法，说："您变了，您这届学生都把您教坏了。"

这不是她认识的那个可爱老古板了。

"怎么，就许你拿新潮的句子揶揄我？"老先生用鼻孔看着她，哼了一声。

何榆撇撇嘴，把卷子放回去，小声嘀咕："幼稚。"

"何榆毕业的时候，我说过让她带男朋友回来，以为没两天就能又来烦我。结果这都过去快两年，才把你带回来。"齐老一边说着，一边把茶分给何榆和傅云实。在给傅云实那一杯时，他还向后躲了一下，让傅云实扑了个空。

齐老笑呵呵地看着他最欣赏的孩子，嘴上却啧啧两声，说："不行啊，傅云实。"

"嗯？什么意思？"何榆觉得自己突然发现了盲点，"你们之间有什么交易？"

她瞅瞅齐老，又看看傅云实，可这两个人都只是淡笑着看向她。她正琢磨着要怎么继续追问，办公室的门就被打开。

上次帮她给何渠琛送外套的小姑娘进来，见到是他们两个，又慌慌张张地低下头。把手里的一摞本子放下，小姑娘逃跑似的丢了一句："都收齐了，齐老师。"

人一闪，飞速地就跑了。

"齐老师，这称呼好久没听见了哈？"何榆努努嘴，拽上傅云实的衣角，调笑道。

他们这一届很难带，天天欺负齐老先生，老头老头地叫，经常叫得齐老先生火冒三丈。

"呵，她也是看见你了才乖，平时比你还能贫嘴。"齐老先生冷哼一声，委屈巴巴地拿起自己的茶缸，突然觉得自己很心酸。送走了何榆这大闹天宫的，又得带这小不省心的两年。

"看见我？"何榆满脸问号，用手指指自己，"还是看见傅云实？"

"看见你，"齐老先生摆摆手，又重复了一遍，"要不是你是何渠琛他姐……"

说到一半，他戛然而止。

老先生的视线越过何榆的脑袋，落在傅云实的身上，沉默半晌后说："我似乎又说多了？"

"嗯，不是一次两次了。"傅云实点点头，乐了。

老先生皱皱鼻子，撇嘴问道："那为什么以前你女朋友没有反应？"

两人齐齐看了何榆一眼，又整齐划一地摇摇头，长叹一声："唉。"

临近校庆典礼开始，傅云实被叫去礼堂准备。

扩建后的礼堂座位也无法容下全校的人，今年典礼只坐了高三和高二的同学，还有回校的毕业生，其他年级则是在班里看电视转播的典礼。

"你会紧张吗？"在后台，何榆踮起脚帮傅云实整理好头发，笑着打趣道。

傅云实正对着镜子整理领带，修长的手指在深蓝色的布料间穿梭，不以为意地说："我会紧张？"

闻言，何榆挑眉，问道："你从小到大就从来都没有紧张过？"

就算再大胆的她，也会有怯场的时候。她不信傅云实就这么自信，从来都不知道紧张是什么。

"有紧张过。"傅云实思索着，突然歪过脑袋。

他嘴角轻轻勾起，让何榆立刻意识到他又要说土味情话了。

"只有在看你吃饭的时候紧张过，"他的眼底都是笑意，揶揄的话说出来，带着只属于他的低笑，"怕抢不过你，我没饭吃了。"

何榆腹诽：这个男人怎么不按常理出牌？

见何榆撇过头去翻白眼，傅云实伸出手，手掌扣上她的脑袋，将她的脑袋转过来，终于不再说不相干的话，回道："这二十年里，我的每次紧张都与你有关。"

告白会紧张，和你说话会紧张，甚至连偷偷看你也会变得突然紧张起来。

何榆仰头看着他，眨眨眼，笑容渐渐扩大。

她喜欢傅云实，很大程度就是因为，他会让她知道，她是他的独一

无二。

“你们两个腻歪够了吗？”高瘦的少年双手抱臂倚在墙边，手里拿着一份稿件，高挺的鼻梁上架着金细边圆框眼镜，斯斯文文的样子，语气里却满是嫌弃。

面对何渠琛的牢骚，何榆反而摇着脑袋咂咂嘴，说：“他急了。”

“有些人高三学习紧张，只好把火气都撒在自己什么都有的姐姐身上，”何榆戏精上身，叹着气，双眼含着泪花，“像我这样做姐姐的，真的不容易……”

“做姐夫的才是最不容易的。”傅云实伸手拉住她的衣领，不让她再去招惹何渠琛，无奈道，“横店需要你们俩为影视业的复苏做出重要贡献。”

在三个人马上就要打起来时，负责校庆组织的老师正巧经过，叫走两个男生去串场。

一个人在后台又没有什么认识的人，何榆瘪瘪嘴，拒绝了前排好座位的邀请，一个人溜到礼堂里。

南华承办的活动很多，校内的活动也多，于是借着百年校庆的缘由，在去年扩建了大礼堂。礼堂里的装潢很有韵味，设备也都是最先进的，尤其是当站在礼堂二楼往下看时，那种吃柠檬的感觉，何榆真是体验了个够。

果然，刚毕业母校就变了，是每个人都逃不过的劫。

在二楼偏一些的地方找到一个空位，何榆刚坐下，便看到斜前方的那个女孩。

好像是叫钟意吧？

何渠琛之前提过一句女孩的名字。

当时她随手在微信里打了个“中意”，他就反应很大地纠正是“钟意”这两个字。

小姑娘正低着头偷偷玩手机，不时地和身侧的朋友说笑，让何榆想起了以前她和商简在南华的那一段时光——

一起参加各种活动，在台下吐槽；一起吃完饭之后，在操场上挺着肚子溜圈；一起在下课之后冲向小卖部，永远都是买些汽水、糯米糍这些冰凉的东西……很多很多的片段从她的眼前一闪而过。

以前她觉得再平常不过的，甚至是重复得枯燥的时光，在如今看来，却是她最想回去但再也回不去的过去。

但这句话细想，又似乎有一些问题。如果有时光机，她真的愿意返回过去吗？

返回去再经历一次那被高考压得喘不过气的日子，还有在暗恋与放弃之间徘徊的心情？

她不想。

文科生似乎学过一种理论，叫作矛盾无处不在。

她觉得“回到过去”就是一种矛盾。

何榆看着那个女孩的背影，一波又一波的各种想法不断冒出。

九点，典礼正式开始。

在校长和书记致辞之后，便是傅云实和何渠琛的演讲。

两个人都是大大方方的，不过一个因为已经是毕业生，会经常开一些学校的玩笑，听起来很有趣；另一个，则是中规中矩地讲着些套话。

何榆百般无聊地听着，托腮叹气。

唉，何渠琛啊何渠琛，你终将活成你姐最讨厌的样子。平时那么拽，关键时候还不是得老老实实说官话。

实在是对何渠琛讲的东西没有兴趣，何榆的视线不自觉地瞟向钟意的方向。

小姑娘坐得比刚刚直了很多，整个人不由自主地向前倾，似乎是在努力地听清何渠琛所说的每一个字。就连旁边的女生偶尔和她说话，她都立刻地“嘘”回去。

从何榆的位置，刚好能看到她小半张侧脸。她微仰着头，看着礼堂两侧屏幕上何渠琛的特写，眉头微皱，嘴角却是翘着的。

这是何榆再熟悉不过的表情。

看见喜欢的人在这样重要的场合上讲话，感觉和他的距离是那样的遥远，遥远得像是一场梦一样。但你又会窃喜，窃喜着“啊，这个人我认识”“这个人是我喜欢的人”。

暗恋，不只是眼里有星星，更多的是看到那个人时，那种涌上心头的甜与酸涩。

眼眶里不知道什么时候已经积聚了些泪水，何榆自嘲着眨了一下眼睛，却因为这个动作，而真的模糊了视线。

她吸着鼻子，嘴边自嘲的笑容越扩越大，急急忙忙地从包里翻找着方巾纸。

有些东西，越急着找，就越找不到。

何榆感觉下一秒眼泪就要落下时，眼前便递来一小块面巾纸。她把纸巾展开，仰起头，避开眼妆小心翼翼地吸着眼泪。

她那狰狞的表情，把刚刚还担心不知道发生什么事情的傅云实逗乐，问道：“怎么了，触景生情，被你弟弟说哭了？”

“你看那个女孩子。”解决完自己的眼泪，何榆凑到傅云实的耳畔，

指指钟意。

“嗯？”傅云实顺着她的视线看过去，却不知道她是让他看什么。

映入眼帘的，几乎全都是南华的校服颜色。

“你看那个坐得很直的女孩子，就是当年听你在台上讲话的我。”何榆说着，嘴角却抑制不住地上扬，连声音都不由自主地轻柔很多。

傅云实又看了一眼那个方向，才想起刚刚在齐老先生办公室里见过。他抿嘴，轻笑道：“一边听着，一边吐槽？这个人怎么废话那么多，怎么还不放大家回班吹空调？”

“你也知道你啰唆？”何榆借着话怼回去。

可下一秒，她的声音又弱下去：“但后来……我恨不得你能多说几句话。”

临近高考的那段时间，何榆的成绩反而不稳定，排名一次上一次下，这个规律甚至比她的大姨妈都准得多。

她常常要掰着手指头度日，算着高考那一次的考试是会排名靠前还是靠后。

那种强烈的可能会与椹大失之交臂的感觉，让她分外珍惜和傅云实之间的交流。一个眼神，一句简单的话，都是她疯狂想要记住的，甚至是刻在脑袋里的。

“我特别喜欢看你站在台上讲话，所有人的目光都会聚焦到你的身上。我站在底下幻想着和你的未来，无忧无虑地做着白日梦。”她轻笑一声。

也许是因为回忆，把这些话在他面前说出来，何榆反倒没有觉得羞耻。

傅云实半垂着眼，不知道在想些什么。半晌，他才开口，但说的是另一个话题：“你下周要去山市了吗？”

“嗯，我报名的明年暑假的研究项目，这个月在山市有一个研讨会，教授答应带我们几个去。”何榆抠着手指，“毕竟对于大二生来说，这个机会也挺难得。”

她对机器学习和人脑仿真研究一直挺有兴趣，从大一开始也有意蹭这个方向的教授的课。混了个脸熟之后，她刚好赶上有小道消息，说这个教授开了暑期课程。暑期课程是和山市的另外一所大学联合举办的，这次的研讨会其实本来与暑期课程无关，是一个全球机器学习的论坛会。只是论坛会请来的都是各个国家这方面研究非常有名的学校团队，内容质量非常高。

傅云实点头，思索着，问道：“你去那边几天？”

“下周三清晨的飞机，一共是三天。”何榆咬唇，说道。

“周五回椹南市？”

不知道为什么，何榆只觉得身侧人的声音渐渐低落了下去。

何榆摇摇头，回道：“我们订的周六的机票，周五晚上教授要和朋友吃饭，我们正好可以在山市玩一会儿。”

以为他是因为要分开而心情不好，何榆伸出手环住他的脖子，俏皮地眨眨眼，说：“我会给你买好吃的带回来的，乖乖等我回家。”

傅云实覆上她的手，脸上的笑很浅，“嗯”了一声，眼底却是掩不住的失落。

她果然还是忘了。

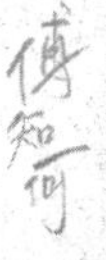

# 第十三章

## / 看城市的人忘记浪漫 /

冬日的山市，没有暖气，又刚下过雨，阴着天的白天，寒气像是会穿入骨缝。

何榆他们刚下飞机，赶到举办论坛会的酒店，寄存行李之后，又急忙奔到楼上。第一天早上的论坛内容不深，更多是做论坛开幕的相关致辞和一小部分的课题探究。何榆和几个学长学姐一起坐在很远的后排，得以有空隙打个盹儿。

一上午过去，她的电脑也没电了。

早上起得太早，何榆实在是没胃口吃东西，便将自己的那份餐券送给同行的师哥。她抱着电脑，在会场外的咖啡厅坐下。

七街巷口的复原项目，傅云实那边昨晚又发来了很多新的数据。她加急处理着，饿了也只是去前台买了个三明治吃。

将文件发到技术组的群里，她才后知后觉自己没有给傅云实报平安。

桌上的三明治已经有些凉了，何榆向后靠到椅背里，拿起手机，慢吞吞地打下一行字。

“只吃三明治，也不怕噎到？”一杯热咖啡被放到她的电脑旁边，男生带着笑意的声音同时在她头上方响起。

何榆剥开三明治塑料皮的手一顿，抬起头。

高大男人是健康的小麦肤色，依旧是板寸头，整张脸棱角分明。不同的是，比起当初军训时的严肃，他嘴角的笑意正浓。

董栉今天穿得休闲，何榆打量了他一会儿，才把这张脸和“董教官”这三个字匹配上。

她挑起眉，看着面前这人，有些惊讶地喊道："董栉？"

"直接叫名字的吗？"被这样一叫，董栉摇摇头，他指着她对面的座位，"有人吗？"

"没有，坐吧。"何榆伸手把充电器向自己的方向挪了挪，"你也是来参加论坛的？"

董栉拉开椅子坐下，用自己的那杯咖啡捂着手，回道："嗯，和老师过来的。"

之前军训时，同宿舍的同学讲过，董栉本来就是定大的学生，只不过中间入伍两年。他和教授来参加论坛，她也并不奇怪。

何榆咬下一口三明治，暖意缓和了些冰冻，问道："你也是码农？"

"我……不算。"董栉沉吟道，随即笑开，"我就是来蹭论坛的。"

他还是像当时军训一样，说话时即便是笑着，也是很腼腆的样子。

对于这样的话，何榆倍感亲切，说："巧了，我也是来蹭论坛听的。"

两个人摊手，相视一笑。

"你在看什么？"可能是突然没有话题可聊，董栉指指她面前的电脑，"上午的会议摘要？"

"没有，是学校里的事情。"把最后一点三明治吃完，何榆只觉得有些噎到。

拿起董栉刚刚放在桌上的另一杯咖啡，何榆急忙灌下一口，说："你的支付宝收款码给我一下吧，我给你转账。"

"不用了，算是我以前训你们的补偿。"董栉抿起嘴，清澈的眼底映着她的身影。

想着一会儿请他吃点什么，不尴尬地扯平两人之间的金钱关系，何榆也没再坚持转账。

热拿铁的香气在口腔里弥散开来，她蜷缩在厚厚的羽绒服里，舒服得眯起眼睛，像是一只慵懒的猫咪，有点可爱。

董栉的眼神动了动，只是抿住嘴，没再说话。

午间的咖啡厅很安静，小声播放着古典乐，倒是和阴沉的天足够相配。何榆蜷缩着，只觉得困意袭来。

头毫无意识地点下去的下一秒，何榆惊醒，赶忙揉了揉自己的后脖颈。

她这一系列动作，被坐在对面的董栉全都收进眼底。他的声音笑意很浓，问道："没睡好？"

"我昨天晚上有公选课，那个老师经常突然搞点名袭击，只能今天早上赶最早的飞机过来。"何榆打了个哈欠，眼泪差点夺眶而出，"你是昨天来的？"

"我上周来的，刚好有一个深度的交流活动，和论坛连在一起了。"

董栉不是很会聊天，至少比起擅长与人打交道的傅云实，是完全不熟练于交际的。他的话很少给何榆继续说下去的接口，听上去只像是两个不太熟的人，你一句我一句地随便聊着。

“哦。”被困意席卷的何榆，实在是没有精力再去为了话题劳烦心神。她和董栉本身就不熟，又只是认识了半个月，一句“死亡”的“哦”，让本就平淡的气氛顿时被冻僵。

漫长的沉默中，两个人放在桌面上的手机，几乎是同时一振。

屏幕亮起，何榆伸手看了一眼，随即起身。董栉和她的动作同步。当两人发觉对方也都起身时，愣了两秒，看着彼此笑着叹气。

“给教授买咖啡？”何榆挑眉，深谙这其中的奥妙。

董栉的眉毛也不甘示弱，回道：“你不也是？”

两个咖啡外送员，一人拎着好几杯咖啡返回会场时，参加论坛的人已经回来了大半。何榆先将手中的咖啡分给学长学姐，再拿了剩下的那一杯，满会场找教授的身影。

教授正在和另一个西装革履的中年男人交谈，两人不时发出爽朗的笑声，看上去心情很好，应该不是聊一些不能被打断的话题。何榆从远处观察着，又对着手机整理好仪容，才缓缓走过去。

董栉把咖啡放在教授的桌上，刚想溜走，就被叫住：“董栉，过来，我给你介绍一下。”

他转回身，老实地站在教授旁边。

“这位是椹大计算机学院的秦教授，在我们国家人工智能领域非常有名，一直在做人脑与机器学习的深度研究。”

董栉认真地听着，谦逊道：“之前有看过很多秦教授的研究论文，有幸这次能见到真人。”

“别总是听他这样介绍，总有些吹嘘我的意思。”秦教授摆摆手，笑容和蔼。

说话的间隙，秦教授也看到了在五米外徘徊的何榆。他好笑地招招手，问道：“何榆，你在那里干什么呢？”

“不好意思教授，您的咖啡。”何榆生怕自己打扰到他们的重要谈话，飞速过来将咖啡递上，话也说得飞快。

刚刚她就打算过来，只是突然看到董栉，尤其是在那位中年男子介绍董栉时，她想了想，还是没敢上前。

“谢谢。”秦教授垂眼接过，又再度抬眼看着面前的中年男子，“这位是我的学生，何榆。这位是东岭研究所的林教授。”

他没有过多地介绍林教授的研究背景，但光凭“东岭研究所”，何榆也能猜个大半。作为军事研究所，东岭招收的都是国内顶尖大学的尖子生，招生政策非常严格，主要做军事方面的研发和系统升级。

东岭的教授来参加脑科学的论坛，实在是再正常不过。

只是之前一直有所耳闻的研究所大佬，如今出现在眼前，何榆还是有些紧张。她的双手不自觉握紧，礼貌地说：“林教授您好，我是何榆。”

“你好。”林教授笑着点点头，又指指身边比自己高了大半个头的男人，“董栉，之前跟你提起过，我的得意门生。”

“我知道，你宝贝得很的小伙子，”秦教授伸手拍拍董栉的胳膊，眼底满是赞赏，“很有天赋。”

也许都是搞科研的人，董栉在他们面前反倒是放松了很多。看他们聊着，何榆在旁边跟着笑，心里却盘算着这个惊天大八卦回学校能卖多少钱。

何榆之前以为，董栉当兵可能是因为大学期间参加义务兵，对考研究生有一定的帮助。但如今看来，也许还有更深的缘由。毕竟定大有些神秘的专业，是整个椹南市大学城的谜。

谁能想到，在军训中灰头土脸有点腼腆的教官，居然是某个精密领域的未来大佬？这种梦幻般地与大佬接触的经历，让何榆有些震惊。

让他教什么军训啊，不如教高数，不浪费人才。

“你们认识？”两位教授都阅人无数，见这两个小辈之前的眼神交流，也觉察出些不对劲。

董栉低沉地应了一声，回道：“嗯，之前带过她军训。”

“你还带军训呢？”林教授乐了，“你去了两年之后，人倒是开朗了许多。”

他又看看何榆，有些好奇地问：“他凶吗？”

“啊？”一直充当背景板的何榆一愣，连忙摇头，“不凶。”

就是动不动威胁蛙跳来回十次，还和隔壁班的教官勾肩搭背。

“看样子是挺凶的。”林教授只觉得这小姑娘不禁逗，“我们这董教官平时生活太单调，也没有个女朋友……”

“林教授。”眼看着自家老师又要关心他的感情生活，董栉立刻打断。声音听不出太多的波澜，背在身后的手却已经手指绞作一团。

“这还年轻，谈什么恋爱？科研不够可爱吗，数据不够迷人吗？”秦教授跟着打趣，下一秒却装作凶巴巴地扭头朝向何榆，“别眼巴巴看着人家了，再看，建筑学院的那小子就要长草了。”

“我没……”何榆习惯性地解释，刚说到一半，突然反应过来，自己好像从来没有和秦教授说过她和傅云实的事情。

介绍对象的话题被两个教授打哈哈着过去了，因为有两个小辈在，两个人谈论的事情也变得无关痛痒，又寒暄了几句才分开。

跟着秦教授返回会议厅的另一侧，何榆欲言又止的模样终于让秦教授看不下去了。他直接问道："想问什么？"

"您怎么知道我和傅云实的事情？"她和傅云实从来没在社交平台秀过恩爱，平时两个人都忙，也很少白天在校园里牵手轧马路。

"你说那臭小子吗？"秦教授言语轻松，"他爹是我大学同学，我算是他干爹。"

何榆一愣。

"他爹前段时间还问我有关于你的事情。"面对何榆震惊的目光，秦教授轻叹了口气，语重心长，"加油，以后好好干。"

怎么听怎么像是要压榨她的意思？

"我突然有点想……"

"分手吗？"秦教授眯起眼睛，赞同地点头，"我也觉得董栉那孩子比那臭小子好。"

思索了一下，他又加了一句："要是分手的话，别说董栉是我介绍给你的。"

何榆蒙了。

第二天下午的论坛讲座结束得早，即便是冬日的山市，天也只是刚蒙蒙变灰。何榆等着学长学姐们收拾包，站在一旁看着手机，搜索附近的一些特色小吃。

"教授今晚也有饭局，我不太想吃酒店的饭了，要不要一起出去吃点什么？"一个学长提议道。

"我就不了。"一直坐在何榆身边的学姐摇摇头，将包背上，"我今天和我山市的朋友约了吃饭。"

另一个学姐点点头，看向何榆，问道："小学妹呢？"

好不容易可以有独自出门的机会，何榆也不过是思索了一瞬，随即抱歉地摇摇头，说："我也不去了，想一个人在这附近转转。"

"那我们就不管你啦，注意安全。"以为是学妹不敢和他们几个一起吃饭，学姐也没再继续邀请。

几个人离开时，会场已经没有什么人了。在酒店门口告别后，何榆独自一人又在门口站了一会儿，拿手机查着地图。

这里离巧克力工厂不远，大概一公里的样子，走路就能到。轻跺几下脚，她向双手哈气，暖和了一些才插进口袋里。

耳机里放着没话聊电台最新一期的节目录播，傅云实好听的声音和被降噪耳机滤去大部分的车水马龙声相融，似乎蒙上一丝孤独的感觉。这比躺在床上不开灯静静地听节目，多了一份置身于市井生活之外的恍惚。

“椹南市好像已经很久没有下雪了，那种漫天飘着雪花的大雪，距离上一次见已经过去了三四年。”傅云实的声音很低，不知道是不是也因为这灰蒙蒙的天，而心情低落。

这一期的节目，请来的是一位青年雕塑家。

傅云实沉吟一瞬，问道：“你是一个期待下雪的人吗？”

“以前我觉得下雪是一件稀松平常的事情,后来一脚踏入爱情之后，也不知道为什么整个人都变得矫情起来。”傅云实笑道，轻颤的声音从喉咙发出，通过电流传入何榆的耳朵。

“下雪是浪漫，下雨也是浪漫，就好像所有的自然环境变化，全都是大自然赐予的浪漫。你要是给我一段悲伤至极的诗句，我都能帮你曲解出浪漫的含义。”傅云实说完，被自己的矫情羞得叹了口气。

“看来你这是戴上粉红泡泡的眼镜看世界了，这病治不了。”嘉宾很有梗，调笑道。

“你这就是嫉妒了。”何榆都能想象到傅云实摆手叹气的样子。

“我来之前补听了你的几期节目，有很多人都说，纸盒谈恋爱之后，每一期节目的声音都变得温柔了很多，”发出一个呕吐的声音之后，嘉宾正色道，“你以前的声音就很像播音腔，虽然好听，但是很官方，有点冰冷。”

“我冰冷吗？”傅云实疑惑地问道。

“你的有些笑话挺冷的，”程山接话，继续埋汰着傅云实，“而且，就算说情话也能说成笑话。”

听到这里，何榆刚巧走到巧克力工厂的门前。她伸出手推开玻璃门，手背短暂地暴露在刺骨的寒风中，又立刻收了回去。

店内的暖风很足，人也很多。因为是模拟真正巧克力工厂建造的，店内的层高很高，巨大的容器挂在高处，里面满是五彩缤纷的巧克力豆。就连空气中都是甜甜的巧克力味道，还混着少许的水果味。

何榆不是第一次来这家城中心的巧克力工厂，轻车熟路地找工作人员要了袋子，然后在一个容器前面停下，打开阀门接着巧克力豆。

耳机里的电台节目依旧播放着，几个男生互相打趣了一会儿，笑了半天才停下。

“我这次来还有另外一件事情。”嘉宾清清嗓子，“在你和友台主播公开之后，很多听众朋友都在微博里留言，想要催更你们的故事，但每次都被你冷漠地无视，所以我就来催更了。”

“我们两个的故事？”傅云实的尾音上挑，“就只是普通的谈恋爱而已，感觉没有什么需要被特别说的。”

“真的吗？木鱼听到这话不会生气吗？”嘉宾见他成功跳进坑里，声音里满是幸灾乐祸。

“都说了是‘木鱼’，是接收不到这种气愤的，因为在感情方面比较木讷，”程山自从认识了何榆之后，变得更有底气调侃这两个人，“要不然怎么会看上我们这个钢铁直男，并且忍受到现在都没甩了他？”

何榆感觉自己一时间有点迷茫，不知道是被夸了，还是被拐弯抹角地骂了。这种迷茫，自从有了电台节目，就变成了她和傅云实都会经历的事情。

“我是钢铁直男吗？”傅云实显然不服。

几乎是同时，那两个人异口同声反问道：“您不是吗？”

“说到主播名字，大家都知道纸盒，”无视他们两个人的搞事，傅云实的声线极力保持着镇静，决心在全国听众面前扭转局面，“我当时叫这个名字的时候，不是乱起的。”

“嗯？不是你在家里迫于生计糊纸盒的时候，灵光乍现的吗？”程山继续不怕死地调侃。

“木鱼姓何，单立人，一个可的那个何。纸盒，是知何。”

收起刚刚的没正形儿的语调，傅云实的声音在此刻显得分外认真。

“刚开始去参加椹南市播客内容主理人线下聚会的时候，大家都知道我姓傅。可能是因为习惯，大家喜欢用姓氏和主播名的搭配叫人，所以我就被叫作傅纸盒儿，”他笑笑，“带着椹南市的经典儿化音。”

“其实刚开始我只是想做一个电台，和大家分享一些我在各个领域的朋友们的经历，再聊聊有关感情的事情。而‘知何’，也是我的一个愿望。”他一边想着，一边说着，语速不快，一点都不像是提前写好的简稿，“但后来我没有想到的是，被同行们‘傅纸盒’地叫着，就变成了傅知何。”

“而我，好像也真正做到了傅知何，”又添了几分笑意在语气里，他继续说道，“虽然我目前也没有做得很完美。”

何榆因为傅云实的话，盛巧克力豆的手一顿，有那么一瞬间的失神，再反应过来关掉阀门时，手中袋子里的巧克力豆几乎满了。

余光瞄见旁边的标价，何榆刚刚还感动的心，顿时化作灰烬。

好贵啊。

傅云实不配吃这么贵的巧克力豆。

何榆满怀欣喜地踏进店内，几乎是忍着眼泪出去的。她抱紧怀里那一袋沉甸甸的巧克力豆，心仿佛被撕裂一样疼。

这次她来山市是瞒着父母的，机票和酒店的花销全都自己扛。这一袋巧克力豆，让本就不富裕的女大学生雪上加霜。走在刺骨的寒风里，何榆只觉得自己抱着的不是巧克力豆，而是沉甸甸的金钱。

傅云实配吃这么一袋子好几百块钱的巧克力豆吗？

他不配。

何榆愤愤地想着，贼手已经撬开封袋的一个小角，抓起几颗扔进嘴里。

耳机里提示有电话打进来，她嚼着巧克力豆，大大咧咧地摁了一下耳机，接通电话。

“吃饭了吗？”刚刚还在电台里的声音，此刻又出现在电话里。

何榆迅速把嘴里的东西咽下，甚至还有点慌张地回道：“吃了。”

“吃的什么？”傅云实问完，有些懊恼。他好像真的在喜欢的人面前会嘴笨，本来想说的“我有点想你”，都只能化作最简单的日常问句。

何榆的肚子已经开始不安分地叫了，她转移话题：“我刚刚给你买了礼物，巧克力豆，等我回学校之后给你。”

“嗯。”傅云实轻应了一声。

沉默半晌，他又开口说道：“听说山市可能会下雪，你多穿一点。”

“好。”何榆笑了，“你乖乖等我，我还有两天就回去了。”

“嗯。”他接连的几个“嗯”，都乖得像是个小孩子。

被这几声“嗯”听得有些心疼，何榆想了想，嘴角翘起的弧度更高了一些，问道：“你就没有其他想要和我说的了？”

电话那边又是沉默，车水马龙的声音中，何榆屏着呼吸，竖起耳朵听着。就当她要打哈哈地一笑带过时，那边才缓缓地开口：“我很想你。”

明明只是一两天没见，却想要快点见到你。

“我也想你。”何榆这次的笑意，盛满了眼底。

她路过一家看上去很多人吃的小吃店，又退几步回来。

可能是店员“欢迎光临”的声音也被收进了听筒，傅云实在那边突然紧张地问：“你还没吃饭吗？”

“嗯，现在刚找到店吃饭。”何榆跟着店员找了一处空位坐下。

“那你先吃，晚上再打电话，”傅云实叮嘱的样子，像极了她那个觉得她生活不能自理的弟弟，“到酒店给我发一条消息。”

“好。”

挂断电话，何榆才认真地看店内的菜单，很多是山市的特色菜，图片看上去都不错。

等菜都端上桌，何榆站起身弯腰拍了一张照片给傅云实发过去，抬头正准备坐下，刚巧对上董栉的眼睛。

他正在远处和一帮人向外走，应该是刚吃完。

毕竟这儿离论坛举办的酒店很近，何榆也并没有惊讶。她笑眯眯地点头打了个招呼，便坐下拿起筷子。

刚吃了没几口，那人又突然出现在她身边。

“你不是吃完了？”何榆感受到光线被阻挡，嚼着排骨抬起头，奇怪地问道。

董栉抿嘴，拉开她旁边的椅子坐下，问道：“你一个人在这里吃饭，这么晚了，怎么回去？”

在强调这种一板一眼的事情上，他永远都是那种强有力的声音，反倒是没有了平时遇事脸红的腼腆。

“难不成我爬回去？”何榆笑着摇摇头，“我一会儿打车回去就好。”

“我送你回去。太晚了，打车也不安全。”董栉垂眼，双手十指交叉放在桌上。

“这才七点，董教官，只不过是因为冬天天才黑得早而已。”何榆指着锁屏上的时间，哭笑不得，“你这样在我旁边看着我吃，我感觉自己在吃牢饭。”

“那还不快点？”董栉挑眉，凶巴巴道。

“你要不要喝点汤，这么一大缸我也喝不完。”无视掉他的话，何榆指指自己以为是一人份，实则全家缸的汤，有些无奈。

“不了，我刚刚吃饱了。”董栉摇摇头，“你们是周六早上回去？”

“对啊，你也是那个时候回？”见他没有反驳，何榆突地感慨，“开始的时候我以为你只是普通教官，后来知道你是定大的，现在又知道你是研究所的人才，简直颠覆。”

“有什么好的？”董栉给自己倒杯热茶，身板习惯性地挺得笔直，“因为学这个专业，我几乎是与世隔绝的，学校里很多的活动都参加不了。”

他叹了口气，继续说：“像社团、十佳歌手这种活动，我们也就只能听听名字，然后继续睡在实验室。”

“其实十佳歌手也还好，我们学校……”何榆安慰的话说到一半，猛然想起今年十佳歌手的决赛是明天晚上。

身侧的声音戛然而止，董栉偏过头，便看到刚刚还在悠闲吃饭的女生，此时已经拿着手机皱起了眉，于是问：“怎么了？”

“稍等一下，我改签机票。”何榆急急忙忙打开购票软件，在看到明天晚上七点到达椹南市的航班还有余票时，松了口气。

“改签机票？”董栉放在桌上的手悄悄抓紧，语气却是平淡的。

“嗯，我男朋友明天十佳歌手决赛，我得赶回去看他。”何榆懊恼得直拍脑门，“我居然把这么重要的事情忘了，怪不得他前几天生我的气……”

听着她发着牢骚，董栉垂下眼皮，再也没有说话。

男朋友吗？

听秦教授说，是建筑学院的。

是在军训时对他透着敌意的那个男孩子吗？

论坛的最后一天，何榆上午还好，到了下午就开始不老实，双手即便仍搭在电脑上记录着重点，却如坐针毡，仿佛屁股底下的是油锅。

好不容易挨到了下午第一场会议结束，何榆赶紧从电脑后面直起身来。她的视线绕了会场大半圈，最后落在正低头玩手机的秦教授身上。

今天的论坛重点在人工智能领域，也就是秦教授的研究方向。自从他上午被请去做分享之后，何榆每次想要去找秦教授时，他身边总是会围着一圈人。

还好，这次只有他一个人。

何榆紧抓时机，将充电的数据线拔掉，一路小跑过去。

“秦教授。”她还没站稳，余光就瞥见秦教授的手机屏幕。

她发誓，她不是故意要看教授的隐私的。只是消消乐的每一个果冻格子真的太大了，那饱和度高的颜色，让人想不注意都不行。

秦教授刚消了一行的手一顿，下一秒，整个屏幕恢复黑暗。

一片漆黑，倒映着她的脸，仿佛刚刚只是一场梦。

“何榆？”抬头见到是何榆，秦教授长吁一口气。

气吐到一半，他又觉得不太对，好像让自己的学生抓到开会底下玩消消乐，似乎也不是什么好事情。

“秦教授，”何榆机灵地半垂着眼，没有直接和他对上视线，“我想早走一会儿，今晚突然有些事情要回椹南市。”

秦教授眉头微微皱起来，刚刚的尴尬全然消散，取而代之的是关心，问道：“什么急事？家里有事情？”

“我……”何榆突然语塞，生怕教授因为她这样小家子气的理由而生气。

“十佳歌手的决赛……”从她的犹豫间，秦教授立刻便懂了是什么事。

他笑着摆摆手，说：“去吧，机票改签好了？”

“嗯。”被秦教授这样一说，何榆更觉得有些抬不起头。她这样先斩后奏的做法，实在是有些过于自我。

“你都改好机票了，我能不放你走？”即便是心里不介意，秦教授还是有意点了她一下。毕竟为人处世的道理，还是要早一些让自己的学生明了。

见何榆的表情变得严肃，他故意停顿几秒吓唬吓唬她，才笑开，说：“都跟你说让你走了。”

这次何榆抬头了，只是依旧带着愧疚的眼神看着他。

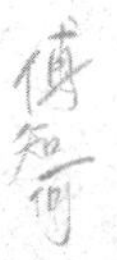

被小姑娘这个眼神看得有些头皮发麻，秦教授就怕她下一秒哭出来，赶紧摆摆手，说道：“就剩一个论坛闭幕式的环节了，听各种人上去讲

一堆话，还不如飞去让那臭小子感动一下。”

“您……”何榆欲言又止。

“你要是再不去，我可是怕他爹没完没了地说我把他儿媳妇给赶跑了。”秦教授好笑道，“到椹南市之后，在群里发个报平安的消息就行。”

何榆仔细观察着秦教授的表情，确定他没有在说反话之后，才松了一口气，小声说：“那我走了。”

她刚迈出一条腿，又突然被秦教授叫住：“何榆，你刚刚看到什么了吗？”

何榆愣了一秒,立刻便反应过来秦教授指的是什么。她淡定地扭回头，眯起眼睛想了半天，又迷茫地摇摇头，回道：“我好像只看到您坐这儿思考刚刚的分享。刚刚我还生怕我过来请假，会打扰到您。”

果然放她走是因为封口啊。

何榆出论坛会场所在的酒店时，习惯性地抬头望向天空，心里突然有一种不好的预感。本来只是灰蒙蒙的天，今天已经变成了近乎深灰色。

寒风刺骨，也比前几天更冷了一些。

突然想起之前傅云实说过,山市可能要下雪,何榆赶忙加快了些脚步。

她住的酒店离这里不远，小跑过去也就不到十分钟。

今天早晨她已经把行李收拾得差不多，提前叫好的出租车到达的时间,也在她预想的范围内。即便是堵在高架上,她也预留够了充分的时间,可以平静地去应对。

只是当她被堵在高架后，天空中开始飘下雪花的那一刻，何榆实打实地慌了。

“师傅，我们还会堵多久？”何榆咬着下唇，从后座探出头来。

“不会堵太久，这只是正常的堵，还有二十多分钟能到机场。”开出租车的是一位山市当地的中年司机，刚刚听说她时间紧要赶飞机，便一路加速狂奔。

“只是小姑娘，”他双手搭在方向盘上，抬头望着天空，“你这飞机几点起飞？不知道一会儿这雪会不会下大，别是人到了，飞机起飞不了。”

心中的担忧被他指出，何榆皱着眉，扭头望向窗外，没有说话。

车流缓缓地动了起来，只是又开始走走停停，直到下了高架，路才算通顺了起来。何榆垂着眼，不停地刷新着航班信息的界面。

还好，她的那班飞机目前还是值机状态。

“小心路滑。”到了机场，司机师傅帮她把行李从后备厢搬下来。

“谢谢您。”何榆飞速丢下这一句话，便拉着箱子狂奔。

一直到坐在候机室里，何榆都在祈祷着千万不要取消航班。她坐在巨大的玻璃墙边，看着窗外的世界从湿漉漉的，渐渐地上聚起薄薄的一层雪糁。

之前因为怕航空管制导致航班延误，何榆思索了一下，还是订了更早的机票。如果不延误，她五点左右就可以落地椹南市。

怕给傅云实增加心理负担，何榆对着手机发呆很久后，才拨通商简的电话。

“怎么突然给我打电话？你现在不是在山市？”商简的声音听上去很意外，但语气里的欣喜也是掩不住的。

程山也进了十佳歌手的决赛，会和他的乐队一起在决赛的舞台上唱歌。

“我……我之前忘了今天是十佳的决赛。”何榆低落的声音和商简形成巨大的反差。

商简停顿了一会儿，像是仔细在听她这里的环境声，然后问道：“你现在在哪儿？”

“你没听错，我在机场，但是山市下雪了……”何榆深吸一口气，最初因为要赶回去的激动，如今却都已经化为一潭死水，她忍着鼻酸，声音已经不可抑制地带了些哭腔，“我可能赶不回去了。”

她听不到傅云实唱歌了，看不到他在舞台上发光的样子了。

何榆一直觉得，有些人把大学比作一个小的社会，还是很有道理的。就规模而言，大学里的人比起高中真的多太多了。大学里有很多的团体活动，却鲜有所有人都关注的超大型的活动。

以前她可以在很多活动中看到傅云实成为焦点，升旗仪式也好，各种语文节英语节的活动也罢。

只是在大学之后，这种机会便几乎没有了。

十佳歌手，可能是唯一的机会，但她却不在。

何榆很少哭，一哭，商简便没有了办法。

“你和傅云实说了吗？”她有些语无伦次地安慰着，“这不是你的问题，航空公司也是为了你的安全。你和傅云实说一下，他不会不理解的。”

“他不知道我会回来。他知道我忘了，但我后来想给他一个惊喜。”何榆已经带了些颤音。

“榆榆，你听我说。刚刚程山提醒我，傅云实是今天最后一个唱的。虽然不知道今天会几点结束，但是现在距离九点还有好几个小时。现在去倒高铁肯定来不及了，但是我们可以等一等，万一一会儿就可以起飞了呢？”

十佳歌手已经开始赛前的正式准备工作，作为学生会文体部的副部长，商简和何榆聊到一半就被抓去工作。又安慰了何榆几句，她才挂断

电话。

何榆挂断电话再抬起头时，大屏幕上的航班状态，已经彻底地变成了延误。候机区里已经坐满了人，何榆叠起腿，看着外面飘下的大雪，彻底丧了气。

她将位置让给一个抱着小孩子的女人，走到玻璃幕墙边。

巨大的玻璃墙和巨大的飞机，会显得人无比渺小。

何榆将耳机戴上，双手插在羽绒服的口袋里，望着漫天的雪花。

——让我住进你的眼睛里，陪城市的人一起孤单。

——让我住进你的眼睛里，看城市的人忘记浪漫。

她闭上眼睛，深吸着头顶新风机吹进来的空气，耳朵里播放的是《眼睛里》这首歌。用手指揉揉眉心，何榆突然发现，她自己似乎就是城市中忘记了浪漫的人。

昨晚梦里想着要等傅云实得奖之后，给他的那一个拥抱，好像真的实现不了了。

机场广播里依旧放着雪天航班延误的消息，她双手插着口袋，一动不动。而她的身后，则是白茫茫的世界。

远处，小麦肤色戴着鸭舌帽的男人看着她，又看了一眼手上的机械腕表，双腿动了一下，最终却没有起身。

一千多公里外，正抱着吉他坐在窗边试音的男生，时不时地看着依旧没有新消息进来的手机。

即便是练过上百次的曲子，他却依旧会弹错一两个音。

雪依旧下着。

今晚会停吗？没有人知道。

# 第十四章

/ 她的全世界，是他 /

两千人的报告厅，傅云实不是第一次来，却是第一次即将站在台上。

“傅云实，一会儿你从这边上去，站到舞台中心贴好的点位，看一下你的位置。”空旷的报告厅里，商简手里拿着流程表，将傅云实拉到台口。

紧接着，总导演的声音透过音响传来：“下一位选手上台，傅云实。”

傅云实单手拎着吉他，走到舞台中央，垂眼注意着舞台上贴的“十”字标志。工作人员把高脚椅和话筒架搬上来，在主控的反馈下进行位置调整。

昨天他们刚走过一整遍的流程，总决赛开始前的快速联采只不过是走个过场，熟悉昨晚刚完全搭好的舞台，做最后的调整。

“好，唱歌结束，主持从左台上，傅云实右台下。”只是让傅云实站在那里定好位置，总导演便急着确定下一个流程。

接过傅云实还回来的话筒，商简盯着他那少有的恹恹的样子，叹了口气，问道：“今天还好吗？”

“还好。”傅云实连礼貌的笑都已经懒得挑起。

商简张张嘴，想把何榆正在努力赶过来的事情告诉他，但这是何榆的惊喜。她想说的话到嘴边，却又被生生截住。

舞台上的灯光随着每个节目的流程而变化着，不同的颜色，不同的光束。彩排结束之后的傅云实在观众席找了个位置坐下，仰着头，看向舞台。

大屏和侧屏组装好的舞台，正按照导演的要求不断变换着每一个环节的背景。他将耳机塞进耳朵，索性闭上眼，继续听着那首已经单曲循

环了一个礼拜的歌。

那首还没在一起之前，他就特意为何榆准备的歌。

何榆不知道自己在机场里等了多久，她只知道，自己那常听的歌单，平日里一整遍都听不完，今天却已经循环了第二次。机场里的人来来往往，有着急的，有悠闲的。成年人打电话的声音混杂着小孩子的哭喊声，在降噪耳机没电之后，全部涌入她的脑袋。

雪终于在快七点的时候停住，即便这场雪持续了几个小时，但雪量看上去还好，清障车正在跑道上作业。从远处看，黑暗的停机坪上闪烁着点点的车灯，倒是有点像天上的星星。

只是今晚没有星星。

下完雪的天空，依旧没有。

不知道是机场里的暖风开大了一些，还是因为延误人多了的关系，何榆已经热得将羽绒服脱掉，搭在身后的椅背上。她不时地玩着手机，安慰着自己，就算赶不上他唱歌，今晚她回椹南市对傅云实来说也是一个惊喜。

大约又等了四十分钟，机场里才响起航班陆续登机的播报声。

“我想问一下,我们的航班今天能起飞吗？”何榆坐得离检票口很近，刚好可以听到乘客询问的声音。

“可以的，先生。现在已经陆续恢复登机，我们的航班也已经在排队中……”

听到确切的可以起飞的消息，何榆总算松了一口气，垂眼按亮手机屏幕。

这个时间，十佳歌手的总决赛应该已经开始了吧？

她正走神着，傅云实的电话就打进来。看着屏幕上的那三个字，何榆犹豫了一下，迅速起身，小跑到最近的卫生间。

她一手捂着手机和嘴，轻声道：“傅云实？”

电话那边的人沉默了一下才开口：“今天是十佳歌手的总决赛。”

平时一向自信，甚至是有点臭屁的人，如今的声音却低沉落寞，像是被遗弃一样，带着些许委屈。

“我知道，”何榆的心一紧，她舔舔嘴唇，才干巴巴地安慰，“我可能赶不过去了，对不起。”

何榆知道，就算一会儿可以起飞，可能也赶不上傅云实的环节。

电话那头又是短暂的沉默。

傅云实轻轻地吸了口气，说：“刚刚商简和我说，推流的事情请专业团队搞定了，所以你可以在手机上看到直播。”

不知道是不是自己听错了，何榆隐约地听到他叹息的声音。

下一秒，他却又像是打鸡血了似的，恢复平时和她斗嘴的样子，说：“好好看看我这个五音不全，是怎么靠颜值拿到第一的。”

“你也就只能刷脸了。”何榆歪头夹着手机，笑着调侃，嘴角却是向下的。

她将手机拿得更靠近嘴边一些，低声道：“我会看节目的直播的。”

“嗯。”这一声再平淡不过的回应，听不出任何其他的意味，更看不出说话人背后的情绪与表情。

一声乖巧得让人心疼的“嗯”，让一向在飞机上直接睡死过去的何榆再也没有睡着。

到达椹南市时，已经快晚上九点。何榆拿到行李之后一路狂奔到停车场，坐上降落后提前叫好的车，不停地求着司机师傅开得再快一些。

“小姑娘，翘课出去玩快赶不上点名了？”出租车奔驰在空旷的机场快速路上，师傅还不时地透过后视镜看她，笑道。

“不是。”何榆的表情没有太大的变化，双手却已经不经意地握成拳。

她看着窗外飞速后退的昏黄路灯和树木，睫毛颤了颤。车内正放着晚间音乐电台，吉他声伴着轻柔孤独的女声，在车厢内缓缓地流动。

手机在冰冷的夜里已经微微在发烫，她的指尖却仍在抖着。

“要去赴约，一个很重要的约定。”何榆的声音很轻，半张开的嘴说出来的文字有些含混，但在安静的夜里仍能辨析。

何榆不知道自己是怎样拖着箱子在学校里奔跑的，也忘记了旁人的目光和自己的行李箱摩擦地面发出的巨大声响。穿了很多件衣服的笨重身体，让她跑一段就要停下来快走一段。

但万幸的是，当她站在礼堂门口的那一刻，主持人刚好念到傅云实的名字。

大门正对着舞台，何榆可以一眼望进去，看到工作人员搬上椅子和话筒架的动作。

“请出示一下您的观众席票根。”刚要往里面走，她突然被拦住。

挂着工作牌的女孩子带着歉意的笑，从发型和着装看，应该是刚进学校不久的大一新生。

“以前不是开场一个小时之后,可以不用票也能进的吗？”何榆愣住，本来拉着行李箱拉杆的手，下意识地伸进口袋里摸向手机。

“今天来看的观众太多了，中间过道也坐了人，保卫处说了，如果不控制人数，就给我们断电。”小学妹不好意思地皱起眉，“今年的十佳歌手也可以在网上同步看直播，请配合一下我们的工作。”

想起之前商简问过要不要给她留票的事，何榆就想打一通嫌弃工作

人员家属票位置太偏的自己。她都忘了要去排队领票，还有什么脸嫌弃耳座的票？

万般无奈之下，何榆深吸一口气，开始微信狂炸商简。

商简刚好在离门口不远处，很快就赶过来。趁台上正在播傅云实的小片，她倚着门框，大爷似的拿鼻孔看何榆，说道：“叫你拿着票，你非说要自己排队领个位置更好的，被堵了吧？”

“别在这儿拦路了，快放我进去。”眼看着舞台的灯就要亮起，被商简完全挡住了视线后，何榆急得满头大汗。

她咬牙切齿地说：“我一路从山市打飞的过来，要是在你这儿耽误了，你看看这机票和出租车费……”

商简白她一眼，侧身让开，没好气地说：“快给我进来！”

正如小学妹所说的，礼堂里此时座无虚席，阶梯的地上也坐了不少人。

何榆轻手轻脚地将行李箱立在旁边，转身将门关上，再正回身时，舞台已经亮起灯光。

舞台上的屏幕都被关闭，只留有一束追光灯。舞台中央坐着一个修长的身影，他一只脚踩着高脚凳的脚蹬，一只脚平放在地上，显得腿更加修长。

白色的T恤和黑色的休闲裤，没有过多的缀饰，干净得像是校服时代校园里的小少年。灯束打在他的身上，将他与周围的黑暗隔开来。

傅云实当年高考考出椹南市理科最高分后，上过热搜。

这一刻的欢呼声很大，估计在场的观众都是之前有所耳闻。

傅云实调好音后，右手食指轻触了下唇瓣。刚刚还吵闹的厅内，立刻便安静下来。

何榆在心中默数三个数后，吉他声如约响起。只是前奏一出，她便一个激灵，绷住了脸。

是一首很简单的歌，简单的旋律，简单的歌词，只是每一句都是喜欢，每一句都是浪漫。

——你喜欢落日飞车？

——你不觉得很浪漫吗？

那天在音乐节随口的一问一答，他居然还记得。就像再次见面时，他依旧记得她的喜好，递给她糯米糍雪糕一样。他们之间的点点滴滴，所有的经意和不经意，他都记得。

随着吉他的节奏，何榆跟着周围的人一起慢慢晃动着身体，嘴角的笑容越扩越大。

以前的小何榆，每次听到浪漫的歌，都幻想着如果有一天她爱的人能轻声唱给她。何渠琛说她这是言情小说看多了，让她少看点，不如看点高品质的书，譬如傅云实送的那本《百年孤独》。

可她依旧做着她的白日梦。

白日梦着她会和傅云实在一起，白日梦着爱的人为她唱这首最浪漫的歌，唱着歌词里最浪漫，也是她最期许的一句——我知道，你知道我爱你。

而如今，她的白日梦，都被这个叫傅云实的人实现。

何榆听着他在歌中段不停地唱着那句“I love you”，眼睛里满是报告厅两侧的大屏幕特写中，他半垂着眼，嘴角抑不住笑容的模样。

“傅云实有女朋友了吗？”身边不停有人在小声开玩笑着，“我领个爱的号码牌还来不来得及？”

一曲终了，商简才一只胳膊搭上何榆的肩膀，半开着玩笑，说：“过于温柔了啊，傅云实这个男人又在犯规了。”

何榆嫌弃地用手心直接扣住商简的脸，无情地把商简的脸转向一边，说：“别想了，这个人已经是我的了。”

舞台上，那个人没有收起吉他。他又停留了一会儿，才轻笑道：“这首歌，我很久之前就想唱给一个人听。”

他抬起眼，终于在今晚第一次看了镜头。

“希望你能听到。”

何榆呼吸一滞，她看着那个抱着吉他，冲她笑着唱歌的男人，只觉得这可能是她最幸福的时刻。

——I know you know, I love you babe.

——我知道，你知道我爱你。

最温柔的一首歌。

喜欢一个人，大概是他做很多事情，你都会莫名其妙地扬起嘴角。他赢得了比赛，你甚至会比自己得到第一还要开心。

何榆就是这样。

在最后宣布十佳比赛结果的时候，她只觉得自己疲惫的双腿立刻精神百倍，腿部的力量甚至可以让她一跳跳到二楼。

她不管不顾地跟着欢呼，也不怕吓到周围的人。

满舞台飘散的喝彩纸片，让舞台上的人变得模糊，只能通过两侧的特写屏幕才能看清。傅云实站在台上，双眸清澈，亦如当初在南华主持各大活动的少年。

学生会指导老师将奖杯放到他手里之后，等会场安静下来，主持人才将话筒递给他，问道：“恭喜傅云实，此时此刻你有什么想说的吗？”

“想说的很多。”傅云实一只胳膊抱着刚刚宿舍老二送来的花束，

另一只手拿着奖杯，有些艰难地弯下腰，靠近立式话筒。

他抬起眼，看向镜头。偏白的皮肤即便被镜头放大，却没有一点瑕疵，比起其他或多或少化了些妆的选手，反而要更加好看。

"我很谢谢一个人，刚刚我唱这首送给她，报名这个活动也是因为她。我刚上大学的时候，以为我自己永远不会参加这种在台上太显眼的活动，但那个时候我还没有追到我的女朋友，为了追到她，我几乎是豁出去了。"他轻笑，低沉的嗓音在优质的音响里，被原原本本地还原扩大出来。

"谢谢身边人的支持，也谢谢我的她，让我很意外地拿到这个奖杯。"他看着镜头，眼睛里有光在闪烁。

他不知道何榆会不会看到这一段，不知道她那边的网络好不好，不知道今晚是不是在山市有活动。但说出来其实挺可笑的，他就有那样一种直觉，何榆会陪在他身边，远远地看着他拿到奖杯。

不管她此刻在哪个天涯与海角。

舞台前方的冷烟花被接连放出，进到决赛的选手都冲上台一起说笑。观众都在工作人员的指挥中有序退场，整个报告厅内一片混乱。

在飘下的彩条和人群中，傅云实趁乱回到后台。化妆间在距离报告厅后台很近的地方，他推开化妆间的门，空荡荡的屋内，没有一个人。

傅云实走到自己之前的位置上，视线扫过干净的白色桌面，心猛地一慌。

怀疑自己是不是记错了位置，他又向旁边的化妆台望去，从记忆里搜索着手机的位置。他脸上没有过多的表情，放在桌上的手却已经不安地敲着桌面。

他明明记得上场之前把手机放在这里了，还托后台的学生会学弟帮忙看着。

"在找什么？"正想着是不是自己的手机丢了，傅云实的身后冷不丁地响起何榆的声音。以为自己是幻听，他下意识地转身。

何榆正站在门后，贼兮兮地探出个头，手里摇晃的是他的手机。看到她脸上狡黠的笑容，就知道她应该躲了一会儿了。

"在找你。"傅云实叹了口气，嘴角却诚实地弯起。

何榆一愣，仍旧被夹在门和墙壁之间，问道："你知道我在？"

傅云实只是眯起眼，笑着看她，看得何榆心底直打鼓，默默地复盘了一遍自己制造惊喜的过程。

"商简……"何榆恨不得咬碎后槽牙，垂在身侧的手已经握起。

在她就要冲出去找商简算账之前，傅云实摊开手，无辜道："我不知道。"

何榆想打人了。

“你什么时候回来的？”两个人从化妆间里出来，傅云实拿过自己的手机看有没有新的消息，问道，“不是说明天？”

“我……”何榆想了想，还是没有把自己路途上的艰辛说出来。

她以前是一个恨不得把自己的努力和辛苦拿个大喇叭告诉所有人的人，而如今却因为不想让他担心，而少有地没有去邀功。

“想给你一个惊喜啊！”她拉起他的胳膊，换了一句话。

怕他发现什么异样似的，何榆反倒是快走了两步走在傅云实的前面。她转过身来倒着走，故意问道：“你怎么唱这首歌了？”

“嗯？落日飞车吗？”傅云实将手机收起，任由她拽着他的胳膊，眼底温柔而又宠溺。

何榆虽然不矮，但傅云实个子很高，被她这样拉着，他不免要微弯一些身子。

其他参赛选手都在报告厅里合影欢呼，化妆间长长的走廊上只有他们两个人，空旷的环境里，说话稍微大一点声都能听到回音。

傅云实突然止住脚步，装作头疼地思索一下，才演技过于做作地想起来原因。他摊开手，声音低沉：“因为你喜欢。”

因为你喜欢，所以什么我都愿意去尝试。

“刚开学的时候，我问老三，有没有什么吸引你注意的办法。他随口说了个十佳，没想到我却认真了，还打败了他。”傅云实说着说着，居然开始了自夸。

傅云实轻咳一声，回归正题，说：“其实我也没有想到我会坚持下来。只是在那次给你录了《超人》之后，我就想，如果有机会的话，我想在很重要的场合为你唱一首歌。我当电台主播很久了，播过很多听众点的歌，但我终于有一天，可以帮你点一首我唱的歌。”

何榆盯着傅云实的双眼，望进去，只在他的眼底看到自己的影子。不管是在台上，还是台下，他所有的情话和浪漫，全都只说给她一个人听。

她眼眶酸酸的，踮起脚尖抱住傅云实，将脸埋在他的肩膀上。

“你又只是穿一件白 T 恤，连演出服都没有。”何榆嫌弃的声音中，仔细听有细微的颤抖。

“这不是挺好？”傅云实笑得胸腔跟着共鸣，“这样就没人和你抢邋邋遢遢的傅云实了。”

“那我也不想要了。”

“来不及了，已经捆绑了。”

……

一言一语地来回，在空旷的走廊中回响。

走廊拐角处，一直笔挺地站在墙边的男人眼神彻底暗了下去。他自嘲地扯扯嘴角，转身打算把手里刚买来的热奶茶扔掉。

董栉迈开步子，视线扫过去，不经意地触及一个身影。

同样冷清清的不远处的拐角，也靠墙蹲着一个女生，她双手抱着膝盖，脸埋在臂弯中，董栉看不到也猜不透她的表情。

马丁靴踏在大理石的地面上，发出轻微的声音，他弯下腰，将手里的奶茶放在她的脚边。

厚硬纸杯轻叩地面，在寂静的长廊里清晰入耳。

女生的身子一僵，却没有抬起头，只是因为惊吓，而泄出了一声抽泣。

董栉也没有停留，再度迈开腿，双手插着大衣的口袋离开。直到背影消失在楼梯口，他也始终没有看她一眼。

都是失意落寞的人，又何必要打个招呼认识。

等何榆和傅云实返回到报告厅里时，观众已经走得差不多了，大多是学生会的人在打扫清场。

商简看着那两个人整齐划一的步伐，和仿佛复制粘贴的刺眼的幸福表情，气就不打一处来。她卷着手里的流程单，愤愤地敲着椅背，说："还知道回来？下次再这样，行李都给你扔出去。"

每一个字都说得咬牙切齿，还带着点酸酸的味道。

顺着商简的视线看过去，傅云实扫了一眼立在门旁的行李箱，说："看来真的是惊喜。"

"山市下雪了，航班延误了好几个小时，她一路狂奔赶过来的。"即便是装作没好气儿的样子，商简依旧帮何榆将事实说出口。

她还"啧啧"两声，感叹道："真是伟大的爱情。"说完，她就受不了似的摇摇头，转身去收拾自己的东西。

"一路飙车过来的？"等人走了，傅云实看着何榆，若有所思地问道。

"也还好，司机都是老司机，很安全。"知道他又要老父亲般嘱咐，何榆赶忙制止，"我到这儿的时候，刚好听到的就是你的短片开场。这不是说明我们就算是老天爷想要拆散，都拆不散嘛。"

被何榆直接气笑，傅云实双手插进兜里，问道："我的巧克力豆呢？"

这样的一句话，似乎是一句魔咒。时间仿佛被放慢了，何榆深深地看了他一眼，转过去拿包的动作很慢。

傅云实只是随口一说，以为何榆把巧克力放在箱子里，托运不好拿，只是逗逗她。但他没想到，真的看到何榆默默从自己的背包里，拿出半袋子的巧克力豆。

她抿着嘴的样子，还有些不太甘心的意思。

“只买了半包。”何榆不情不愿地将袋子塞到傅云实的怀里，嘴里仿佛仍旧残存了些巧克力的味道。

她本来是要把一整包都送给傅云实的，但……

唉，等飞机的时间真的太无聊了，嘴巴很寂寞，机场里吃的又很贵，她就抱着装着巧克力豆的袋子一颗一颗地拿着吃，不知不觉就吃了半袋。

硬生生吃巧克力豆吃饱了。

“那看来这个牌子不太行，”傅云实挑眉，用指尖划过包装袋已经粘不上的封口，“这封的胶怎么不太好用了，感觉像是二手胶。”

何榆腹诽：二手胶就是买给你吃的，喜欢吗？

十佳歌手落下帷幕，标志着这一个学期走向尾声。

傅云实为“七街巷口”复原的项目，在建筑学院申请了一间教室长期借用作为工作室。平日里只要大家没事，都会去那里一起做项目，唠唠嗑。

“行啊，傅云实，十佳歌手第一。”眼看着期末考试临近，大家都想努努力把项目赶完，剩下两周的时间准备期末考。这些天项目组的人几乎全都聚在一起，彼此熟悉之后不免会相互调侃。

“就只是一个奖杯而已。”傅云实说着谦虚的话，挑眉的表情却丝毫没有半点谦逊。

一句话，换来整个教室的“啧啧啧”声。

何榆捂着脑袋笑倒，受不了地和来打杂的商简交换了个眼神。

期末要考的科目太多，何榆索性把书和笔记都搬到了这间教室，除了上课和回宿舍睡觉洗澡，几乎都泡在这里。有她在的地方，就一定会有成堆的零食。

宿舍晚上会熄灯，但学院不会。建筑学院一楼有几件专用的毕业设计工作室，每年都有毕业生全天待在里面，做建模和渲染的工作。

刷夜通宵的人多了，何榆索性就在这间工作室的一角，组装了一个带轮子的活动柜子，专门用来存放小组的零食。傅云实往里面塞着零食，何榆和商简不停地消耗着，嘴几乎没闲下来过。

“还好这个学期没办大规模的辩论赛，不然双料冠军尾巴要翘天上去咯。”程山双手撑坐在转椅上，左右转着身体，凉飕飕地说道。

十佳歌手第二名，干啥啥不行，酸人第一名。

“建筑学院今年冠亚双收，你们院里没给点表扬？”即便程序大佬再自闭，也对那晚的直播有所耳闻。他推了一下眼镜，从电脑后抬起头。

“奖励什么？一人一个女朋友？”建筑学院的另一个同学打趣道。

听到这话，正在另一张桌子上画图的傅云实手顿住，抬起头，含笑

说道："这奖励我可不能收，收了我人就没了。"

"何榆这么可怕？"像是听到什么大新闻似的，又有人跟着起哄，"你们两个要和谐……生活质量才能有所提高……"

听不下去后面话的何榆张张嘴，想要打断，刚张开嘴，一个加长版响亮的饱嗝回荡在工作室上空，带来短暂的寂静。

何榆心情复杂地看着自己手里的妙脆角，顿时没有胃口继续吃下去。

"嗯，是得提升一下生活质量，"傅云实淡笑着耷拉下眼皮，视线扫过何榆和她食指上顶着的妙脆角，"在外人面前打嗝可不太行，我回去好好教育一下。"

何榆愣了愣。

"第一名不要学院发的女朋友，是有原因的。那第二名总归是要考虑一下的吧？"看热闹不嫌事大，何榆将内部矛盾转移到外部，成功挑事，还不忘火上浇油，"你说对吧，程山？"

"嗯？"冷不丁地被点到，正喝水的程山猛咳了一声。也不知道是被水呛的，还是因为提到了感情的话题，他的脸和脖子立刻便染上潮红。

"我……也不了吧。"平常机灵的一个小伙子，却开始结结巴巴。

"啊，不想要女朋友啊！"何榆挑眉，装作理解地点点头，视线有意无意地反复掠过身侧的商简。

呵，这个女人说着要来帮她打打杂分担工作，实际上是来骗吃骗喝，顺便来看自己喜欢的人。

扭扭捏捏的，还非要等程山来告白。爱情你不主动就能自己找上门来吗？

天仙能，你不能。

何榆心中腹诽着，突然被轻轻踹了一脚。她人畜无害地笑着，依旧大方地看向程山，桌子下的脚却也毫不犹豫地对着商简踹回去。

"'珊珊'可是纯情小男生，不然我们怎么叫他'珊珊'。"傅云实他们宿舍的老四摇摇头，将音调拖得很长，言语间满是调侃。

老二也加入群聊，跟着一唱一和："玩摇滚的纯情少年，是不是听起来就很带劲？"

玩摇滚的小少年终于被惹怒，将整张脸都埋到屏幕后面，"项目做完了吗就在这里叽叽喳喳的，简直八婆。"

程山越是这样，老四笑得越欢，说道："哟哟哟，他急了，他急了。"

工作室里笑声堆叠，何榆用纸巾擦擦手，压低声音问："说真的，你不打算和程山有下一步动作了？"

"我们都没开始，还下一步动作？"商简翻了个白眼，叹气。

何榆皱皱鼻子，乱提议："要不然我把董栉介绍给你吧？"

“董栉？”商简一头雾水。

“我们班的军训教官，大长腿人又帅，腼腆又有礼貌，不禁逗……”何榆越说越觉得这小伙子不错，她掰着手指头，感觉自己像极了人民广场相亲角推销自己家孩子的大妈。只是面前这人一点都没体会到她的良苦用心，眼睛眨得像是在痉挛。

“程山隔那么远又听不见。”何榆摆摆手，不许商简打断自己认真回想的思路，“而且董栉专业也不错，前途无量。主要是当过兵的，身材都特别的……”

“身材怎么样，嗯？”

眼前刚浮现想象中应有的身材，何榆的话冷不丁地被身后的声音打断。傅云实的声音低沉慵懒，尾音微微上挑，听得何榆头皮发麻。

她僵住，只留了背影给傅云实，绝不回头。

商简深深地看了一眼何榆，才好笑地瞅瞅傅云实，眯起眼睛看了半天才说：“傅云实，你今天是不是染头发了？”

“最近是流行染北极星小姐姐（《天赋异禀》中的一个角色）的发色，但你这也……”商简故意拖长最后一个字，还嫌不够到位似的，猛挑了一下眉毛。

饱和度略高啊。

傅云实从鼻腔里哼出一个单音节，无视商简，伸出手指戳戳那个僵直的背影，问：“去吃饭吗？”

刚刚还在心里暗暗发誓死都不转头的何榆，马上回道：“吃。”

傅云实愣怔了一瞬。

“我刚刚只是想把董栉介绍给商简，程山这么久都没有个动静，估计是真的没有那么喜欢她吧？”从建筑学院大楼出来，何榆被寒风吹得一个激灵。

帮她把羽绒服的领口拉好，傅云实牵起她的手，习惯性地把两人的手塞进自己的羽绒服口袋，回道：“程山有他自己的考虑。”

何榆撇撇嘴，并不是很同意，说：“但是好多毒鸡汤都说，男生如果不主动，就是不够喜欢。”

“我以前不是也没有很主动？”傅云实挑起嘴角，捏捏她的手指，“每个人不一样，这个东西不能以偏概全。”

“我怕商简自作多情，这样喜欢一个人太苦了，一直吊着。”垂下眼睑，何榆轻声道。

她其实没有埋怨傅云实的意思，但说完这一句话之后，两人之间却少见地沉默了。

最终还是傅云实打破这沉默，说：“那我去敲打敲打他。”

明明是一句圆场的话，何榆听了却轻咬住下唇。她犹豫了一会儿，才想好该怎么说：“我和董栉在论坛的时候见了几面，所以才会想起来这个人。论坛上他的导师说他没有女朋友，我刚才也正好想起来，是不是能把商简介绍给董栉。”

“我知道你见过董栉。”傅云实反而因为她这一段话，神色柔和了很多。

那天在礼堂，他透过走廊里的镜面，看到了董栉。董栉那时也发现了他的视线，只是通过镜面冲他笑了一下，便垂眼离开。

他其实对董栉没有那么强烈的危机感，但何榆的隐瞒，还是会让他心里有些不舒服。好在她如今说出来，也让他消除了隔阂。

“你知道董栉喜欢你吗？”

“我不确定。”没想到他会这么直接，何榆摇摇头，“他没有和我说过，我也没那么多的自信给自己脸上贴金。”

抬头对上他的双眼，何榆像是想到什么似的立刻解释：“但是秦教授当时说了，我是有男朋友的，我也说了我要回来看男朋友。”

“嗯，老秦和我爸说了，还勒索了我爸一顿饭。”到食堂门口，傅云实先一步将门推开，让何榆先进。

接收到何榆疑惑的视线，傅云实解释：“他说，还好有他打圆场，要不然我爸的儿媳妇就要跟更优秀的小伙子走了。还说我捡了个便宜，真是亏待了他的学生。要不是有点裙带关系，他才不干这么缺德的事。”

没想到表面正经的秦教授，不仅偷偷玩消消乐，私下里还这么有梗。何榆感觉他在自己心里学术大拿的形象轰然倒塌，问道：“那叔叔怎么说？”

正是中午，食堂里熙熙攘攘的，人很多。两个人径直朝餐盘消毒架走去，何榆拿过餐盘转身，吓了一跳，小声喊道：“秦教授。”

傅云实又伸手拿了两份餐具，他瞥了一眼乐呵呵的秦教授，淡定地悠悠道：“我爸说，你干的缺德事还少吗，不差这一件。”

何榆站在两个人之间，猛地感受到了空气中流动的硝烟味。

五分钟后，食堂的一个角落，隐隐传来女生的劝架声。

“别打了，别打了，消消乐‘体力’用完之后你们俩的饭都凉了……”

何榆加入“七街巷口”记忆复原的时间早，被分配任务的时间也早，随着之后项目组不断有同学加入，也就几乎没有了额外的工作内容。但她仍旧坚守在工作室，只为了蹭吃蹭喝。

离考试周还有三天时间，建筑学院灯火通明。把最后一篇论文写好，何榆站起身拿着自己的杯子，一边活动着腰，一边出门接水。

走廊里温度稍低，她瑟缩一下身子，不禁向直饮机靠拢了一些。热腾腾的白汽随着水柱腾在空中，茶叶淡淡的香味渐渐弥散开来。

何榆观察着杯子里的水位，在按下停止键的同时，走廊尽头的那间教室里传出一声欢呼。紧接着，高低起伏的欢呼声，在寂静的楼里震得何榆头皮发麻。

她迅速扣上自己的保温杯盖，不管有没有拧紧，就立刻跑回去。

她左脚刚踏进门框，一声礼炮闷响在耳边炸裂，吓得她差点翻白眼魂儿飞上天。

何榆深吸一口气，稳住心神，没好气儿地抬眼看向正拿着像是婚礼上用的手炮的傅云实。满地飘散的彩色纸屑，让她瞬间头大。

何榆扒拉扒拉自己的头发，将头顶的纸屑抖落，问道："你是不是真想挨你们学院清洁工阿姨一顿揍？"

"刚刚我们想着给第一个循着声音过来的人蹭蹭喜气，没想到是你。"傅云实装作惊讶，心里的小算盘却打得噼里啪啦响。

不到零点，他们就已经工作收尾进入最终测试阶段，但傅云实故意将测试的时间延长了一些，等何榆出门后偷偷摸摸地和程山摸出手炮。

他们事先没有和其他人说，两支细长的彩纸屑手炮刚拿到手上，工作室里的所有人看到那金光闪闪的外包装，立刻跟着起哄。何榆以为是完工的喝彩声，实际上是喝彩整蛊她的起哄声。

"是吗，我要是没盖上保温杯的盖子，就不是蹭喜气了。你们倒是喜庆，霉运全都转移我身上。"何榆强忍住翻白眼的冲动，默念八百次"我不气，我不气，气出病来位置有人替，好不容易调教出来的男朋友，千万不能便宜了其他女人"。

"那不如我们就蹭蹭你的流量好了，后天不是收纳箱电台二十万人订阅的直播节目吗，帮我们做个宣传？"傅云实摊开手。

他双眼看着何榆，甚至还有些无辜地说："我们的服务器都调试好了，可以支持网友进入地图，但现在就缺一些网友。"

一个已经六十多万订阅的电台节目主播，要去蹭二十万订阅的流量，这是人说的话吗？

何榆直接被气得没脾气，质问道："你是在故意气我吗？"

"我看你现在耳朵冒烟的样子，有点像蒸汽火车头。"傅云实倒是真的仔细端详了她一会儿，摸着下巴若有所思。

将保温杯杯盖恶狠狠地拧紧，何榆只想赶紧把这人从三楼窗户丢出去。

她摆摆手懒得和他插科打诨，正要回到自己的座位上继续复习，却

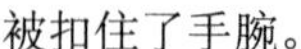

被扣住了手腕。

傅云实收起刚刚那招欠的模样，嘴角上扬，问："要不要出去走走？"

"马上就凌晨两点了，你不冷吗？"何榆瞪大眼睛，指指自己手腕上的手表，不可思议道。

也不管她答应不答应，傅云实不由分说地把她的羽绒服塞给她，自己也穿好外套。他拉着何榆向教室门外走，还不忘转身嘱咐着屋内的人："你们收拾一下一会儿也出来吧，最后一个人记得锁门。"

"出来干什么，陪你一起睡大街吗？"何榆不明所以地被傅云实带到楼下，两个人朝着校园的一角走去。

傅云实的步子很坚定，看上去根本不像是临时兴起出来遛弯的。

而和往常还有些不一样的是，明明此刻是凌晨，校园里却依旧有行人。即便椹大临近期末，从来不缺自习的人，但也不会有人这么晚了还在学校里晃荡。

建筑学院的楼离校体育场很近，傅云实神神秘秘地拉着何榆绕着体育场的护栏网走了大半圈，才停下。

他一只手扶着护栏网的柱子，利落地在昏暗中穿进体育场里。隔着绿色的护栏网，傅云实笑着摊开手，说："来吧，陪我睡大街。"

何榆一愣：怎么觉得自己现在这状态有点像是在探监？

校体育场每天晚上十点半就会锁上铁门，傅云实挑的这个地方，和铁门正好是两个方向。这一侧都是教学楼，位置很偏，连路灯也只有马路旁的一排。

费力地连看带摸，何榆才找到傅云实钻过去的那个缝隙。

"你怎么知道这儿的？"缝隙比何榆想象的要大很多，她能轻松穿过进到体育场。

傅云实借着月色，带她往体育场的操场中心走去，说道："每次临近大型晚会活动，椹大的舞社便会偷偷钻进来练舞，学生会的人都知道。"

此时，操场中心的绿色塑胶地上，有着点点亮光。越走越近，何榆才发现操场上聚集的人很多，大多三五个人聚成一团聊天，像极了参加音乐节的那个晚上。

傅云实找到一片空地，铺好卫生纸让何榆坐下。冬天穿的羽绒服足够厚重，坐在地上并没有想象中的凉意。

"他们都是来练舞的？"何榆还是没懂傅云实带她来操场吹风的意义。

"嘘。"他没有给她答案，只是修长的手指轻轻点上嘴唇。

傅云实嘴角勾着，抬手指着天空的一角，说："你看，北极星。"

操场周围没有大灯，也没有亮灯的高层建筑，光污染要比椹南市内其他地方轻很多。不过毕竟是在城市，虽然能将星星看得清楚，但依旧不如山里看星星的那样繁多和明亮。

“你一说到北极星，我就想起北极星小姐姐，”何榆啧啧两声，没有沉浸到傅云实制造的浪漫中，“我要是染她那种绿色的头发，是不是很酷？”

说完，她扬起下巴，看向身侧望着夜空的人。

傅云实没有移动视线，他仰头看着星星，缓缓开口：“你还记得十里屯的巴基斯坦餐厅的绿咖喱吗？”

别人家心灵手巧的托尼老师，不一定是你会遇到的托尼老师。

那屎绿屎绿色的魔法药水，才是你的归宿。

何榆抽搐一下嘴角，干脆地说：“不染了。”

傅云实不配让她头顶带点绿。

即便今晚的风不大，也不刺骨，温度却依旧是冰冷的。何榆吸了一下鼻子，整个人又往羽绒服里缩了缩。她学着傅云实的样子，也抬起头欣赏那平淡无奇的星空，说：“你是不是有心事，还是闲得无……”

她的话还没有说完，却因为眼前隐约划过星空的痕迹，戛然而止。

何榆眨眨眼，以为自己老眼昏花，把夜班飞机看错成流星。

但万一是外星人呢？

心中安慰着自己该吃药睡觉了，人群中便传来惊呼声。

凌晨两点的流星雨，划破椹南市寂静的夜空。每年电视里都会报道的双子座流星雨，终于有一天，在她毫无准备的情况下闯入她的视线。

何榆下意识地望向身侧的傅云实，看着他闭上眼睛后微微颤抖的卷翘睫毛和高挺的鼻梁，轻笑出声。

傅云实再度睁开眼睛，见她乐得那么欢，叹了口气，问道：“你怎么不快点许愿？”

凌晨两点是双子座流星雨的极盛时刻，在椹南市这样的城市，也只有在极盛时刻才能肉眼观测到流星雨。

椹南市的空气状况不好，现在不许愿，下一次还不知道什么时候才能在椹南观测到。

“我没有愿望。”何榆笑着咬住嘴唇。

她仰头看着他，清澈透亮的双眸里，倒映着他的脸，说：“我所有的愿望，都已经实现了。”

和你考到同一所大学，和你再度重逢，和你相爱，和你携手。

都实现了。

做人不能太贪心，我怕我一贪心，老天爷就会把这些实现了的愿望都收回去。

满夜空划过的流星雨中，他们对视着，嘴角是统一的弧线。傅云实望着何榆，瞳孔微微动着。

他薄唇微启，压低声线，只有他们两个人可以听到的声音，压得低音中的单词变成气流。

傅云实唱得很认真，像是刚开始学英文歌的幼儿园小朋友。明明是这么一大个腿长胳膊长的人，哼着这样的歌，反而显得更可爱。

在《小星星》的简单曲调中，何榆淡笑着向后靠在他的肩膀上。

“我以后一定要嫁给一个，不仅会听五月天，还喜欢落日飞车的人！”

“那不就是我吗？”

“才不是！你只会唱《小星星》。”

“我也会唱落日飞车啊！”

“你还落日飞车呢，你唱成落日飞机都是抬举你。”

“那我还是拿了第一。”

“就不能谦虚点？”

……

何榆嗅着傅云实身上好闻的味道，只觉得她的世界，只有这满夜空的流星和他。而这流星的浪漫，是被他带到她的世界。

他是她的全世界。

热爱他所热爱，其实并不准确。

她热爱的东西，刚好他也热爱，这才是何榆对于她和傅云实之间感情的理解。

坐在录音室里冰冷的椅子上，何榆裹着厚重的羽绒服，失神地看着录音室的一角，她感觉自己的灵魂仿佛飘在空中，整个脑袋彻底放空。

离这一期收纳箱电台特别直播节目录制还有五分钟，即便是早已习惯在很多人面前说话，她却突然没来由地感到一丝紧张。

最早在和喋喋一起做电台时，她们从来没有想过自己会有二十万的粉丝。从每涨一个粉丝都会开心到爆炸，到后来渐渐地实现一个又一个那时看似很大的目标。

跌跌撞撞，她终于做到了傅云实在做电台半年时达到的位置。

“期望与他优秀并肩”这句话，何榆从来都没有当作过随口的嘴炮。

平时看起来就不算大的录音室里，此刻挤了四个人。何榆和喋喋这次请来了一位嘉宾，是在之前的节目中呼声很高的嘉宾，很多粉丝都希望她常驻收纳箱。

而剩下的那个人，则是坐在角落里玩手机的傅云实。

他作为有丰富电台直播经验的人，这次是来全程保驾护航的。傅云实隔着整张木制桌子，坐在杂乱的数据线后，背靠着墙角，看上去有些可怜。

“要开始了，”喋喋的声音在安静的录音室内响起，“三，二，一。”

随着最后一个数字落下，何榆同步将推流按键推出去。

“欢迎收听收纳箱电台，收纳生活中的一切快乐与不快，我是木鱼。”

“我是喋喋。”

这样的开场白即便重复很多次，但每一次都好像是抱着最期待的心情。

“今天是我们电台成立以来，第一次正式直播节目。在这一期特别的节目里，我们也邀请到了收纳箱电台的老朋友——干干。”这次是喋喋来开场，经过这么多期节目的历练，她已经能够很好地拿捏情绪。

“大家好，我是干干，一个写不正经小说的正经人。”

干干和喋喋都在传大读书，之前做一期有关网文现状选题的节目时，喋喋就把干干拉来当嘉宾，录制全程很欢乐。

何榆笑着接话：“今天干干为了给我们电台庆祝，特地准备了单口相声。”

“之前来参加节目时的评论我看了，好多人说我们是说群口相声的，这我就特别不乐意了。”电台直播节目没有画面，干干大大咧咧地跷起二郎腿，从身后摸出一个东西。

下一秒，快板清脆的声音响彻整个录音室。

干干挺直后背，两条胳膊打开，动作标准得像是芭蕾舞演员，只是手上的快板噼里啪啦响，并说道：“这才是群口相声的开场，我们今天收纳箱社开箱表演，感谢各位衣食父母前来捧场……”

一段莫名其妙的才艺展示，让整个节目交流区飘满了“哈哈哈”。

何榆笑得差点在地上打滚，在笑死的前一秒还不忘捧哏：“对，这就对咯。”

“好了，不开玩笑了。其实今天二位主播邀请我来做节目，我也是特别受宠若惊的。收纳箱是我从它自开始做，一点一点看着成长起来的。其实这种心路历程，就和我这个写故事的经历很像。”干干收起笑，正色道。

喋喋点头，接话：“每一位来听我们节目的听众，或者每一个看你故事的读者都是我们的家人。”

“对，有很多名字我都眼熟，每次看到他们出现的时候，就会有那种……”干干的笑不自觉地扩大。

她一只掌心轻捂上胸口，说道：“‘我好开心，你又来啦，你没忘记我’，这样的感觉有点像是老朋友。”

何榆对此表示赞同，说：“其实我一直觉得做一些内容的输出工作，

是一个给人感受很复杂的事情。我们会因为自己理解的内容输出，而吸引和认识有相同观念、爱好或是其他方面的人。”

“你们之间彼此成就，比如他们会因为你的东西而被治愈，而我们反过来因为他们的反馈，而变得更好。”千千的语速比较慢，比起以往有草稿要显得不熟练许多。

她们这一期主要是想闲聊，后面安排了很长时间的和听众互动的问答环节，也就没有准备详细的节目流程框架。

“但是也会遭到一些非议，”喋喋话音一转，“我觉得这是不可避免的事情，在收纳箱的评论里包括私信，我也会收到消息说我们的节目越做越无聊，我们两个女生怎么怎么样……”

“刚开始我们会有些失落，去找自己的问题，但后来就释怀了，”喋喋说着，视线越过千千，望向何榆，“有喜欢你的人，也会有不喜欢你的人。”

“千千也会有这样的经历吧？”收到讯号，长期养成的默契让何榆主动把话题引到嘉宾身上。

“嗯，我写故事很喜欢跟着情绪走。写故事是我的一个爱好，我不想把它变得非常的……不像是我的作品。我很珍惜所有愿意看我写的故事的读者，我觉得我们一定有一些灵魂中的相似之处，但是……”

千千停顿了一下，似乎是在组织语言，然后继续说：“我写过很多个故事，其中有一个是我写完很爽，感觉心中的情绪都表达进去的。后来我从网上看到有人说，这本书很矫情，这本书的句子太装了吧。”

“当时我真的是心一紧，有点委屈，”千千叹了口气，笑着缓和情绪，“但后来我问自己——你写爽了吗？这是你想要表达的东西吗？是的。”

她摊开手，说：“那我就没有遗憾了。”

在收纳箱电台涨粉比较快的那几个月里，负责运营电台微博账号的何榆，几乎每天都会收到语气并不是很好的私信。她和喋喋为此开过很多次语音会议，反思电台内容的问题。

要做得更有深度一些吗？

要做得更有趣一些吗？

如果她们真的这样改了，那她们还是她们自己吗？

何榆和喋喋也试过去改成针砭时弊的节目，但这太累了。收纳箱本来就是一档聊闲天，收纳生活的废话电台。

她们做这个电台，只是因为快乐和热爱。

何榆悄悄吸一口气，歪歪嘴角，说道：“在没有被生活所迫的时候，做自己，真的很重要。”

“但是千千当作者的话，是写自己的故事吗？”她好奇地问。

“我觉得我不算是作者，我只是个讲故事的人，讲的事情未必是自己经历过的，但或多或少会有些本人的影子。”干干思索了一下，认真回答。

“比如，一般来说，男主角都是我喜欢的类型，”刚认真没两秒钟，她又毫无形象地大笑开来，“就像大家都知道木鱼喜欢入江直树，做节目也会提到入江直树，是一个道理。”

“你现在在这里提入江直树，木鱼今天还能不能走出这个录音室了？”有意无意地扫了傅云实一眼，喋喋调侃道。

她凑近话筒，看热闹不嫌事大地说：“对，你们没猜错，今天纸盒是我们这期节目的技术指导。”

“纸盒不是为爱发电来帮忙，也不是我们压榨他。”一直在看交流区的何榆赶紧解释，拒不承认今天是自己把傅云实绑过来的。

“纸盒和我还有其他同学一起做的七街巷口记忆还原项目昨天已经开放服务器了，我们在交流区发了下载链接，欢迎大家一起来体验七街巷口的历史变迁。”

说完，何榆凶巴巴地转头盯着闻声抬起头的傅云实，说：“纸盒，记得打钱，我们广告位很贵的。”

结果直接被喋喋拆台：“没事，只付我一人份的就行，你们俩之间用不着那么客气。”

“我突然想起来，木鱼之前不是说过，她分不清楚是先喜欢入江直树再喜欢纸盒，还是先喜欢纸盒再喜欢入江直树的吗？”干干挑眉，也给傅云实递了一个眼神。

这表情，让傅云实梦回当年还没追到何榆时，宿舍里程山他们几个就是在这样的眼神后，开始帮他出谋划策，出的尽是损招。

干干转过头去，舔舔嘴唇，狡黠地看着何榆，问道：“现在这个问题想清楚了吗？”

“那你应该问纸盒。”何榆丝毫没有被问题噎到。

她不甘示弱地扬眉，继续说：“纸盒知何，所以他一定知道，我最先喜欢的是他。”

之前起名叫木鱼，不只是她名字里有一个木字旁的“榆”，更是因为她被商简调侃成是个“榆木疙瘩”。

商简经常和何榆开玩笑说，那个谁谁喜欢你啊，但她半点察觉不到。

尤其是到后来喜欢上傅云实之后，她对周遭的视线越发地麻木，眼里只有他一个人。再往后，“榆木疙瘩”变成了调侃她“一棵树上吊死，非傅云实不可”的死脑筋。

但估计是傻人有傻福吧，榆木疙瘩也会有春天。

当榆木疙瘩迟钝地发现，原来喜欢的人一直都在喜欢自己，榆树才

终于开花。榆木疙瘩一直企图更了解的他，其实早已懂她。

知何，是她听了一年才发现的加密情话。

何榆难掩嘴角的笑意，眼底倒映着头顶点点的灯光，再度开口：“其实这个先后顺序并不重要，他就是我的入江直树。”

视线越过机器设备，她一眼便望进傅云实的眼底。他正淡笑着望着她，用指节轻敲两下手机屏幕。

下一秒，一条消息便进来。

手边静音的手机亮起，何榆只是扫了一眼，便撇过脸去笑出声。

【我不是相原琴子的入江直树，而是你的傅云实。】

他从来都不是入江直树，他只是她的傅云实。

何榆的，傅云实。

# 番外一

## / 人生赢家 /

“七街巷口”的记忆复原项目，在之后的半年里，通过学院和教授的各方努力，还有靠傅云实这曾经的高考状元刷脸，冲上了两三次热搜。

一转眼到了何渠琛高考的日子，那几天，何榆和傅云实正在山市参加一个交流活动，没有办法回去给何渠琛加油。但显然，何渠琛也不需要他们过分的关爱。

高考的第二天，临近英语考试结束时，何榆就已经找好一个安静的地方，坐在台阶上看着手机，干等着到时间给何渠琛打电话。

“这么紧张他？”傅云实从咖啡厅里给她带了杯果汁出来，也大大咧咧地坐在她身边。

何榆撇撇嘴，瞄他一眼，有些无语：“老夫老妻了，这醋你都要吃？”

天知道她这两天来参加这个交流活动，多看一眼帅气的男孩子，就要被傅云实傲娇地鄙视多久。

爱美之心人皆有之这种世事常理，他怎么就不能理解一下呢？就连她刚刚在咖啡厅里和交流学校的人打趣，他都要悄悄捏捏她的手。

“你是醋坛精转世吗？那我干脆叫你傅云坛、傅坛实、傅实坛……”何榆无聊地掰着手指头，猛地一顿。

她唇上一软。他刚刚吃过冰激凌的嘴唇凉凉的，带着淡淡的朗姆酒香气。

不知道是山市的夏天太过炎热，还是这残留的朗姆酒味道让人微醺，何榆只觉得自己的脸以两百迈的速度飙上染红高速。

明明已经在一起快一年了，她却还是不适应每一次的亲密。她肺中的氧气即将耗尽时，傅云实才放开她。他盯着她满脸潮红的样子，好气又好笑地说：“你换气好不好？怎么每次都忘？”

傅云实说这一句话的声音中带着淡淡的笑意，让本来很正常的一句话怎么听怎么带了些奇怪的东西。

耳尖发烫的何榆垂下眼睑，踢了踢地上的石子。

如愿看到“馒头树猛男”终于有些娇羞小女生的样子，傅云实心情大好，忍不住逗她。

何榆腹诽：我现在捐出男朋友，还来得及吗？

空气凝滞两秒，傅云实被何榆幽怨的眼神盯得头皮发麻，于是指指身后的落地窗，干涩地转移话题：“刚刚他们说我叫你何榆，有点奇怪，不像是情侣。”

何榆从鼻子里哼出一声，继续盯着他，眼神越发不善。她发誓，要是傅云实再挖坑给她整幺蛾子，她一定立刻把这只蛾子打死。

“所以要不然，”傅云实沉思着，突然有些手足无措，“嗯……榆榆？”

在家里，何榆也很少被自家爹妈叫“榆榆”，基本上都是干脆叫名字。

听起来总觉得有些肉麻，何榆一阵恶寒，赶紧抖掉自己胳膊上的鸡皮疙瘩，说道：“要不然还是叫我何榆吧，或者叫我亲爱的，别叫我榆榆，你骑马呢？”

傅云实心想：不愧是我的女朋友，“浪漫”二字与她彻底无关。

两个人在山市的热浪中吹了十分钟夏风，最后何榆实在忍不住拍拍屁股回了咖啡厅。

“不给小何打电话了？”傅云实幸灾乐祸地跟在后面。

打开门的那一瞬间，冷气瞬间包裹全身，何榆满足地呼出一口气。她向前又多走了两步，转过身来，挑起下巴，说：“像我这样高贵的女士，只有别人主动打电话给我，没有我主动打电话给别人。”

来了来了，戏瘾又上来了。傅云实上下打量她那到膝盖的黑白格大裤衩子和脚上随便穿的一双运动拖鞋，摸摸下巴，说：“嗯，是挺高贵。”

这拖鞋一看就要好几十块钱。

在山市学校交流访问为期两周，住在对方学校的宿舍。何榆和傅云实打算在周围的城市逛一逛，于是定了交流会后的行程。

“何渠琛给你打电话了吗？”几日后，坐在去邻省的高铁上，傅云实突然想起来这件事，随口问道。

何榆把最后一口面包塞进嘴里，手上熟练地刷着微博，含混地应道：“打了。”

“我们这次是不是要给他买点礼物？高中的毕业礼物要正式一点吧？”傅云实摸摸下巴，拿出手机查着目的地的特产，“他喜欢什么？”

何榆答得迅速而又干脆："没事，你不用给他买了，我买过了。"

见傅云实一脸问号，何榆轻松地笑了笑，将面包包装团成一团扔进垃圾袋，然后皮笑肉不笑地说："《百年孤独》精装版。"

傅云实愣了愣。

何榆满意地感受到身侧那人的僵硬，故意顿了一下才解释："他也喜欢那个小姑娘，小姑娘明年高考，他不想打扰人家，想着等小姑娘毕业再在一起。他又怕人家跟别人跑了，所以专门留了自己的笔记给她，非常心机地留一个念想吊着人家。"

"嗯，那不是挺好的？"傅云实垂眼，尽力竖起耳朵听出何榆话语中的深意，随时求生。

"但他没有给小姑娘留联系方式，不愧曾经号称小傅云实。"何榆啧啧地摇摇头，一边吐槽，手指在屏幕上又划拉一下，脸便僵住。

热搜的最下面，出现了她最熟悉的，也是刚刚吐槽过的，自家弟弟的名字——椹南市裸分状元何渠琛。

她这才猛然想起，今天是椹南市高考出分数的日子。

但她的微信居然一点消息都没有，就连何家爹妈都没高兴地打来电话，估计这个时候已经开心庆祝忘记了她。

"何渠琛拿了裸分第一？"傅云实显然也刷到了这一条消息。

"嗯，这里有采访视频，要不要看？"何榆把手机放在两人面前，将耳机摘下来一只递给他。

傅云实拿着手机，何榆得以安心地捧着自己的奶茶，靠在他肩膀上，欣慰地看着自家弟弟。

"这次考试成绩也是我没有想到的，只是刚好比较幸运……"采访视频的背景是南华的花园小长廊，少年穿着南华的校服衬衫，因为阳光的照射而微眯了一些眼睛，嘴角是淡淡的笑意。

他不畏镜头，对记者的问题都稍稍思考之后才侃侃而谈。小时候跟在她屁股后面哭闹的小孩，如今长成了可以让小女孩仰慕的优秀少年。

何榆听着何渠琛的"状元感言"，抑制不住地笑开，倒是有点像看自家孩子长大的感觉。何榆"啧啧"两声，言语间却是掩不住的自豪："我妈还说我送琛琛《百年孤独》不吉利，但我看这些弹幕，弟媳还是挺多的嘛。"

"傅蛾子"酸溜溜地说："我当时的采访视频也不差吧？"

何榆看了他一眼，认真地点点头，回道："嗯，不差。你和琛琛比，绝对是赢了。"

"怎么讲？"傅云实挑眉。

"我当时也发弹幕叫你老公了，我总不能给何渠琛也发这样的弹幕

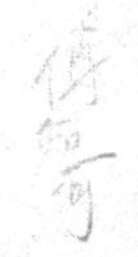

吧，所以你赢了。”她大气地拍拍傅云实的肩膀，自豪地用大拇指狠狠刮一下鼻子，“我是何渠琛无论如何都得不到的女人。”

傅云实腹诽：那我还真是谢谢何家的血缘关系。

“不过我是真的有点爽的，当年遍地情敌，如今遍地弟媳，我真的是人生赢家吧？”何榆狡黠地笑着，“以后我的孩子有状元爹教导，再不济也有个状元舅舅当后盾，那不得是下一个爱因斯坦？”

“别做梦了，”傅云实伸手捏捏她的鼻子，“万一随你呢？”

何榆白了傅云实一眼，没好气儿地说：“懒得跟你讲话，你一点都没有我家琛琛可爱。”

说完，她就真的没有再搭理一直捏她脸的傅云实，而是认真地看着手机里的采访。

“身为状元，有什么要跟学弟学妹们说的吗？”最后一个问题，记者问得中规中矩。

“其实很多有关考试经验和复习时间分配的安排，都已经在刚刚的问题中讲过了。”何渠琛拿着收音器，微弯着腰。

他思索一下，才抬眼重新看向镜头，说道：“请多多支持我姐夫傅云实的没话聊电台，播客搜索可以收听。”

何榆一愣：我不配吗？我们收纳箱电台是因为没有个状元主播，所以不配和何渠琛一起玩吗？这世间没有温情的爱情，就连姐弟情都消散了吗？

眼看着何榆的脸就要缓缓地抬至45°仰望天空，傅云实眼皮一跳，赶紧制止道：“不至于，不至于，真的不至于。”

车上那么多人呢。

刚凝聚起来的感伤被打断，何榆恶狠狠地盯着傅云实，脾气不比刚刚的小。她咬牙说道：“傅云实，打钱，广告费。”

“没钱，都已经上交给你了。”傅云实摊手，无辜地眨眼，发出穷人的声音。

见她气鼓鼓的腮帮还没消下去，他轻笑，凑近她的耳边小声说：“我什么都没有了，何小姐看看，交公粮行吗？”

# 番外二

/ 你向我跑来时，我也有望向你 /

何榆和傅云实的研究生依旧申请到了同一所学校，他们在学校附近租了一间公寓，地方不大，但也足够生活。

临近圣诞节，波士顿下了一场大雪。

即便是从小生活在椹南市的孩子，何榆也只在儿时经历过一次这样大的雪。积雪可以没过膝盖，视线所及，一片灰白。

何榆走到客厅给自己倒了一杯热水，又迅速缩回卧室椅子上的毯子里。宽大的睡衣衣袖领口是让她安心的淡淡味道，红茶的香气在冰冷的公寓中弥散开，祛走些寒意。

傅云实所在的学院今晚有一个庆祝活动，要很晚才能回来。好在暴风雪已经停了，她也能安心地在家里和喋喋一起录节目。

节目是录播，刚好喋喋周末可以在家里录。

何榆再次把稿子的重点标记部分看过一遍，抿上一口热茶，润润嗓子。

“准备好了吗？”喋喋的声音在耳机里响起。

玻璃杯轻叩在桌面上，发出一声闷响。何榆垂下眼睑，回道：“准备好了。”

“欢迎收听收纳箱电台，收纳生活中的一切快乐与不快，我是木鱼。”

“我是喋喋。”

三年多，收纳箱电台的开场音乐换了几个，但开场词从来没有变过。即便她和喋喋如今生活在地球的两端，却从没有落下一期节目。

何榆是没有什么恒心的人，却出奇地在做电台和喜欢傅云实这两件事上坚持了很长的时间。

“今天的波士顿下了一场大雪，不知道地球的那半边天气好不好。听到这个节目的你们，又在做些什么呢？”何榆轻笑，低沉而又温柔的声音透过话筒被逐字记录为符号。

“椹南市也下雪了。”喋喋跟着笑了，“作为圣诞节的节目，我们这个录节目的时间，挑得很准。”

“圣诞节了，我们上一期节目也提前预告，会收集一些听众的留言故事分享给大家听，”明明知道喋喋看不到，但何榆还是习惯性地点点头，“所以这一次，是圣诞节的故事会。如果你是一个人在听我们的节目，希望你能被治愈。”

喋喋立刻接话：“那不然从木鱼开始第一个故事吧？”

“很久没来留言区留言，节目也都是断断续续地补，上了大学之后，好像日常生活都变了。但唯一不变的是，在时隔两年后遇到他，我还是那样的心动。”何榆的声音顿了一下，眉眼渐渐柔和地弯起，“收纳箱节目刚开播没多久，我当时问了木鱼一个有关于她的入江直树的故事。可能木鱼是开过光的木鱼吧，我已经和我的入江直树在一起啦！姐妹们，相信自己，一定会遇到一个合适你的、超级美好的人。”

念完，何榆抿着嘴，嘴角却已经几乎要咧到耳朵后面。

她当然记得这个账号名字，那个时候这位听众还是个读高中的小朋友，如今也应该上大学了。

电台之于何榆的意义，褪去最开始的新鲜感，更多的是陪伴。陪伴爱她的听众，同时也是陪伴她自己长大。

录完一整期节目时，茶已经凉了。何榆搓搓手，甚至把手放到微烫的电脑上取暖。

瞄了一眼时间，何榆思索着要不要给傅云实打一通电话，问问他怎么这么晚还没有回来。

手刚碰上手机，门锁便传来响动。

何榆几乎是同时站起身来，在高大的男生将门从身后锁上时，一个猛扑扑到他的怀里。

傅云实猝不及防被何榆撞了一下，向后退了一步才稳住。他有些无奈地将钥匙放到一边，抱住怀里的赖皮鬼，左晃晃，右晃晃，低沉的声音里满是宠溺：“怎么了，这么快就想我了？”

何榆没有说话，只是猛吸一口气，眨眨眼，说：“你身上有雪的味道，超级好闻。”

那种清清冷冷的味道。

“你怎么不说我身上都是疲惫的味道？”傅云实被她气笑，摇摇头。

躲开何榆伸过来拉他的手，傅云实摇摇头，回道：“我的手凉。”

他将下巴轻放在她的头顶，真就自顾自地对着自己的手心哈气，仿佛她的脑袋就是一个支架。

何榆的头发被他的下巴蹭乱，她眯着眼睛，捶了他一拳，问道："聚会上有没有漂亮的金发碧眼小姐姐来勾搭你？"

"你还真以为别人都像你眼光独特？"放开她，傅云实将外套脱下来，挂在门边的衣架上，"我连饭都没怎么吃，还有闲心和小姐姐聊天？"

何榆这才发觉傅云实脸上的憔悴和疲惫，看样子是真的没吃饱。心猛地疼了一下，她踮起脚，认真拍拍他的脑袋，说："那我帮你煮点面吧。"

异国他乡，最令人泪目的就是那么一碗热腾腾的方便面，最好再打两个蛋，放根火腿。

以前傅云实是不吃这些垃圾食品的，后来和何榆在一起被同化了。洗好小煮锅，趁着傅云实去洗手换睡衣的工夫，何榆赶忙把水烧好。

把沾满水的手在围裙上蹭蹭，她一边撕着方便面的袋子，一边扭头喊着："小爱同学，打电话给妈妈。"

手机在客厅，离她不远，隐约能听到"嘟嘟"声。

把最后一个小包装撕好，又检查了一下小煮锅，何榆这才转身走到客厅。手机没有开免提，但她还是习惯性地直接大声说道："妈，我们这个礼拜回国，要给您带点什么东西回来吗？"

她也没多想，走过去直接伸手拿起屏幕正亮着的手机。

傅云实也从卧室里出来，用毛巾擦着有些湿的头发。

对他做了一个"我在和我妈打电话的口型"，何榆按开免提，也没从桌上拾起手机，喊道："妈……"

这个字刚说完，那边的人才轻咳了一声，问道："何榆吗？"

对方显然是愣住一会儿才问的，言语间透着一丝尴尬。

听到这完全不是妈妈的声音，何榆打算回去看锅的脚步猛地顿住。她拿起手机，在昏暗的灯光下，终于确认这不是她的。

"阿姨好。"话没过脑子，何榆赶紧僵硬地重新打招呼。

傅妈妈听出了她的紧张，声音反而更温柔了一些，问道："你们下周就要回来了？云实都没和我说，是想给我一个惊喜？"

完了，傅云实给傅妈妈的惊喜，让她给搅黄了。

何榆拿着手机，只觉得自己继续说什么都不太好。纠结间，一只手伸过来从她手中拿走自己的手机。

傅云实轻睨她一眼，将免提关掉，把手机放在耳边，说道："妈。嗯，我和何榆下周二的飞机。"

"没有。"傅云实笑了一声，又扭头看何榆，"她刚刚准备给何妈妈打电话，没想到把我的手机唤醒了。"

只是这时的何榆已经没站在那里了，整个人都趴在沙发上，拿毯子蒙住脑袋。

这还八字没有一个撇，就直接主动叫未来婆婆“妈”了，天底下还有比她更蠢的人吗？

没有了！

周三，落地椹南市，已经是凌晨。

傅云实提前叫好车，先把何榆送回家，再自己回去。

何榆在飞机上睡了很久，此时又困了，脑袋抵在车窗玻璃上，身子又开始跟着车摇摆。没有困意的傅云实无奈地笑笑，伸手握住她的手。

——“云实，你和何榆也在一起好几年了，咱们家是时候要对何家小姑娘负责了吧？”

那天在家里和傅妈妈通话的记忆，再度在这个夜晚浮现在脑海。他垂眼看着掌心里何榆纤细的手指，眼神动了动。

“何榆，明天来我家吃饭吧？”傅云实去过很多次何家，但何榆从来没有拜访过他家。

其实不是没有想过要带她见爸爸妈妈，只是何榆一直觉得还早，动不动就要带回家见父母，看起来有些草率。毕竟那时的他们，还没有能力说“永远”这两个字。

“嗯？”何榆迷迷糊糊的，因为感觉到手上的温暖，而向他的方向缩了缩。

将她的脑袋轻放在自己的肩膀上，傅云实温柔地说：“我爸爸、妈妈想见你。”

何榆缩在他的怀里，呢喃着溢出一字的回应：“好。”

何榆要去见傅家父母的事情，成了何家的头等大事。第二天一整天，何妈妈都在帮她挑衣服。

到最后实在是选疲劳了，何榆瘫坐在沙发上，两条胳膊大大打开，问：“如果琛琛带女朋友来见你们，小姑娘穿什么样的衣服会讨你们喜欢？”

何渠琛从小寄住在她家，何爸爸和何妈妈也真心把他当亲儿子养，带女朋友回来见他们也是迟早的事情。

何妈妈想了一下，手中仍旧熟练地削着苹果，说道：“乖巧可爱一点的吧？但是你硬说一定要乖巧可爱，我也不这么觉得，毕竟女孩子有很多种的类型，琛琛喜欢就好。”

“我对穿着没有要求，只看她看向琛琛的眼神，”何爸爸放下手中的茶杯，指指自己的眼睛，“眼神不会骗人。”

“那不就好说了嘛，我还是穿我自己最舒服的衣服去好了。”何榆长舒一口气，终于找到合适的理由自暴自弃。

最后她真的就穿了一件宽松灰色针织衫和牛仔裤，搭上一双匡威鞋，直接去傅云实家里拜访。

傅云实提前开车来接她，见她拎着很多礼品，无奈地笑出声，问道：“怎么还带东西？”

“你来看我爸妈的时候不也带了吗？”打开后座门把礼盒放好，何榆才关上车门坐到副驾驶座上，“我爸妈让带的，算是他们的心意。”

车内的暖风已经提前开得很足，傅云实接过何榆脱下的外套放在后座，问道：“紧张吗？”

“我现在已经紧张到天上去了。”何榆轻轻呼出一口气，右手不停扇着风。

虽然她以前在南华是出了名的没大没小，天天和各科老师插科打诨耍小聪明，但见男朋友的家长，总不能发挥她那一身不正经的本领吧？

“不过，咱们两个的父母早就见过。”何榆紧张地抠了抠手指，换了一首车内的音乐。

开家长会的时候，他们作为同桌，父母之间肯定会交流几句。

傅云实点头，随即笑开，说道：“嗯，我妈有一次开家长会回来，说叔叔的鼻梁很挺，猜你一定很好看，让我好好把握。”

“嗯？”何榆瞪大眼睛，以为他在说笑。

在红灯前，傅云实停下车，看向她的眼睛里没有半点玩笑的意思。他摊开手，无奈道：“是真的。所以你别怕，我妈妈在很久之前就挺喜欢你的。”

无从求证傅云实话语里的真假，何榆一路忐忑地到达傅家。

傅妈妈已经做好一桌的饭菜，早早地就让傅爸爸下楼接他们。

“阿姨好。”见到长辈，何榆下意识地扬起一个长辈专供的打招呼笑容，甜甜的，毫无攻击性。

傅妈妈把手中的盘子放在桌上，笑着点点头，问道：“怎么又叫阿姨了？”

说到前两天的尴尬，何榆不好意思地低下头，背在身后的两只手不安地抠着手指。

不安分的手指被傅云实的大手包裹住，他宽阔的肩膀抵上她的后背，说：“妈，您就别逗她了。她平时伶牙俐齿的，这个时候倒是真的怕了。”

“我有那么可怕？”傅妈妈抬头看着自家儿子，轻哼一声。

“阿姨人很好，我只是……嗯，第一次以傅云实女朋友的身份来拜访。以前去同学家都是一起去玩的，现在就有点不习惯。”反握住傅云实的手，何榆心里的紧张还没有退散。

饭菜都已经上桌，傅云实带何榆去洗过手之后，几个人便围坐在桌边。傅云实先给父母夹菜，才给何榆夹了更多，说道："别客气，可千万别回去之后因为没吃饱，还要在家里半夜找零食吃。"

知道他又在讽自己饭量大，何榆羞愤地低下头，狠狠地踩了傅云实一脚。

"有你这么说人家小姑娘的吗，臭小子。"傅爸爸瞪他一眼。

"您是没看到，何榆之前一手一个军训基地的大馒头，嘴里还叼着一个的样子。她的饭量就是我工作的动力，绝对不能让她饿着。"在家里，傅云实难得放松下来，就连说话的语气都有些变了。

他学得有模有样的，但在表达最后一句话时，还夹着几分真诚。

见他还要继续说下去，何榆赶忙又夹一口菜放进嘴里，飞速地嚼两下，装作细细品味的样子，说："阿姨做的菜真的好好吃。"

"有军训基地的馒头好吃吗？"傅云实挑眉。

何榆皱皱鼻子，气得想揍他。

但在伸出手的前一刻，她用自己强大的意志力控制住自己，只伸了一个做作的小拳头出去，险些把傅云实拳出内伤。

"有机会一定要向阿姨讨教一下做菜的秘诀。"揍完人，何榆的心情以肉眼可见的速度好转，眼睛都眯成了月牙。

只是被揍的那个人显然一点觉悟都没有，傅云实一只手捂着胸口，笑意却渐渐加深，说道："其实，这道菜是我妈叫外卖订的。"

何榆绝望了。

她干脆改名叫何尴尬算了，每次在未来婆婆面前都尴尬，尴尬之王非她莫属。

饭后，傅云实把何榆带到自己的房间。

何榆捧着一杯消食的柠檬水，忧心忡忡地皱着眉，问道："我今天说错了那么多话，阿姨会不会觉得我不够聪明？"

虽然她的确有的时候，没有那么聪明……

"没事，我妈妈就喜欢不聪明的。"傅云实憋着笑，坐在床边摆弄他的魔方。

何榆抓起身边的靠枕，直接就丢了出去，气愤地说："你还笑！"

手腕在空中被他抓住，一个凉凉的东西便顺势套在了她的中指上。何榆一愣，看着那枚在灯光下闪着微光的指环，一时间竟然说不出一句话。

"昨天回来有点仓促，幸亏之前联系过我妈，她在这边提前帮我们订好的，"傅云实轻轻地捏着何榆的手，放在光线下仔细端详着，看上去很满意，"所以，我妈妈是真的很喜欢你。"

一周前他们还在波士顿的时候，那晚他接过电话之后，就在她熟睡时偷偷用充电器的数据线量了她的手指。虽然当时险些把她吵醒，但如今看上去还是挺合适的。

将何榆抱在怀里，傅云实的下巴抵着她的肩膀。他的一呼一吸都洒在她的脖颈和耳尖，轻轻呢喃着："我们考虑结婚吧。"

静谧的夜里，没有音乐，没有电台主持低沉的声音。

他们相互凝望着，一时间谁都没有说话。

何榆的视线扫过墙上挂着的照片，从那张超级长的高中年级毕业照，到高中班级毕业照，再到……他们两个的唯一一张拍立得照片。

高三那年，有一天商简带着新买的拍立得来学校，和不少人拍了合影。早就和商简拍过一张的何榆正在写题，被不知道什么时候又窜过来的商简叫了一声："这边第四排的两个人，不要再偷偷学习了！"

课间被抓包的人赶紧把笔放下，笑嘻嘻地转过头。何榆没有想到，身侧的那个人也偏了头。

而这一幕，随着一声快门声，从此便定格。

"好啊。"何榆张开胳膊，抱住傅云实。

两个人的心跳声，在安静的此刻渐渐同步，清晰地融为一体。

她闭上眼，终于不再是刚刚的心事重重，说道："我刚刚好怕我们再也没有以后了。"

"不会的，我们还有很多很多个以后要一起去完成。"傅云实反抱住她，将头埋在她的颈窝。

"你也知道，有秦教授在那边夸自己的学生，不用担心我爸。至于我妈，她当时可是找我要了南华的账号，天天在论坛里吃瓜，比我逛论坛都要逛得勤。"他无奈地笑道。

被他身上的温暖包裹，何榆缩缩身子，找了个舒服的姿势团成一团依偎在傅云实的怀里。还没舒服得闭上眼睛，她突然意识到有些不对，说道："我当时跟踪过你的账号，你很少上论坛……"

"跟踪我的账号？"傅云实立刻抓住重点，眉毛也跟着挑了起来。

何榆尴尬地咳了一声，企图糊弄过去，说："就……做普通的用户行为测试研究，你是抽出来的样本之一。"

她才不会说她是为了看他对什么感兴趣（尤其是论坛里发照片的漂亮小学姐小学妹），耍的小心机。

傅云实的眼神逐渐猖狂，别有意味地问："哦？是吗？"

"不然呢，难道是为了研究你吗？"何榆嘴硬地问回去，反而理直气壮了。

"那你有没有发现学校监管论坛的那个账号和我的账号 IP 地址是一

样的？”傅云实摸摸她的脑瓜，好笑道，“我当时就是老李派去监管论坛的。”

当年何榆办的简易校园论坛，本意是作为一个群聊秘密基地存在。后来获得邀请码的人越来越多，就变成了一个半公开的论坛。

本来只是学生的小打小闹，南华也没想到居然会办得那么大。到后来，班主任老李被校领导请去喝茶，不得已和何榆谈判，在论坛里设置教师监管组，以防论坛里有些不能见人的东西。

有没有老师监管傅云实不知道，他唯一知道的是，他就是老李被抓去监管的工具人。

但事实证明，何榆作为校园论坛创始人，管理还是很到位的，从来没出现过什么出格的帖子，就连恋爱交友帖也是秒删。他们毕业后，论坛交由学生会技术部掌管，但据说已经没有最初的那八卦味儿了。

“你个叛徒。”得知真相的何榆，立刻从傅云实的怀里钻出来。

打小报告的监管人就在身边。

天知道当时多少八卦帖何榆都没来得及仔细看就删掉了，生怕被学校监管组查到。

“我把那个账号给我妈妈了。”傅云实摊开手，居然还无辜地看着她。

何榆一口老血堵在气管，站起身，只留给他一个背影。

想到那些年损失掉的八卦，她的心就在滴血，那都是白花花的银子，是平时和商简打赌可以换好几瓶冰可乐和糯米糍的筹码。

呵，财路拦路虎就在身边，她的财运能好吗？

何榆气得牙痒痒，叉着腰站在那照片墙前，陷入沉思。明明心里还在暗骂着傅云实，她的眼睛却不自觉地往那张拍立得上面瞟。

那天她没有洗头，和商简拍了一张之后发现自己丑爆了，这一张连看都没看。

何榆本来以为拍的是她的单人照，就让商简拿去扔了，没想到后来到了傅云实的手里。

商简拍的不是她，而是他们。

她和傅云实。

拍立得拍出了老照片的色调，女生惊慌失措地转头，干净的脸上未施粉黛，却带着些狡黠的笑。而坐在她身侧的少年，也微偏过头，不是看向镜头，而是垂眼看着她，也跟着勾起嘴角。

那是她再熟悉不过的眼神，无数个上课下课间，她都会这样偷偷地看他。

被傅云实从身后抱住，何榆才从回忆里回过神。她任由他用指腹摩挲着她手上的指环，将头向后靠在他的肩膀上，说道：“我以前总是会梦见你，后来你从梦里走出来了。我很庆幸，不是我走出来了。”

不再是她从那段学生时代的暗恋中走出来迎接新生活，而是他从梦里到现实，一步一步向她走来。

她以前不敢想象的梦，如今却真的有那样一枚指环，套在她的手指上。

傅云实轻叹，夹杂着些许笑意说：“我也会梦见你，也会偷偷地鼻酸，纠结你有没有喜欢我，有没有忘了我，有没有在大学里交男朋友。”

那无数个梦见他的日日夜夜里，原来，他也会梦见她。

她从来都不是单向的梦，从来都不是。

又或许，每个她梦见他的日夜，他也会同时和她进入一样的梦境？

会不会有一个大胡子老人坐在椹南市林立的高楼上，将夜空中每一个相思的梦境摘下，放在一起，让彼此相爱却不知悉的人会面。这样，他们就有更多的勇气，在第二天的白天，说出自己的心意。

手指轻轻抚上相框里她和他的眉眼，何榆笑道：“你说，椹南市夜晚的上空，如果拿一个捕梦网，会看到多少相互交织彼此相爱却又不敢说的梦呢？”

傅云实也在她耳边笑出声，回道：“有多少我不知道，但至少，少了两个。”

“傅先生，以后，就要辛苦你在我的梦里和现实里两边跑了。”何榆转头，吻上眼前这从校服到婚纱都始终爱着的男人。

唇齿厮磨间，傅云实低声应道：“你也是，傅太太。”

“‘傅太太’这个名字挺吉利。啧，富太太，感觉我下一秒就要成为一个富婆了。”喘息间，何榆还有空点评这个称呼。

傅云实腹诽：能不能专心一点？嗯？

傅云实套在何榆手指上的指环是一枚很朴素的银质戒指，除了细腻的纹理以外，没有任何其他的复杂缀饰。

订婚戒指往往不如结婚戒指那样正式闪耀，但何榆刚一进自家的门，手指上的戒指就吸引来了三道目光。

“我还以为你要在傅家吃完夜宵才回来。”坐在沙发上双手环抱的何爸爸先开口，语气中带着些轻哼，听起来倒是醋意满满。

他伸手攥住身边何妈妈的手，长叹一口气，望向天花板，说道：“这女儿还没嫁出去就不知道回家了，以后真要嫁出去了，该怎么办？”

他一边说着，一边在何榆看不到的角度，朝正吃水果的何渠琛疯狂眨眼。

手里的桃子刚啃到一半，何渠琛看着姨夫那抽搐了的眼睑，淡定地抽出一张纸擦擦嘴。接收到暗示，他慢条斯理地配合说道：“没事，姨

妈姨夫，姐姐不养你们，我养。”

“去去去！”何榆忍着想要把手中拖鞋砸出去的冲动，翻了个白眼，“我就只是去吃个饭，聊聊天，你们怎么这么敏感？”

换好拖鞋，她才拎着包趿拉着拖鞋进屋。

何妈妈上嘴唇向下包住下嘴唇，眼角一塌，情绪上涌，欲哭的表情拿捏得精准到位。她一下子就倒在丈夫的怀里，另一只手还抹抹眼角，委屈地说：“她居然还嫌弃我们敏感。”

听听，连声音都加了颤音。

“妈，您再多加点颤抖，去参加说唱节目就不用加电子合成器了，”何榆面不改色地走到何渠琛旁边，弯腰抢过他新削了一半还没来得及吃的桃子，“您就是电音本音。”

如愿地伸手接住差点砸到脸的抱枕，她还不消停地用膝盖顶了顶何渠琛，问道：“你怎么还在我家？”

以前父母忙于出差工作，从小在何榆家长大的何渠琛，虽然表面看上去懂事听话，但心里一直和自己的父母有隔阂。生气为什么他们不多为他着想，生气他们是不是不爱他。

随着长大，何渠琛也逐渐明白外交官这样的职业所要背负的重要使命。只是青春期的小男孩总归有些性格，明明开始谅解，却死咬着嘴不说，装成爱搭不理的样子。直到高中毕业之后，他们一家之间的矛盾才有所缓解。

何榆专门帮他们一家开过小会，在那次交谈后不久，何渠琛的父母换了岗位，也在国内定居下来。

手中的桃子被抢走，何渠琛没劲地撇撇嘴，垂眼又拿起一个，说道：“他们去山市开会了，我家里没电，就过来住一晚上。”

“我看你是不想交电费吧？交了女朋友之后真是越来越抠。”何榆吐吐舌头，一针见血不给他留半点面子。

何渠琛准备削桃子，这时动作停顿了一会儿，想着这个桃子最后还是要进何榆的肚子，索性又放回去，问道：“你们两个聊了一晚上，姐夫有没有给你透露点今年模联的内部消息？”

“什么模联？”何榆把最后一点桃子肉啃掉，一头雾水。

她和傅云实一直都在辩论队默默燃烧生命，不管是在南华中学，还是在椹大，都是如此。反倒是何渠琛在椹南市中学生模拟联合国大会比较出名，她一直有所耳闻。

“今年全国大学生模联大会，好像请姐夫去主席团了。”何渠琛站起身，把水果刀放到碟子上。

“请他？”何榆差点没把桃核咽下去，“请他为什么不请我？”

以前都是打辩论的，没什么模联经验。

怎么，还瞧不起一辩啊？

何渠琛挑眉睨着何榆，好整以暇地看着她嚣张的气焰渐渐弱下去。等到何榆转身要走时，他才笑道：“我以前在模联的朋友今年负责办这个全国交流会，她拜托我联系的姐夫。”

“可可吗？”何榆抿唇。

这个小姑娘她也知道，和何渠琛一起长大，维持着纯洁的革命友谊。

她一度以为这对青梅竹马会成，却没想到这不是青梅竹马的故事，而是三个儿时玩伴的故事。

她悲惨的弟弟，就是那个三个人的故事，他却不配拥有姓名的憨憨。

其实倒也没有那么悲剧，这两个人都有各自喜欢的人，甚至这个叫作可可的女孩子，和何渠琛的小学妹还相处得不错。

“嗯。”何渠琛没有否认，“你去吗？明天上午在定大，正好姐夫开车把咱们两个都带过去。”

“明天？他今天送我回来的时候，问过我明天有没有时间。”何榆一个激灵，追着他到洗手间门口。

洗手间的门开着，何渠琛一边洗手，一边说道：“我明天跟着南大的队伍参加，钟意申请当现场志愿者，你不去看看？”

“去。”何榆立刻挺直腰板点点头。

仿佛有点不好意思，她又干巴巴地添了一句：“我是去见我弟媳的。”

傅云实这五大三粗长手长脚的，有什么好看的？不如去看漂亮小姑娘。

明知道何榆心里在想什么，但何渠琛此刻却难得没有嘲笑她。他的视线瞥过她手指上的戒指，转身把手擦干，说道：“很衬你的肤色。”

“是吗？”女人的虚荣心此刻不可避免地发作。借着洗手间白亮的灯光，何榆把手五指并拢，放在光线下面再度细细地端详。

啧啧，她这肤色，这纤细的手指，怎么看怎么好看。

正端详着，她头顶一沉。还带着些潮湿的手轻按上她的脑袋，当初少年的声音，已经变得低沉。

“以后傅云实要是敢欺负你，就把他一脚踹出家门。”何渠琛从何榆身侧而过，身上是和她一样的淡淡沐浴露薄荷香。

“不就是个戒指嘛，我们老何家又不是买不起。”头顶的重量被撤走，连同着声音也渐渐变小。

当年只会怼她和她对着干的小屁孩，现在却把她当作妹妹一样护在身后。何榆眼底的温柔和笑意逐渐漾开，她撤回一只脚，转过身去

冲着何渠琛的背影挑眉，说道：“哎，你连电费都懒得付，还买得起戒指？”

她总是要在温馨达到顶峰的时候，笑着泼一盆冷水。

满意地听见何渠琛大力把门关上的声音，何榆耸耸肩，手却不自觉地捏上眉心。

知道啦，小鬼，不管以后发生什么，姐姐都有你这个后盾。

何榆在洗手间门口不知道站了多久，自我感动半天之后，才转身回到客厅。客厅里的两人正在一起看最新一期的综艺，她走过去，也抱着个抱枕一起跟着看。

“你弟不交电费，是因为电卡丢了。今天找了一天，明天再去重新补办一张。”广告时间，何妈妈嗑着瓜子，瞥了一眼何榆，为何渠琛平反。

“哦。”何榆点点头，手上依旧忙着给傅云实发消息，她本意也不是真的取笑何渠琛。

又嗑完几粒瓜子，何妈妈才拍拍手上的瓜子屑，说道：“琛琛可比你有钱多了，就你那点研究生奖学金和实验室给的补助，都不够你自己吃饭的。”

突然被扎心，到目前还是一个啃老族的何榆，拿着手机的手微微颤抖。她抬起眼，视线扫过茶几，狗腿地笑道：“这碗洗了吗？”

熟练地解读妈妈的话，熟练得让人心疼。

“琛琛去年在学校突然被一个导演看中，聊了很久，暑假拍了一部网剧。因为这个片酬，他已经不找家里要学费和生活费了。”何妈妈打量着自家闺女，越看越想叹气。

去年大四在国外做交换生的何榆愣住，伸向碗的手一顿，问道：“片酬很多吗？”

她弟弟什么时候变成了个偶像小生？

何爸爸皱皱鼻子，眉眼里满是“你看看人家家的孩子，再看看你”，说：“是比平时上班多不少。”

“啊，我懂了。”何榆把盘子和碗放下。

在两位长辈的目光下，她淡定地转头，冲何渠琛房间的方向大喊道：“琛琛，你有什么要洗的衣服吗？姐姐帮你洗。”

没有听到动静，她又加了一句：“办卡可以五折。”

何爸爸和何妈妈都愣住了。

第二天一早，傅云实来接何榆和何渠琛去定大。

考虑到模联大会是比较正式的场合，何榆挑了一套偏休闲一些的西装，裹上大衣就一手拎着面包，一手拎着何渠琛下楼。

从何家去定大不算特别远，何榆在车上打个盹儿，就到了目的地。

一进到会场，傅云实和何渠琛就先去找各自的组织会合。

礼堂外面的大厅里人头攒动，熙熙攘攘的。何榆没有工作牌和参会牌，走到会场入口的时候，就被拦下了。

好像上次她慌慌张张赶回椹南市，在十佳歌手的现场，也是这样被拦下来。

何榆苦笑一下，对工作人员表示理解，就侧身站在一旁。即便已经在一起这么多年，她还是不喜欢让傅云实来替她解决问题，尤其是在她需要打扰到他的情况下。

何榆本身就不矮，今天又踩了带跟的短靴。

走廊的空调温度调得很高，她把外套脱了。咖色的廓形休闲西装将她的身形和气质烘托得更加出众，棕褐色的及肩鬈发显得干练又温柔。

她神态自若地倚着墙，站在会场入口不远处。

何榆没有玩手机，即便偶尔撞上向她投来的视线，也只是淡淡一笑。

谈论她的人多了，自然也就有人找上来。一个挂着工作证的小姑娘走过来，推了一下眼镜，小声问道："您是来参加模联大会的吗？"

"不是，"何榆礼貌地笑道，"我是陪朋友来的。"

她的声音一直偏低，搭上今天的穿衣风格，倒是把小姑娘的耳尖染红了。

"您的朋友是……"

"她是我的未婚妻。"

与往日的不正经不同，傅云实清冷的声音没有过多的声调变动，在人已经渐少的走廊里，清晰可辨。

何榆的睫毛一颤，将头转向另一侧。

她爱的人穿着笔挺的西装，正看着她，唇边是淡淡的笑意。而他的身后则是几个看上去和何渠琛差不多大的男女，也都统一穿着正装。

被傅云实挡住的姜可笙显然也看到何榆，她扫过一眼门口便了然。在短暂的安静中，负责主办这次会议的姜可笙率先开口介绍道："这位是英文会场的主席傅云实学长，这位是主席夫人。"

主席夫人。

傅云实的嘴角悄悄滑开一个弧度。

他看着何榆的双眼，低声又重复了一遍："嗯，主席夫人。"

无论是当初的学生会主席，还是如今的模联大会主席。

她都是他的夫人。

参加模联大会的，大多是低年级的本科生。

经过四年的磨炼和沉淀，傅云实站在台上的谈吐和气质比当年还要沉稳干练许多。即便他并不很熟悉模联会议，但他却将整个会议主持得像模像样。

何榆站在会场最后方，靠着墙，笑着拍了很多张他的照片，有拿着话筒说话的，有垂眼用笔做记录的，有因为看到一份文书而没忍住笑开来的。

回程，何渠琛坐在副驾驶座，把后座留给两个女孩。

“还在看给姐夫拍的照片？”何渠琛从前座探出头，无奈道，“何榆，你的嘴角都快要咧到天上去了。”

何榆翻了个白眼，从鼻孔里哼一声，美滋滋地把挑选出来的照片发给傅云实，说道：“你就是嫉妒，我一张照片都没有给你拍。”

随即，傅云实开着导航的手机就开始不断响起提示音。

不用看也知道是一堆照片消息。何渠琛摆摆手，回正身体，说道：“姐夫，这响声，都是何榆的爱。”

“嗯，感受到了。”傅云实显然没有和何渠琛站在同一个阵营，虽然他的视线始终盯着前方路段，但嘴角的弧度还是出卖了他的内心。

何榆又傲娇地哼一声，伸了个懒腰，换个角度窝在座位里。她双手抱臂，又突然转头，看向坐在自己身边的小姑娘。

这不是她们第一次见面，却是第一次这样真正面对面地相处。

小姑娘看起来有些紧张，放在双腿上的手不自然地握起，眼睛也一直瞥向窗外，不敢随便移动视线。

何榆向来对可爱、羞涩的女孩没有抵抗力，她轻笑一声，声音比往日温柔了许多：“钟意，是吧？”

她甚至不敢大声说话，像是怕吓到女孩一样。

话题突然落到自己身上，一直努力降低存在感的钟意，身子还是不由自主地发抖，从脖颈到耳尖都红了。她迅速转过头来，回道：“嗯，姐姐好。”

余光瞥见何渠琛又扭过头，何榆刚刚还笑成一朵花的脸，立刻变得凶巴巴的，没好气地说：“你慌什么，我又不会吃了她。”

“你不会吗？”何渠琛皱皱鼻子，嘴角向下坠着。

何榆懒得理他，一只手搭上钟意的肩膀，说道：“听说你也是齐老头教出来的学生。”

“嗯。”感觉何榆搭在自己肩上的手是温热的，加上她友好的语气，钟意刚刚紧绷的身体终于放松一些。

想起那总是跳脚的小老头，何榆就忍不住笑，说道：“老头子以前最头疼的学生是我，感谢你的出现，让我没有再继续蝉联这个榜单的第一名。”

“其实让齐老最头疼的是何渠琛，”冲何榆眨眨眼，钟意压低声音，主动凑到何榆的耳边，“他曾经写消防安全的征文，初次尝试写了散文。”

一下子知道之前不知道的糗事，何榆立刻来了兴趣，追问：“青春疼痛文学吗？”

何家的文学基因她还是很了解的，何渠琛是绝对写不出来文字优美有深度的散文，只能当个笑话看看。

碍于何渠琛在场，两个人交换眼神后，立刻笑开。

这突然和谐的笑声，让坐在前排的两个男生都不约而同地眼皮一跳。傅云实不了解钟意，但何渠琛是真的了解这两个女孩。

一个大大咧咧喜欢给别人挖坑，另一个外表乖巧羞涩实则蔫坏蔫坏的。这两个人凑在一起，还不得把车顶给掀了。

“你们想吃什么？”第一天会议结束得早，天还没黑，傅云实就开回了老城区。

被“吃”拉回神，何榆立刻扭头看向窗外，脑袋里自动筛选着有关这条街道的美食信息。

这些资讯，都是刻在她骨子里的，行走的大众点评。

“我们去南华对面的面馆吃吧，正好送钟意回去，顺道经过南华。”车内的空调开得有些低了，何榆突然想吃点温热带汤的食物。

她搓搓手，又将头转向另一侧，问道：“可以吗，钟意？”

和傅云实相处久了，她也养成了和人说话时问句加上对方姓名的礼貌习惯。

“或者我们也可以去南华那边的购物中心里面吃？”她想想，又添了一个选项。

钟意不好意思地摸着后颈，赶忙摇头，说：“去面馆吃吧，我也有点想念那个味道。”

离南华不远的小巷子里，有一家所有南华人都知道的面馆。这家面馆开了好几十年，味道好又便宜，是每一届南华人都会来吃的店，平时下晚自习之后人会很多。

巷子很窄，没有办法开车过去，傅云实索性把车停在了南华门口的路边。

还没有到中学放假的日子，教学楼毕业班年级的灯依旧亮着。空旷的街道上，偶尔传来几声挪动桌椅的声音。

从车上下来，何榆一眼就看到“椹南市南华中学”这几个烫金大字。

她的恶趣味上来，一把便拉住随后下车的钟意的手腕。

何榆拉着钟意过去，指着“南”这个字，笑着问：“你知道傅云实曾经抠掉校名的英勇事迹吗？”

钟意比何渠琛还低一届，那个时候应该还在初中部。

“听说过。”钟意认真地点头，摸摸鼻子，“我们每次大考之前都会过来摸一摸，蹭蹭考神之力。”

每次考数学的那天，她早上都恨不得把烫金的那一层给摸秃。

“又甩锅。”傅云实也不知道什么时候站在了她们身后，声音里满是无奈，“上次齐老先生不是都替我澄清了，是你每天掰的，最后甩锅给我了。”

傅云实这锅，一背背了太多年。

终于得知真相的何渠琛看看何榆，震惊道：“你掰下来的？”

“不是，那天巧了，估计是开胶了。”何榆不自在地盯着自己的脚尖，轻咳一声，拒绝承认是自己每天迈出一小步，最后变成质的飞跃。

没有听到何渠琛的附和，她这才抬起头，又轻咳着尴尬开口：“真的，这个烫金字平时挺牢固的，那天不知道怎么回事。不信你试试，很牢固的。”

这一句话，成功地让四个人的视线全都聚焦在那个“南”字上。

烫金校名瑟瑟发抖地看着这四个人，其中一人冲自己伸来魔爪。

知道之前一个撇是重新修上去的，怕再把它拧下来，何渠琛特意伸出手摸上旁边的那个点。

他轻轻地试了一下劲，未见任何异常。

这无形之中就带给他莫名的自信。

不愧是何榆，校名都能一次性掰坏，换别人还真没有这本事。

他气定神闲地转身，手却依然握着那个点，问：“你是怎么做到……”身子转过去的同时，他的手也无意识地跟着动了一下。

下一秒，手上稳定的力突然失衡，重力让他的胳膊向下一沉。

何渠琛刚刚还嘚瑟的心，也跟着沉了下去。

空气中有那么一刻的寂静，没有人用言语填补沉默，就像那大理石的砖面上，“南”字里那个缺失的空隙，无人理会。

“咳！”何榆此时的表情精彩极了，又想笑又想哭，“我觉得以后南华可能都不会收姓何的学生了，至少收之前要查一下族谱。”

傅云实反倒是四个人里最淡定的一个，他睨着何榆，说道：“上一次是你先拧松动的，这一次又是你怂恿的，‘南’字碰上你还真是太难了。”

何榆愣了愣。

“你们两个先去面馆，都这么晚了要吃点东西。”傅云实叹气，感觉自己像是带三个小朋友出来的奶爸。

傅云实一只手搭上何渠琛的肩膀，摇摇头，说道：“我带你进学校，跟老师谈一下赔偿问题。”

只是明明语重心长的话，说到一半破功笑出声。

南华真够倒霉的，摊上他们几个。

他们还偏偏以后是一家子。

“不用你陪我去，”碍于钟意在场，何渠琛还是要维护一下自己的面子，他沉着脸，用只有他们两个可以听到的音量吐槽，“又不是女孩子课间去卫生间，还要手拉手去。”

傅云实一边眉毛挑起，不由分说地推着何渠琛走进校门，无视掉他瘪嘴的不情愿，冷声强调：“小鬼，我算是你家长。”

这年头姐姐都可以给弟弟开家长会，为什么姐夫不能带小舅子去见老师认错？

面馆里人不多，开着空调。

怕面坨掉，先到面馆的何榆，只点了她和钟意的面，还有几碟小菜。

“没事，吃我们的，不用管他们两个。”面端上桌，见钟意还迟迟不动筷，何榆笑着摆摆手。

被面碗里的热气熏了眼睛，钟意眨眨眼，又猛吸一下鼻子。其实她不是在等何渠琛和傅云实，只是她终于有机会可以单独和何榆说话，要想一下该如何开口。

当年何榆创立南华校园论坛时，她还在南华小学读书。

他们这些比何榆小一些的学生，基本都用过这个论坛，当年也为了拿到邀请码而无所不用其极。

“何榆”这个名字，在他们心底的分量，其实不亚于“傅云实”这三个字。只不过前者更为神秘，很少有人去关注她到底长什么样子，在哪一个班。

钟意悄悄吐出一口气，才拿起筷子，问道：“姐姐，你是收纳箱电台的主播木鱼吗？”

正吸溜着面条的何榆，没有因为钟意这一个问句而顿住。她自然地嚼完面条，等咽下后才笑着问：“何渠琛和你说的？”

“没有，我猜的。”钟意垂下眼，摇摇头。

何渠琛在高考结束之后的采访里，提过他的姐夫傅云实是没话聊电台的主播，在全国人民面前打了硬广告。何榆和傅云实是情侣，没话聊的纸盒和收纳箱的木鱼是电台圈的神仙眷侣，何榆名字里又有“榆”，倒是很好猜。

何榆有些讶异，将面前的小菜往钟意的方向推了推，问道：“你也听我们的节目？”

“我之前给你留过言，说我也有一个喜欢的入江直树，总有一天我会努力让他看到。无论在哪里，他只要一个转身，就能看到我。”钟意抬眼，一字一句地含笑着说道。

她眼底的坚定，和何榆当初心中所想象的那个留言女孩的样子，重合在一起。

“那个男孩子就是何渠琛。”虽然手指因为紧张而不停地纠缠着，但钟意看向何榆的眼神，却包含着多种意义。

有勇气，有幸福，有羞涩，有泪意，也有像是感激的东西。

何榆当然记得那个留言和留言的用户名。从那个时候，一直到最近，这个用户一直活跃在她和喋喋的电台评论区，时不时也会分享一些日常的趣事。

她们像是一直有联系，却多年未见面的老朋友。

没有想到面前的小女孩就是自己一直在鼓励的对象，何榆一时间不知道该说些什么，只会傻笑。

意识到自己龇牙咧嘴的样子有些蠢，她低头拿起茶杯，举起来，说：“谢谢你喜欢琛琛，也谢谢你坚持下去。”

爱情有太多种模样，唯独暗恋最难熬。

没有在一起那样的甜蜜，但有时哪怕是一个对视的眼神，都能让自己的心底甜上好几天。但又不像失恋那样有一个干脆的答复，只能天天在肯定和怀疑之间自我质疑。

想放弃又舍不得，想坚持却又不知道坚持的意义。

钟意眼眶湿润，也拿起手边的茶杯，轻轻碰上何榆的，说道：“也谢谢你，坚持了下去。”

彼此的坚持，都给了彼此力量和信念。

这次的相视一笑，是真正发自肺腑的，将对方视为挚友，抑或是家人的笑。

绑在面馆门上的风铃响起清脆的声音，何榆放下茶杯，习惯性地循声望去。这次，真的是他们两个回来了。

没有她想象中的轻松表情，两个人都沉默不语。

“怎么了，保安处为难你了？”等傅云实坐在旁边，何榆才悄悄用手指捅捅他，小声问道。

傅云实正用湿巾擦着手，一边看向坐在对面的何渠琛，一边说：“没事，正好老李在，把我们训了一顿就放人了。”

老李是他们那一年出了选择题全选 D 的理综教研组魔鬼，也是南华的竞赛带教员，前两年升了副校长。

“他问了我们两个的关系，还开玩笑说我们家之后的孩子是不想上南华了吗，胆子那么大。”何渠琛耸肩，补充道。

“那我们以后的孩子就上市一中好了。”何榆揶揄着。

何渠琛摸摸钟意的脑瓜，把食指放在唇边，说道：“这话如果让老李听到，现在就抓我们两个回去罚重金。”

傅云实叫来服务生，重新点好两碗面后，一直藏着掖着的右手才放到桌上，说道：“给你带了一个礼物。”

“给我的？”何榆扬眉，连忙用餐巾纸擦擦手。

是一张卷成筒状的A3纸。

这熟悉的纸张大小，即便离开中学校园那么多年了，还是让她头皮一麻。

“你该不会又从老李那儿搞了一套理综卷子吧？”

光是看到这张纸，她就感受到了头顶的凉意。

“不是，你打开看看。”

何榆将信将疑地接过，将那张纸展平。

视线刚扫到左上角，她立刻愣住。

整张纸上密密麻麻地排着名字，像极了每一次发下来的年级排名。但这张不是，原本应该写着分数的地方，写的却是学校的名字。

她的视线从第一行最左端往下看去——

**椹南大学，傅云实，高三（1）班**

**椹南大学，何榆，高三（1）班**

傅云实居然去打印了他们这一届的毕业生升学榜，升学榜按照考上的学校排列，每一个学校内按照名字的首字母排列。这张表贴在学校宣传栏里，也只是贴他们毕业的那一年。

如果何榆没有记错的话，她大一那年回来看望老师时，看到这个榜单上，她和傅云实之间有好几个名字，就像之前的每一次大考小考一样。

只是这次，傅云实把中间的椹南大学生信息放在了她的名字后面。

他在第一排，而她在第二排。

“反正都是考上了椹南大学，这个榜又没有前后的区别。”傅云实轻笑着，用最不经意的语气，说着最戳她心窝的话。

从分数肯定考不上椹大，到学了椹大的王牌专业。从榜单的第三列末尾，一直到真正地排列在第一列第二行。

无数张卷子，无数张排名表，无数个日日夜夜。

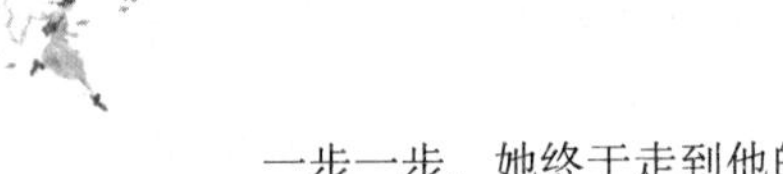

一步一步，她终于走到他的身边。

“我们两个，其实在很早之前就已经并肩。”

嘈杂的面馆里，他的声音，亦如多年前那般摄人心魂。

你在向我跑来的时候，我也有在悄悄记录下你做出的所有努力。

## 番外三

/纸盒，之和，知何/

二十五岁的那一年，何榆真真正正成了人生赢家。

在同时拿到硕士毕业证和互联网大厂工作邀约的那年年末，有一个小生命来到了她的世界。

这个小宝贝比其他孩子都乖，何榆很少有妊娠反应，几乎没有耽误工作。到后期偶尔忙得忘了吃饭，也不知道是不是巧合，小不点才会高冷地踹她一脚，好像在说“赶快吃饭”。

这大概是何榆唯一可以理解这一脚的方式。

傅云实也如愿进入古建筑研究院从事研究工作，同时和程山开办了自己的设计事务所。虽然都是毕业后事业刚起步，但两人至少在椹南市可以实现基本的财务自由。

周一的例行会议结束，傅云实和程山交谈着最近的几个项目。刚出电梯，他的手机便疯狂地振动。

“姐夫，马上就是何榆的预产期了，你们两个人呢？”刚一接通，何渠琛焦急中带着些低吼的声音便急速传入傅云实的耳朵。

说好的昨天入院观察，怎么连个人影都没有？

傅云实低头看了一眼手上的手表，到目前何榆都没有给他发消息。他沉吟一下，淡定地说道：“你姐早上开会，我也是。”

“哈？”偶像包袱很重的何渠琛，此刻已经把五官都挤到了一起。

他不敢置信地把手机拿到眼前确认了一遍这是傅云实的号码，才再度放在耳边，吼道：“预产期！”

毕竟是何榆的第一个小孩，两边的父母都很重视，必须让何榆提前

两个礼拜就住到医院去。

“没事，她开完会就过去，”傅云实歪头夹着手机，回到办公室在文件上签好名字，才拿起旁边的车钥匙往外走，“毕竟我们两个还要努力给孩子赚奶粉钱。”

一想到要养这么个吞金兽，傅云实就头疼。

有那些钱，全都用来给何榆买粮食不好吗？这个小鬼，害得他俩以后还要省吃俭用勒紧裤腰带。

“不和你说了，我现在去把她押过来，你也赶快给我过来。”何渠琛翻了个白眼，气得头顶直冒烟。

说完，冷漠小何就立刻把电话挂了。

他给了何家父母一个放心的眼神，转身走出医院。

傅云实坐在车内，好笑地盯着不断发出“嘟嘟”声的手机，摇摇头。

果然，人都是会变的，小铁粉什么的，总是会离开自己的。曾经在他身后满眼粉红小桃心的少年，如今已经开始命令他这个老家伙滚来滚去了。

但是他的老婆，怎么能让小舅子先去接手？

把手机扔在副驾驶座，傅云实开着车飞快地驶离车库。

临近中午的椹南市交通不再拥堵，他一路开过去，除了红灯稍稍花费了些时间，基本刚好在他预计的时间内到达何榆的公司楼下。

还没停好的位置，他迎面就被另一辆黑色的车逼停。

熟悉的车牌号，熟悉的吉普，只是驾驶座上变成了个半大的男人，正冲他挑着眉。

要是那一刻有一架无人机俯拍，就刚刚的那一瞬间，倒是挺像两个情敌在追求同一个女人。

这种何榆盼星星盼月亮的玛丽苏情节，她没亲身体验到，真是可惜了。

懒得理何渠琛，傅云实伸手拾起自己的手机，熟练地拨通何榆的号码。

那边过了很久才接通，却不是她的声音：“您是何榆的先生吧？”

女生的声音急急忙忙的，话筒还收进去了很多杂音，听起来一切都乱七八糟的。

傅云实刚刚还轻松的表情瞬间绷紧，他不由自主地坐得笔直，沉声回道：“对，我是。何榆怎么了？”

“她刚刚羊水破了，我们已经叫救护车了。”女生快速走动让她那边的声音听起来很模糊。

“我和车就在楼下，现在就上去。”几乎没有任何犹豫，傅云实连车都来不及锁，就快步走进办公大楼。

之前还在对面车里挑衅的何渠琛见状，也赶紧下车追了上去，问道：

“破水了？”

“嗯。”傅云实加快了些脚步，眉头微微皱起，“一会儿咱们两个把何榆抱下来。”

慌张，是傅云实脸上几乎没有出现过的表情。

收起最初的表情，何渠琛也凝起眉，“嗯”了一声。

两个高大又五官棱角分明的男人在一楼大厅里迈开长腿走路带风，很是显眼。也顾不得其他人的视线，傅云实在和保安说明情况之后，带着何渠琛一起上楼。

何榆也没想到自己玩脱了，本来抱着侥幸心理觉得没什么事，然而开完早会回到自己办公位，刚一坐下就感觉到了不对。

俗话说得好，听妈妈的话，妈妈走过的路比你吃过的盐都多，不会害你。

好在同一个部门的几位女同事有经验，一直在安慰着她，让她放松，但阵痛总是隔一段时间就出现，比起“姨妈疼”，是一种无法形容的疼痛感觉。

何榆咬着牙，轻轻地呼气，想要减轻一些疼痛。

即便是这样，她的眼前也已经有些许模糊。

她躺在同事的折叠椅上，紧紧地咬着下唇。就在她快要被疼痛冲昏头脑前，一个最熟悉的声音在骚乱中响起：“何榆，我在这儿。”

她冰凉的手被傅云实用温热的双手捂住，像是为她注入了安心的力量，源源不断。

无论发生什么，他都会陪在她身边。

一行人急急忙忙地赶往医院，知道何榆一向没心没肺，但还是免不了被自家弟弟唠叨，从危险性说到父母的担忧，动之以情，晓之以理，最后再吓唬她：“你看看你，每天给孩子的胎教都是噼里啪啦的键盘声。有咱们管教着，键盘侠倒是当不了，但以后肯定没人说得过他。”

摸摸自己用键盘声胎教了数月的肚子，何榆唇边漾开笑容，说：“一边儿去，我们这是安静的宝宝。毕竟他的爸妈都是沉稳、不喜欢说话的高冷都市精英。”

这话刚出口，车内便安静了两秒。

半晌，何渠琛才幽幽地瞥她一眼，无奈地说：“都这么大年纪了，少看点肥皂剧。”

在医生检查过后，只有何榆独自被准许进入待产室。但好在待产的时间不比网上查阅的那么漫长，何榆感觉自己全程都是蒙的。

医生让她做什么，她就跟着做，大脑一片空白。

产房外，何渠琛坐在傅云实身边，一只手搭着他的肩膀——傅云实

太紧张了。

虽然自己也没有多轻松，但何渠琛还是找着话题，让气氛不再这样凝重。

“想好孩子叫什么名字了吗？”

傅云实垂眼，回道：“之和，傅之和。”

“傅”知“何”。

五个月后。

这天，傅云实和何榆到家时，傅家的小朋友在爷爷奶奶的照顾下，已经睡着了。

他们轻手轻脚地回到房间，洗漱过后，坐在小沙发里，望着对方，突然笑了。昏黄的灯光映着彼此的脸，何榆想笑得更大声，却及时捂住了嘴巴。

“季清延居然真的给他家女儿起小名叫季普了。”傅云实也没好到哪里去，强压着笑到发抖的声音，说到后面甚至有点走音。

季清延是他中学时的朋友，或者应该说，是最要好的朋友。只是季清延后来转学，又在国外生活了几年。

何榆初中时和季清延同一个班，也还算熟悉。

“都怪你，揶揄都不看场合。”何榆拿起身旁的抱枕，扔到傅云实的怀里，笑着埋怨道。

当年她那一出夏日夜晚的雨刮器刮吉普车干玻璃的梗，在结婚后的某一天被傅云实回忆起来之后，就再也没在他们的生活中消失掉。

小声打闹过后，何榆靠着傅云实的肩膀，轻声开口：“我们好像很久没有这样聊天了。”言语中带着点叹息。

只有当了妈妈之后，她才明白，父母要花多少时间在孩子身上。新手爸妈刚上路，每天都在循环不停地制造灾难现场。

“我们以后就放养之和好了。”沉思了一会儿，傅云实牵起身侧人的手，轻柔地在她指尖落下一个吻，他缓缓抬眼，眼底里自始至终只有她的身影，“我们不能因为他，降低了我们之间的感情生活质量。”

暖黄色的灯光随着一声清脆的按钮声而消失，银白色的月光透过薄薄的窗帘洒进室内。初秋的风穿过半开的窗户，将窗帘吹出旖旎的形状。

“我也这样觉得。”

一个晚上突发奇想地确立散养原则，在行动力强大的二人面前，从来不是什么人生难题。

在散养模式和父母的“压榨”下，傅之和小朋友成为远近闻名的“别人家的孩子”。

倒不全是因为学习成绩。

别人家的孩子五岁学琴，六岁书法，七岁能算简单乘除法。

傅家的孩子五岁揉面团，六岁蒸馒头，七岁能摊煎饼果子，各式面点小吃全都不在话下，何榆包个饺子他也能嫌弃半天。他不仅承包了家庭早餐，偶尔还能给懒妈妈做午间便当。

心情舒畅的好日子，在某一天终于让何榆有所醒悟。

那天，她和傅云实正与季家夫妻俩视频，聊着两个小鬼的近况，分享着彼此的育儿经。

聊着聊着，她突然停顿下来，越琢磨越不对劲，说道："坏了，我们家孩子以后的考学目标别变成新东方烹饪学校了。"

手机那边的两人却没跟着何榆、傅云实笑，反而也皱起眉，若有所思地说："我们家季普应该也不会去学汽修……吧？"

坏了，出大问题了。

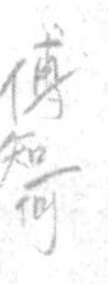

# 番外四

/ 傅知何，从来不只是一句情话 /

何榆这几天闲着没事，开车接刚开始上晚自习的儿子放学。

本来只是打发时间，但后来，她发现这比想象中的有趣多了。就比如，她的车周围总会出现一个鬼鬼祟祟的小姑娘的身影。即便年代不同，可喜欢一个人的小心思都差不多。

有一次何榆故意在接上傅之和后没有开走车，但小姑娘以为车开走了，便也转身离开。看样子她真的是每天都在等着傅之和放学，不算近也不算远地看上那么几眼。

虽然这么多年没有见到，但根据朋友圈的照片来看，这小姑娘多半是季普。

小朋友，没想到你还是个痴情种？

这个新发现乐坏了何榆，一连几天，她脸上挂着的笑都没散去。笑容挂的时间久了，家里那两个的心底也渐渐生出凉意，开始不安地审视自身。

“你最近惹你妈妈生气了？”傅云实拿着咖啡杯挡住嘴，眼神看上去一本正经，小声问着旁边的儿子。

“没有啊，”傅之和正在看自己的竞赛题，嘴里叼着面包，“我还想问是不是你惹妈妈生气了。”

被谈论的焦点从厨房出来，那两个坐在桌边的人双双噤声。

没有察觉到气氛的微妙变化，何榆把手中的盘子放在桌上，说：“少吃点，一会儿中午要和季清延他们家一起吃饭。”

“季叔叔他们……是要回来定居吗？”

傅之和对于这个季叔叔，只有很模糊的记忆。他从来没见过季清延真人，小的时候偶尔会视频，但随着时间的流逝，两家之间的交流不再那么密切，他也就渐渐淡忘了。

傅云实将电视打开，调到新闻频道，说："嗯，他被聘回来教书，在医学院。"

"季普好像也转到南华上学了。"将蛋饼分给傅之和，何榆决定还是先探探儿子的口风。

"季普？没听说过。"傅之和摇摇头，显然对这个话题不感兴趣。

书本又被翻过一页，他摩挲着纸页的手一顿。

虽然没听说过季普，但年级里的确有一个姓季的转学生，是一个女孩子，长得还可以，在年级里也算比较出众。只是她刚转到学校不久，就在篮球场上对他放狠话。

不过，她打球的技术的确不错，在女生中确实很少见。

好好的一个姑娘，就是脑子不太好使。在那之后，她就在他面前阴魂不散。

傅云实订的餐厅离家不远，他们提前十五分钟出发，刚好在约定的时间赶到。

从推开餐厅的门一直到走到楼梯间，何榆都在不停地训着这对不让人省心的父子："都说了很多次不要掐着时间准备，他们都已经到了。"

"嗯，知道了，下次收拾房间的时候，我记得把你的各种刷子都按顺序平放在桌上。"傅之和摇摇头，知道自己说不过何榆，只好揽着莫须有的罪名。

何榆今天化妆，满屋子地找她那已经没几根毛的眼影刷腮红刷高光刷。

他真是恨不得直接从厕所里拿把马桶刷递给她。

服务生带他们到预订好的包间门口，傅云实的手刚碰上门把手，何榆便拉住傅之和，嘱咐道："一会儿进去记得和叔叔阿姨问好，他们家女儿比你小五个月，你应该直接叫妹妹就好。"

"女孩子？"傅之和平淡的语调难得有那么一瞬的起伏。

傅之和惊讶间，傅云实已经把门推开。

何榆对他这样的反应完全不满意，看看已经比自己高了大半个头的儿子，一巴掌拍上他的后背，说道："对啊，一直是女孩，你不知道？"

讶异间，傅之和的视线穿过门框，径直落在正对着门口坐着的那个女孩身上。

四目相对，两颗心顿时灰飞烟灭。

傅之和想到周五收到的那封肉麻中文告白信，恨不得抖掉全身的鸡皮疙瘩。他深吸一口气，咬牙切齿地小声问道：“你们天天季普季普地叫，谁知道那是个女孩名？”

而在包间里的季时星也没好到哪儿去，她刚刚还强行营业的笑容，这次是真的僵在了脸上。

她忍辱负重背负了十五年的“季普”，居然是她喜欢的人的父母给她随口起的。

造孽啊，真的造孽。

“妈，你为什么没告诉我你朋友家的孩子是傅之和？”季时星一口老血哽在胸口，只感觉自己的小手冰凉冰凉，心也拔凉拔凉的，“我以为傅叔叔家的孩子是个厨子。”

听家里人的描述，她总觉得隔壁家的孩子已经远赴意大利学习糕点烘焙，成为全球最年轻的米其林三星大厨，准备学成归国后成为精英厨子，鬼能知道是这个学校里回回考第一，对她的盛情一点都不难却的高冷老冰箱。

饭局间，四个大人聊得其乐融融，两个小鬼各怀鬼胎，心里盘算着怎么把逆势翻盘，利用两个人不是亲戚胜似亲戚的关系近水楼台。

还没算出个七七八八，季时星就被妈妈捅了一下腰。

倪漾瞥了一眼拿筷子干杵盘子的女儿，皱皱鼻子，说道：“一会儿感谢一下叔叔阿姨，不仅请我们吃饭，还给你起了一个那么可爱的小名。”

季时星一愣：季普可爱吗？

天知道小时候在国外，她的那些朋友去她家做客，听到她的小名是Jeeper时的呆滞。

就是那该死的椹南市儿化音——季普儿。

季时星心中暗暗发着牢骚，还不忘偷偷用余光看向妈妈。下一秒，在寒光中，她笔直地站起身，僵硬地捧着手中的橙汁，声音慷慨激昂：“谢谢叔叔阿姨，阿姨您真的好美……”

争当忍辱负重讨好未来婆婆第一人。

一直温柔笑着的季清延打断她后面的狗腿发言，轻声道：“星星，叫干妈。”

因为季清延的话，季时星下意识地抿起嘴，眼睛一眯，从小就不正经的小鬼头装着听不太懂的样子，手上果汁杯一晃，叫得却利落干脆：“妈。”

一步到位。

儿媳在这里给您拜年了！

由于语言浸泡得不够到位，十几岁才回来读书的季时星在普通班憋屈了一个月，终于在对着数学黑板满眼星星月亮之后，收拾收拾滚去国际部了。

这让傅之和松了口气，但没想到，他的噩梦才刚刚开启。

国际部虽然和普通高中部都在一个校区，却由独立的教务处管辖。平时两个部的交流不多，但永远有打破这个陈规钻空子的人。

就比如季时星。

比如每天在国际部自习到很晚，非要和傅之和一起放学，再蹭何家的车和晚饭的季时星；比如在地铁站口试图拉傅之和的手，被来接她的舅舅看到以为她反被骚扰，兴致勃勃地看着比自己才大了几岁的舅舅，拿着琴弓追杀傅之和的季时星；再比如……

季时星勇敢追爱的英勇事迹，两只手都数不清。

周五晚，寂静的屋内，傅之和的房间门被敲了两下，然后从外面打开。

傅之和正窝在小沙发里听音乐看书，转头便对上傅云实的双眼。

帮他把空调的温度调高一些，傅云实说道："之和，明天我和你妈妈要去红缘寺还愿。你要是放学之后不想自己做饭，可以叫外卖，或者去爷爷奶奶家。"

"嗯，知道了。"傅之和带着困意，应了一声。

不知道什么时候，何榆也突然从门口冒出来。她一只手搭着傅云实，笑嘻嘻地建议："或者去你干爹家里吃饭也行，他们都邀请好几次了。"

一个哈欠硬生生卡在喉咙，傅之和大张着嘴巴，困意全无。

他还是自己做饭吃吧。

但季普是绝对不会让他自己给自己做饭吃的，这一点傅之和早就料到了。

周六的晚上，刚把食材从冰箱里拿出来，洗到一半，傅之和便听见自己的手机响了。他以为是父母的电话，擦干手上的水，快步回到卧室。

在视线触及"季普"那两个大字之后，傅之和的眼皮下意识地一跳，几乎是本能地想要挂断。但一想到这个微信电话季普居然打了这么久还不挂断，应该是出了什么大事。

他叹口气，无奈地接通。

季时星早就习惯了傅之和这个老冰箱，她也不管电话那边有没有声音，听到接通的提示音后，就开始哭哭啼啼："傅之和，干爹给我起名叫季普，你要对我负责到底，父债子还你懂不懂？"

早就习惯季时星这无厘头的电话攻势，傅之和无意识地松了口气，却依旧挑眉说道："你还知道父债子还？"

当年干妈和妈都分不清，现在都能使用四字词语了？

知道他又在暗讽自己的中文水平，季时星憋了一口气。

不行不行，对待老冰箱绝对不能来硬的。跟冰箱比壳硬，她才是真的脑子不好使。

季时星迅速反应，嘴角一塌，声音也蒙上些呜咽的颤音："厨子，

我爸爸妈妈把我扔在回家的路上，让我走回去。他们自己开车去看棱镜的演唱会了，呜呜。”

她说的是真事，毕竟她现在就站在南华和她家中间点的马路牙子上，落寞地打这通电话。

她一边打，一边想着今天没有爹妈管，简直不要太爽。

听到她“抽泣”的声音，还没两秒，傅之和就立刻气笑了，说道：“你这哭得跟笑似的。”

“就你长嘴了？”

一时间气氛有些冷淡。

安静中，傅之和听见电话那头，隐隐约约传来一声叹气。

这不是季时星的风格，一般她要是作妖地叹气，一定恨不得大声到让所有人都听得清清楚楚。傅之和只是犹豫了一秒，便转身，问道：“你现在在哪儿？我去找你。”

他真是欠她的。

都怪他爹，好端端的，给别人家的孩子起什么小名？

比起椹南市城内的鸡飞狗跳，在郊外的何榆和傅云实就显得清闲自在多了。

傅云实当年写生的小镇这些年发展得很好。刚结婚的时候，傅云实和何榆一起来过一次，当时只是瞎许一个希望有小生命降临的愿望，却没想到成真了。

后来虽然一直想着要来还愿，却因为工作和家庭的原因，每次都没有计划成功。

这次，他们是真的来还愿的。

何榆和傅云实到的时候比较晚了，打算在小镇休息一晚，第二天一早去红缘寺。租住的民宿是个小阁楼，躺在床上透过天窗便能看到郊区的星空。

何榆依偎在傅云实的怀里，听着他有力的心跳声，只觉得自己对他的依赖，这几十年里，从未变过。

“当年你许的那个愿望，好像是一幅画，画的是什么？”傅云实的手轻拍着她的后背，像哄小朋友睡觉一样，声音也放低了很多。

他依稀记得，那个木牌上，画着一座高山，山脚下有一棵树，树上满是金钱的符号。高山高耸入云，山尖尖上顶着一颗苹果。

何榆眯着眼睛，在记忆里搜索了半天，才终于想起傅云实指的是什么，问道：“啊，你看到了？”

“当时帮你挂许愿牌的时候，难免会看到。”他才不承认自己是特意为了看她到底是和哪个男人在一起，才过去帮忙的。

“云实，是传说中的仙果，也是生于山巅多云处的果实，”何榆的声音轻轻的，却满是幸福的味道，“小的时候，觉得就连去搜索喜欢的人的名字，都是一件很有仪式感的幸福的事情。”

“所以，入云顶着个苹果的山是我，你是我山脚下的那棵榆树。榆树还许了个和姻缘无关的愿望,希望自己是棵摇钱树？”傅云实说着说着，便闷声笑了。

真是个逻辑鬼才兼灵魂画手。

缩在他怀里的人得寸进尺，将脚放在他肚子上暖着。听到他无奈的叹气声，她只回应了个憨笑。

“睡吧。”他真是何德何能，能抱这么一个活宝回家。

何榆把脸埋在他的胸口，疯狂地摇头，说：“那你给我讲故事好了。”

拗不过她，傅云实的唇凑近她的耳朵，低声道：“欢迎来到傅知何晚间电台，我是主播傅云实……”

她的专属电台，从二十年前，一直每晚更新至现在。他懂她的喜怒哀乐，也会清唱她最近最喜欢的歌。

何榆慢慢闭上眼睛，呼吸在傅云实讲故事的声音中渐渐平稳，今晚一定又是一个好梦。

一直懂她的，只有他。

傅知何，从来不仅仅是一句情话。

# 番外五

/ 好笑的爱 /

傅云实和何榆的第一套房子里，有一间专门的书房。

那时的傅之和还很小，对于这扇平日紧锁的大门，小小的他充满了好奇与疑惑，甚至幻想过里面有可怕的怪兽和恶魔，而他的爸爸妈妈是隐藏身份的冒险家，将邪恶封印在这个小屋里。

这种窥破自己冒险家血统，幻想着有一天自己突然能力觉醒的小兴奋，终于在傅之和五岁的某一个晴天被打破。

那天，何榆和傅云实一人一侧站在他身边，牵着他小而柔软的手。随着门锁转动的声音，木门被向内推开，像是通往一个新的世界。

傅之和至今都能想起那一瞬间他闻到的纸张和油墨味，还清楚地记得弱小可怜又无助的他，待在这间毫无冒险精神可言的书房一整天，写完了二十页硬笔书法字帖。

何榆和傅云实对他们的第一个小家很有感情，即便他们的收入日渐增长，也没有考虑过换房的事情。毕竟除了不算非常大，论地段和升值空间，这套处于椹南市中心的房子没有什么缺点。

傅之和上高一的这一年，椹南市难得迎来台风，数日不停的大雨让这座排水系统从没被重视过的城市受灾严重。好在他们的房子楼层不低，但阳台和每个房间的窗都有不同程度的渗水，墙体也有开裂的痕迹。

在经过讨论之后，他们决定趁这个机会将家里重新装修。刚好几年前傅云实在新区买来投资的房子出租到期，可以先搬进去过渡。

至于搬家这样重要的工作，也自然落在全家地位最低的傅之和身上。

“厨子，搬完你家的书，我决定以后要阻止我老爹再继续买书了。”

气喘吁吁地将第五个箱子封好，自告奋勇来当苦力的季时星恨不得趴在地上。她抬头，环顾着依旧满满当当的三面墙书架，想把四个小时前兴奋地挑小裙子的自己捶进墙里。

“前两天不是还说自己要减肥？”组装好一个新的纸箱，傅之和又从柜子里挑出一摞书，挑眉道。

季时星哼哼唧唧地起身，小声抱怨着，却还是老老实实地开始挑书摞好。刚要转身把这摞书放进箱子里，她就被傅之和叫住：“季普，那两本先别放到箱子里，我们单独带到新家去。”

“哪两本？”季时星咬牙，这人怎么不提前说？

傅之和在她僵住的动作中，从她怀里挑出两本书拿在手上，丝毫没有要替她接过全部书的意思，淡淡地说：“这两本。”

季时星皱皱鼻子，也不指望他能做出什么令自己感动、浪漫温暖的举动，没有情绪地“哦”了一声。

书房又恢复安静不久，房间门突然被推开。

“星星，之何，要不要吃点水果？”何榆随之出现在门口，活力开心的语调和房间内的奄奄一息截然相反。

看到房间内站着的二人，她的视线从傅之和的身上划过，落在还抱着一大摞书的季时星身上。何榆一只手拿着盘子，两三步蹿过去，大掌几乎同时落在自家儿子身上，质问道：“你怎么就拿两本，让人家女孩子做这么重的体力活？”

“没事的，干妈……”作为大力少女，季时星干笑着立刻把书放进箱子，甩甩手，装作轻松地干笑道。

傅之和抿唇，有些无奈地说：“只是刚好这个时候你进来了。”

这小子可以啊，还找借口！

“拿着，干妈帮你收拾他。”见他丝毫没有悔改的意思，何榆把水果盘塞到季时星怀里，立刻撸起袖子转身，试图提溜起比自己还高大半头的儿子。

傅之和叹了口气，微蹲着，歪着脑袋把耳朵送给何榆拧。这种时候，他也不强求能躲过一劫，只礼貌性地叫了一下救星：“爸，你快来管管。”

傅云实正在客厅办公，听到书房的响动，便走过来看看情况。但他显然晚来了一步，傅之和的脸已经开始扭曲。

“干妈，”季时星还是不争气地先心软，拦住何榆，试图转移话题，“厨子拿的这两本书有什么故事吗？他说要单独带去新家，不能装在箱子里。”

“嗯？哪两本？”注意力被转移，何榆松开些力道。

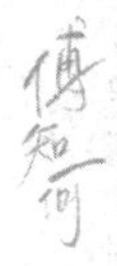

闻言，她和傅云实的视线同时聚焦在傅之和的手上。在看到那熟悉的书封时，他们一同沉默。

大三时，何榆和傅云实吵了一架。吵架的原因很离谱，核心在于一个哲学问题——到底是先有的蛋，还是先有的鸡。

因为那几天刚好开学，要准备联合大作业的开题报告。压力大的两个人在这个问题上争论到天亮，并且开始长达十个小时的冷战。于是在那个美好的情人节夜晚，何榆朝手机屏幕啐了一口，决定做个没有感情的工作机器。

但她刚结束实习回家，就被堵在了门口。

傅云实用胳膊将她圈进楼道的角落，昏暗的走廊灯光在他脸上留下一片阴影，他身上的长款羊绒大衣还带着些冬日风雪的味道。只有在这种时候，何榆才能更感受到他的高大和压迫。

拿着刚收到的《好笑的爱》，他阴晴不定地看着她，问道："我的爱好笑吗？"

白色封皮的书，在他的手里像是缩小了两圈。何榆看看几乎和自己鼻尖相触的脸，心中不禁感叹这物流真是快，当天就能把书送达，赶上了这么好一个日子。

她越想越觉得"先有鸡还是先有蛋"这个问题还不如"傅云实配不配有女朋友"值得探讨。

何榆抬眼望进他的眼底，答得干脆："还行。"

没想到她的用词如此直接，傅云实的表情一言难尽。

"是挺好笑的。"她毫不客气地又补一刀。

走廊的声控灯因为长时间的沉默而暗灭。不知道哪户人家飘出饭菜香气，楼下的小朋友又在"叮叮咣咣"地砸着琴键，只有他们仿佛静止一样地对视着。

"何榆，"良久，傅云实无奈地轻笑，"你应该看过这本书吧，第一个故事叫《谁都笑不出来》。"

他们再这样闹下去，没有人能笑出来。

何榆垂下眼，也知道自己此刻的疲惫完全来源于他们无厘头的吵架。她反问："傅云实，你除了怼我还会什么？"

这一次，他没有给她沉默。

"爱你。"

被他顺势拥入怀里，何榆感受到他的掌心摩挲着她的后脑勺。她将脸埋在他的肩膀前，双手环上他的腰身，也终于软了下来，说道："你以后只会后面这个，好不好？"

"好。"他回应。

如果说《百年孤独》是他们感情故事的滑稽开篇，那这本《好笑的爱》，让他们在携手到老的路上，再也没有一场超过半个小时的冷战。

找到相爱的人已经很不容易，为什么还要设法推开他？

幸福的日子都还过不完，难道他们想要的是鸡飞狗跳和永远看不到头的抱怨吗？

讲完这个故事，何榆收走已经空了的水果盘，将那个她从学生时代就喜欢至今的人拉出房间。

季时星听不出这个故事是有意讲给谁听的，但成绩优异的傅学霸不会。

书房因为藏书而常年避光，阳光只透过纱帘从窗外照进一部分，大多时候还是要开台灯。

傅之和站在昏暗中，垂眼看向已经盘腿坐在地上的季时星，轻声问道：“还气吗？”

原本已经忘记刚刚发生过什么的季时星立刻又噘起嘴。她扬头，眼睛亮到仿佛有星星。

她用蹩脚的中文把每一个字都咬得很重，笑眯眯地威胁：“我觉得你也会有一天收到这种书的。”

季时星没有说错，因为多年后，送出精装书的人是她。

她送完那本书，毅然决然就去了离椹南最远的、地球另一端的学校深造。要不是傅之和带着何榆嘲笑他的那本《我胆小如鼠》跑来，她才不会理他！

果然，干妈……不，妈说得对，女生多看点书总是没错的，哪里都能用得上。

# 番外六

/ 有关暗恋这件小事 /

“欢迎收听收纳箱电台，收纳生活中的一切快乐与不快，我是木鱼。我是喋喋。”

从波士顿回来后的第二年，收纳箱电台也迎来了它的第五个年头。而这样的开场白，五年了，一直都没有变过。

何榆和喋喋从无忧无虑的学生步入社会，又各自成家，在两个城市生活。虽然很少见面，但她们更像是灵魂挚友，了解对方、陪伴对方。

“又到了一年的末尾，真没想到，这三百多天又火速过去了。昨晚我和木鱼对稿的时候还在说，好像随着我们年纪的增长，收纳箱从只收纳青涩懵懂的烦恼，慢慢地也开始容纳更多的情绪。我们一起听很多故事，也向那些愿意将故事分享给我们的人，分享我们的看法。”这次，是喋喋先来做开场白。

“是的，前两天我们收到一个老听众朋友寄来的喜帖。她第一次听收纳箱的时候是在高中。”何榆轻笑，“在她随喜帖寄出的信里，末尾写着‘谢谢你们陪我成长’。我看到后，那种感动难以言表，像是被认识很久的老朋友分享了她的喜悦。可能小时候书本上讲的‘见字如面’，就是这样的吧。所以这一期节目，我们想分享和收纳箱一起成长的，那些听众朋友的故事。”

何榆将声音压低，缓缓而出。在收音话筒后，她垂下眼，手指抚上按键，将音乐推流出去。

提琴的前奏配合着女声浅浅的哼唱，在夜晚通过音响渐渐填满整个房间，说不出的缱绻。冬日的房间里，暖气没有开到最大，室内的温度刚刚好。何榆缩进宽大的浅灰色毛衣里，抱着柔软的抱枕，半眯起眼。

“名为‘漾漾漾漾’的听众，曾经在没话聊电台里问过纸盒，那一年会下雪吗？那一年的确没有下雪，但大雪终会如约而至。这位听众朋友，之后也会来听收纳箱。如果硬要说的话，她应该是最早一批喜欢我和纸盒的听众。”讲到这里，何榆摇摇头。

“后来我们阴错阳差在现实中遇见，”想起那些关于青春懵懂的回忆，她眉眼柔和下来，“而她现在有了一个温暖的小家，和她年少时期待在大雪中再度相遇的人一起。”

何榆不得不承认，做内容是一件能给她最大快乐的事情。她在电台里分享她暗恋的酸涩，也分享她和傅云实之间的苦尽甘来。而这些如果没有电台，也许只能在她的日记本里被时光掩埋掉的情绪，通过设备以声音信号的形式记录下来，在校园的白日小路或是失意的夜晚，被无数未曾谋面的人反复播放。

他们有的获得勇气，敢于追逐之前只存在于幻想中的人；有的突然释然，终于看到他所执着的人身后，还有更广阔的星辰大海。

这就是收纳箱的意义。即便曾被评价为没有营养的普通情感电台，但何榆仍执着地把这个“口水”电台做下去。

终有人需要在深夜得到慰藉，哪怕只有一个人。

在短暂的安静中，她和喋喋不约而同地将时间留给歌曲。女声依旧在唱着，歌词很美，讲述着第一眼的心动。

最后一个音符播完，喋喋突然感叹：“其实刚开始，我们都没有想过会一直将电台做到今天。而且我们每一期的收听人次，都在波动上涨。”

“所以，在这个特殊的跨年夜里，我也想再读一些新朋友的留言。”打开电台邮箱，何榆粗略地扫过一眼，转动鼠标滚轮的手指猛然停住。

“开学的时候，我喜欢上一个男生，是在开学典礼中。那时他站在主席台上，阳光正好，而他的眼里有光。那一刹那，我就心动了。其实我的朋友圈子很小，刚开始我连他的名字怎么写都不知道，只知道发音。后来我才发现，他在三班，我在二班——刚好是两个年级里关联最少的班级。之后，好不容易有一次两个班合班上课，但他生病，没有来。

“之后，我渐渐养成每天第一节课下课后去倒水的习惯，就是为了路过他的教室，从门口玻璃窗看他一眼。中午也要故意拖好久，掐准时间和他一起下楼。我甚至摸清了他不上什么课，哪几天放学补课，补什么课，会和谁聊天。他总是笑眯眯的，喜欢穿白色羽绒服，喜欢考试的时候用钢笔，喜欢机器人，喜欢编程，喜欢用拉杆书包……

“因为他的名字缩写是 fxt，我每次做数学，辅助线交点的字母首选 f 和 t，设函数未知系数也首选 fxt。这样的话，一次函数就是 y=f(x)+t 了。

“然后，现在是期末啦！我们也是毕业班。喜欢他这么久，他应该连我名字都不知道。我们像两条平行线，永远不会相交。或许这么久以来，都是我自己一个人在扭扭捏捏。毕竟在错误的时间，错误地喜欢，最终也不会有什么结果，所以就先放下他，好好学习啦！以后再见也不晚。希望多年以后，可以像收纳箱的夜间故事那样，再度相逢。

“谢谢木鱼，谢谢喋喋，也在考前拜一拜木鱼和考神纸盒。另祝，万事顺意，新年快乐！”

一口气念完这不算短的留言，何榆的眼眶微微酸了。她悄悄呼出一口气，才又凑近话筒，说道：“祝你心想事成，能够站在他可以看到的高处，像你在主席台下望着他一样地望着你，然后悄悄感叹，这个女孩子好像在发光。他能在你准备得最好的时候，正式地认识你，向你伸出手，相遇，相知。新年快乐！”

这是很多收纳箱听众的样子，即便生活于不同的地点，有着不同的性格，但收纳箱就是他们的秘密基地。在这里，他们像是对着树洞一样，说出不敢说出口的话。

喜欢，不舍，或是遗憾。

亲情，友情，还有爱情。

收纳箱像个小小的夜市摊位，在深夜给予无数人温暖。

“嘿，收纳箱，我来讲结局啦。在短短的几个月内，发生了很多事，让我发现我和喜欢的男孩子有着不同的对未来道路的设想。他好像不再是我的小太阳了，我也给自己找了很多的借口。接下来，他大概会去当兵吧。今天看到以前的毕业照，不得不承认，我还是很心动。但是他的以后和我的以后不一样……我们都会有美好的未来吧？

“其实缺憾也是另一种人生的美吧，”喋喋道，“这段暗恋在很多年后回头看时，你会悄悄嘴角上扬的，相信我！高考本来就是一个岔路口，而未来，一定有一个美好的人在大学等着你。或许是他，也或许是一个符合你所有想象的、和你未来步调一致的人。我们都会有光明的未来，新年快乐！”

“要准备高考了，接下来的一年半都不会上网啦。希望能考到心仪的大学，找一个纸盒一样的对象，呜呜。最后祝木鱼和喋喋新年快乐！”

何榆念完这条留言，佯怒道：“什么叫要找一个他那样的对象？嗯？能不能有点追求？比他优秀的男人多着呢。你可以的！考个椹南大学给我看看！”

听到她这么激动，喋喋大笑：“还好今天纸盒不直播，不然他一定会直播。”

“好好说话，别套娃。”

……

后来，她们又读了很多留言，原定的电台直播结束时间，被一拖再拖。

毕竟是跨年，何榆不想让任何一个人将过去一年的遗憾带到新的一年里。

“好啦，现在是截止信箱留言投递后的最后一条留言了。”何榆的嗓子已经有些沙哑，“来自我们的老朋友，之前来电台做过客的干干。

“木鱼、喋喋，好久不见，我是干干。毕业之后我搬到一个离家很远的城市生活，做着一份薪水不错，但不喜欢的工作。还好我还在写故事，做一个个故事的叙述者。今天听着电台，我坐在沙发里，一个人想了很久。我还是想要继续去追梦，趁着我还年轻。啊，对了，我终于放下了我喜欢很多年的那个人。我不是相原琴子，他也不是入江直树。”

将杯子内最后一点红茶喝完，何榆润润嗓子，才正色道：“干干，我非常期待你的精英男朋友，一定要带回来给我开开眼界！还有，如果你现在做的事情不能让你快乐，我想把你曾经对我说过的话再对你说一次——我们还年轻呢，不要缺乏重新来过的勇气。新年快乐，希望你之后的每一天都能快乐满足地醒来，过自己想过的人生。”

何榆：“好啦，今天的收纳箱将这一年的情绪都已经收纳好。还有五分钟，我们就将迎来新年。收纳箱今年的最后一期节目也将结束，剩下的时间留给大家，去和最重要的人一起度过零点吧！新年快乐，一首昨夜派对的《曲率飞行》送给大家。”

在温柔的电吉他声中，何榆将麦克风关上。

她起身，推开门。门外，昏黄的落地灯一直为她留着。半倚在沙发上看书的男人听见声响，抬起头。他伸出手，指向茶几上为她准备好的夜宵，冲她温和地淡笑着。屋里，飘着米粥的淡香。

而门内，电台的最后一首歌依旧播放着。

“我跃过时间，混沌，美丽，去有玫瑰的目的地。

“101，呼叫主机。

“下一站，我是你……”

……

“刚刚我在回顾这些年电台发生的事，突然想起来，钟意因为我弟，提出了暗恋宇宙、暗恋星球的概念。”将门虚掩在身后，何榆望向那个她爱了多年的人。

傅云实起身，将书放在沙发上，冲她张开双臂，说道：“那我们应该是一直努力用暗恋电台发送电波，双向奔赴，带着玫瑰，最终成功降落的暗恋星球宇航员。”

在她扑进他的怀中时，窗外，新年的第一束烟花升入空中，绽放出最绚烂的色彩。

“新年快乐，傅云实。”她说道。

“新年快乐，何榆。”他回应。

新年的愿望是，之后每一年的新年都要如此。

暗恋电台，永不停播。

（完）